CORINA BOMANN
Und morgen am Meer

AF203379

atb aufbau taschenbuch

1989: Soundtrack eines Sommers. Milena wächst im Osten Berlins auf und verbringt ihre Zeit damit, verbotene Westmusik aus dem Radio aufzunehmen, wenn sie nicht gerade abenteuerliche Wandzeitungen für ihre Staatsbürgerkundelehrerin anfertigen muss. Claudius lebt im Westen Berlins und hat alle Hände voll damit zu tun, seinen Vater zu überzeugen, dass er nicht seine Rechtsanwaltskanzlei übernehmen wird. Er will nur eins: Musik machen und die Welt sehen. Als Claudius bei einem Tagesausflug nach Ostberlin zufällig Milena begegnet, ist seine Welt nicht mehr die alte. Mit einer Kassette, die Milena in der U-Bahn vergisst, beginnt eine zarte Liebe, die nicht sein darf. Die Mauer steht zwischen ihnen und ihrem gemeinsamen Traum, aber Milena und Claudius sind verrückt genug, alles für ihn zu wagen.

»*Und morgen am Meer* verspricht Spannung und Gefühl im Übermaß und verführt die Sinne zu einer wundervollen Lektüre, die man lange in Erinnerung behalten wird.«

literaturmarkt.info

CORINA
BOMANN

Und morgen
am Meer

ROMAN

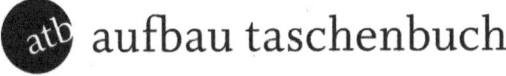 aufbau taschenbuch

MIX
Papier | Fördert
gute Waldnutzung
FSC
www.fsc.org **FSC® C083411**

ISBN 978-3-7466-2985-8

Aufbau Taschenbuch ist eine Marke der Aufbau Verlage GmbH & Co. KG

4. Auflage 2025
Vollständige Taschenbuchausgabe
© Aufbau Verlage GmbH & Co. KG, Berlin 2014
www.aufbau-verlage.de
10969 Berlin, Prinzenstraße 85
Copyright © 2013 by Ueberreuter Verlag GmbH, Berlin
Der Verlag behält sich das Text- und Data-Mining nach § 44b UrhG vor,
was hiermit Dritten ohne Zustimmung des Verlages untersagt ist.
Bei Fragen zur Sicherheit unserer Produkte wenden Sie sich bitte an
produktsicherheit@aufbau-verlage.de.
Umschlaggestaltung Literaturenkind / Patrizia Di Stefano
unter Verwendung eines Motivs von Maria Pavlova / Vetta / Getty Images
Druck und Binden CPI books GmbH, Leck, Germany

Printed in Germany

16. August 1989

Den ganzen Tag über war es schwül und drückend gewesen. Erst jetzt, gegen Mittag, setzte der befreiende Regen ein. Laut prasselten die Tropfen gegen das Fenster und wuschen den Schmutz der vergangenen Wochen und Monate von dem Glas herunter, das nun den Blick auf den traurigen, verwilderten Hof und die beiden weißgelben tschechischen Polizeifahrzeuge in der Einfahrt freigab.

Obwohl wir nicht in den Regen gekommen waren, standen Claudius und ich wie begossene Pudel in dem muffigen, von schwüler Hitze erfüllten Zimmer, das bis auf einen schiefen Stuhl neben der Tür leergeräumt war. Der eingetrocknete Wasserfleck vor uns an der Tapete ähnelte einem riesigen Hundekopf. Über uns an einem schwarzen Kabel schaukelte eine trübe Glühbirne. Irgendwann musste auf dem verblichenen Linoleum unter unseren Füßen ein Teppich gelegen haben. Doch wie die Bilder, die schon vor einiger Zeit von den Wänden genommen worden waren, hatte auch er nur einen Schatten hinterlassen.

Was war mit den Leuten, die hier mal gewohnt hatten? Wisperten ihre Stimmen noch irgendwo in den Ecken, wenn alles still war? War die Wohnung vollgesogen mit ihren Erinnerungen? Komisch, dass mir gerade das jetzt einfiel, wo wir doch eigentlich ganz andere Sorgen hatten.

Und morgen am Meer war das Versprechen gewesen, das wir uns vor knapp drei Wochen gegeben hatten. Dass wir jetzt hier waren, verdankten wir dem Mann, der mit finsterer Miene vor uns auf und ab ging.

Ein DDR-Grenzer in grauer Uniform, Namen und Dienstgrad hatte er uns nicht genannt. Ihr sitzt mächtig in der Klemme, wollte er uns damit sagen. Aber das wussten wir.

Schließlich blieb er stehen, wippte auf den Füßen hin und her, betrachtete uns und hoffte wohl, dass wir uns vor Angst in die Hose machten. »Du, Fräulein, kommst wegen Ausreißen in den Jugendwerkhof, da werd'n se dich wieder gradebiegen.« Sein Zeigefinger pickte wie ein Hühnerschnabel nach mir. »Und du, Bürschchen kommst in den Knast, mindestens ...«

Motorengeräusch vor dem Haus unterbrach ihn.

Etwas Bitteres kroch in meine Kehle. Mein Herz raste. Ich konnte mir denken, wer da kam.

Gab es wirklich keinen Ausweg? Bisher hatten wir doch alles überstanden ...

Der Grenzer lächelte triumphierend, dann verließ er den Raum und bellte seinem tschechischen Kollegen irgendeine Anweisung entgegen. Dann fiel die Tür ins Schloss.

Was kam nun? Die Stasi würde uns verhören, schlimmstenfalls stundenlang. Und dann würden uns die Männer mitnehmen. Aus der Traum vom Meer!

Als der Wagen vor dem Haus anhielt, sah ich zu Claudius. Ohne ein Wort zu sagen, fanden sich unsere Hände, feucht und kalt wie Eis. Die Ader an seinem Hals pochte im Takt meines eigenen Herzschlags. Seine schönen braunen Augen versuchten, tapfer dreinzublicken. Vielleicht lag es an ihnen, oder daran, dass ich ihn nun endlich wieder berühren durfte. Das Schlagen der Autotüren, die Schritte, die die nassen Kiesel in den aufgeweichten Boden drückten, die dumpfen, unverständlichen Stimmen rückten auf einmal weit weg. Und dann war sie wieder da, die Melodie, die uns vor so langer Zeit zusammengeführt hatte.

Als ich die ersten Akkorde summte, stahl sich endlich wieder ein Lächeln auf Claudius' Gesicht.

Dann öffnete sich die Tür …

Manic Monday

Milena

Seit wir beide zur Jugendweihe einen Stern-Rekorder bekommen hatten, tauschten Sabine und ich Kassetten aus. Eine ganze Woche lang hörten wir sie uns an und redeten bei jeder Gelegenheit darüber.

Den Beginn der letzten Schulwoche des neunten Schuljahrs hatte ich mir aber anders vorgestellt. Seit gut einer Stunde saß ich verschlafen am Schreibtisch und drehte an den Knöpfen des Radios herum. Ein Lied, ich brauchte nur noch ein Lied! Auf meiner Kassette, die ich von Sabine bekommen hatte, war noch ein Rest von Modern Talking, den ich unbedingt überspielen wollte. Aber aus meinem tollen Plan wurde nix, wenn das Rauschen so weiterging.

Manchmal gibt's eben Tage, da kommen nicht mal Funkwellen über die Mauer.

Das sagte mein Bruder Mirko immer, wenn sich kein Sender einstellen ließ. Meist bekam er es hin, doch nun war er nicht hier, denn er hatte noch ein paar Monate Wehrdienst bei der NVA abzuleisten. Urlaub bekam er nur selten. Dafür aber einen Haufen Schikane, weil er sich nicht für drei, zehn oder sogar fünfundzwanzig Jahre verpflichtet hatte.

Seufzend blickte ich auf das Radio. Das Geräusch, das es von sich gab, klang wie das Meer, aus dem hin und wieder ein Ertrinkender auftauchte, der anstatt um Hilfe zu rufen Liedfetzen trällerte oder zusammenhanglose Sätze stammelte. Was würde Sabine sagen, wenn ich ihr das als Experimentalmusik unterjubelte? Besser als Modern Talking war's allemal …

Als ich mich genervt zurücklehnte, strich ein Windhauch über mein Gesicht. Berliner Sommerluft. Sobald die Sonne höher stieg und es warm wurde, roch die Stadt nach Asphalt, Staub, Trabi und Geranien. Sie roch nach Kneipe, Qualm und Seife, nach Katze und nassem Rasen. Nach Zwiebeln und Sellerie und dem Muff, der in Hausaufgängen nistete.

Ich öffnete die Augen und schielte auf die Armbanduhr. Fünfzehn Minuten noch.

»Mach schon«, flüsterte ich beschwörend, während ich begann, mit dem Radio in meinem Zimmer herumzulaufen – jedenfalls soweit es das Aufnahmekabel erlaubte. Dabei kam mir Opa in den Sinn – und sein Bruder Erwin.

Opa hatte lange Zeit gedacht, dass Erwin im Krieg gefallen sei, doch dann kam Anfang der Achtziger eine Einladung von ihm nach Hamburg. Da Opa wegen seines amputierten Beins nicht fahren konnte, kam Onkel Erwin, wie ich ihn nannte, zu uns nach Berlin. Ich erinnerte mich, dass er mir furchtbar alt erschienen war mit den vielen Furchen im Gesicht und den schneeweißen Haaren. Doch seine Augen waren laubgrün gewesen, wie die Bäume im Humannpark.

Stets brachte er uns Westsachen mit, Süßigkeiten und Konservendosen, nach denen man im HO stundenlang anstehen musste, wenn es sie denn überhaupt mal gab. Manchmal waren auch ein Pullover oder ein paar Haarklammern für mich dabei. Eines Tages schenkte er Opa das Radio. Mensch, war ich da neidisch! Es war orangefarben, in den Knöpfen konnte man sich spiegeln und die Skala der Sender war riesengroß!

Opa hatte es stolz auf den Küchenschrank gestellt und dort blieb es eine ganze Weile.

Eines Tages dann, als ich ihn besuchte, bat er mich, das Radio auf den Balkon zu holen.

»Brauchst keinen anderen Sender einstellen wegen mir«, sagte ich schnell, denn manchmal machte er das, weil er wusste, dass ich die Schlager, die er so gern hörte, nicht mochte.

»Nu hol's schon«, brummte er und sah mir hinterher, wie ich durch die Balkontür verschwand. Als ich es ihm brachte, zwitscherte irgendeine Sängerin was von einem himmelblauen Trabant, der übers Land fuhr.

Opa nahm mir das Radio ab, betrachtete es kurz, strich mit der Hand über das Gehäuse und reichte es mir: »Hier, nimm es mit und pass gut darauf auf.«

»Warum?«, fragte ich, worauf er nur lächelte, mich an sich zog und mir einen Kuss auf die Stirn gab.

Ein paar Tage später starb er, und als mir klar wurde, dass dies sein Abschiedsgruß gewesen war, verkroch ich mich für mehrere Tage in mein Zimmer und heulte wie ein Schlosshund.

Nun war Opa schon fünf Jahre tot, und noch immer hatte ich das Radio. Ich hatte ihm versprochen, darauf aufzupassen, und ich hielt meine Versprechen.

»Gut, dann nicht!«, murrte ich und wollte schon das Kabel rausziehen, da wurde der Empfang plötzlich klar. Gitarrenakkorde. Das Heulen eines Synthesizers. Ich hatte es! Schnell drückte ich die Tasten meines Rekorders und verschwand dann in Richtung Kleiderschrank, wo ich mein FDJ-Hemd griff.

Unten auf dem Küchentisch erwarteten mich wie immer, wenn Papa Frühschicht hatte, meine Frühstücksstullen. Papa fing heute um sechs an, seit mindestens halb sechs war er aus dem Haus. Die Stullen hatten also schon reichlich Gelegenheit gehabt, das Pergamentpapier mit Fettflecken zu verzieren.

Manchmal fragte ich mich, wie es morgens in anderen Familien aussah, in denen die Mutter noch lebte.

Als Mama starb, war ich gerade erst zwei Jahre alt. Wirklich erinnern konnte ich mich nicht an sie. Papa hatte nur wenige Fotos von ihr. Ein einziges Mal hatte er mir eins gezeigt. Mama hatte darauf eine geblümte Bluse und einen Minirock getragen und in die Kamera gelacht. Papas Miene war beim Anschauen ganz seltsam geworden.

Martina Paulsen, die als Krankenschwester gearbeitet hatte, war im Auto von Freunden verunglückt und zusammen mit ihnen verbrannt. Deshalb hatte sie auch nur ein Urnengrab bekommen, irgendwo in Mecklenburg, von wo wir nach Berlin umgezogen waren. Dagewesen waren wir nie. Bestimmt ließ Papa es von irgendwelchen Fremden pflegen, denn er meinte mal, er halte es nicht aus, den Grabstein anzuschauen.

Und er konnte es wohl auch nicht aushalten, die Fotos anzusehen. Wo Papa sie versteckte, wusste ich nicht, aber es war ohnehin besser, ihn nicht darauf anzusprechen. Als ich einmal zornig verlangt hatte, dass er sie mir zeigen soll, hätte er mich um ein Haar geohrfeigt. Nur Mirko hatte ich es zu verdanken, dass er es nicht getan hatte. Später dann hatte mir mein Bruder geraten, das Thema nicht mehr anzusprechen.

Ich hatte gehofft, dass Mirko mir irgendwann erzählen würde, was er noch von Mama wusste – immerhin war er schon fünf gewesen, als sie starb, ein bisschen was musste doch hängen geblieben sein! Doch er schwieg, und schon bald interessierte er sich nur noch für Mädchen und seine Jawa.

Auch ich dachte mittlerweile an andere Dinge, aber hin und wieder kehrten die Fragen zu mir zurück.

Nachdem ich meine fettigen Stullen außer Reichweite der Hefter eingepackt hatte, schob ich die Kassette in das Fach meiner Schultasche, das eigentlich für die Stullen gedacht war. Ich fand meine Schultasche hässlich – braunes Leder mit Metallschließen –, aber sie erfüllte ihren Zweck.

»Zweckmäßigkeit ist die Stütze des Sozialismus!«, behauptete unser Stabü-Lehrer immer. Niemand glaubte ihm. Wir kannten alle die Werbung im Westfernsehen und wussten, dass ein Land auch prima funktionierte, wenn die Sachen nicht nur zweckmäßig, sondern auch schön waren. Und so gut dufteten wie der Eingang eines Intershops.

Mit der Tasche auf der Schulter flitzte ich die Treppen hinunter und dann durch den Hausflur, in dem ich von Minka, der Katze von Frau Krause aus dem ersten Stock, begrüßt wurde. Der kleine Tiger mauzte kurz und flüchtete dann vor meinen heranstampfenden Füßen in Richtung Keller.

Zu meiner Schule war ich zehn Minuten mit der S-Bahn unterwegs. Fünf Minuten brauchte ich, um zur Ecke Schönhauser Allee zu kommen, wo mich meine Freundin erwartete, Sabine Mohr, sechzehn Jahre alt, FDJ-Kollektivvorsitzende und Klassenbeste der 9b.

Ihr Blauhemd saß wie angegossen und hatte nicht einen einzigen Knick. Ihre blonden Haare hatte sie zu einem lockeren Pferdeschwanz zusammengebunden, zwei Spangen, von denen der Lack abplatzte, hielten Strähnchen, die sich herausgemogelt hatten.

Als sie mich sah, lächelte sie breit, winkte und kam mir dann entgegengetrabt.

»He, wie geht's?«, fragte sie und setzte nach kurzem Mustern hinzu: »Haste an die Wandzeitung gedacht?«

Ich hätte ja eigentlich damit gerechnet, dass sie zuerst nach der Kassette fragen würde, aber so war sie nun mal: An Wochentagen ging die Pflicht vor!

Die Wandzeitung für den »Club der Jungen Pädagogen« war allerdings das Letzte, woran ich am Wochenende gedacht hatte. Lorenz hatte mich überredet, mit ihm in eine Disco am Prenzlauer Berg zu kommen. Am Sonntag hatte ich dann eine neue Geschichte begonnen.

»Mist, vergessen!« Ich schlug mir mit der Hand gegen die Stirn.

Sabine schnappte nach Luft. »Du weißt, dass du Ärger mit der Heinrich kriegen wirst!«

Aus irgendeinem Grund war meine Klassenlehrerin der Meinung, dass ich meinen beruflichen Zielen näherkommen würde, wenn ich in irgendeinem Club mitmachte und dort Wandzeitungen anfertigte, die eh dasselbe erzählten wie die Tageszeitungen: Planübererfüllung, die Überlegenheit des Sozialismus gegenüber dem Kapitalismus, die Vorzüge der Volksbildung und so weiter.

»Die hat schon letzte Woche gesagt, dass es raucht, wenn die Wandzeitung nicht fertig ist«, fuhr Sabine fort.

»Ich kann ja noch mal umdrehen und die Bilder holen«, entgegnete ich, streckte dann aber meinen Arm vor, sodass sie einen Blick auf das Zifferblatt meiner Uhr werfen konnte. »Aber ich sage dir, Kowalsky flippt aus, wenn wir wieder zu spät sind.«

Erst in der vergangenen Woche hatten wir uns so verquatscht, dass wir unsere Station verpasst hatten und eine weiter gefahren waren. Herr Kowalsky, unser Mathelehrer, hatte sich bei unserem Eintreten beim Klingelzeichen nervös eine Haarsträhne aus dem Gesicht gestrichen, ein Zeichen höchster Gefahr, denn wenn man Pech hatte, konnte man gleich an der Tafel bleiben. Letzte Woche hatten wir noch mal Glück gehabt, aber wenn wir diesmal erst beim Klingeln durch die Tür kamen …

»Na gut, lass die Wandzeitung«, seufzte Sabine. »Aber den An-
schiss wirst du kriegen.«

Ich gab mich furchtlos und winkte ab. »Ich hör mir Heinrichs
Gemecker an und schalte auf Durchzug.« Das gelang mir zwar
meist nicht, aber jetzt war es ohnehin nur noch eine Woche,
und der Club der Jungen Pädagogen konnte mir dann samt Frau
Heinrich gestohlen bleiben. Es würde schon nicht so schlimm
werden!

Ich täuschte mich. Kaum hatte ich den Matheraum verlassen,
schoss Frau Heinrich wie ein Kastenteufel aus der Ecke. »Milena!«
Ihr Tonfall verhieß nichts Gutes.

»Ja, Frau Heinrich?«

Insgeheim hatte ich gehofft, dass ich ihr heute nicht über den
Weg laufen würde. Die ganze Woche nicht. Warum wurde diese
Frau nie krank?

»Was ist mit der Wandzeitung?«

Mir rutschte das Herz in die Hose.

Ich blickte zu Sabine, die entschuldigend die Schultern hochzog. Frau Heinrichs strenger Blick brachte sie dazu, sich schnell
zu verkrümeln.

»Du willst nächstes Jahr zur EOS, nicht wahr?« Frau Heinrichs
drohender Unterton entging mir nicht. Sie wusste, dass ich die
Wandzeitung nicht hatte. »Man wird es dort nicht gern sehen,
wenn dein außerschulisches Engagement weiterhin so mangelhaft
bleibt. Es könnte sogar sein, dass du nicht delegiert wirst.«

Sollte das etwa heißen, dass ich wegen dem blöden Pädagogen-
Club kein Abitur kriegen sollte? Dass ich nicht Literatur studieren
konnte, wie ich es eigentlich vorhatte?

Damit hatte ich nicht gerechnet, und es wäre mir lieber gewesen,
wenn sie wieder mit ihrem üblichen Gemecker von wegen Kollektiv und sozialistischer Schülerpersönlichkeit angefangen hätte.

»Ich …«, presste ich hervor, aber noch immer waren alle Worte weg. Natürlich wollte ich zur EOS, natürlich wollte ich studieren! Was meinte sie denn, warum ich mich in Mathe so abrackerte?

Frau Heinrich zog die rechte Augenbraue hoch, was ihrem Gesicht einen komischen Ausdruck verlieh, doch zum Lachen war mir heute nicht.

»Ich bringe sie morgen mit«, versprach ich schnell.

»Ehrenwort?«

Pionierehrenwort, wäre es mir beinahe rausgerutscht, aber ich verkniff es mir gerade so. »Ja, Frau Heinrich!«, entgegnete ich kleinlaut.

»Gut, dann kannst du jetzt gehen«, sagte Frau Heinrich, kein bisschen freundlicher als vorhin, aber mir genügte, dass sie mich entließ.

Während ich durch den nach Linoleum, Holz und Kreide riechenden Schulflur lief, vorbei an offen stehenden Raumtüren, hinter denen sich die Schüler auf den Unterricht vorbereiteten, fragte ich mich, wie ich die Wandzeitung voll bekommen sollte. Ich hatte kein Problem damit, mir eine Geschichte auszudenken, aber wohl eins, wenn es darum ging, eine Wandzeitung anzufertigen, die gleichzeitig den Geschmack einer mir völlig fremden Frau und des ZK der SED treffen sollte.

Aber vielleicht kam mir ja noch was in den Sinn …

Claudius

Ich hatte gerade den perfekten Akkord gefunden, als mein Freund Max in unsere Garage stürmte, die ich, wenn Vater nicht da war, als Proberaum benutzte.

»He, wollen wir nach drüben fahren?«, keuchte er. Offenbar war er die drei Straßen, die unsere Häuser voneinander trennten, gesprintet. »Heute wird's sicher heiß, da willst du doch nicht in der Garage bleiben.«

Meine Gitarre gab einen grausigen Misston von sich, als meine Finger vom A abrutschten.

»Nach drüben?«, fragte ich begriffsstutzig, denn es fiel mir schwer, mich plötzlich auf etwas anderes zu konzentrieren, wenn ich erst einmal eine Melodie im Kopf hatte. Diese verfolgte mich schon seit dem Morgen, und Max war gerade dabei, sie mir zu vermiesen. »Ist heißes Wetter nicht eher ein Grund, an den Wannsee zu fahren?«

Max winkte ab. »Nee, da sind heute alle. Lass uns was anderes machen! Billig Zigaretten kaufen und mal nach Büchern schauen. Nirgendwo kriegt man besser was von Marx und Co. als im Osten! Was sagst du?«

Am liebsten hätte ich ihn rausgescheucht, aber er war nun mal mein bester Freund. Und eigentlich hätte ich seine komischen Einfälle gewohnt sein müssen.

Seufzend stellte ich meine Gitarre auf den Ständer zurück. Der Song war weg. Wenn ich Glück hatte, war er nur irgendwo zwischen meine Gehirnwindungen versackt, von wo er sich sicher wieder melden würde, wenn ich Ruhe hatte. Aber jetzt war's vorbei.

»Und wie willst du da hinkommen?« Ich blickte zu meiner Maschine. Seit dem Vorfall vor einem Jahr hatte ich zwar an ihr geschraubt, aber nicht mehr auf ihr gesessen. Ich konnte einfach nicht. Ich wollte nicht schon wieder jemanden in Gefahr bringen. »Du weißt doch, ich …«

»Ich weiß!«, entgegnete er. »Wir fahren mit der S-Bahn!«

»S-Bahnfahren ist uncool«, hielt ich dagegen. Da die Bahn früher von der DDR betrieben wurde und die Westberliner den Parteibonzen kein Geld in den Rachen werfen wollten, bestreikten die meisten die Züge.

»Quatsch!«, entgegnete Max. »Vielleicht gibt's da mal ein Graffiti zu sehen. Und wenn nicht, schreiben wir einfach was auf die ollen Holzbänke. Bis das die Bahner merken, sind wir längst raus.«

Als ob es mich reizen würde, die gammeligen Züge zu beschmieren!

»Außerdem könntest du dir die DDR mal von ganz Nahem anschauen«, setzte Max hinzu, als wäre dies ein Argument, um mich von meinem Hocker loszueisen.

»Das hab ich doch schon«, gab ich lustlos zurück.

Zu Beginn des Schuljahrs hatte es unsere Klassenlehrerin für eine gute Idee gehalten, zu einem der Aussichtstürme zu fahren, von denen aus man nach drüben schauen konnte. Auf die Grenzer von der anderen Seite, den Todesstreifen, die Häuser, von denen einige wie von der Mauer durchgeschnitten aussahen, und auf die Leute, die wie Tiere in einem seltsamen Zoo wirkten.

Viele aus meiner Klasse hatten das lustig gefunden, mir war's einfach nur peinlich, und ich war froh gewesen, als wir von dem Turm wieder herunter waren. Was die auf der anderen Seite wohl von uns gedacht hatten? Wie fühlte man sich, wenn man wie ein Zootier begafft wurde?

»Nun komm schon!«, murrte Max und zerrte an meinem Ärmel wie ein ungeduldiges Kind. »Ja, wir waren auf dem Turm. Aber es ist ganz anders, über den Alex zu laufen, glaub mir! Willst du dir denn nicht die Läden anschauen, in denen es nichts gibt? Oder die gammeligen Häuser voller seltsamer Parolen? Mensch, vielleicht kriegen wir ja sogar den ollen Erich zu Gesicht!«

Ich wusste genau, dass wir »den Erich« ebenso wenig zu sehen kriegen würden wie den Rest der alten Herren, die die DDR regierten, doch da Max mir ohnehin nicht von der Pelle rücken würde, gab ich nach.

»Na gut, fahren wir nach Ostberlin. Aber nur das eine Mal,

okay? Nicht, dass du den ganzen Sommer ankommst, wir sollten einmal pro Woche rüber.«

»Einmal«, versprach Max. »Als Jux, okay?«

Ich nickte, sah noch mal auf meine Gitarre und klappte den Koffer zu.

»Du weißt aber auch, dass du fünfundzwanzig Mark umtauschen musst – und fünf Mark Gebühr für den Grenzübertritt brauchst. Nimm dir lieber Geld mit.«

»Dreißig Mark?«, platzte es aus mir heraus. Dafür hätte ich mir neue Pleks und Saiten kaufen können! Was sollten wir für so viel Geld in einem Land kaufen, in dem es nichts zu kaufen gab? Außerdem bekam ich nur dreißig Mark Taschengeld. Mein Vater mochte Anwalt sein, aber er war auch der Meinung, dass man den Umgang mit Geld nur lernte, wenn man als junger Mensch nicht so viel auf einmal davon besaß.

»Bücher, Mann!«, rief Max aus, als hätte er meinen Gedanken gelesen. »Bücher und Kippen! Vielleicht auch 'ne Flasche Alk. Mehr brauchen wir für ein paar schöne Tage am Wannsee nicht, oder? – Ach ja, und wir müssen noch in die Schloßstraße. Uns so einen Berechtigungsschein für ein Visum holen.«

»Berechtigungsschein?«

»Ja, ohne lassen die dich nicht über die Grenze. Aber da ist um die Zeit eh keiner.«

Ich hatte eigentlich keine Lust, mir auf einem Amt irgendeinen Zettel für die Grenze zu holen, aber wenn Max meinte …

Nachdem wir die beiden Kunstmann-Zwillinge, die eigentlich Karl und Michael hießen, aber nur Kalle und Flocke genannt wurden, aufgegabelt hatten, machten wir einen Abstecher nach Steglitz, wo wir im »Büro für Besuchs- und Reiseangelegenheiten« ungefähr eine halbe Stunde brauchten, um die Berechtigungsscheine zu bekommen. Diese sahen nicht nur aus wie auf rosa

Klopapier gedruckt, sie fühlten sich auch so an. In der Mitte prangte das Emblem der DDR. Mein Schein hatte neun freie Felder, in die ein Stempel hineingesetzt werden konnte.

»Eh Mann, du hast dir ja einen Mehrfachschein geholt!«, rief Max aus, als er das Teil sah.

»Ja, ist der nicht richtig?«, fragte ich, während ich den schlaffen Zettel betrachtete.

»Doch, aber hattest du nicht gesagt, dass du nur einmal nach Ostberlin fahren willst?« Max' Augen funkelten schelmisch. »Damit kannst du sogar neun Mal fahren! Dann wissen wir ja beide, was wir in den Ferien machen.«

Oh nein! Wie konnte mir das nur passieren? Die Frau hinter dem Schalter hatte nichts von Mehrfachschein gesagt, sie hatte mir einfach einen gegeben, und ich hatte nicht draufgeschaut.

»Muss ich denn jetzt neun Mal hin?«, fragte ich, worauf Max lachte.

»Natürlich musst du nicht. Wenn du nicht mehr willst, lässt du den Wisch einfach liegen oder verheizt ihn. Aber es wäre doch toll, Stempel zu sammeln, oder? Ist fast wie Rabattmarken!«

Flocke und Kalle hatten natürlich die richtigen Zettel und waren nicht dazu verdammt, mit Max laufend hinter die Mauer zu fahren.

»Aber immerhin hast du einen Franzke drunter stehen«, bemerkte Max anerkennend und meinte damit die aufgedruckte Unterschrift auf dem Zettel. Er hatte mir beim Anstehen erklärt, dass es eigentlich nur zwei Unterschriften gab, »Franzke« und »Wesser«. Nach Letzterem wurden diese Zettel auch Wesserscheine genannt, weil Wesser anscheinend häufiger unterschrieben hatte als Franzke. Ich hätte ja zu gern mit Max gewettet, ob es diese beiden Leute wirklich gab, aber das würden wir wahrscheinlich nie rauskriegen.

Am S-Bahnhof Zehlendorf erwartete uns ein menschenleerer

Bahnsteig, über dem eine angerostete Anzeigetafel im Wind schaukelte. Während ich beobachtete, wie der Wind über die Grashalme strich und die Hitze über den Gleisen flirrte, fragte ich mich, ob überhaupt ein Zug kommen würde.

»Vielleicht hätte ich meine Gitarre mitnehmen sollen«, bemerkte ich. »Dann wär's nicht so langweilig.«

»Aber uns gehste mit dem Gedudel auf den Geist«, entgegnete Kalle, der so gar nichts für Musik übrighatte.

Flocke dagegen interessierte sich sehr dafür. Zwar liefen er und sein Bruder eher wie Popper herum – wozu ich mit meinem Old-School-Look nicht so richtig passte –, aber er war dennoch schwer in Ordnung, denn neben Depeche Mode und New Order hörte er auch Bowie, die Ramones und The Clash.

»Immer noch besser, als dem blöden Quietschen zuzuhören.« Flocke, wie so oft total anti, was seinen Bruder betraf, deutete auf das Schild über uns.

Da rasselte plötzlich etwas, und tatsächlich erschien die Anzeige der S1, Richtung Anhalter Bahnhof. Nur wenige Augenblicke später rollte die S-Bahn an.

Der rot-gelbe Zug verlangsamte und hielt schließlich, ein paar Leute stiegen aus. Dort, wo wir einstiegen, saß niemand. Wir hatten alle Holzbänke für uns allein, genauso wie den durchdringenden Geruch nach Desinfektionsmittel, der durch die Hitze noch penetranter wurde.

Als der Zug anfuhr, wurden wir aus irgendeinem Grund auf einmal alle still – als wollten wir hören, ob irgendwelche Nieten klapperten.

Während ich aus dem Fenster blickte, auf die grauen Häuserblöcke, die hin und wieder mit leuchtenden Graffitis besprüht waren, kamen mir allerhand Gedanken. Ich fragte mich, was ich aus meinem Leben machen sollte. Das Abi hatte ich so gut wie in der Tasche, nur zur Physikprüfung musste ich noch antanzen, dann war die Sache gelaufen. Mehr als 'ne Drei würde ich darin eh nicht kriegen, aber das war kein Beinbruch.

Am liebsten wäre ich in den nächsten Jahren als Musiker durch die Lande getourt, hätte Geld mit meiner Gitarre gesammelt, irgendwo in Amerika mit coolen Typen eine Band gegründet und wäre schließlich groß rausgekommen.

Die Pläne meines Vaters sahen anders aus. Er, der erfolgreiche Rechtsanwalt, sah in mir den perfekten Nachfolger für seine Kanzlei – nur hatte die Sache einen entscheidenden Haken: Ich konnte mit Jura nichts anfangen. Tag für Tag vor einer Wand voller dicker Aktenordner zu sitzen und sich mit den Streitigkeiten anderer Leute zu befassen, war nicht mein Ding.

Den Mut, ihm zu sagen, was ich wirklich machen wollte, hatte ich bisher noch nicht gehabt. Das stelle sich einer vor! Ich war seit zwei Monaten achtzehn, durfte wählen gehen, konnte aus meinem Elternhaus ausziehen – und dennoch brachte ich es nicht über mich, meinem Alten die Meinung zu geigen!

»He, biste noch da oder schläfste mit offenen Augen?«

Max' Stimme riss mich aus meinem Nachdenken. Ich musste ihn verdattert angesehen haben, denn er sagte zu den Zwillingen: »Seht euch den an! Hat wohl wieder von Saskia geträumt.«

Flocke und Kalle lachten.

Ich nicht. Ich wusste nicht, wie lange sie mir diese Sache noch vorhalten wollten.

»Ich habe einmal mit ihr geknutscht!«, hielt ich dagegen. »Mehr war da nicht!«

Max machte Knutschgeräusche, Flocke und Kalle sahen sich an und unterhielten sich wohl wieder mal telepathisch, eine Sache, die sie manchmal ziemlich unheimlich machte.

»Da haben wir aber was anderes gehört!«, sagte mein bester Freund schließlich.

»Ach kommt, die spinnt doch!«, feuerte ich zurück und fragte mich gleichzeitig, wie wir wieder auf dieses blöde Thema kommen konnten.

Saskia ging in die Parallelklasse, und ich gebe zu, ich fand sie für eine Weile auch sehr nett, so nett, dass ich mir sogar eingebildet hatte, sie zu lieben. Doch nach einer Weile merkte ich, dass sie nicht die Richtige war – etwas, das sie anscheinend nicht begriffen hatte. Sie lief mir auch noch Tage, nachdem ich ihr gesagt hatte, dass es bei dem einen Kuss bleiben wird, hinterher, steckte mir Zettelchen zu und schwärmte ihren Freundinnen von mir vor.

Ich hoffte sehr, dass sich die Sache mit Saskia am Abend des Abiballs erledigen würde. Bei ihren Freundinnen hatte sie groß getönt, dass sie dieses Jahr auf die Malediven fliegen werde. Wenn ich Glück hatte, würde ich sie nie wiedersehen.

»Wer weiß, vielleicht wird es zwischen euch doch noch die große Liebe!«, sagte Kalle mit verstellter Stimme, was mich auf einmal ziemlich wütend machte.

»Scheiß auf die Liebe!«, murrte ich und schlug mit der Faust gegen die Holzverkleidung neben dem Sitz. »Die Frauen versteht doch eh keiner!«

Meinte ich das wirklich so? Ich war mir nicht sicher.

»Außerdem sollte es für uns wichtigere Dinge geben«, hörte ich mich selbst sagen.

»Wichtigere Dinge als Fummeln mit 'ner Torte?« Kalle grinste dreckig. Und man konnte ihm nicht mal vorwerfen, dass er keine Ahnung hatte, denn im Gegensatz zu seinem Zwillingsbruder hatte er schon was mit Mädchen, seit er dreizehn war und Lilly Klausen ihm auf der Mädchentoilette ihre Brüste gezeigt hatte.

»Ja, den Weltfrieden und die Verständigung der Völker«, hakte Max grinsend ein. »Unserem Kaiser steht der Sinn nach Demokratie.«

»Kaiser« war der blödeste Spitzname, den sie mir verpassen konnten. Wieder einmal dankte ich augenrollend meinen Eltern, dass sie mich tatsächlich nach einem römischen Kaiser, nämlich Claudius, benannt hatten.

»Ach, lasst mich doch in Ruhe!«, knurrte ich und schaute demonstrativ aus dem Fenster. Die anderen lästerten noch eine Weile, doch ich ignorierte sie, bis wir endlich am Anhalter Bahnhof ankamen.

»Schade, dass wir keine Zeitungen oder Kaffee dabeihaben«, bemerkte Max grinsend, als wir umstiegen. Nun befanden wir uns ganz in der Nähe der Grenze.

»Was willst 'n damit?«, fragte Kalle, während er sich auf die Sitzbank fläzte. Unterhalb des Fensters prangte in Rot der Schriftzug *Accept*, den irgendein Fan der Band dort hinterlassen hatte.

»Grenzer bewerfen«, antwortete Max inzwischen. »Immerhin kommen wir jetzt an zwei Geisterbahnhöfen vorbei.«

Flocke und Kalle lachten.

Ich nicht.

Ich wusste, dass das alles nur leere Versprechen waren. Niemand warf den Grenzern mehr was zu. Meine Mutter, die in ihrer Jugendzeit bei einer Baufirma im Wedding gearbeitet hatte und viel mit der U-Bahn gefahren war, hatte mal erzählt, dass es in der Anfangszeit der Teilung passiert sei, dass Leute etwas in Höhe der Geisterbahnhöfe aus den Zügen geworfen hätten. Hauptsächlich um die Soldaten dazu zu bewegen, ihren Dienst im Stich zu lassen.

Doch mittlerweile waren den Westberlinern die schemenhaften Gestalten auf den verwitterten Bahnsteigen egal geworden. Berlinbesuchern mochte vielleicht noch ein Schauer über den Rücken jagen, doch für die Einheimischen war es Gewohnheit. Entweder schliefen sie oder versenkten ihre Blicke in ihre Zeitungen.

Langsam fuhren wir durch den ersten Bahnhof, dessen Kacheln schmutzig, gesprungen oder abgeplatzt und auf dem Boden zerschellt waren. Eine Seifenreklame blätterte langsam von der Wand ab. Der Schriftzug »Potsdamer Platz« war nur schemenhaft in dem kalten, grünlichweißen Neonlicht zu erkennen.

Grenzsoldaten sahen wir nicht, die hockten wahrscheinlich in ihren Wachstuben, die es in den Bahnhöfen geben sollte.

Wie sie wohl hier hineinkamen? Die Zugänge zu den Bahnhöfen waren jedenfalls zugemauert. Und hier unten wohnten sie bestimmt nicht.

Das Ganze war sowieso absurd. Auch wenn die Züge an den Geisterhaltestellen vorbeibummelten, würde doch niemand so verrückt sein, aus dem Zug zu springen!

Nach einem weiteren Geisterbahnhof, »Unter den Linden«, kamen wir wieder ans Licht und fuhren in den Bahnhof Friedrichstraße ein.

Verschwitzte Reisende hetzten zu ihren Zügen, Leute schleppten sich mit ihren Koffern ab oder schoben Kofferkulis. Fast ausschließlich waren es Rentner, die sich zwischendurch den Schweiß von den Gesichtern tupften, denn die heiße Luft schien regelrecht im Bahnhof zu stehen.

»Sag mal, warum wolltest du wirklich hierher?«, fragte ich Max, als wir ein Stück hinter Flocke und Kalle zurückgeblieben waren, die sich auf dem Bahnsteig umsahen, als wären sie auf einem Weihnachtsmarkt. Dabei waren wir hier noch nicht in der DDR.

Max senkte den Kopf und antwortete nicht. Da wusste ich, dass ihn nicht die billigen Zigaretten und der Schnaps herzogen. Er hatte eine Verbindung zu Ostberlin. Sein Vater stammte von hier und er hatte hier auch Verwandte. Ich war einer der wenigen, die das wussten. Wollte er sie besuchen? Aber warum nahm er dann uns mit?

Dennoch machte mein Freund einen auf hart und antwortete: »Ich will euch nur mal die Stadt zeigen, das ist alles.«

Ich schüttelte den Kopf und klopfte ihm auf die Schulter.

Wenig später standen wir an der Passkontrolle in einer Schlange von etwa fünfundzwanzig Leuten, meist Geschäftsmännern, die rüber nach Ostberlin wollten.

Von weit hinten konnten wir alles genau beobachten. Nicht nur die bewaffneten Grenzsoldaten, die sicherstellten, dass auch niemand die Grenze unbefugt übertrat, sondern auch die große Halle mit den Türen, an denen solche Aufschriften wie »Diplomaten«, »Bürger Westberlins«, »Bürger der BRD« und andere prangten. Wir hatten uns brav in die Westberlin-Schlange eingereiht, und ich fragte mich, ob es von der Tür abhängig war, wie wir behandelt werden würden.

Hin und wieder öffnete sich eine der Türen vor uns – um zu signalisieren, dass der nächste Bittsteller eintreten konnte. Obwohl wir viel Zeit gehabt hätten, uns über alles Mögliche zu unterhalten, schwiegen wir. Flocke und Kalle wirkten immer noch, als würden sie gleich in ein Karussell einsteigen. Max und ich tauschten stumme Blicke.

Als wir endlich nach fast einer Stunde die Tür für Westberliner erreicht hatten, trat Max als Erster ein.

»Wer weiß, vielleicht holen sie ihn weg und schleppen ihn zu ihrer Armee«, bemerkte Kalle, der sich für witzig hielt.

Sein Bruder schüttelte den Kopf. »Beachte ihn einfach gar nicht«, sagte er abwinkend zu mir.

Die Vorstellung, dass Max in eine Uniform gesteckt wurde, war schon lustig. Aber das war wie so vieles ein Märchen.

Als die Tür erneut aufging – ziemlich schnell, wie ich fand –, zuckte ich zusammen. Max war nicht mehr da, wahrscheinlich war er durch eine andere Tür raus. Kalle versetzte mir einen Stoß. »Geh du!«

Klar, damit sie jetzt mit mir die Verschleppt-zur-NVA-Nummer durchziehen konnten. Mochten sie auch völlig unterschiedlich sein – wenn es darum ging, über jemanden herzuziehen, waren die Zwillinge ein Herz und eine Seele.

Als ich den Raum betrat, erwartete mich hinter einem Schalter ein einzelner Grenzpolizist in grauer Uniform. Er verlangte meinen Pass, musterte ihn gründlich, schaute in den Spiegel hinter mir, ob ich auch nichts versteckte, und fragte mich dann, was für ein Visum ich haben wolle.

Ich war zunächst überfordert von den Möglichkeiten, die er mir aufzählte – wahrscheinlich glaubte er wegen meines Mehrfachberechtigungsscheines, ich wollte neun lange Tage hier verbringen –, doch ein Tagesvisum erschien mir am sinnvollsten.

Nachdem er mürrisch schweigend einen Wust an Papierkram erledigt hatte – Stempel hier, Stempel da –, durfte ich passieren, allerdings nicht ohne den Hinweis, dass ich zur Kasse und zum Zoll müsse.

Die zweite Tür öffnete sich summend, ich war wieder frei. Keine NVA. Also tigerte ich wie alle anderen zur Kasse, wo ich auf Max traf. Wieder hieß es anstehen. Beim Zoll wurden Taschen anderer Reisender untersucht, Max und ich, nachdem wir bezahlt hatten, durchgewunken. Wir hatten ja kein Gepäck dabei und sahen auch nicht so aus, als hätten wir irgendwas unter unseren T-Shirts versteckt.

Endlich stießen Flocke und Kalle zu uns. Kalle wirkte irgendwie blass um die Nase. Hatte er einen seiner Scherze bei dem wortkargen Grenzer gerissen und dafür eins auf den Deckel bekommen? Oder von Flocke, der ihn davor gewarnt hatte, genau das zu tun?

Nachdem wir unsere fünfundzwanzig D-Mark in Ostmark umgetauscht hatten, gingen wir zum Bahnsteig, wo die Züge zum Alexanderplatz abfuhren. Dabei fiel mein Blick auf ein großes verglastes Gebäude, das irgendwie nicht wirklich zum Bahnhof zu gehören schien.

»Das ist der Tränenpalast«, erklärte Max. »Der heißt so, weil sich die Zonis hier von ihren Westverwandten verabschieden müssen – weiter dürfen sie nicht.«

»Und warum heißt er dann nicht Abschiedspalast?«, warf Kalle ein und erntete einen Knuff von seinem Zwilling, der wohl verstanden hatte, was Max damit sagen wollte.

»Na wegen der Tränen, die beim Abschied geheult werden, du Idiot«, klärte er ihn auf.

Bei Flockes Worten schaute Max ganz komisch. Wahrscheinlich dachte er jetzt wieder daran, dass er seine Oma ebenso wie seine Cousinen und Cousins in diesem Gebäude zurücklassen musste, wenn er sie mal besuchte.

»Auf jeden Fall müssen wir auch da durch, wenn wir zurückwollen«, erklärte Max und vertrieb damit, was auch immer ihm durch den Kopf gegeistert war.

»Na, ich werd da sicher nicht heulen!«, tönte Kalle und legte dann seinem Bruder den Arm um die Schultern.

Der Bahnsteig Richtung Osten war voll. Die S-Bahn schien in Ostberlin ziemlich beliebt zu sein. Besonders junge Leute tummelten sich auf den Bahnsteigen. Einige von ihnen trugen sogar Klamotten, die es bei uns zu kaufen gab. War unsere Vorstellung vom Osten, dass alle wie Höhlenmenschen rumliefen, falsch? Hatten wir überhaupt eine?

»Und wohin jetzt?«, fragte ich Max, der es irgendwie genoss, hier zu sein.

»Zum Alex«, antwortete er lächelnd. »Wir sehen uns die Weltzeituhr an und vielleicht kriegen wir ja was für die Lappen, die man uns angedreht hat.«

Damit zog er sein Ostgeld aus der Tasche. Die Scheine waren wesentlich kleiner als unsere eigenen, hatten andere Farben, aber immerhin kannte ich die Gesichter, die darauf abgebildet waren. Es überraschte mich, dass mich Goethe vom Zwanziger ansah, während auf dem Fünfer Müntzers missmutige Miene prangte. Die Bilder hatte man uns in der Schule gezeigt.

Weder Müntzer noch Goethe waren ausgewiesene Kommunisten. Bei DDR-Geld hätte ich zumindest Stalin oder Breschnew erwartet. Oder dass sie überhaupt kein Scheingeld hatten, nur diese komischen Münzen aus Blech, von denen mein Vater mal welche mitgebracht hatte, als er in Ostberlin unterwegs gewesen war.

»Cool, ey!«, entfuhr es Kalle, als er sah, dass jemand, noch während die S-Bahn einfuhr, die Türen aufriss und dann absprang – obwohl sie noch mit mindestens zehn Sachen unterwegs war. »Ich wollte schon immer mal S-Bahn-surfen!«

»Und dir dann die Knochen brechen, was?«, fuhr Flocke ihn an. »Ich kann dann unseren Alten erklären, was passiert ist und kriege eins auf 'n Deckel dafür, dass ich dich nicht abgehalten hab!«

Mit der Menge trieben wir nun zum Zug. Sitzen konnten wir eh nicht, sämtliche Plätze waren besetzt, und im Mittelgang drängten sich bereits die Leute. Wir stellten uns an die Seite, rückten so dicht wie möglich zusammen und hofften, dass sich nicht noch mehr Menschen in den Waggon pressen würden. Doch es kamen noch etliche. Endlich ertönte ein lautes »Zurücktreten!« vom Bahnsteig und die Türen wurden geschlossen. Eingequetscht wie Sardinen in der Büchse kutschierte uns die Bahn in Richtung Alexanderplatz.

Da waren wir also! Der Alex breitete sich vor uns aus. Im strahlenden Sonnenlicht sah er nicht mal so trist aus, wie ich erwartet hatte. Allerdings fehlten mir irgendwie die Soldaten, die wir manchmal in Nachrichtensendungen im Stechschritt auf und ab gehen sahen. Waren sie eine Erfindung der Medien? Oder waren sie nur heute nicht da?

Das Einzige, was ich sah, waren normale Leute, mehr oder weniger bunt gekleidet, mit Einkaufsbeuteln, Rucksäcken oder Taschen. Und Kinder, die dazwischen kreischend umhertobten.

Bierfahnen umschwirrten uns, dann wieder der Duft von Parfüm oder Zuckerwatte. Eine asiatisch aussehende Touristengruppe wurde an uns vorbeigeführt; vor dem Eingang eines Kaufhauses entdeckte ich dann doch zwei russische Soldaten, die aber nicht marschierten, sondern sich Zigaretten drehten und miteinander erzählten.

Über allem erhob sich der Fernsehturm, den wir auf unserer Seite auch sahen, wenn wir in Richtung Kreuzberg unterwegs waren. Über der schon etwas angerosteten Weltzeituhr kreiste das Modell unseres Planetensystems. Irgendwo bimmelte eine Straßenbahn.

Lange brauchten wir nicht auf irgendeine Parole zu warten. »Mit dem ZK der SED auf Du und Du«, war auf einem Banner an einem Gebäude zu lesen. Offenbar waren aber nicht alle Leute so begeisterungsfähig, denn an einer Ecke war ein A in einem Kreis abgebildet, das Zeichen für Anarchie. Dass das da stehen durfte …

Wir liefen eine Weile auf dem Alex und in den Seitenstraßen herum und fanden dann tatsächlich eine Buchhandlung. Über den Buchstapeln im Schaufenster schwebten papierne Friedenstauben an dünnen Bindfäden. Kaffeegeruch begrüßte uns beim Eintreten, hinter dem Verkaufstresen saß eine Frau, die Nase in ein Buch versenkt – auf den ersten Blick war es nicht anders als bei uns.

»Hallo, Frau Gabriel!«, rief Max zu meiner Überraschung.

»Ah, Max, auch mal wieder hier?« Als sie vom Buch aufsah, bemerkte ich, dass sie bestenfalls dreißig war und ziemlich hübsch, mit langen blonden Locken und fröhlichen blauen Augen.

Alle Blicke richteten sich auf Max, der knallrot wurde. »Ja, klar, ich wollte meinen Freunden mal Ihren Laden zeigen.«

Die Frau lächelte ihn freundlich an. »Na dann mach mal. Wenn du was brauchst, sag Bescheid.«

Als wir zwischen den Regalen verschwanden, stupste ich ihn in die Seite. »Du kennst eine Buchhändlerin aus dem Osten?«

»Na ja, wenn wir hier sind, komme ich manchmal her. Sie kennt auch meinen Vater.«

»Und warum hast du das nicht gleich gesagt?«

Max zuckte mit den Schultern.

Das Regal, zu dem er uns zuerst führte, enthielt tatsächlich nur Literatur für DDR-Funktionäre. Neben Klassikern wie Friedrich Engels und Karl Marx, die wir kannten, weil wir uns politisch links einsortierten, gab es auch zahlreiche Bücher von Lenin, Erich Honecker und irgendwelchen uns vollkommen unbekannten DDR-Politikern sowie Werke über die Vorteile der Planwirtschaft, die UdSSR und Manifeste des ZK der SED.

Flocke war sprachlos, Kalle griff zu einem der Bücher, das sich als das »Manifest« von Karl Marx entpuppte. Es war in rotes Leinen gebunden, der Buchblock war schneeweiß und wenn Kalle nicht übertrieb, war es ziemlich schwer.

»Na schaun wir doch mal, was der olle Kalle so schreibt.« Kalle war sich natürlich bewusst, dass er Marx damit zu seinem Namensvetter machte.

»Na, Jungs, auf den Spuren des Sozialismus?« Die Stimme der Frau, die urplötzlich hinter uns aufgetaucht war, ließ uns zusammenfahren. Kalle fiel das Manifest aus der Hand. Mit rotem Kopf murmelte er eine Entschuldigung und hob es wieder auf.

»Ha ... haben Sie noch was anderes?« Flocke zeigte ein wenig hilflos auf die Reihen von Parteiliteratur.

»Na klar!«, antwortete die Buchhändlerin und zwinkerte Max zu. »Was soll es denn sein? Russische Autoren, Klassiker? Wie wäre es mit Tschingis Aitmatow oder Arkadi Gaidar?«

Diese beiden Namen sagten uns nichts. Das schien sie zu spüren. Kurz musterte sie uns von Kopf bis Fuß, dann schien sie so etwas wie eine Erleuchtung zu haben. Etwas blitzte in ihrem Blick auf.

»Hm, was meinst du, Max, kann ich es ihnen zeigen?«

Ich fragte mich, was sie uns zeigen wollte.

Max, der zu wissen schien, was sie meinte, nickte.

»Na gut, dann kommt mal mit!« Mit langen Schritten stiefelte sie quer durch die Buchhandlung. Als wir schon glaubten, dass sie uns zur Hintertür wieder rausschmeißen würde, schloss sie eine kleine Tür unter einer Treppe auf und knipste das Licht an. Muffige Luft strömte uns entgegen – dann sahen wir einen weiteren Büchertisch.

Auf Anhieb entdeckte ich hier eine Ausgabe von Stokers »Dracula«, »Moby Dick« von Melville, ein Buch über die Seefahrt und verschiedene Biografien. Außerdem Karl Mays »Winnetou« und einen Titel namens »Spur der Steine«, Bücher von Heinrich Böll und Solschenizyn. Warum lagerten die hier hinten, wo sie keiner sah?

»Schaut euch hier mal um«, sagte sie mit einem vielsagenden Lächeln. »Wenn ihr was gefunden habt, bringt ihr es mir und schließt dann wieder die Tür, in Ordnung?«

Als wir nickten, wandte sie sich um und ging wieder nach vorn. Wir standen etwas ratlos um den Büchertisch herum. Max grinste in sich hinein.

»Was ist?«, fragte ich ihn.

»Ihr habt Glück. Es hat einige Besuche gedauert, bis sie meinen Vater und mich hierher gebracht hat«, entgegnete er. »Du musst wissen, sie lässt hier nicht jeden rein.«

»Und warum?«

Flocke und Kalle schlichen um den Tisch herum und hörten eh nur beiläufig zu, während Max im Flüsterton antwortete: »Verbotene Bücher!«

Verbotene Bücher? »›Dracula‹ ist in der DDR verboten?«

Max zuckte mit den Schultern. »Keine Ahnung, aber guck mal, das ist 'ne Westausgabe! Von Solschenizyn weiß ich ganz sicher, dass er in der DDR verboten ist. Und Karl May auch.«

Da ich als Kind Karl May verschlungen hatte, konnte ich mir das Verbot nicht erklären. Und Solschenizyn hörte sich russisch an. Warum sollte hier ein russisches Buch verboten sein?

Ich griff nach dem Buch mit dem Titel »Der Archipel Gulag« und entdeckte, dass es wie der »Dracula« aus einem unserer Verlage stammte.

»Bekommt die Buchhändlerin denn nicht Ärger deswegen?«

»Wenn sie sie erwischen, schon«, entgegnete Max.

»Dann sollten wir welche kaufen, damit sie sie loswird.«

Max prustete los. »Sie hat noch mehr davon auf Lager, glaub mir.«

»Und wenn das rauskommt? Sie kommt doch in Teufels Küche!«

»Das weiß sie. Deshalb lässt sie hier nur Leute rein, die vertrauenswürdig sind. Ich bin sozusagen eure Eintrittskarte. Nimm ruhig so viele Bücher, wie du für dein Geld kriegen kannst. Retten kannst du sie allerdings nicht, weil sie wohl gar nicht gerettet werden will.«

Ich nahm also einen Böll und »Spur der Steine«, mehr des Titels als des Inhalts wegen, außerdem den Solschenizyn und den Melville. Max und Flocke gingen mit jeweils drei Büchern unterm Arm zur Kasse. Kalle wollte sich außerdem einen Spaß daraus machen, das Manifest, das er runtergeworfen hatte, mitzunehmen.

Die Buchhändlerin legte ihr Buch beiseite, als sie uns kommen hörte.

»Habt ihr die Tür zugemacht?«, fragte sie, woraufhin wir einhellig nickten. Wir waren ein Teil von etwas Verbotenem in der DDR!

»Ist das nicht gefährlich, was Sie machen?«, fragte ich, nachdem ich mich vergewissert hatte, dass niemand außer uns im Buchladen war.

»Was denn?«, fragte sie mit Unschuldsmiene, während sie uns abkassierte. »Ich verkaufe Bücher, was ist daran schon gefährlich?«

Fürchtete sie, abgehört zu werden? Oder ging die Fantasie mit mir durch? Ich fragte nicht weiter, nahm meine Bücher, nachdem sie sie uns in Packpapier eingewickelt und mit einem Band zu einem Bündel mit Tragelasche verschnürt hatte.

»Ihr solltet euch einen Beutel oder ein Einkaufsnetz besorgen«, legte sie uns ans Herz. »Hier bekommt man keine Plastiktüten wie bei euch, und ihr wollt euch doch nicht die Hände zerschneiden an dem Band.«

Draußen standen wir vollkommen verdattert da. Was war das eben gewesen? In keinem Buchladen auf unserer Seite konnte man so etwas erleben – nur hier. Ein Grund zur Freude war das aber nicht. Ich fühlte mich, als wäre ich gerade bei einem dieser Agentenaustausche dabei gewesen, über die ich im Fernsehen mal einen Bericht gesehen hatte. Oder als hätte ich ein Kilo Hasch in dem Päckchen.

Nachdem wir dem Rat der Buchhändlerin gefolgt waren und unsere »heiße Ware« in geblümten Dederon-Beuteln – so nannte sie die Verkäuferin – verstaut hatten, schlug Max vor, mit der U-Bahn noch ein Stück weiter rein nach Ostberlin zu fahren.

»Haste da noch mehr Bekannte in irgendwelchen Läden?«

Max schüttelte den Kopf. »Nee.«

Unterwegs kamen wir an einer Gaststätte vorbei, die auf einem Schild »Broiler« anpries.

»Brathähnchen«, erklärte Max, und als Flocke und Kalle ihn verwundert ansahen, deutete er auf die Abbildung eines feder- und kopflosen Huhns.

An einem Stand nahe dem Bahnhof kauften wir etwas, das wie ein Hotdog aussah, ein Brötchen mit Loch, in dem eine mit Ketchup beschmierte Wurst steckte, dann stiegen wir hinab in die U-Bahn-Station Alexanderplatz.

Das Donnern eines ausfahrenden Zuges empfing uns. Weiter

unten, in Bereichen, die für die DDR-Bürger nicht zugänglich waren, verkehrten unsere U-Bahnen, allerdings ohne anzuhalten.

Wir schlängelten uns zwischen den Leuten hindurch, schauten auf die Anzeige und entschieden uns schließlich für die U-Bahn in Richtung Pankow.

Max machte sich auf die Suche nach Fahrkarten, Flocke und Kalle beäugten ein paar Mädchen, die sich extrem schnell auf Russisch unterhielten.

Und dann fuhr der Zug in Richtung Pankow ein.

Unwillkürlich musste ich an den Song von Udo Lindenberg denken. Stellte er sich den Sonderzug nach Pankow so vor? An der U-Bahn war nun wirklich nichts Besonderes, bis …

… der Blitz einschlug!

Das Mädchen, das sich gerade auf einen der Sitze am Fenster niederließ, war etwas jünger als ich, ich schätzte sie auf sechzehn oder siebzehn. Ihre Haarfarbe erinnerte mich an Karamellbonbons. Es war kein richtiges Blond, auf keinen Fall Braun und auch nicht Rot. Irgendwas dazwischen. Werthers Echte oder so.

Das Eindrucksvollste an ihr waren aber ihre Augen. Selbst durch die schmutzige Scheibe des Zugabteils, selbst im Schein der U-Bahn-Beleuchtung, sah ich, dass sie grünblau waren, so leuchtend, als würde ihr jemand eine Taschenlampe ins Gesicht halten. Kurz schien es, als würde sie mich direkt ansehen, dann allerdings wandte sie sich wieder um.

Ich kann nicht genau beschreiben, was ich in dem Augenblick fühlte, ich war mir nur sicher, dass ich so ein Mädchen noch nie gesehen hatte. Ich musste ihr noch einmal ins Gesicht schauen, in ihre wunderbaren Augen!

Mein Körper reagierte, bevor mein Verstand mit Einwänden kommen konnte.

»Zurückbleiben!«, tönte die Stimme aus dem Lautsprecher, das Türschließsignal ertönte. Ich nahm Anlauf, sprang kurzerhand zu der anfahrenden Bahn, riss die sich schließende Tür noch mal auf und prallte direkt gegen den mächtigen Busen einer Frau, die vor der Tür stand. Gerade noch rechtzeitig, bevor die Bahn beschleunigte.

»Nu pass doch uff!«, fuhr sie mich an. »Hättste dir früher überlejen könn', ob de einsteichst.«

Während ich Halt an der Stange neben ihr suchte, murmelte ich mit hochrotem Kopf eine Entschuldigung. Toller Stunt! Und das nicht mal einen Meter von dem Mädchen mit den schönen Augen entfernt! Hatte sie bemerkt, dass ich mich total zum Affen gemacht hatte?

Die Blonde neben dem Karamellmädchen sah mich kurz an, senkte ihren Blick dann wieder und flüsterte ihrer Freundin etwas zu. Diese wandte sich aber nicht um.

Dass sie beide dieselben Blusen trugen, verwirrte mich ein wenig, doch dann sah ich das Emblem an ihrem Arm. Die beiden gehörten dieser DDR-Jugendorganisation namens FDJ an. Ich stellte mir immer vor, dass das so was wie Pfadfinder für Erwachsene waren – das absolut Uncoolste auf der ganzen Welt! Das musste aber nicht heißen, dass das Mädchen uncool war. Wenn sie sich nur einmal umdrehen würde!

Nächster Halt Rosa-Luxemburg-Platz.

Hier drängten mehr Fahrgäste in die Bahn. Offenbar war Feierabend, denn es waren sehr viele Arbeiter darunter, Maurer, Maler und Zimmerleute. Als sich ein Mann mit ziemlicher Bierfahne gegen mich drückte, ergriff ich die Flucht.

Dabei sah ich aus dem Augenwinkel heraus ihre Wangen, ihre Nase, die Strähnen, die ihr ins Gesicht fielen – und dann sah ich sie richtig!

Love Will Tear Us Apart

26. Juni 1989. Mittags.

Milena

»Ich weiß gar nicht, wie ich das wiedergutmachen soll«, sagte ich überglücklich zu Sabine, während wir uns auf die Sitze sinken ließen. Augenblicklich klebte der Kunststoff an uns fest und die stickige Luft, die von den anwesenden Fahrgästen noch mehr aufgeheizt wurde, umfing uns.

Nach dem Zusammenstoß mit Frau Heinrich hatte mir Sabine angeboten, mir beim Erstellen der Wandzeitung zu helfen. Ihr Vater arbeitete bei der Berliner Zeitung, und sie hatte ihn überreden können, mir ein paar Artikel zur Verfügung zu stellen.

Was für eine Erleichterung! Weil ich die Wandzeitung total verschwitzt hatte, hatten wir natürlich schon die Zeitungen zum SERO gebracht, und ich vermutete mal, dass zum Thema »Die Volksbildung der DDR« heute bestimmt nicht viel im Neuen Deutschland stand.

»Ach lass mal, Freunde helfen sich doch, oder?«, winkte Sabine ab. »Was machste heut Abend außer der Wandzeitung?«

Viel würde da nicht bleiben. »Ich werde versuchen, den NDR reinzukriegen, du weißt schon, wegen des Gruselfilms.« Ich weiß nicht, wie oft ich Sabine schon den Einspieler von »Mumien, Monstren, Mutationen« mit gruseliger Stimme und zombiehaft erhobenen Händen vorgemacht hatte.

Sabine rümpfte die Nase. Für sie waren Gruselfilme nichts. Ich jedoch mochte die alten englischen Streifen. Dracula mit Christopher Lee, oder die Poe-Verfilmungen mit Vincent Price. Da wir uns keinen teuren Farbfernseher leisten konnten, musste ich zwar noch immer raten, wie die Farben der Kostüme aussahen, dennoch hatten die Filme Atmosphäre.

»Meine Mutter will heute Abend bestimmt wieder Willi Schwabes Rumpelkammer schauen«, erklärte Sabine seufzend. Auch wenn sie nicht auf Gruselfilme stand, zusammengeschnittene Filmschnipsel, die von einem schon sehr alten Schauspieler präsentiert wurden, wollte sie auch nicht sehen.

»Kannst ja zu mir kommen«, schlug ich vor, denn manchmal, wenn es ihre Mutter erlaubte, pennte Sabine bei mir. Wir hörten dann Musik, lasen oder gingen die Sammlung meiner Poster durch. Meist waren es Fotografien aus der *Bravo* oder der *Pop Rocky*, aber ein paar Originale hatte ich auch, für jeweils zehn Mark gekauft von Jungs an unserer Schule. Der blanke Wahnsinn, wenn man nur fünf Mark Taschengeld pro Monat bekam, aber wenn es um Depeche Mode oder David Bowie ging, konnte ich nicht anders.

»Nee, das wird nichts«, winkte Sabine ab. »Du weißt, die Hausaufgaben. Außerdem ...«

Ein Rumpeln hinter uns ließ sie innehalten. Eine Frauenstimme krähte etwas, das ich nicht verstand.

»Na guck dir mal den an!«, murmelte Sabine spöttisch, als die Bahn beschleunigte. »Springt einfach gegen die dicke Frau da, als wäre er Tarzan!«

Aha, daher kam der Lärm.

Umdrehen wollte ich mich aber nicht. In der Bahn gab es öfter Leute, die sich zum Affen machten, da lohnte es nicht. »Lass ihn. Erzähl mir lieber, was du aufgenommen hast.«

Erst in Deutsch hatte Sabine bemerkt, dass sie ihre Kassette zu Hause vergessen hatte. Kein Beinbruch, denn sie wohnte ja auf dem Weg, und ich war gern für ein paar Minuten bei ihr, denn bei mir zu Hause wartete heute eh niemand.

»Das kann ich dir doch nicht jetzt schon erzählen!«, entgegnete Sabine empört. »Dann verderbe ich dir die Überraschung. Du musst es hören!«

Mir schwante bei Sabines Musikgeschmack Böses.

»Solange du A-ha und die Pet Shop Boys drauf hast, ist alles in Ordnung«, sagte ich lachend, doch meine Freundin behielt ihr Pokerface und verriet nichts.

»Sag mal, was hat dein Vater denn im Sommer vor?«, fragte sie stattdessen. »Der kriegt doch sicher Urlaub, oder?«

»Klar kriegt er den«, entgegnete ich gleichgültig. »Aber wir fahren nirgendwohin. Er hatte sich um einen Platz im FDGB-Heim beworben, aber daraus wurde nix.«

»Und was ist mit Mirko?«

»Schmort noch immer in der Kaserne. Und ehe du fragst, nein, er kriegt keinen Urlaub über den Sommer. Wenn er doch mal zu Hause ist, hängt er am Wochenende in der Disko oder pennt bis in die Puppen, bis er wieder einrücken muss.«

»Vielleicht hättest du dich für eine FDJ-Reise bewerben sollen. Nach Sotschi vielleicht.«

Ich musste Sabine entgeistert angesehen haben, denn sie lenkte schnell ein: »Na gut, die Reisen gibt es nur für die Besten, aber trotzdem …«

Als mich etwas am Arm streifte, sah ich auf.

War das der Typ, von dem Sabine gesprochen hatte? Der die Frau »wie Tarzan angesprungen« hatte?

Ich sah nur einen Jungen in Jeans und einem grauen, leicht schweißdurchnässten T-Shirt, dessen Locken ein wenig wirr von seinem Kopf abstanden – und der wirklich sehr gut aussah.

»Mensch, ist der süß!«, sprach Sabine meinen Gedanken aus. »Und die Jeans, das ist 'ne echte Levi's!«

Ich hatte in diesem Moment keine Augen für die Jeans, die er trug – obwohl sie wirklich sehr gut an ihm aussah –, sondern nur für sein Gesicht.

Für einen Moment trafen sich unsere Blicke und ich erkannte, dass seine Augen kaffeebraun waren, nicht muckefuckhell, sondern rondodunkelbraun. Dazu das schwarze Haar und der leichte Bartschatten an seinen Wangen …

Ein Typ wie ein Schauspieler! Ein Typ wie Romeo. Etwas schüchtern lächelte er mich an und ich – ich kriegte kein Lächeln zustande! Ich starrte ihn an, wahrscheinlich genau so, dass er mich blöd fand. Doch warum machte ich mir eigentlich Gedanken darum?

»Wir müssen!« Sabine stieß mich an. Vor lauter Gedanken hatte ich nicht mitbekommen, dass der Zug an der Station Schönhauser Allee hielt. Ich schnappte meine Tasche, und während ich hinter Sabine herlief, ärgerte ich mich, dass ich mich nicht schon eher umgesehen hatte.

So einen Jungen, einen wie Romeo, bekam man in unserer Gegend nicht so häufig zu Gesicht. Und jetzt fuhr er davon mit der Bahn und ich sah ihn nie wieder!

Claudius

Was für Augen! Vielleicht lag es an der tropischen Hitze in der Bahn, dass sie mich an einen Dokufilm über bedrohte Pflanzen des Regenwaldes erinnerten. Die Blätter irgendeines Baumes, dessen Namen ich vergessen hatte, waren ähnlich blaugrün gewesen, Tautropfen hatten auf ihnen geglitzert. Diese Blätter hatte sie in ihrem Blick. Einem Blick, der mich jetzt noch heftiger traf als beim ersten Mal.

Ich stand da wie versteinert, viele Minuten lang. Hätte der Bahnfahrer diesmal nicht etwas sanfter gebremst, wäre ich bestimmt auf irgendeinem Schoß gelandet. Die Aussteigenden drängten sich an mir vorbei, doch ich bemerkte sie nicht. Dann aber sprangen Karamellmädchen und ihre Freundin auch auf.

In diesem Augenblick fühlte ich mich wie gelähmt. Klingt vielleicht blöd, aber es kam mir vor, als hätte mir jemand was abgerissen. Ich starrte ihr hinterher, hoffte, dass sie sich noch einmal umdrehen und mich ansehen würde. Doch sie verschwand mit dem anderen Mädchen in der Menge.

Da wurden auch schon die Türen geschlossen und der Zug fuhr wieder an.

Ich Trottel! Warum war ich ihr nicht nachgelaufen?

Ein Klappern riss mich aus meinen Gedanken. Etwas war von dem Sitz gefallen, auf dem die Unbekannte gesessen hatte, direkt vor meine Füße. Eine Kassette! Sie musste ihr aus der Tasche gerutscht sein! Da niemand sich darum kümmerte, hob ich sie kurzerhand auf.

Den Hersteller konnte man nicht mehr erkennen, weil das Schild schon mehrfach übermalt und beklebt worden war. Offenbar war sie schon durch etliche Kassettenrekorder gegangen. Was da wohl drauf war?

Als der Zug verlangsamte und schließlich hielt, reagierte mein Körper wieder schneller als mein Verstand. Mit der Kassette in der Hand stürmte ich nach draußen. Klar waren einige Minuten vergangen und wir waren sicher mehr als einen Kilometer von der anderen Haltestelle entfernt. Doch U-Bahnen fuhren auch in die Gegenrichtung …

Durch das Gewirr der Aussteigenden und Wartenden lief ich zur anderen Seite des Bahnsteigs. Wenig später fuhr tatsächlich ein Zug ein. Noch eine Runde Schwarzfahren!

Als der Zug losbrauste, kribbelte es in meinem Nacken. Was, wenn jetzt doch jemand die Fahrscheine sehen wollte? Würde ich ihm den von der West-S-Bahn unterjubeln können?

Glücklicherweise kam die nächste Station rasch – Schönhauser Allee, dort hatte ich das Karamellmädchen verloren. Ich drängte zur Tür, noch bevor der Zug verlangsamte, und erntete ein paar böse Blicke von Leuten, die es wohl ebenfalls eilig hatten.

Als der Zug hielt, schoss ich mit meinem Stoffbeutel voller Bücher und mit der Kassette in der Hand durch die Menge. Hinter mir meckerte jemand, eine Frau keifte »Frechheit!« und das Geräusch, das ein Mann von sich gab, als ich ihn ein wenig unsanft zur Seite kickte, war nicht zu identifizieren.

Als ich die Bahnhofstreppe hinter mir gelassen hatte, kam es mir vor, als wäre ich in einer anderen Welt gelandet. Ich stand an einer Straße. Hatte der Alexanderplatz noch bunt und offen gewirkt, war es hier, als sei ich genau in dem Grau gelandet, das man uns im Fernsehen immer zeigte.

Die Häuser hier, viele schon mehr als hundert Jahre alt und schlecht instand gehalten, machten einen trostlosen Eindruck. In den Fenstern spiegelten sich die Wolken, vergilbte Gardinen verbargen die dahinterliegenden Wohnungen.

Auch die Luft war hier anders, erfüllt von Benzingestank. Immerhin wusste ich, dass die kleinen, schrill knatternden Wagen, die an mir vorbeifuhren, Trabant hießen, die etwas größeren eckigen, deren Motor ein blubberndes Geräusch machte, Wartburg. Dazwischen fuhren noch andere Autos, die ich nicht kannte, die allerdings nicht wesentlich moderner aussahen – und Mopeds, die aussahen wie kleine Motorräder. Einige von ihnen hatten den Schriftzug Simson am Tank.

Das Wichtigste jedoch entdeckte ich nicht – das Karamell-mädchen.

»Erst die Leute umrennen und dann den Weg versperren!«, quakte auf einmal jemand hinter mir. Es war der Mann mit dem undefinierbaren Geräusch. Er warf mir einen giftigen Blick zu und schüttelte dann mit dem Kopf.

Meine Wangen begannen zu glühen. Enttäuschung fuhr mir tief in den Magen. Wo sollte ich das Mädchen suchen? Selbst wenn ich ihren Namen kennen würde, wäre es schwierig. Ich lief trotzdem über die Straße und stapfte mit meinem Bücherbeutel den Gehweg entlang.

Meine Augen suchten nach diesem merkwürdigen Dunkelblau der Blusen, doch als ich schon meinte, es gefunden zu haben, gehörte es zur Arbeitsjacke eines Mannes, der sich im Gehen eine Zigarette ansteckte.

Ich rannte weiter, sah Frauen und Männer. Kinder mit abge-wetzten ledernen Schulranzen auf dem Rücken, wie ich sie nur aus alten Kinderfilmen kannte. Zudem trugen die meisten von ihnen blaue oder rote Halstücher um den Hals. War das eine Art Schuluniform?

In einem der Hauseingänge saß eine Katze, vollkommen ruhig und unbeeindruckt von dem Treiben ringsherum. In einem of-fenen Fenster lehnte eine alte Frau in einer seltsam gemusterten Schürze, deren Hörgerät so groß war, dass ich es von Weitem sah.

Nach etwa einer halben Stunde, in der ich viele schäbige Miets-häuser hinter mir gelassen hatte, gab ich es auf. Das Mädchen war verschwunden. Und ich hatte ihre Kassette.

Ich griff in meine Hosentasche, befühlte die Plastikhülle. Und wenn ich nun am Bahnhof wartete? Vielleicht tauchte sie auf, weil sie nach der Kassette suchte ...

Doch auch nach einer weiteren Viertelstunde: nichts. Kein Ka-ramellhaar, keine Blattaugen.

Vollkommen durchgeschwitzt und niedergeschlagen fuhr ich zum Alexanderplatz zurück.

Ich war mir nicht sicher, ob meine Freunde noch auf mich warteten. Schlimmstenfalls hatten sie die Polizei gerufen. Oder waren ohne mich nach Hause gefahren. Letzteres war wahrscheinlicher.

Als wir auf dem Bahnsteig einfuhren, suchte ich Max und die anderen vergeblich und beschloss, mir eine Fahrkarte zu besorgen, um zur Friedrichstraße zurückzufahren.

Als das erledigt war, setzte ich mich auf eine der Wartebänke und starrte auf meinen Beutel. Was würden die Zöllner am Tränenpalast zu der heißen Ware sagen?

»Mensch, was machste für 'nen Scheiß!«, polterte da eine Stimme hinter mir. Max. Er hatte auf mich gewartet!

Ich sprang sofort auf.

Wutschnaubend baute sich mein Freund vor mir auf. Er war einen halben Kopf kleiner als ich und das letzte Mal hatte er mir eine runtergehauen, als wir zehn waren, aber jetzt sah er ganz so aus, als wollte er das wiederholen.

»Beruhige dich, Mann, ist nichts passiert!«, entgegnete ich und konnte mir ein Grinsen nicht verkneifen.

»Nichts passiert? Das sehe ich, aber wir suchen wie die Blöden nach dir! Dachten schon, die Stasi hätte dich erwischt.«

»Warum sollte mich die Stasi denn verhaften?«

»Wer weiß, weil du schwarzgefahren bist auf DDR-Gebiet?«, ereiferte sich Max. »Und weil du diese Bücher hast!«

»An deiner Stelle würde ich noch lauter schreien«, zischte ich ihm durch die Zähne zu und deutete mit dem Kopf zu einem Mann in Jeansjacke, der nur ein kleines Stück entfernt an einem Pfeiler stand und den Kopf ganz agentenmäßig in eine Zeitung namens »Wochenpost« steckte. »Der da hinten ist bestimmt bei der Stasi, und wenn du dich nicht beruhigst, lochen sie uns beide ein, weil wir uns auf dem Bahnsteig streiten und beide verbotene Bücher bei uns haben.«

Max' Kopf wirbelte herum. In dem Augenblick hob der Mann seinen Blick. Ein bisschen was hatte er ja von Schimanski. Meine Vorstellung von einem Stasiagenten war aber eine andere. Eher so wie in den Filmen mit Lederjacke und Russenmütze.

Auch Max schien nicht wirklich zu glauben, dass der Mann da hinten bei der Stasi war. Nachdem er uns kurz gemustert hatte, versenkte der Fremde den Blick wieder in seine *Wochenpost*.

»Wieso bist du denn eigentlich abgehauen?«, fragte Max schließlich, als er mir einen Fahrschein zusteckte. Jetzt hatte ich zwei, aber ich lehnte ihn auch nicht ab.

Und was sollte ich nun sagen? Dass ich ein tolles Mädchen gesehen hatte?

»Wo sind eigentlich Flocke und Kalle?«, wollte ich ablenken, doch das konnte ich mit jedem versuchen, aber nicht mit Max.

»Ey, komm mir jetzt nicht so! Die beiden sind wieder zurückgefahren, ich hab ihnen gesagt, dass sie bei deinen Alten Bescheid sagen sollen, wenn ich dich nicht aufgetrieben kriege.«

»Das hast du nicht, oder?« Max grinste. Er hatte mich drangekriegt.

»Also, raus mit der Sprache, weshalb bist du in diesen Zug gesprungen?«

Ich grinste breit. »Ich hab 'nen kleinen Abstecher gemacht, wollte mal sehen, wie die Mädchen in dem Zug aussehen. Habe noch nie eine Ostberlinerin von Nahem gesehen.«

Max' Miene verfinsterte sich. Aber er ließ es dabei bewenden. »Komm jetzt lieber, hauen wir wieder ab.«

Das war wohl das Beste, also fuhr ich mit Max zurück zur Friedrichstraße, wo uns Flocke und Kalle und der Tränenpalast erwarteten.

Ich hätte mich schwarzärgern können! Kurz nachdem wir in Sabines Wohnung angekommen waren und sie mir ihre Kassette gegeben hatte, stellte ich fest, dass meine weg war. Panisch schüttete ich den Inhalt meiner Schultasche auf den Teppich vor ihrem Bett.

»Ich hatte sie doch vorhin noch«, murmelte ich durch meine zusammengebissenen Zähne, während ich zwischen den Heftern wühlte.

»Hast du sie vielleicht in der Bahn verloren?«, fragte Sabine, nachdem sie mir eine Weile zugesehen hatte.

Ihre Worte durchzuckten mich wie ein Stromschlag. War mir die Kassette wirklich aus der Tasche gerutscht? Eine Katastrophe! Dass jemand eine gute Kassette beim Fundbüro abgab, war unwahrscheinlich. Der Finder hatte sicher Kinder oder hörte selbst Musik und freute sich nun über meine Aufnahmen. So ein Mist!

»Nun komm schon, das macht doch nichts!«, versuchte Sabine mich zu trösten, als mir schon die Tränen kamen. »Bespielst du eben 'ne neue Kassette. Ich hab sogar noch welche da.«

Um die Kassette ging es mir nicht. Es ging mir um all die Arbeit, die ich in die Aufnahmen gesteckt hatte. Um all das Herumlaufen in meinem Zimmer, bis ich einen Punkt gefunden hatte, an dem der Empfang gut genug war. Um all das Hoffen, dass endlich mal das richtige Lied kam, das perfekte Lied, das nur einmal in Wochen oder Monaten gespielt wurde.

Diese Lieder fuhren jetzt mit der U-Bahn durch die Stadt und landeten entweder im Müll oder im Kassettenrekorder von jemand anderem.

Ich schluchzte leise vor mich hin.

Sabine stand ratlos neben mir, dann ging sie zu ihrem Nachttischchen, zog eine schwarze Kassette aus der Schublade und hielt sie mir hin. »Hier nimm sie«, sagte sie und legte den Arm um meine Schulter. »Die Lieder wirst du schon noch mal bekommen. Vielleicht bringst du mir dann sogar zwei Kassetten mit, die kann ich gebrauchen, wenn wir in den Urlaub fahren.«

Ich nickte, alles andere als getröstet, und nahm die Kassette an mich.

Sabine streichelte einen Moment lang meine Schulter, dann fragte sie: »Was hattest du denn alles drauf? Wenn ich es höre, kann ich es doch für dich aufnehmen.«

Das war lieb von ihr, aber vorrangig sollte sie doch diese Lieder hören und nicht für mich aufnehmen!

»Es war DeMo drauf und David Bowie. Gerade den Bowie wollte ich schon lange mal haben.«

»Sie spielen ihn bestimmt wieder.«

Ja, bestimmt. Irgendwann. Auch bei den Westsendern konnte man nicht sicher sein, dass irgendein Lied bald wieder kam. Und ich konnte nicht einfach bei einer Wunschsendung anrufen! Mal davon abgesehen hatten wir gar kein Telefon und der Münzer an der Ecke war ständig kaputt.

Darauf, mir jetzt Sabines Kassette anzuhören, hatte ich keine Lust, also gingen wir nach draußen. Hinter Sabines Wohnblock gab es einen Spielplatz mit vielen Bäumen. Wenn dort nicht gerade Kinder herumtobten, konnte man dem Rauschen zuhören und sich, wenn man die Augen schloss, vorstellen, man wäre am Meer.

An diesem Nachmittag waren aber schon Kinder da, die sich mit Sand bewarfen, als wir kamen.

»He, ihr da, lasst das!«, rief Sabine ihnen zu, doch sie machten munter weiter.

Wir setzten uns abseits vom Sandgefecht auf einen Betonblock, und während ich ins Gras starrte, versuchte ich mich zu beruhigen. Mit mäßigem Erfolg. Egal, was Sabine tat oder sagte, um meine Kassette würde ich wahrscheinlich auch heute Abend noch trauern.

Auf einmal trampelte etwas hinter uns. Ein merkwürdiger Geruch stieg mir in die Nase, und ich glaubte schon, dass es der alte Herr Pommerenke war, der stets einen Beutel voller Bierflaschen dabeihatte. Doch nichts klimperte und auch die Schritte waren zu schnell.

»Lorenz!«

Sabine verdrehte die Augen, als sich der Junge neben uns setzte. Lorenz hatte das breiteste Grinsen, das ich je auf einem Gesicht gesehen hatte. Und war der verrückteste Typ, den ich kannte. Trotz der brütenden Hitze trug er seine lange Jeansjacke, darunter ein zerlöchertes Shirt mit Knopfleiste. Auf seiner Jeans stand irgendwas mit Kugelschreiber geschrieben, das man aber nicht mehr lesen konnte, weil der Stoff bis kurz vor dem Verschliss ausgeblichen war. Seine Füße steckten in groben schmutzigen Arbeiterstiefeln.

Was suchte er hier? Klar, er wohnte im selben Block wie Sabine, aber warum kam er auf den Spielplatz?

Normalerweise fuhr er nach der Schule zum Alex, wo er sich mit seinen Kumpels traf und dort Musik von den Ärzten, den Hosen oder den Einstürzenden Neubauten hörte, was die Vopos schon mal dazu brachte, spontan ihre Ausweise zu kontrollieren.

Meine ordentliche Freundin konnte ihn nicht ausstehen, aber ich mochte ihn, trotz seines Aufzugs und dem Iro, den er sich angeblich mit Wasserstoff und Fußpilzmittel pink gefärbt hatte. Lorenz war Punk und stolz drauf.

Und egal, was andere von ihm hielten – er war ziemlich klug. Er war derjenige, der mir »Romeo und Julia« geliehen hatte, lange bevor wir es in der Schule durchgenommen hatten. Er schaffte es, den Staatsbürgerkundelehrer so lange mit Fragen zu löchern, bis dieser entnervt aufgab. Erst vor Kurzem, als wir uns im Unterricht mit Jugendkulturen beschäftigt hatten, hatte er Herrn Peters darüber aufgeklärt, dass Punks keinesfalls etwas gegen den Sozialismus hatten – sie wollten nur anders sein als die anderen Leute, die durch Berlin geisterten.

Bekommen war das seinen Kopfnoten nicht. Eine Vier in Betragen war das Resultat. Er tat so, als kümmerte es ihn nicht, doch im Stillen ärgerte er sich mächtig darüber. Und ich fand es ungerecht.

Besonders gut fand ich an Lorenz, dass er vorhatte, eines Tages in einem Verlag zu arbeiten – kaum zu glauben bei seinem Aufzug, aber ich war sicher, dass er es schaffen würde.

»Hier, hab was für dich!«, sagte er und zog ein zusammengerolltes Reclam-Büchlein aus der Innentasche seiner Jacke.

Ich starrte ihn verwundert an. War er extra meinetwegen runtergekommen?

»Goethe?«, fragte ich, als ich es auseinanderrollte. Lorenz ging nicht besonders pfleglich mit Büchern um, konnte sie aber fast auswendig, wenn er mit ihnen fertig war.

»Wahlverwandtschaften«, erklärte er mir, als könnte ich es nicht selbst lesen.

»Das seh ich, aber seit wann stehst du denn auf Johann Wolfgang?«

»Seit ich das Buch hier gelesen habe. In der Schule hatten wir's nicht, deshalb war's interessant.«

Ich schlug das Buch auf. Sämtliche weiße Ränder waren ganz fein mit Bleistift beschrieben. Typisch Lorenz, auch bei »Romeo und Julia« hatte er das getan.

»Ich hab ein paar Anmerkungen reingeschrieben, falls du mit dem Text nicht klarkommst.«

Ich zog die Augenbrauen hoch. »Ich und nicht klarkommen?«

»Mein ja nur.« Er rieb sich verlegen über die Nase.

Ich lächelte ihn breit an, versetzte ihm dann einen freundschaftlichen Knuff in die Seite. »Danke.«

Lorenz winkte ab. »Lass nur. Hauptsache, du liest es und sagst mir, was du davon hältst.«

»Das werde ich.« Kurz blätterte ich durch das Buch, doch die vielen Anmerkungen musste ich mir in Ruhe anschauen. »Was suchst du eigentlich hier? Du wolltest doch nicht etwa zu mir?«

»Ich hab gesehen, dass ihr hier unten sitzt«, erklärte er ein bisschen verlegen. »Ich wollte dir das Buch morgen in der Schule geben, aber da ich sowieso loswollte, dachte ich mir, ich geb's dir gleich, dann kannstes schon mal lesen.«

Sabine sah aus, als hätte sie in eine Zitrone gebissen.

»Also, man sieht sich!«, rief er, winkte noch kurz und verschwand.

»Ich weiß gar nicht, warum du mit dem redest«, murrte Sabine, als er außer Hörweite war.

»Ach, so schlimm ist er doch gar nicht. Schau mal, er liest Goethe. Und kann echt nett sein, wenn er will.«

Sabine sagte dazu nichts, aber ich sah ihr an, dass das ihre Meinung auch nicht ändern würde.

Mich hatte er immerhin für einen Moment vom Verlust meiner Kassette abgelenkt.

Claudius

Wieder zu Hause angekommen verzog ich mich gleich in mein Zimmer. Meine Mutter war noch immer nicht da, wer weiß, welche Gymnastikkurse sie wieder besuchte. Mein Vater würde nicht vor zehn oder elf aus dem Büro kommen.

Die brütende Hitze hatte vor der Mauer nicht haltgemacht, mittlerweile war es auch hier, direkt unter dem Dach, nicht auszuhalten.

Als die Tür hinter mir zufiel, blickte ich zu der Posterwand über meinem Bett. Die würde ich echt vermissen, wenn ich von hier auszog. Natürlich würde ich meine über Jahre mühsam zusammengetragene Sammlung nicht wegwerfen, doch wenn man als Musiker *on the road* unterwegs war, konnte man nicht in jedem Motel oder gar an dem Baum, unter dem man gerade schlief, alle Poster aufhängen. Ich würde sie aufbewahren, bis ich wieder Bock drauf hatte, sesshaft zu werden. Vielleicht mit einem Mädchen wie dem, das ich in der Bahn gesehen hatte.

Der Gedanke kam mir irgendwie komisch vor, denn in meinen Plänen für die Zukunft waren Mädchen bisher nur Randfiguren gewesen. Und irgendwo sesshaft zu sein, konnte ich mir ebenso wenig vorstellen.

Die Kassette schien in meiner Hosentasche zu pulsieren. Den ganzen Weg zurück nach Westberlin hatte ich an ihre Besitzerin gedacht. Neben ihren Augen war ihr kurzes Auflachen das Schönste gewesen, wie eine unfassbar geniale Melodie, die man nicht auf einem Instrument nachahmen konnte. Vielleicht hatte sie auch auf dem Heimweg wieder gelacht, über einen Witz, den ihre Freundin gemacht hatte. Oder über etwas, das in der Schule passiert war.

Auf einmal bereute ich es ein bisschen, dass mich die DDR bisher nicht interessiert hatte. Vielleicht gab es dort doch Raum fürs Leben, für Fantasie? Trotz der baufälligen Häuser in der Schönhauser Allee …

Ratlos drehte ich die Kassette in meinen Fingern herum. Noch immer ging mir mein Vorhaben, der Unbekannten die Kassette zurückzubringen, nicht aus dem Sinn. Mittlerweile hatte sie den Verlust bestimmt bemerkt und war traurig darüber. Obwohl ich sie nicht kannte, wollte ich nicht, dass sie traurig war.

Aber vielleicht gab es ja einen Hinweis auf der Kassette. Klar, sie hatte da sicher nicht ihren Namen draufgesprochen, aber vielleicht handelte es sich nicht um Musik, sondern um ein Schulprojekt.

Kurz fragte ich mich noch, ob ich so einfach in die Kassette reinhören durfte. Doch meine Neugier siegte, und so legte ich die Kassette kurzerhand in meinen Walkman ein.

Was ich hörte, überraschte mich schon ein bisschen. Keine geheimen Botschaften, keine Schlagermucke.

Das Mädel hatte einen recht interessanten Musikgeschmack. So interessant, dass ich auf die Idee kam, die Playlist aufzuschreiben. Ich schnappte mir Zettel und Stift und legte los.

The Bangles - Manic Monday
Joy Division - Love will tear us apart
A-ha - Take on me
Alice Cooper - School's out
Depeche Mode - Strangelove
Nick Kamen - I promised myself
Pink Floyd - Another Brick in the Wall
Ped Shop Boys - Heart
The Cure - Lovesong
Real Life - Send me an Angel
David Bowie - Heroes

Was für eine schräge Mischung!

Besonders beeindruckte mich, dass sie neben Joy Division, Cooper und The Cure David Bowie auf der Kassette hatte. Und dann noch dieses Lied!

Es handelte von der Mauer, von einem Paar, das versucht, das

System zu besiegen, indem es sich mitten auf dem Todesstreifen küsst. Auch wenn ich klamottentechnisch niemals wie der Thin White Duke rumlaufen würde, mochte ich seine Musik und bewunderte seinen Werdegang.

Aber etwas enttäuschte mich. Es gab auf der Kassette keinen Hinweis auf die Identität des Mädchens.

Dann schoss es mir durchs Hirn: Vielleicht war die Kassette ein Geschenk ihres Freundes! Vielleicht war der Waver, lief schwarz gekleidet rum wie Dave und Martin und wollte ihr so seine Liebe zeigen. Die Tracks passten irgendwie. Sehr viel Liebe in den Liedern. Und zu dem Karamellmädchen passte, dass sie einen Freund hatte. Sicher liefen ihr die Jungs scharenweise hinterher. Saskia und alle anderen Mädchen, mit denen ich bisher rumgemacht hatte, stellte sie locker in den Schatten!

Auf einmal fühlte ich mich irre schlecht. Ich konnte nicht sagen, warum, immerhin kannte ich das Mädchen gar nicht, und was ging es mich an, ob sie einen Freund hatte oder nicht?

Doch ich wollte sie kennenlernen, unbedingt! Oder ihr wenigstens die Kassette zurückgeben …

Mein erster Gedanke war, Max zu fragen, doch dann fiel mir wieder ein, dass ich ihm nicht mal von der Kassette erzählt hatte. Und dass ich wegen des Mädchens ziemlich verwirrt war, wollte ich nicht mal ihm anvertrauen. Zumindest jetzt noch nicht.

Niedergeschlagen zog ich die Kassette wieder aus meinem Walkman. Dabei bemerkte ich an der Seite ein paar Kratzer. Eigentlich hätte ich sie ignorieren können – aber es waren keine zufälligen Kratzer, sondern welche, die mit Absicht hineingeritzt worden waren.

Ich schaltete die Schreibtischlampe ein und betrachtete sie näher.

»Milena«, stand da in ungelenken Buchstaben, wahrscheinlich waren sie mithilfe einer Nadel entstanden.

Milena. War das der Name des Mädchens? Wie viele, die so hießen, mochten in Ostberlin leben? Oder zumindest in dem Teil Ostberlins, in dem sie ausgestiegen war ...

Milena. Der Name passte zu ihr. Und jemand hatte die Kassette für sie bespielt. Meine Freundestheorie erhärtete sich. Und der Knoten in meinem Bauch auch.

Dennoch sollte sie die Kassette zurückbekommen ...

Ich warf mich also auf mein Bett, schloss die Augen und während ich versuchte, mir Milenas Lachen wieder ins Gehör zu rufen, kam mir eine Idee.

Für den Fall, dass ich das Mädchen wiederfand, würde ich noch einen persönlichen Gruß auf der Kassette hinterlassen ...

Take on me

Milena

Der nächste Tag brachte eine unangenehme Überraschung. Gleich morgens wurde Lorenz zu Direktor Neumann zitiert. Das passierte äußerst selten und nur dann, wenn jemand etwas Ernsthaftes ausgefressen hatte. Was hatte er nur wieder angestellt?

Als es klopfte, schossen all unsere Köpfe beinahe gleichzeitig nach oben.

Frau Heinrich, die nicht nur die Clubleiterin der »Jungen Pädagogen« war, sondern auch unsere Deutschlehrerin, rief: »Herein!«, und da schob sich Lorenz' pinkfarbener Iro durch die Tür. In seiner Hand hielt er einen Zettel, seine Wangen waren gerötet, aber auf seinem Gesicht lag ein selbstgefälliges Grinsen.

Ich platzte beinahe vor Neugierde.

»Lorenz, setz dich und schlag dein Buch auf Seite fünfzig auf«, wies Frau Heinrich ihn streng an und fuhr dann fort mit ihrem Vortrag über russische Dichter der Neuzeit.

Lorenz kam ihrer Anweisung nach, allerdings fläzte er sich auf seinen Stuhl und schlug das Buch so geräuschvoll auf, dass Frau Heinrich pausierte und ihn böse ansah.

Als ich zu ihm rüberblickte, sah ich, wie er den Zettel grinsend zusammenknüllte. Was stand da bloß drauf?

»Milena, was gibt es da hinten so Interessantes?«, durchschnitt Frau Heinrichs Stimme meine Gedanken.

Blitzschnell sah ich wieder nach vorn. »Nichts, Frau Heinrich.«

Ich konnte mir bei ihr nichts erlauben, denn ich war noch nicht sicher, ob sie mit der Wandzeitung, die ich ihr abgegeben hatte, zufrieden war.

Während ich versucht hatte, die Zeitungsausschnitte von Sabines Vater irgendwie anzuordnen, war mir die Flasche mit dem Leim umgekippt. Ich hatte versucht, zu retten, was ich retten konnte, aber dennoch waren ein paar hässliche Flecken geblieben, die ich mit meinem schwächelnden Filzstift nicht kaschieren konnte. Das Resultat meiner Aktion: ein verbogener Leimpinsel, gelbe Leimflecken auf meinem Teppich, die wie Rotze aussahen, und eine Wandzeitung, der man ansah, wie unmotiviert sie zusammengekleistert worden war. Aber immerhin hatte ich sie heute Morgen gleich bei Frau Heinrich abgegeben.

Das war jetzt allerdings Nebensache. Ich musste herausfinden, was mit Lorenz los war.

Zwei Pausen und zwei Unterrichtsstunden musste ich warten, bis ich endlich mit ihm reden konnte. In der Hofpause stand er meist in der hintersten Ecke, mit den Jungs aus der Zehnten, einigen von unseren Jungs und denen der Parallelklassen zusammen.

Wenn man sich in diese Ecke wagte, musste man damit rechnen, ein paar dumme Sprüche zu kassieren. Aber diesmal siegte meine Neugier.

»Ey, schaut mal, da ist Milka!«, rief natürlich Thomas, der Klassenclown aus der 10a, und die Jungs brachen in ein Gejohle aus, das dem Heulen eines Wolfsrudels ähnelte. Irgendwer von den Jungs musste es heute nicht ins Bad geschafft haben, denn es roch verdächtig nach Ziegenbock. Das hätte ich ihnen an den Kopf geknallt, wenn sie weitergemacht hätten, aber da schaltete sich auch schon Lorenz ein.

»Mensch, lasst sie in Ruhe!«

Er ignorierte die spöttischen Laute und kam zu mir. Von seinem Gesicht konnte ich ablesen, dass er bereits ahnte, weswegen ich hier war.

»Was war los?«, fragte ich Lorenz, nachdem ich ihn ein Stück von den anderen Jungs weggezogen hatte. In der Schule neigte er dazu, cool zu tun und manchmal auch Witze über mich zu machen. Das unterließ er diesmal immerhin.

»Die haben mir 'nen Zettel für meinen Alten mitgegeben.«

»Und warum?«

Lorenz zuckte mit den Schultern. »Keine Ahnung. Auf jeden Fall soll mein Alter auf mich einwirken wegen der Klamotten und meiner Haare.« Er strich sich kurz über den pinkfarbenen Hahnenkamm, der am Ansatz schon wieder dunkelblond wurde. »Stell dir vor, der Direx hat mir mit Jugendwerkhof gedroht, wenn ich mich nicht ändere.«

Ich sah ihn erschrocken an. Was genau in einem Jugendwerkhof vor sich ging, wussten nur die genau, die drin saßen. Aber es gab gruselige Gerüchte.

»Das können sie doch nicht machen – wegen deiner Frisur!« Irgendwie stank das alles nach Ausrede.

»Das können sie sehr wohl«, entgegnete er trotzig. »Aber ich werd meinen Iro nicht abschneiden. Stattdessen können die sich bald auf was Besonderes freuen.«

»Lorenz! Du kannst dir nicht noch mehr Ärger einhandeln. Stell dir mal vor, die machen ernst …«

Es war ja nicht so, dass sie das nicht schon mal getan hatten.

Ein Junge, der ein Hakenkreuz neben den Werkraum in die Wand geritzt hatte und dabei erwischt worden war, war von einem Tag auf den anderen verschwunden. Es wurde gemunkelt, dass er deswegen in den Jugendwerkhof abgewandert sei.

Lorenz winkte ab, doch in seinen Augen sah ich etwas Angst. »Keine Bange, ich bin doch nicht so blöd und geb denen noch mehr Futter. Sagen wir mal so, ich werde bald das Musterbeispiel eines Schülers sein.«

Das Grummeln in meiner Magengrube sagte mir was anderes.

»Was ist, hast du schon mit den ›Wahlverwandtschaften‹ angefangen?«, versuchte er abzulenken.

»Nee, musste doch die Wandzeitung für die Heinrich machen.«

»Wandzeitung?« Lorenz zog die Augenbrauen hoch. Als angehender Verlagsmann brauchte er natürlich nicht bei den Jungen Pädagogen anzutanzen.

»Na du weißt schon«, entgegnete ich. »Das übliche Gelaber. ›Kämpft durch gute Noten Seite an Seite mit dem ZK der SED‹ und so weiter. Hätte auch mein Stabü-Buch auseinanderschneiden können, aber leider hab ich das von der Schule geliehen.«

Lorenz prustete los. »Wie schön, dass bei dir noch Hoffnung besteht. Du wirst bestimmt kein Parteibonze werden wie Sabine.«

»He, Sabine ist meine Freundin!« Dass sie sich bemühte, vorbildlich zu sein, war ja nichts Schlechtes.

»Ja, das ist sie, und ich sage dir, die wird mal eine ganz tolle Parteifunktionärin.« Er salutierte spöttisch, dann setzte er hinzu: »Man sieht sich, Milka.«

Ich rollte die Augen.

Den Spitznamen Milka hatte er mir verpasst, nachdem »Tamara«, unsere Russischlehrerin, die nicht wirklich Tamara hieß, sondern Frau Krause, mich »Milenka« genannt hatte – was wohl so was wie eine Koseform sein sollte, aber dafür hasste ich sie noch immer, denn Lorenz hatte kurzerhand das »en« durchgestrichen und daraus Milka gemacht. »Seh ich aus, als hätte ich lila Flecken?«

»Nee, aber ich kann dir zeigen, wie du dir die Haare lila färben kannst, dann passt es!« Damit winkte er mir zu und ging zu den Jungs zurück, die wahrscheinlich gleich von ihm wissen wollten, was wir geredet hatten.

Ich trottete zu Sabine zurück, die auf der Treppe saß und las. »Na, was ist, was hat er gesagt?«

Sollte ich ihr wirklich davon erzählen, dass Lorenz der Jugendwerkhof angedroht worden war?

»Er hat 'nen Zettel für seinen Vater bekommen, wegen seiner Klamotten«, berichtete ich.

»Ich sag's doch, dass der 'nen Knall hat. Du solltest besser nicht mehr mit ihm reden.«

»Ach, Binchen«, sagte ich zu ihr und legte ihr meinen Arm um die Schultern. »Lorenz ist in Ordnung. Er ist nur ein bisschen rebellisch, das ist alles. Sonst ist er ein lieber Kerl.«

Bevor sie etwas dagegen sagen konnte, klingelte es zur nächsten Stunde und wir nahmen Aufstellung auf dem Schulhof.

Claudius

Die ganze Nacht über hatte ich keine Ruhe. Immer wieder sah ich das Gesicht des Karamellmädchens vor mir, selbst in meinen Träumen war sie aufgetaucht und hatte mich vorwurfsvoll gefragt, warum ich ihre Kassette hätte.

Beim Aufwachen war alles klar. Ich würde wieder rüberfahren!

Als ich mein Zimmer verließ, in der festen Überzeugung, dass ich allein im Haus war – immerhin war es schon zehn –, hörte ich ein Rumoren in der Diele. Meine Mutter war schon längst unterwegs zu ihrer Gymnastik, also konnte es nur mein alter

Herr sein. Warum war der noch hier? Verschlafen kam bei ihm nicht infrage, pünktlich um fünf klingelte sein Wecker. Hatte er was vergessen? Beinahe undenkbar bei Anton Hegemann, der das perfekte Gedächtnis besaß und von Pflichtgefühl durchdrungen war.

Irgendwas sagte mir, dass es besser wäre, ihm nicht zu begegnen, doch da war ich schon halb die Treppe hinunter. Natürlich bemerkte er mich und sah nach oben.

»Claudius, du bist noch hier?«, fragte mein Vater streng.

»Wo soll ich denn sonst sein?«, fragte ich zurück. Bis zu meiner letzten Prüfung hatte ich frei. Welchen Grund gab es für mich, mit den Hühnern aufzustehen?

»Ich hatte dir doch von der Veranstaltung an der Uni erzählt. Der Infotag an der Juristischen Fakultät, schon vergessen?«

Das hatte ich tatsächlich. Wahrscheinlich, weil es mich nicht die Bohne interessierte. Vaters Adleraugen sahen mir das an, denn sogleich schnaufte er ungehalten. »Wie wäre es, wenn du ein bisschen mehr Engagement zeigst? Könnte nicht schaden. Wer weiß, vielleicht kannst du dich dann sogar einschreiben und damit deine Zukunftschancen verbessern.«

Ich wusste nicht, wie die Anwesenheit auf einer öden Veranstaltung meine Zukunftschancen erhöhen sollte. Doch ich spürte genau, dass es in diesem Augenblick nicht gut war, Vater zu widersprechen. Wahrscheinlich hatte er auf dem Weg ins Gericht extra einen Abstecher nach Hause gemacht, um mich aus den Federn zu holen und mich zu dem Infotag zu schleifen.

Vater sah nervös auf seine Uhr. »Wenn du in zehn Minuten fertig bist, fahre ich dich rum. Ich habe in der Nähe zu tun, es wäre also kein Umweg.«

Um Knatsch zu vermeiden, nickte ich nur und verzog mich nach oben. Zehn Minuten waren nicht viel, viel zu wenig, um ausgiebig zu duschen oder sonst irgendwelche Umstände mit dem

Aussehen zu treiben. Ich wusch mich schnell, schlüpfte in meine Jeans und mein Shirt, wobei es mir in den Fingern juckte, das mit dem Che-Kopf zu nehmen. Ich entschied mich aber für ein normales graues mit einer Knopfleiste am Ausschnitt.

Unten angekommen spürte ich deutlich Vaters Missbilligung. »So willst du in die Uni?«

»Tut mir leid, 'nen Talar hab ich noch nicht«, rutschte es mir raus.

Vater sah mich eisig an. »Das passt zu dir. Große Klappe, aber zu nichts Lust. Schon gar nicht zum Studium. Aber das wird sich ändern, wart's ab! Du wirst nicht während der ganzen Ferien faul in deiner Bude hängen, sondern bei mir arbeiten, damit du endlich mal lernst, was Arbeit heißt. In deinem Alter habe ich schon einige Jahre bei meinem Vater mitgeholfen!«

Nur dass Großvater einen Werkzeugladen hatte und keine Anwaltskanzlei. Darauf wollte ich ihn jetzt aber nicht hinweisen, sonst hätte er mir noch 'nen Vortrag ans Bein gebunden.

»Na, meinetwegen, komm jetzt«, brummte er nach einem weiteren nervösen Blick auf die Uhr. Offenbar waren wir zur Infoveranstaltung schon spät dran. »Du wirst dir alles anhören, verstanden? Ich frage dich heute Abend ab!«

Manchmal schien mein Vater zu vergessen, dass ich bereits achtzehn war und keine dreizehn mehr. Noch immer holte er gern seinen »Beine unter dem Tisch«-Spruch raus. Spätestens im Herbst würde das vorbei sein, wenn ich auf dem Weg durch die Staaten war.

Während der gesamten Fahrt schwiegen wir. Vielleicht glaubte mein Vater, dass ich über meine Fehler nachdachte, doch ich hatte seine Worte schon wieder vergessen und dachte an das Mädchen mit dem Karamellhaar und den Regenwaldaugen.

Dass er mich fuhr, hatte immerhin den Vorteil, dass ich in

Dahlem Dorf die U-Bahn nehmen konnte. So wurde der Weg bis zum Anhalter Bahnhof etwas kürzer, denn in der Blissestraße würde ich in die U7 springen, bis zur Yorckstraße fahren und dort in die S-Bahn zum Grenzübergang umsteigen.

Mist, der Grenzübergang! Den Mehrfachberechtigungsschein hatte ich noch in meiner Hosentasche, aber ganz vergessen, dass ich Geld umtauschen musste. Fünfundzwanzig Mark! Die hatte ich natürlich nicht, bestenfalls noch Geld für Fahrscheine.

»Haste mal fünfundzwanzig Mark für mich?«, fragte ich also.

Mein Vater sah mich verwirrt an, und ich war regelrecht stolz auf mich, dass mir einfiel: »Falls es irgendwelche Bücher zu kaufen gibt.«

»Für fünfundzwanzig Mark!« Mein Vater tat so, als hätten seine Fachbücher mindestens eine Null mehr an ihrem Preis gehabt. War wahrscheinlich auch so.

»Die können doch nicht so teuer sein, oder?«, fragte ich, denn genauso wie ich mich nicht für Jura interessierte, interessierte ich mich auch nicht für die Preise irgendwelcher Bücher, die man dafür brauchte.

Mein Vater ließ mich zappeln, bis er direkt vor der Uni – Silberlaube hieß das Gebäude wohl – stehen blieb. Er zückte umständlich seine Brieftasche, nahm die Geldscheine heraus und gab sie mir. »Kein Alkohol, verstanden?«

»Wo denkst du hin!«, entgegnete ich, denn der Vorwurf, ich würde saufen, war vollkommen ungerechtfertigt. »Bücher!«

Ich stieg aus und da ihm zuzutrauen war, dass er eine Extrarunde fuhr, um nachzuprüfen, ob ich die Uni wirklich betreten hatte, erklomm ich die Stufen und trat ein.

Tatsächlich schienen sich viele in meinem Alter über die Studiengänge informieren zu wollen. Ich entdeckte sogar zwei Mädchen aus unserer Klasse – Freundinnen von Saskia. Seit wann interessierten die sich für Jura? Wahrscheinlich wollten die checken, ob es unter den angehenden Juristen Lover-Material für sie gab.

Ich wartete ein paar Minuten neben der Tür, rechnete mir aus, wie lange es wohl dauern würde, bis Vater seine Runde gedreht hatte, und als ich sicher sein konnte, dass die Luft rein war, stürmte ich wieder nach draußen.

Der Mann, den ich dabei beinahe umrannte, musste wohl ein Professor gewesen sein, jedenfalls rief er mir hinterher: »Na, na, so schlimm wird es doch wohl nicht gewesen sein.«

Ich ignorierte diesen Witz, rannte die Straße runter, dann über die Straße bis zum Aufzug, über den man auf den Bahnsteig gelangte. Da es Vormittag war, die meisten Leute also schon auf der Arbeit, dauerte es nicht lange, bis der Aufzug kam, und kaum hatte ich unten das Ticket gelöst, fuhr die Bahn auch schon ein.

Ich war mir darüber im Klaren, dass das Karamellmädchen nicht zu dem Zeitpunkt in der Bahn sitzen würde, an dem ich in Richtung Pankow fuhr. Ich hatte zwei Möglichkeiten. Entweder wartete ich am Alex, in der Hoffnung, dass sie dort auftauchen und in die U-Bahn steigen würde. Oder ich setzte mich auf den Bahnhof, an dem sie ausgestiegen war.

Als die S-Bahn in der Friedrichstraße hielt, hatte ich beschlossen, in die Schönhauser Allee zu fahren und dort vor dem Bahnhof zu warten. Wenn sie aus der Schule kam, musste sie da ja rauskommen.

Während ich in der Schlange für das Tagesvisum stand, fiel mir ein, dass ich ihr vielleicht ein kleines Wiedergutmachungsgeschenk mitbringen könnte. Was sie wohl mochte? Ich hatte einem Mädchen noch nie ein Geschenk gemacht.

Ehe ich weiter darüber nachdenken konnte, öffnete sich mit einem lauten Summen die Tür vor mir.

Beim Eintreten sah ich denselben Grenzpolizisten wie gestern und fragte mich, ob es eine gute Idee wäre, ihn zu fragen, ob er eine Tochter habe und was die so möge. Doch angesichts seiner ausdruckslosen Miene und der Tatsache, dass seine Stimme heute noch unfreundlicher klang, ließ ich es bleiben.

Nach dem Geldumtausch, der wieder gut eine Stunde verschlungen hatte, konnte ich endlich auf die andere Seite des Bahnhofs wechseln. Dass es zwischen beiden Teilen des Gebäudes eine große Metallwand gab, hatte ich gestern gar nicht so deutlich wahrgenommen.

Würde sich je etwas daran ändern, dass Berlin eine Stadt in zwei verschiedenen Welten war?

Das Mädchen, das mir in der S-Bahn Richtung Alex gegenübersaß, brachte mich mit ihrem sehr abgegriffenen Taschenbuch auf eine Idee für ein Geschenk.

In der kleinen Buchhandlung, die uns gestern die verbotenen Bücher verkauft hatte, suchte ich nach einem passenden Buch für sie. Natürlich kein verbotenes, denn sie sollte keinen Ärger bekommen. Möglicherweise gab es unter den nicht verbotenen Büchern aber etwas, das mal nicht vom Sozialismus und Kommunismus oder der SED handelte.

Auf dem Weg nach weiter hinten kam ich an einem Regal vorbei, über dem ein Schild mit der Aufschrift »Romane« hing. Viele Bücher gab es hier nicht.

Während ich mich noch fragte, was Milena vielleicht gern lesen würde, wanderte meine Hand automatisch zu einem schmalen, ziemlich schmucklos aussehenden Buch mit seltsamem Titel. Es stand bei den russischen Autoren, mit denen würde sie vielleicht etwas anfangen können – immerhin lernten die Schüler in der DDR doch Russisch. Ich schlug es auf, las ein wenig darin und entschied, dass es das Richtige war. Der Autor schrieb recht schnörkellos, aber das gefiel mir.

Die Buchhändlerin, die erstaunt war, mich so schnell wieder-zusehen, lächelte mich breit an. »›Dshamilja‹ von Tschingis Ait-matow.«

Ich nickte, als wüsste ich ganz genau, was ich da tat. Dabei hatte mich eigentlich nur der Untertitel »Eine Liebesgeschichte« dazu verleitet, nach dem Buch zu greifen. Mädchen – auch in der DDR – mochten doch Liebesgeschichten, oder?

»Gute Wahl«, bestätigte mir die Buchhändlerin schließlich. »Bei uns wird es im Unterricht gelesen, aber ich denke, das ist bei euch anders, oder?«

Im Unterricht? Mich überlief es heiß und kalt. So was mochte sie bestimmt nicht! »Na ja, nein, ich …«, stammelte ich vor mich hin. »Ich wusste nicht, dass es in der Schule gelesen wird.«

Die Buchhändlerin sah mich prüfend an. »Keine Bange, es wird zwar im Unterricht durchgenommen, man kann es aber auch so lesen. Es sei denn, man hat eine Abneigung gegen Liebes-geschichten.«

Sie zwinkerte mir zu.

»Also gut, ich nehme es«, sagte ich und legte das Geld auf den Tisch.

»Grüß deinen Freund Max von mir, wenn du ihn siehst!«, rief sie mir hinterher, als ich den Laden verließ.

Um diese Zeit waren viele Touristengruppen in der U-Bahn-Sta-tion. Die Schüler waren längst weg, und Schwänzer oder Penner, wie sie in unseren Bahnhöfen herumlungerten, sah ich nicht. Of-fenbar trauten sie sich das nicht, aus Angst, von der Stasi einge-sammelt zu werden.

Nachdem ich diesmal ordnungsgemäß ein Ticket gekauft hat-te, stieg ich in die nächste U-Bahn Richtung Pankow.

In meinem Waggon saßen vorwiegend Rentner, die sich über ihre Arztbesuche und die Enkelkinder austauschten.

Ich selbst hatte keine Großeltern mehr. Die von Vaters Seite hatte ich nie kennengelernt, die von Mutters Seite waren undeutliche Schatten in meiner Erinnerung.

Wenn ich die alten Leute so reden hörte, musste es super sein, einen Großvater oder eine Großmutter zu haben, zu denen man sich flüchten konnte, wenn's Probleme mit den Alten gab.

Wie wären meine Großeltern wohl gewesen?

Als die Bahn hielt, stiegen ein paar Mädchen ein. Eine von ihnen hatte karamellfarbenes langes Haar!

Mein Puls raste plötzlich. War sie das?

Da sie mir den Rücken zuwandte, konnte ich es erst mal nicht erkennen. Aber von der Größe und der Frisur konnte es hinkommen. Als ihre Freundinnen merkten, dass ich sie anstarrte, stießen sie die Karamellhaarige in die Seite. Sie wandte sich um – doch sie war es nicht. Dieses Mädchen war auch recht hübsch, trug allerdings eine große Zahnspange. Ich lächelte ihr ein wenig verlegen zu, drehte dann aber den Kopf zur Seite. Die Mädchen steckten daraufhin tuschelnd die Köpfe zusammen. Würde gleich eine zu mir kommen? Glücklicherweise mussten sie schon an der nächsten Station raus.

Aufatmend lehnte ich mich zurück und schloss die Augen, bis wir endlich die Schönhauser Allee erreicht hatten.

Der gleiche Anblick wie am Vortag. Trabis und andere DDR-Fahrzeuge, die sich die Straße entlangschoben. Traurig graue Häuserfassaden, hinter denen sich dunkle Wolken auftürmten. Würde es heute Regen geben? Oder ein Gewitter?

Ich hoffte, dass sich das Unwetter noch Zeit ließ, während ich mich unter der U-Bahn-Brücke postierte, und zwar so, dass ich beide Straßenseiten und den Zugang zur S-Bahn im Blick hatte.

Mit jeder Minute, die verging, wuchs meine Angst. Vielleicht wohnte sie ja gar nicht hier? Vielleicht war sie nur zufällig hier ausgestiegen. Oder sie wollte nur eine Freundin besuchen.

Über mir fuhr die nächste U-Bahn ein. Die aus dem Bahnhof strömende Menschenmenge war ein wenig dichter als bei den Malen zuvor – doch auch diesmal kein karamellfarbenes Haar darunter. Seufzend blickte ich rüber zum S-Bahnhof, dessen gekachelte Fassade unangenehm zwischen den benachbarten Häusern herausstach.

Beinahe zeitgleich mit der U-Bahn war auch eine S-Bahn angekommen. Nach und nach erschienen die Fahrgäste in der Tür. Viele ältere Leute, Arbeiter. Und dann Schüler. Ein Mädchen mit blondem Zopf, das eine abgewetzte Schultasche über der Schulter trug. Moment mal, war das nicht die Freundin des Karamellmädchens?

Ohne lange zu überlegen, rannte ich los. Auf der Straße war in den vergangenen Minuten so wenig los gewesen, dass ich gar nicht mehr auf den Verkehr achtete.

Ein lautes Quietschen ließ mich erschrocken zur Seite springen. Nur eine Armlänge von mir entfernt kam ein himmelblauer Trabant zum Stehen. »Vom Trabi überfahren!« – das wäre eine tolle Schlagzeile für die Bildzeitung gewesen! Mein Herz raste wie verrückt.

»He, bist du verrückt geworden, Junge?«, schimpfte eine Männerstimme aus dem Fenster heraus, dann ließ der Fahrer den Motor aufjaulen. Ich sah zu, dass ich von der Straße kam.

Auf der anderen Seite drängte ich mich zwischen zwei Männern hindurch, rannte dann an einer Frau mit Hund vorbei. Die kleine Promenadenmischung kläffte mich an und zerrte an ihrer Leine. Ich hörte nur noch: »Nun reg dich doch nicht auf, Lenin, ist ja schon gut.«

Jemand nannte seinen Hund Lenin?

Während ich mich fragte, ob ich richtig gehört hatte, rannte ich hinter der Blonden her, die den Gehweg hinuntereilte. »He, warte!«

Zunächst ignorierte sie meinen Ruf, dann blieb sie stehen und blickte sich verwundert um.

»Meinst du mich?«

»Klar, dich, wen sonst!«, gab ich zurück. Erkannte sie mich nicht mehr?

»Hab keine Zeit«, sagte sie nach kurzem Überlegen und wollte sich schon umwenden, doch ich hielt sie am Riemen ihrer Tasche fest.

»He, was soll das?«, fragte sie ärgerlich.

»Ich hab dich gestern in der U-Bahn gesehen. Deine Freundin … sie hat was verloren.«

Noch immer blickte mich das blonde Mädchen wütend an.

»Das ist ihre, nicht?« Ich zeigte ihr die Kassette. »Sie hat sie auf dem Sitz liegen lassen, gestern in der Bahn. Ich habe überall nach ihr gesucht, weil ich sie ihr wiedergeben wollte.«

Jetzt wurde die Miene der Blonden ein wenig freundlicher.

»Ja, das ist ihre Kassette. Sie hat sie ganz furchtbar vermisst.«

»Deine Freundin heißt Milena, stimmt's?«

Die Blonde nickte.

»Wo kann ich sie finden?«, fragte ich ohne Umschweife, ganz hibbelig in meinem Innern. Milena. Ich hatte recht gehabt!

»Ich kann ihr die Kassette doch geben«, entgegnete die Blonde lächelnd und streckte die Hand aus.

Ich schüttelte den Kopf. Das war lieb gemeint, doch dafür war ich nicht hergefahren. »Ich möchte sie ihr selbst geben. Nicht, dass ich einen Finderlohn will oder so was, ich will nur kurz mit ihr reden.«

Die Blonde kaute auf ihren Lippen herum. Wenn sie gemein war, würde sie sich jetzt umdrehen, mich stehen lassen und sich darüber freuen, dass ich kreuz und quer durch diesen Teil der Stadt lief und nach der Nadel im Heuhaufen suchte.

»Bitte«, flehte ich. »Es ist lebenswichtig.«

»Lebenswichtig?« Sie zog die Augenbrauen hoch. Aber dann lenkte sie ein: »Sie ist bestimmt wieder auf dem Humannplatz, das ist nicht weit von hier.«

»Humannplatz?«

Das blonde Mädchen nickte, erkannte meine Ratlosigkeit und beschrieb mir dann glücklicherweise den Weg.

»Wenn sie nicht da ist, steck ihr die Kassette einfach in den Briefkasten Wichertstraße vierzehn. Paulsen ist der Nachname.«

Milena Paulsen. Klang sehr nett.

»Okay, danke!«, rief ich und hoffte, dass ich sie dort finden würde.

Milena

Am Nachmittag hätte ich eigentlich in der Schule bleiben sollen, um mit Frau Heinrich und den anderen jungen Pädagogen den Abschluss des Schuljahres zu feiern. Doch ich bat Sabine, mich zu entschuldigen und verzog mich an meinen geheimen Leseplatz, einer Bank auf dem Humannplatz, wo ich ungestört mit den »Wahlverwandtschaften« beginnen wollte.

Ich blickte auf den Buchdeckel, den Lorenz mit kleinen graffiti-ähnlichen Zeichnungen verziert hatte. Was hätte der alte Goethe zu solchen Illustrationen gesagt?

Ich wollte das Buch gerade aufschlagen, da fragte eine Stimme hinter mir: »Milena?«

Ich zuckte zusammen, als würde mich jemand bei etwas Verbo-tenem ertappen. Die Stimme war mir völlig unbekannt. Schritte tappten durch das Gras, dann stellte er sich vor mich.

In dem Augenblick war ich einfach zu verdattert, um etwas zu sagen. Es war der Junge aus der U-Bahn! Der, der gegen die dicke Frau gesprungen war. Der mit den wunderschönen braunen Augen.

»Bist du Milena?«

»Ja ... die bin ich.« Was wollte er von mir? Und woher kannte er meinen Namen?

Er schob die Hand in die Hosentasche und zog etwas hervor. Eine Kassette! »Hier, die gehört wohl dir. Du hast sie gestern in der U-Bahn verloren.«

Verrückt! War das wirklich meine Kassette?

»Ähm, ja, ich ...«, stammelte ich, während ich gar nicht die Hand ausstrecken mochte.

»Na, nimm schon!«, sagte er und streckte mir die Kassette hin. Meine Liedersammlung für Sabine!

»Danke.« Als sich unsere Hände kurz berührten, zuckte ich zusammen. Keine Ahnung warum, denn seine Finger waren warm und weich. Meine hingegen waren auf einmal eiskalt.

»Du hast ja heute gar nicht deine blaue Bluse an«, stellte er lächelnd fest, als ich die Kassette in die Tasche geschoben hatte.

Blaue Bluse? Hörte ich richtig? Er muss doch das Emblem am Ärmel gesehen haben! Oder wollte er mich auf den Arm nehmen?

»Ja, wieso, es ist doch Dienstag!«

Er sah mich völlig verdattert an. »Ich ... ich dachte, ihr tragt die jeden Tag ...«

Ich zog die Augenbrauen hoch. Das musste doch ein Scherz sein, es sei denn, er ... Aber war das möglich?

»Ty goworisch po-russky?«, fragte ich ihn auf Russisch.

»Was?« Sein rechter Mundwinkel zuckte. Entweder hielt er mich jetzt für verrückt, oder ...

»Ich hab dich gefragt, ob du Russisch sprichst. Nee, oder?«

Der Junge lachte unsicher. »Nein ... nein, das spreche ich nicht. Aber Englisch und Französisch.«

Ich schüttelte ungläubig den Kopf. Das konnte doch nicht wahr sein!

»Wie heißt du eigentlich?«, fragte ich weiter. »Und woher kommst du?«

»Claudius«, antwortete er und zögerte. Sah mich an, als müsste er sich gut überlegen, wie er meine zweite Frage beantwortete. »Ich komme aus Zehlendorf. Drüben.«

»Du bist aus dem Westen?«, presste ich hervor, und gleich darauf war's mir peinlich.

»Ja, das bin ich.«

Ein Gedanke blitzte in mir auf. Womöglich hatte ich es hier mit einem Typen von der Stasi zu tun, der meine Kassette in die Finger bekommen hatte und mich nun aushorchen wollte.

»Echt? Kannste das beweisen?«

Claudius griff lässig in seine Hosentasche und zog eine verbogene Geldbörse hervor. Aus dieser zauberte er ein etwas abgewetzt aussehendes graues Heftchen, auf dem unter dem aufgedruckten Adler der Schriftzug »Personalausweis« stand – und über dem Vogel stand: Bundesrepublik Deutschland!

»Ist der echt?«

»Ich glaube schon? Jedenfalls hat mir bisher noch keiner gesagt, dass er falsch ist. Wenn du willst, kannst du auch noch meinen Führerschein sehen.«

»Nee, ich glaub dir schon.« Jetzt musste ich erst mal nach Luft schnappen. Der Klassenfeind! Direkt vor meiner Nase! Gut aussehend, gut duftend und obendrein offenbar sehr nett. Was Sabine dazu sagen würde? Oder besser noch unser Stabü-Lehrer! Ich wusste ja, dass Westdeutsche nicht bissen, aber …

»Und wie …« Nein, du fragst ihn jetzt nicht, wie er hierher gekommen ist. Es war doch klar, dass er ganz einfach hier eingereist ist, wahrscheinlich über den Bahnhof Friedrichstraße. Wir konnten das nicht, die drüben schon.

»Ich war gestern mit ein paar Kumpels in der Stadt unterwegs und …« Auf einmal wurde er rot. Doch nicht Herr Selbstsicher?

»Auf jeden Fall war ich in deiner Bahn und habe mitbekommen, dass du die Kassette verloren hast. Allerdings warst du da schon raus und der Zug fuhr wieder an. Als ich wieder hier war, warst du weg, ich hab dich jedenfalls nicht mehr gefunden.«

Ich musste mich zwingen, die Kassette nicht wieder aus der Tasche zu ziehen und sie anzustarren. »Du bist also extra noch mal hergekommen, um mich zu suchen?«

Claudius nickte und schob dann die Hände in die Taschen seiner Jeans. »Ich dachte mir, du würdest an der Kassette hängen. Sie ist bestimmt von deinem Freund, oder?«

Warum wollte er das wissen? Und warum schien plötzlich etwas in meinem Magen zu flattern?

»Ich hab keinen«, antwortete ich schnell. »Die Sache mit der Kassette … na ja, das ist so'n Ding zwischen Sabine und mir … aber die kennst du ja nicht und … wir machen das immer montags …«

Ich musste erst mal Luft holen.

So, wie Claudius mich jetzt anlächelte, und überhaupt, dass er mich ständig ansah, führte nicht gerade dazu, dass ich besser durchatmen konnte. Und besser denken. Im Gegenteil, das Flattern wurde mehr. Es nahm mir nicht nur den Atem, es fraß auch meine Gedanken. Wenn man so einem Jungen gegenüberstand, sollte man doch eigentlich was Cooles sagen. Doch ich stammelte wirr vor mich hin.

»Sabine ist die Blonde mit dem Zopf, stimmt's?«, fragte er schließlich und erlöste mich aus meiner Wortfindungspanik. »Mit der du gestern im Zug gesessen bist.«

»Ja, meine beste Freundin.«

»Und ihr tauscht montags immer Kassetten aus?«

Immerhin hatte er verstanden, was ich mit meinem Gestammel sagen wollte.

»Ja, wir tauschen, was wir am Wochenende aufnehmen. Sabines Radio kriegt den SFB besser, ich den RIAS. Manchmal auch den Deutschlandfunk oder dieses englische Radio.«

»BBC«, half mir Claudius auf die Sprünge. »Die haben die beste Musik!«

»Ja, aber leider bekomme ich den nur, wenn das Wetter sehr klar ist. Ist wie mit dem NDR, den kriegt man auch nur bei klarem Wetter.«

»Und was guckst du so? Ich meine, was für Sendungen seht ihr euch hier an?«

»Wird das ein Verhör oder was?«

»Vielleicht.« Claudius lächelte breit. »Wann treffe ich schon mal ein Mädchen aus dem Osten?«

Auf einmal war meine Unsicherheit wieder da. Warum ging er nicht einfach wieder? Nicht, dass ich das gewollt hätte, aber ...

»Am liebsten Formel 1 und dann noch die Gruselfilme im NDR.«

»Mumien, Monstren, Mutationen!« Claudius hob die Hände und tat so, als wäre er eine rachsüchtige Mumie.

»Ja, genau!«, lachte ich auf. »Ich wollte mir eigentlich gestern den Film anschauen, aber ich musste die blöde Wandzeitung machen.«

Ich stockte. Wahrscheinlich wusste er nicht, was eine Wandzeitung war.

»Du hast nichts verpasst, es kam irgend so ein Schwarz-Weiß-Schinken aus Amerika. Wo man den Faden des Ufos gesehen hat, wenn es durchs Bild fliegt.«

Am liebsten würde ich ihn darauf hinweisen, dass ich ständig nur Schwarz-Weiß-Schinken zu sehen bekam, aber da langte Claudius nach hinten und zog etwas aus seiner Gesäßtasche. Ein Buch. Nagelneu.

»Ich hab hier noch was für dich. Als Entschädigung dafür, dass du nach der Kassette suchen musstest.«

Ich dachte an meinen Heulkrampf gestern und war froh, dass er ihn nicht mitbekommen hatte. Erst im nächsten Augenblick ging mir der Sinn seiner Worte auf. Das Buch war für mich?

»Hier, das habe ich am Alex gekauft«, setzte er hinzu.

»Dshamilja« von Tschingis Aitmatow. War das zu fassen? Ich kannte es noch nicht, wusste aber, dass es eine sehr schöne Liebesgeschichte sein sollte.

»A... aber das wäre doch nicht nötig gewesen«, entgegnete ich.

»Ich musste am Grenzübergang fünfundzwanzig Mark umtauschen. Ich wusste nicht, was ich damit machen sollte, also dachte ich mir, dass ich dir ein Buch mitbringe.«

Noch immer zögerte ich, es anzunehmen. »Eigentlich müsste *ich dir* ja Finderlohn geben. Immerhin hast du die Kassette gefunden.«

Ein schelmischer Ausdruck trat auf Claudius' Gesicht. »Na ja, wenn die Musik auf der Kassette grottenschlecht gewesen wäre, hätte ich bestimmt Finderlohn oder vielleicht auch Schmerzensgeld von dir verlangt. Aber so hast du noch mal Glück gehabt.«

»Du hast sie dir angehört?« Ich wusste nicht, ob mein Gesicht noch roter werden konnte, aber auf jeden Fall wurde es noch heißer.

»Ja, ich wollte Hinweise auf dich finden. Es hätte ja auch sein können, dass die Aufnahme für die Schule ist.«

Ich schüttelte den Kopf. »Nein, so was machen wir eigentlich nicht. Wer im Informatik-Club mitmacht, schleppt manchmal Kassetten mit sich herum, aber das ist auch nur einmal die Woche.«

»Kassetten für Informatik?«, wunderte sich Claudius.

»Ja klar, wo sollen die denn ihre Daten drauf speichern?«

»Na auf Disketten!«

»Haben wir hier nicht. Jedenfalls nicht in der Schule. Wer ziemlich reiche Verwandte drüben hat, hat vielleicht 'nen Amiga mit Disketten, aber in der Schule werden Daten auf Kassetten gespeichert. Du kannst froh sein, dass auf meiner Kassette nur Musik war. Was meinst du, was du zu hören bekommen hättest, wenn ich in diesem Computerclub wäre.«

»Dafür, dass du es nicht bist, hast du aber recht viel Ahnung.«

»Es gehört doch nicht viel dazu, was über Computer zu wissen! Außerdem sehe ich fern, da kommt doch immer diese Sendung …« Der Name wollte mir nicht einfallen. Wie so vieles, seit Claudius vor mir stand. Stattdessen redete ich über Disketten und den Informatik-Club, was ich sonst nie tat.

Claudius nickte. Gleichzeitig wirkte er nachdenklich, als hätte er soeben etwas erfahren, das er nicht wusste. Glaubten die drüben wirklich, wir hätten Amiga-Computer?

»Deine Musikauswahl ist jedenfalls gut«, sagte er schließlich und scharrte mit seinem Turnschuh verlegen im Sand. »A-ha ist zwar nicht so mein Ding, aber du hast auch Joy Division und Bowie drauf.«

Wieder trat verlegenes Schweigen zwischen uns. Der Junge schien nicht gehen zu wollen und ich … ich wollte komischerweise auch nicht, dass er ging. Dabei kannte ich ihn doch gar nicht …

»Willst du dich hinsetzen, oder musst du gleich wieder los?«

Er tat zunächst cool, doch dann nickte er. »Ein bisschen Zeit hab ich wohl noch.«

Ich deutete auf die Bank. »Hier oder woanders?«

»Hier ist gut«, antwortete er und setzte sich dann. Doch anstatt loszuplappern, schwiegen wir wieder. Da hatte ich schon mal den Klassenfeind neben mir sitzen und mir fiel nicht ein, was ich mit ihm reden sollte!

»Warum hast du mich eigentlich was auf Russisch gefragt?«, machte er schließlich den Anfang.

»Weil ich dich prüfen wollte.« Jetzt war es mir ziemlich peinlich, dass ich das getan hatte. Glücklicherweise hatte ich ihn damit nicht verschreckt. »Bei euch im Westen lernt ihr doch kein Russisch, oder?«

»Hin und wieder schon, aber das ist nicht die Regel. Wir lernen Englisch und Französisch, im Gymnasium auch Latein.«

»Würde ich auch gern können«, entgegnete ich seufzend. »Na ja, Englisch kann ich schon, aber mehr Sprachen bekommen wir erst in der EOS, und ich weiß nicht, ob ich da reinkomme.«

»EOS?«, wunderte sich Claudius. Und ich wunderte mich über mich selbst, dass ich ihm so bereitwillig davon erzählte. Sicher interessierte es ihn nicht, wie meine weitere Schulbildung aussehen würde.

»Erweiterte Oberschule«, antwortete ich. »Dahin gehen wir von der zehnten bis zur zwölften Klasse.«

»Ah, das Gymnasium!« Claudius schlug sich gegen die Stirn. »Aber warum sollst du da nicht hinkommen? Sind deine Noten zu schlecht?«

»Wie man's nimmt. In Mathe hab ich nur 'ne Drei, aber alles andere sind Zweier oder Einser.«

»Und warum solltest du dann nicht dahin gehen?«

»Weil sie bei uns nur welche mit alles Einsen und Zweien dorthin lassen. Vorausgesetzt, sie sind außerschulisch aktiv.«

Noch so ein Begriff, mit dem ich ihn offenbar verblüffen konnte.

»Und was heißt das?«

»Dass du in der FDJ aktiv bist und natürlich treu zur SED stehst und dich hervortust bei irgendwelchen Veranstaltungen und in Arbeitsgemeinschaften.«

»Und das machst du nicht?«

Ich schüttelte den Kopf. »Nein, ich halte das für Zeitverschwendung. Einige Sachen sind ja ganz lustig, aber am liebsten sitze ich hier und lese. Das ist wesentlich spannender.«

Dass ich manchmal auch hier saß und Geschichten *schrieb*, erzählte ich ihm nicht. Wahrscheinlich lachte er ebenso darüber wie meine Klassenkameraden. Die dachten ja auch, dass nur alte Leute Schriftsteller waren.

»Wie ist das mit dir, braucht ihr das gar nicht?«

»Fürs Gymnasium? Nein, da müssen wir nur die passenden Noten haben. Wenn du Fünfen und Sechsen hast, kommst du natürlich auch nicht rauf, auch mit Vieren ist es schlecht, aber wenn du mal 'ne Drei dazwischen hast, ist es kein Problem.«

Das klang traumhaft. Nur deshalb auf die EOS gehen zu können, weil man die passenden Zensuren hat! Keine Frau Heinrich, die einen zwang, im Club Junger Pädagogen mitzuarbeiten und drohte, dass man wegen einer vergessenen Wandzeitung nicht auf die EOS kommen würde …

»Wie ist das bei euch? Habt ihr nach der Schule gar keine Pflichten? Irgendwelche AGs oder so?«

Claudius schüttelte den Kopf. »Nur auf freiwilliger Basis.«

»Dann sitzt ihr tatsächlich alle den ganzen Nachmittag rum und nehmt Drogen, wie das unser Stabü-Lehrer immer behauptet?«

Claudius zog erstaunt die Augenbrauen hoch. »Das erzählt man euch hier?« Entrüstet schüttelte er den Kopf.

Ich lächelte ihn breit an. Irgendwie war es niedlich, wenn die Ader an seiner Stirn anschwoll und er so einen stechenden Blick bekam. Zu gern würde ich mal sehen, wie er diesen Blick unserem Stabü-Lehrer zuwarf. Ob der dann die Flucht ergriff?

Ich konnte mir nicht helfen, ich musste lachen.

»Unser Staatsbürgerkundelehrer erzählt das, aber wir glauben ihm nicht. Wir wissen, dass ihr nicht viel anders seid als wir – nur ohne Pioniernachmittage oder FDJ.«

Jetzt lockerten sich seine Züge wieder ein bisschen.

»In der Schule müssen wir den Käse nur nachquatschen. Hinterher ist es eher so, dass wir zur Mauer laufen, um zu hören, wie David Bowie auf eurer Seite ein Konzert gibt.«

»Du hast das Konzert vor zwei Jahren gehört?« Sein Körper spannte sich plötzlich und seine Augen leuchteten.

»Nicht selbst. Aber ein Kumpel von mir hat sich mit 'nem Kassettenrekorder da hingestellt.« Wie immer musste ich bei der Vorstellung grinsen, wie Lorenz sein Mikro in die Luft gehalten hat, nur damit wir und seine Freunde am Alex, die sich nicht an die Mauer wagen wollten, auch etwas von dem Konzert hatten. »Man hört kaum was vor lauter Stimmen und Rauschen, und später, als die Polizei angerückt ist, wurd's ganz undeutlich, weil dann alle ›Weg mit der Mauer‹ gerufen haben. Aber hin und wieder kann man was hören, besonders bei David Bowie waren alle ganz leise.«

Seltsam, wie vertraut mir Claudius war. Dabei kannten wir uns doch erst seit etwas mehr als einer Stunde.

»Soll ich dir ein wenig die Gegend zeigen?«, fragte ich. »Mein Haus und so?«

»Hast du keine Angst, dass ich euch mit meinen Klassenfeindkumpels überfallen komme?« Er grinste viel zu breit, um das wirklich ehrlich zu meinen.

»Wir hatten vor Kurzem ZV-Unterricht, ich weiß, wie ich mich wehren kann!«, entgegnete ich. Die beiden Wochen, die wir in einer graugrünen Uniform herumlaufen mussten, waren alles andere als toll gewesen. Wir mussten über den Sportplatz robben und mit Gasmaske rennen – schlimmer konnte Ersticken auch nicht sein. Aber immerhin war es wieder etwas, von dem Claudius keine Ahnung hatte.

»ZV-Unterricht? Was ist das denn?«

»Zivilverteidigung. Da lernt man, wie man aus Plastiktüten und Zellstoff Atommasken bastelt, Bunker im Werkraum baut und Verletzte verkehrt herum transportiert.« Genau das hatten wir getan. Glücklicherweise war ich nicht auf der Trage, die zwei

Jungs aus der 9b falsch herum die Schultreppe hinaufgeschleppt hatten, sodass die »Verletzte« kopfunter lag und beinahe von der Trage gekippt wäre.

»Atommasken aus ...« Claudius schüttelte ungläubig den Kopf. »Das habt ihr wirklich getan, oder nimmst du mich auf den Arm?«

»Nee, das stimmt. Unsere Jungs müssen in den Ferien noch ins Wehrlager, das brauchen wir Mädchen glücklicherweise nicht. Man will bei den Jungs erreichen, dass sie Spaß dran bekommen, Soldaten zu werden.«

Claudius schnaufte spöttisch und schüttelte den Kopf. Wahrscheinlich hatte er seinen Freunden morgen viel zu erzählen.

»Niemand hat Spaß dran, Soldat zu werden!«, platzte es aus ihm heraus. Und wieder schwoll seine Ader an! »Bei uns wollen die meisten Jungs verweigern. Und die, die in Westberlin wohnen, müssen erst gar nicht zur Armee.«

Ich zuckte mit den Schultern. »Das ist hier anders. Unsere Jungs müssen. Nur dann nicht, wenn sie untauglich gemustert werden oder irgendwelche ethischen Bedenken anmelden. Dann werden sie Bausoldaten.«

»Und woher weißt du das so genau? Bringen sie euch das bei diesem ZV bei?«

»Nein, ich habe einen Bruder. Er ist letztes Jahr eingezogen worden und muss noch bis Winter in der Kaserne schmoren.«

Claudius wirkte noch immer ein bisschen entsetzt. »Ist er gern Soldat geworden?«

Ich schüttelte den Kopf. »Nein, aber er hatte weder eine passende Krankheit noch einen Zettel vom Pfarrer.«

»Christen können also verweigern?«

»Nein, sie kommen zu den Bausoldaten. Und nach dem, was mein Bruder erzählt, werden sie schikaniert ohne Ende, eben weil sie in der Kirche sind.«

Claudius schwieg einen Moment lang nachdenklich. Das gab mir die Gelegenheit, ihn näher zu betrachten. Bei seinen Augen fiel mir auf, dass sie nicht wirklich nur braun waren, sie hatten goldene Sprenkel in der Mitte. Sehr hübsch! Nur schade, dass diese Augen jetzt so traurig schauten.

»Du wolltest mir doch zeigen, wo du wohnst«, sagte er dann.

»Ja, klar.« Als ich mich erhob, verlor ich doch tatsächlich mein Buch. Nicht »Dshamilja«, sondern die »Wahlverwandtschaften«. Bevor ich es aufheben konnte, war Claudius schon in der Hocke und klaubte es vom Boden auf.

»Ihr scheint viel von Goethe zu halten«, sagte er, als er es mir zurückgab. Wieder berührten sich unsere Finger, wieder war es, als würde ein Blitz überspringen.

»Goethe?«

»Du liest die ›Wahlverwandtschaften‹ und auf eurem Zwanziger ist er auch drauf.«

»Na ja, Weimar liegt ja auch in der DDR«, entgegnete ich, obwohl ich wusste, dass das nicht wirklich eine Erklärung war. Meines Wissens war Goethe in Frankfurt am Main geboren. »Es gibt hier ein riesiges Denkmal mit ihm und Schiller und …«

Sein Lächeln brachte mich zum Schweigen. Mir war mein Gerede auf einmal vollkommen peinlich. Ich schob die »Wahlverwandtschaften« in die Tasche und bedeutete ihm dann, mir zu folgen.

Die Wichertstraße war eigentlich nichts Besonderes. Es gab zahlreiche graue Wohnhäuser, einen HO und einen Kindergarten … nichts, was einen aus dem Westen reizen würde. Auf der Straße knatterten Trabis und Wartburgs vorbei, auf dem Grünstreifen in der Mitte standen ein paar Bäume. Der einzige schöne Ort hier war der Humannplatz.

»Das ist es!«, sagte ich und deutete auf das dreigeschossige

Mietshaus mit den Balkonen zur Straße raus. »Nicht besonders toll, oder?«

»Na ja ...« Claudius' Kratzen am Kopf sprach Bände. »Es ist ... historisch ...«

Jeder andere hätte vielleicht vergammelt gesagt. Na ja, das stimmte nicht so ganz. Es war halt alt, hatte einen Riss, Putz blätterte von der Fassade und die Balkongitter waren früher sicher einmal sehr schön gewesen, doch jetzt geschwärzt von Straßenstaub und dem Rauch, der aus den Schornsteinen quoll. Immerhin waren die Balkons stabil, sodass man draußen sitzen und die Leute auf der Straße beobachten konnte.

»Es müsste unbedingt renoviert werden«, entgegnete ich, ohne den Blick von dem Balkon im dritten Stock abzuwenden. Mein Balkon. »Ich habe ein Foto von früher gesehen, da war es sehr hübsch. Die Wände waren ganz hell.«

»Kümmert sich denn niemand darum?«

»Doch, aber es gibt kaum Material.«

»Aber die Wände müssten doch einfach nur mal gereinigt werden!«

»Ja, vielleicht, wenn mal irgendein Staatsbesuch hier durchkommt. Aber das passiert eher nicht. Ganz in der Nähe ist die Grenze, am Ende der Schönhauser. Hier kommt niemand her.«

Claudius betrachtete das Haus nachdenklich. Stellte er sich vor, wie es in renoviertem Zustand aussehen würde? Das gelang nicht einmal mir so richtig, denn das Foto war aus sehr alter Zeit gewesen, und ich hatte es nur einmal gesehen. Ich konnte nur sagen, dass es sehr schön gewesen war.

»Tja«, sagte ich schließlich, um das unangenehme Gefühl zu vertreiben, das sich wieder anschlich. »Nicht viel zu holen.«

»Wohnst du gern hier?«

Ich nickte. »Oben auf dem Balkon ist es herrlich. Man kann die ganze Straße überblicken und über einem ist nur der Himmel.

Dort sitze ich gern, wenn es das Wetter erlaubt. Und sonst ... das Haus ist in Ordnung. Ab und zu geht mal was kaputt, und es dauert lange, bis irgendwelche Ersatzteile da sind. Aber das kann man dem Haus nicht anlasten. Irgendwie kriegt es unser Hausmeister hin, und wenn wir unsere Boiler nicht nutzen können, machen wir das Waschwasser eben im Topf auf dem Herd warm.«

Claudius schüttelte den Kopf. »Wie könnt ihr so nur leben?«

»Du siehst ja, irgendwie geht es.« Ich zuckte mit den Schultern. »Und wo es nicht geht, werden Eingaben geschrieben. Zwar glaubt kaum noch jemand dran, dass die was bewirken, aber hin und wieder passiert ein Wunder.«

Schließlich brachte ich Claudius wieder zum Bahnhof. Auf dem Weg grollte es über uns. Das Gewitter, das sich durch die Schwüle und die dunklen Wolken bereits angekündigt hatte, war da.

»Ich glaube, ich muss wohl wieder«, sagte Claudius, wie ich es befürchtet hatte. Der Donner war ein Omen gewesen.

Wir sahen uns eine Weile verlegen an, und ich dachte mir, dass es eigentlich nichts bringen würde, darauf zu hoffen, dass er wiederkam. Ich versuchte, einen auf cool zu machen, aber ich war nicht besonders gut darin mich zu verstellen.

Ich wollte ihn wahnsinnig gern wiedersehen.

Und er? Während wir schweigend die Treppe hinaufstiegen, schielte ich zu ihm rüber. Von seiner Miene konnte ich aber nichts ablesen. Zweifel kamen in mir auf. Vielleicht war ich ihm ja mit dem vielen Gequatsche auf die Nerven gegangen ...

Inzwischen fuhr die Bahn ein. Die letzten Stufen legten wir im Sprint zurück. War es das jetzt? Sollte ich ihn nie wiedersehen?

»Also, mach's gut, du.«

»Du auch«, gab ich zurück, aber meine Stimme versagte dabei fast. Warum nur ging mir die Aussicht, ihn nie wiederzusehen, so nahe?

»An deiner Stelle würde ich die Kassette behalten«, setzte er hinzu, nachdem er mich auf eine Weise angesehen hatte, als wollte er ein Bild von mir mitnehmen. »Kann sein, dass du auf der anderen Seite noch eine Überraschung findest.«

Seine Augenbrauen zuckten vielsagend, dann stieg er in den Zug ein.

»Sehen wir uns noch mal wieder?«, platzte es aus mir heraus, als sich eine Tür nach der anderen schloss.

»Klar, versprochen!«

Damit schloss sich auch seine Tür und der Zug fuhr an. Kurz noch sah ich Claudius' Gesicht hinter der Fensterscheibe, dann fuhr der Zug an und verschwand nur wenig später aus meinem Blickfeld.

Claudius

Was für ein Nachmittag! In meiner Brust wirbelte etwas wild herum und ich wusste nicht, ob ich ständig entrüstet den Kopf schütteln oder grinsen sollte.

Entrüstet war ich über das, was Milena mir erzählt hatte. Konnte man junge Leute wirklich zwingen, zur Armee zu gehen? Oder eine Aufnahme am Gymnasium davon abhängig machen, wie parteitreu jemand war?

Doch da war auch Milena selbst, wie sie erzählte, wie sie mich angeschaut hatte. Und wie sie gelacht hatte. Ihr Lachen in meinem Ohr brachte mich dazu, zu schmunzeln, denn es klang nicht nur irre schön, sondern war auch sehr ansteckend. Und ihre Augen waren wie das Meer – je nach Lichteinfall mehr grün oder mehr blau.

Keine Ahnung, was die Leute neben mir in der Bahn dachten, war mir auch egal.

Ich starrte weiterhin lächelnd durch die Scheibe, an die jetzt feine Regentropfen sprühten. Abschiedstränen?

Wieder in Zehlendorf angekommen, war das Unwetter in vollem Gange. Der Sturm zerrte an den Bäumen, Regen peitschte mir ins Gesicht. Die Feuerwehr brauste an mir vorbei, wahrscheinlich war irgendwo ein Baum umgekippt oder ein Keller vollgelaufen.

Offenbar war das schon der Vorbote dessen, was mich zu Hause erwartete, denn kaum war ich durch die Tür, schlug mir Eiseskälte entgegen. Ich konnte nicht einmal sagen, wieso, aber irgendwie wirkten der Flur und alles andere bedrückend auf mich.

»Claudius!« Mein Vater trat mir entgegen und baute sich vor mir auf. Hatte er etwa auf mich gewartet? Was war mit seiner Arbeit, von der kam er doch nie früher als um zehn nach Hause. »Wie war es in der Uni?«

Er wusste es. Ich spürte deutlich, dass er es wusste. Aber vielleicht kam ich ja noch irgendwie durch.

»Langweilig«, antwortete ich, denn ich ging davon aus, dass es genau das geworden wäre – und mein Vater genau das von mir zu hören erwartete. Und wenn ich nun in mein Zimmer ging und so tat, als ob? Als ich an ihm vorbei wollte, hielt er meinen Arm fest.

»Wo hast du dich den ganzen Tag rumgetrieben?«, zischte er mich an, sodass ein paar Spucketröpfchen auf meinen Wangen landeten. »Glaub nicht, dass ich nicht weiß, dass du gleich wieder aus der Uni rausgelaufen bist, als würde es brennen!«

Wer mochte ihm das gesteckt haben? Der Mann, den ich beinahe umgelaufen hatte? War das etwa einer seiner Freunde? Hatte er ihn vielleicht beauftragt, nach mir zu sehen?

Mein Magen wurde auf einmal bleischwer.

»Das ist meine Sache«, antwortete ich trotzig, denn ich wollte ihm nicht erzählen, dass ich in Ostberlin gewesen war, um ein Mädchen zu treffen. Das, was er mir dafür erzählt hätte, wäre sicher schlimmer geworden, als das, was jetzt folgte.

»So, das ist deine Sache?« Seine Stimme wurde drohend. Gleich würde er wieder mit den Beinen unter dem Tisch ankommen. Ich fragte mich manchmal, ob Großvater das auch immer gesagt hatte, wenn sein Sohn nicht machen wollte, was er seiner Meinung nach sollte. Diesen Eindruck hatte er nämlich nie auf mich gemacht.

»Ich sage dir, was deine Sache sein sollte!« Er hob den Finger, als wollte er gleich mit einer Anklagerede loslegen. »Du solltest dir endlich darüber klar werden, was du aus deinem Leben machen willst. Ich werde es nicht dulden, dass du zum Gammler wirst!«

»Wer sagt denn, dass ich das werden will?«, fuhr ich ihn an. »Ich will nur nicht Anwalt werden, das ist alles! Und auch nicht Arzt oder sonst was, sondern Musiker!«

»Musiker?« Meinem Vater wich das Blut aus dem Gesicht, und ich bereute in diesem Augenblick zutiefst, ihm das verraten zu haben.

»Musiker?«, wiederholte er, schüttelte den Kopf und lachte dann auf, als hätte er den Verstand verloren. »Du nimmst mich auf den Arm, Junge, oder? Du kannst doch nicht allen Ernstes in Erwägung ziehen, Musiker zu werden!«

»Und warum nicht?«

»Weil das alles Hungerleider sind! Sie lungern am Bahnhof rum, schütten sich mit Drogen zu und kommen früher oder später unter die Räder!«

»Ich werde nicht unter die Räder kommen, so weit müsstest du mich doch kennen!«

Mein Vater machte eine wegwerfende Handbewegung. »Ich werde nicht zulassen, dass du diesen Weg einschlägst! Ende der Diskussion!«

Ich wollte ihn gerade darauf hinweisen, dass das nicht das Ende war. Dass ich mittlerweile achtzehn war und nur noch eine Prüfung von meinem Abi entfernt und dass meine Tage in seinem

Haus eh gezählt waren. Doch da kam jemand die Treppe hoch und die Haustür öffnete sich.

Mutter, eben noch ein leises Summen auf den Lippen, stockte im Türrahmen, als sie uns beide sah. Verwirrt blickte sie zwischen uns hin und her.

Mein Vater war zur Salzsäule erstarrt. Noch immer sah er fahl aus und wirkte nun, als würde er jeden Augenblick platzen.

Ich vergrub meine Hände in den Hosentaschen.

Meine Mutter mochte es nicht, wenn wir uns stritten, und da mein Vater meine Mutter nicht ärgern wollte, weil sie es in den vergangenen Monaten seit dem Tod ihrer Schwester nicht leicht gehabt hatte, ließ er meist von mir ab, wenn sie dazukam.

»Was ist denn los?«, fragte sie, denn natürlich war sie nicht blind und bekam mit, wenn etwas nicht stimmte.

»Claudius und ich hatten eine Meinungsverschiedenheit«, antwortete er steif und warf mir einen warnenden Blick zu. »Aber ich glaube, ihm ist jetzt klar, was er zu tun hat.«

Meine Mutter sah mich verwirrt an. Genauso wie mein Vater wünschte sie sich, dass ich Anwalt wurde, dass ich in seine Kanzlei einstieg. Doch ich wusste, dass sie es mir auch nicht übel nehmen würde, wenn ich einen anderen Weg ging.

»Na ja«, machte mein Vater, jetzt beinahe etwas verlegen. Wir drei standen immer noch im Treppenhaus und wussten nichts miteinander anzufangen. »Geh nach oben und denk über das nach, was ich dir gesagt habe.«

Sein steinharter Blick traf mich. Er schien nicht zu merken, dass er schon wieder mit mir redete, als wäre ich noch ein kleiner Junge.

Ich nickte der Einfachheit halber, denn ich wollte endlich aus dieser peinlichen Situation raus, nach oben, wo ich an Milena denken konnte. Milena, die ich wiedersehen würde, koste es, was es wolle.

Ich nickte und stiefelte die Treppe hinauf.

Dort legte ich das restliche DDR-Geld auf den Tisch. Was ich damit anfangen sollte, wusste ich nicht. Aber vielleicht konnte ich ja mal mit Milena essen gehen, wenn ich genug zusammenhatte. Doch wohin? Etwa in dieses Lokal, in dem es Broiler gab? Nein, damit würde ich sie eher verschrecken.

Ich legte mich auf mein Bett und starrte an die Decke. Ob sie inzwischen die Kassette schon gehört und gemerkt hatte, was ich auf ihr Band geschmuggelt hatte? Da war es wieder, das Grinsen. Ich stellte mir vor, wie sie die Kassette in ihren Rekorder steckte, gespannt lauschte und dann …

»Claudius!«, riss mich eine Stimme aus meinen Gedanken. Mein Vater war es nicht, auch nicht meine Mutter. Wenig später flog ein Kiesel gegen mein Fenster. Max! Was suchte der hier? Mitten im Regen! Und warum kam er nicht zur Tür? Hatte mein Vater ihn weggeschickt? Das wär's ja noch, wen bei Unwetter nicht reinzulassen.

Während ein zweiter Kiesel flog und ich nur hoffte, dass mein Vater das nicht mitbekam, stürmte ich zum Fenster und riss es auf. Sofort klatschte mir der Wind den Regen ins Gesicht.

»Sag mal, spinnst du!«, rief ich, bevor ich Max richtig sehen konnte. Er stand am Gartenzaun, wie damals, als ich von meinen Eltern Hausarrest bekommen hatte, weil ich über den Zaun des Nachbarn geklettert war und mir ein paar Äpfel stibitzt hatte. Das Wasser klebte Jeans und Shirt an seinen Körper, es tropfte aus seinen Haaren.

»Mach mal den Fernseher an!«, rief er, irgendwie vollkommen aufgedreht vor Freude. Das Unwetter schien ihm nichts auszumachen.

»Und was gibt es da zu sehen?«

»Wenn du Glück hast, Nachrichten. Und wenn du kein Glück hast und was anderes siehst, dann komm runter, dann sag ich's dir!«

»Willst du nicht reinkommen?«

»Nee, lass mal, schau nach, ob du Nachrichten kriegst!«

Ich schaltete den kleinen Fernseher in meinem Zimmer an. Nachrichten waren natürlich gerade vorbei, auf keinem Sender liefen mehr welche. Ich kehrte zum Fenster zurück.

»Pech gehabt, also, was gibt's?«

Ich fragte mich, ob Max was getrunken hatte und er deshalb so aufgekratzt war. Was sollte in den Nachrichten schon laufen? Dass die Arbeitslosenzahlen im Sommer etwas gesunken waren, konnte doch nicht der Grund für solch eine Freude sein!

»Komm runter, dann erzähl ich es dir!«

»Na gut!«, schnaufte ich, denn was konnte schon so wichtig sein, dass er hier aufkreuzte und Steine gegen mein Fenster warf? Und das mitten im Regen.

Auf dem Weg nach unten hörte ich, dass Mutter den Fernseher im Wohnzimmer laufen hatte. Vater war sicher wieder in seinem Arbeitszimmer, also konnte sie ungestört irgendwelche Filme gucken, ohne sich sein Genörgel anzuhören.

Ich huschte nach draußen, in der Hoffnung, dass Max rumgekommen wäre. Doch er stand noch immer an der Stelle des Zaunes, von wo aus er die Steine geworfen hatte.

Innerhalb weniger Augenblicke war auch ich vollkommen durchnässt.

»Sag mal, spinnst du?«, fragte ich ihn empört. »Was ist so wichtig, dass du im Regen stehen willst?«

Seine roten Wangen und glühenden Ohren ließen den Verdacht aufkommen, dass er was getrunken haben musste – oder irgendwelches Zeug geraucht, das Kalle ihm vorbeigebracht hatte.

»Du wirst es nicht glauben!« Max tänzelte auf der Stelle herum. »Ich dachte schon, ey, Nachrichten, wie langweilig, aber sie haben es gleich als Erstes gebracht. Ich kann es nicht glauben!«

Und was er mir da erzählte, konnte ich dann auch kaum glauben. Die sollen tatsächlich den Grenzzaun zwischen Österreich und Ungarn aufgeschnitten haben?

»Das gibt's nicht, oder?«, fragte ich ihn.

»Denkst du, ich verkohl dich? Nein, es ist wahr! Die Österreicher und Ungarn haben ein Abkommen darüber getroffen. Und die aus dem Osten strömen in Scharen nach Budapest.«

Sofort musste ich an Milena denken. Am liebsten wäre ich losgelaufen und hätte sie angerufen, aber das war vollkommen unmöglich. Ein Teil des Eisernen Vorhangs war auf! Vielleicht bestand ja Hoffnung, dass auch eines Tages die Mauer fiel und sie bei mir sein konnte?

Max schien diese Hoffnung jedenfalls für seine Verwandten zu haben. Er sprang noch eine Weile vor mir rum wie auf Speed, dann überredete ich ihn doch, mit reinzukommen und eine Tasse Tee mit mir zu trinken.

Milena

War das alles wirklich echt gewesen? Als ich heimging, durch den beginnenden Nieselregen, fragte ich mich, ob ich tatsächlich mit einem Jungen aus dem Westen gesprochen hatte. Musste ich wohl, denn die Kassette steckte in meiner Tasche.

Als ich in meinem Zimmer ankam, zitterten meine Hände vor Aufregung. Ich schob die Kassette in den Rekorder, drückte auf Start – und hörte nur meine eigene Aufnahme. Für einen Moment fühlte ich mich veräppelt, doch dann merkte ich, dass ich vor lauter Aufregung die falsche Seite eingelegt hatte.

Auf der A-Seite war bei meiner Aufnahme ein kleiner Rest Band übrig geblieben – dort hatte Thomas Anders zum Glück nicht von Cherry Lady oder sonst wem gesungen, also hatte ich es frei gelassen, weil ich fürchtete, dass bei einem Song das Ende auf der Strecke bleiben würde.

Ich wartete also Nick Kamen ab und …

Gitarren, ein heulender Synthesizer … Das war Heroes von David Bowie! Warum hatte er es noch einmal aufgenommen?

Diese Version klang wesentlich besser, als hätte er sie direkt von Platte überspielt, aber …

David Bowie sang das Lied auf Deutsch!

Ich war platt! Natürlich kannte ich die Version, doch vorher war es mir nie gelungen, sie aufzunehmen. Entweder wurde nur die englische Version gespielt oder es gab irgendeine Störung, wenn doch mal die deutsche Version lief.

Gebannt lauschte ich dem Lied, ließ die Musik in mich ein-sickern. Bowies Deutsch war ziemlich schlecht, aber man konnte es verstehen – und eine Gänsehaut überzog meinen ganzen Kör-per, als er davon sang, dass die Schüsse die Luft »rissen«, doch der Junge sein Mädchen küsst, als würde nichts geschehen.

Ich weiß nicht, warum, aber in dem Augenblick sah ich mich und Claudius vor der Mauer stehen – ein Bild, das ich schnell wieder verdrängte, denn das würde ganz gewiss nicht passieren. Aber bis das Lied zu Ende war, wurde ich diese Vorstellung nicht los. Meine Wangen glühten und ich war froh, dass mich niemand so sah.

An diesem Abend, kurz nachdem Papa von der Schicht zurück war und ich den Abendbrottisch gedeckt hatte, haben wir uns vor den Fernseher gesetzt. Ich fragte mich zunächst, was los war, denn eigentlich hatte er was dagegen, wenn wir beim Abendbrot fernsahen – weshalb ich die Vorabendserien wie »Ein Colt für alle Fälle«, »Trio mit vier Fäusten« oder »Matlock« nur dann schauen konnte, wenn Papa zur Nachtschicht war.

»Was gibt es denn Wichtiges?«, fragte ich und wunderte mich, dass er die Aktuelle Kamera mit einem ärgerlichen Brummen ausschaltete und den Stellknopf so lange drehte, bis er die ARD drin hatte.

Dort lief noch irgendeine Werbung, doch dann rückten die Zeiger auf acht Uhr.

»Papa, was …«, setzte ich an, während der Nachrichtensprecher die Zuschauer begrüßte. Und dann kam es.

»Am heutigen Tag durchtrennten der Außenminister Österreichs, Alois Mock, und der Außenminister Ungarns, Gyula Horn, den Grenzzaun zwischen ihren beiden Ländern nahe der Stadt Sopron …«

Das war doch nicht möglich! Ungarn öffnete seine Grenzen gegenüber dem Klassenfeind? Das war die Nachricht des Tages!

»Das haben sie auf Arbeit erzählt«, murmelte Papa erschüttert, während über den Schwarz-Weiß-Bildschirm Aufnahmen des Zaunes und der beiden Männer, die ihn geöffnet hatten, flimmerten. »Ich wollte es nicht glauben.«

Der Bericht ging weiter, zeigte nun Leute in Trabis und Wartburgs, die munter über die Grenze tuckerten.

In den vergangenen Wochen war in den Westnachrichten öfter von Leuten berichtet worden, die über die ungarisch-österreichische Grenze geflohen waren. Nun gab es diese Grenze nicht mehr.

Was ich davon halten sollte? Ich wusste es nicht. Nur zu gern wollte ich überallhin reisen, besonders nach Verona und ans Mittelmeer. Vielleicht auch weiter in die Sahara, nach Afrika oder nach Asien.

Doch ich wollte auch Berlin nicht verlassen. Hier waren meine Freunde, meine Familie. Könnte ich sie einfach im Stich lassen?

Aber vielleicht zeigte die Aktion in Ungarn ja auch Wirkung hier bei uns. Vielleicht wurde irgendwann die Mauer in Richtung Westberlin geöffnet.

Es erschien mir absurd, aber das Erste, was mir einfiel, war, dass ich dann Claudius besuchen und ihm sagen könnte, wie klasse ich die Aufnahme von David Bowie fand.

Papa schien das alles aber nicht klasse zu finden. Während er die ausreisenden DDR-Bürger beobachtete, presste er die Lippen zusammen. Auf einmal wirkte er, als müsste er irgendeinen ganz furchtbaren Albtraum noch mal durchleben.

Als ich ihn fragte, was los sei, sprang er auf und schaltete den Fernseher ab.

»Wir sollten Abendbrot essen«, sagte er schroff und ging, ohne mich noch einmal anzusehen, in die Küche. Ich hätte schwören können, dass sich seine Stimme kloßig anhörte.

In solchen Augenblicken war es besser, ihn nicht zu ärgern, denn schnell konnte sich der Zorn, den er auf eine unbekannte Sache empfand, auf mich richten. Ich hatte keine Lust, mich mit ihm in die Haare zu bekommen, nicht, nachdem ich Claudius kennengelernt hatte.

Der Junge aus dem Westen. War das ein Omen gewesen?

In dieser Nacht konnte ich nicht schlafen. Ich lag halb unter meiner Decke – ganz ohne konnte ich auch im Sommer nicht schlafen –, starrte an die Decke und kaute abwesend auf dem Zipfel herum.

Zuerst dachte ich, dass das an den Bildern liegen würde, die ich im Fernsehen gesehen hatte, all die Leute, die der DDR den Rücken gekehrt hatten.

Doch wenn ich ehrlich war, lag es ausschließlich an dem Jungen. Claudius! Ich kannte keinen anderen Jungen, der so hieß. Der einzige mir bekannte Junge mit einem außergewöhnlichen Namen war Lorenz. Die anderen hießen Maik, Lutz, Thomas, Andy, Oliver, Marco und so weiter. Nichts Besonderes. Kein Claudius.

Claudius, Claudius, Claudius. Wie schön dieser Name doch klang! Es war der ideale Name für eine Romanfigur, beinahe so schön wie Romeo. Vielleicht sollte ich den nächsten Helden meiner Geschichte so nennen.

Schon komisch, in der Schule gab es einige Jungs, die ganz nett waren. Die Mädchen meiner Klasse schwärmten zum Beispiel für Lutz Wachtmeister, der schon zweimal die Kinder- und Jugendspartakiade gewonnen hatte. Ich fand Lutz blöd. Und da war auch noch Thomas Müller, der ein eigenes Motorrad hatte und bei den angesagten Mädchen vorfuhr, um sie abzuholen.

Keiner dieser tollen Jungs ist nachts durch meine Gedanken gegeistert. Aber Claudius. Claudius, der als Musiker durch die Welt ziehen wollte.

Die Welt! Schon lange hatte ich nicht mehr daran gedacht, dass ich mal nach Italien reisen wollte. Das Land von Romeo und Julia, das Land, das ich nur aus Filmen kannte, bei denen ich mir die Farbe hinzudichten musste.

Verona … das Mittelmeer … vielleicht auch Sizilien …

Gegen Morgen musste ich dann doch eingeschlafen sein, denn ich erwachte mit dem Bettzipfel im Mund, der nun ganz vollgesabbert war. Als ich auf die Uhr sah, war es erst fünf, doch ich konnte nicht wieder einschlafen, denn sofort musste ich wieder an Claudius denken. Ob er jetzt noch in seinem Bett lag? Dass er wegen mir wach geblieben war, glaubte ich nicht, das wäre echt zu viel des Guten gewesen.

Ich stieg aus dem Bett und setzte mich auf einen Hocker vors Fenster. Über das Haus flog ein Schwarm Tauben hinweg, da es ganz still war, konnte ich ihr Flattern und Gurren hören. Dann rumorte Papa in der Küche.

Irgendwann klappte die Wohnungstür – Papa war los zu seiner Schicht. Ich gönnte mir noch einen Moment auf dem Hocker. Ob Claudius jetzt auch schon wach war? Ging er noch zur Schule?

Gut, er war achtzehn, das hatte ich in seinem Ausweis gesehen, aber er ging auf die EOS, ich meine das Gymnasium, und da musste er doch sicher auch noch was tun. Oder hatte er schon Ferien?

Zu gern hätte ich ihn das alles gefragt, aber das konnte ich nicht. Vielleicht wenn er wiederkam. Vielleicht.

Als ich Sabine an »unserer« Hausecke stehen sah, dachte ich schon, dass ich mich verspätet hätte. Erschrocken blickte ich auf die Uhr und sah, dass ich sogar noch einige Minuten zu früh war. Kein Wunder, wenn man schon um fünf wach war. Aber was suchte sie schon hier? Und warum trat sie so unruhig von einem Bein aufs andere? War irgendwas passiert?

»Hey!«, rief ich ihr zu. »Bist du aus dem Bett gefallen?«

Sabine biss sich auf die Unterlippe und zögerte.

»Na, nun raus mit der Sprache!«, forderte ich sie auf, denn es machte mich hibbelig, dass sie nicht gleich antwortete.

»War … war gestern dieser Typ bei dir … dieser Junge?«

Ich zog zunächst die Augenbrauen hoch, doch dann fiel mir wieder ein, was Claudius mir erzählt hatte.

Schlechtes Gewissen überkam mich. Eigentlich hätte ich zu Sabine gehen und ihr davon erzählen müssen – immerhin war sie meine beste Freundin. Aber das hatte ich nicht getan. Nicht weil ich es ihr verschweigen wollte. Ich hatte einfach keine Zeit gehabt. Immer wieder hatte ich mir das Zusammentreffen mit Claudius ins Gedächtnis zurückgerufen und dabei die Stunden verträumt. Ein Junge aus dem Westen! Klar liefen einige von ihnen in der Stadt rum, doch wann kam man mal dazu, mit einem zu sprechen! Und eine Kassette trug einem keiner von denen hinterher.

»Ja, er war da und hat mir die Kassette gegeben«, antwortete ich.

»Und?« Sabine starrte mich ungläubig an. »Mehr nicht? Hat er nicht mit dir geredet? Was hat er erzählt?« Ihre Augen leuchteten auf einmal vor Neugier.

»Dass er die Kassette im Zug gefunden hat und dass er herausfinden wollte, wo ich bin, weil er sie mir unbedingt zurückgeben wollte.«

Warum erzählte ich ihr nicht haarklein, worüber wir uns unterhalten hatten? Sabine hörte doch auch Westradio und sah Westfernsehen – da konnte sie unmöglich was gegen einen Jungen aus dem Westen haben. Schon gar nicht, wenn er so lieb wie Claudius war …

Doch ich konnte nicht. Kontakt mit jemandem aus dem Westen zu haben, war eigentlich kein Problem, aber dennoch sollte es niemand wissen. Jetzt jedenfalls noch nicht. Außerdem wusste ich ja nicht mal, ob ich ihn wiedersehen würde. Er hatte es zwar versprochen, aber möglicherweise schon wieder vergessen, als er über die Grenze war.

»Er hat mir zur Entschädigung ein Buch mitgebracht«, berichtete ich schließlich, denn Sabine sah mich weiterhin bohrend an. Das war doch harmlos, oder?

»Ein Buch?«, wunderte sie sich. »Was für ein Buch?«

»›Dshamilja‹ von Tschingis Aitmatow.«

Sabine schnappte nach Luft, als hätte ich ihr gerade gebeichtet, dass er mir eine Flasche Kristall-Wodka mitgebracht habe.

»Das kriegen wir in der Zehnten in der Schule!«

War das so? Ich hatte keine Ahnung, aber wenn Sabine das sagte, musste es stimmen.

»Hast du schon mal reingelesen?«, fragte sie, und ich erkannte in ihrem Blick den Wunsch, das Buch in die Hand zu bekommen, es zu betrachten und darin zu lesen.

»Nein, bisher nicht.« Denn ich hatte damit zu tun gehabt, an Claudius zu denken. »Aber das mache ich in den Ferien. Da habe ich genug Zeit.«

Sabine war immer noch nicht zufrieden.

»Also gut, ja, ich finde ihn süß, und es wäre toll, wenn ich ihn wiedersehen könnte. Aber er wohnt am anderen Ende von Berlin und wahrscheinlich hat er mich schon wieder vergessen.«

»Ein Typ, der 'ne Kassette mit sich rumschleppt und durch die Stadt fährt, um dich zu suchen?«

Manchmal dachte Sabine doch mehr wie ein richtiges Mädchen.

»Warum sollte er mich denn wiedersehen wollen? Der ist achtzehn, sicher steht er auf ganz andere Mädchen als mich. Und sicher hat er auch schon 'ne Freundin. Er war nur höflich, das ist alles. Und jetzt sollten wir wirklich gehen, heute Morgen haben wir Geschichte, die Nöthen ist auch nicht besser als Kowalsky!«

Das Argument zog bei Sabine. Geschichte war nicht wirklich ihre Sache, vergeblich bemühte sie sich, eine Eins zu bekommen, doch auch in diesem Jahr hatte es nur für eine Zwei gereicht.

Wir eilten also zur Bahn, und ich hoffte, dass sie mit dem, was sie gehört hatte, zufrieden war und mich nicht den ganzen Tag über löcherte. Denn ich brauchte die Momente, um mir vorzustellen, was Claudius jetzt tun würde.

School's Out (For Summer)

Claudius

»Hier, Junge, die Zeitungen stapelste hier rin«, sagte die Kiosk-besitzerin und deutete auf das lange Regal neben dem Fenster, in dem sich Frauen-, Motor-, Handarbeits- und Kinderzeitschriften drängten. Auch *Bravo*, *Popcorn* und *Pop Rocky* gab es hier, oben-drein Herrenmagazine mit großbusigen Frauen auf dem Titel.

Frau Kraushahn drückte mir allerdings nur Tageszeitungen in die Hand. Die meisten von ihnen berichteten auf der Titelseite im-mer noch von der Grenzöffnung in Ungarn und den Strömen von ausreisewilligen DDR-Bürgern, die täglich zahlreicher wurden.

Aber Frau Kraushahn schien das nicht sonderlich zu inte-ressieren. Schon seit vielen Jahren unterhielt sie den Kiosk in der Potsdamer Straße, der mittlerweile auch als Laden und Imbiss fungierte. Stets trug sie eine blaue Kittelschürze, Kunstfaser-Ho-sen und Latschen an den Füßen. Ihre Dauerwelle hatte sie mit Wicklern so aufgedreht, dass sie wie Kupferspulen auf ihrem Kopf aufgereiht waren.

Ihre Kunden, meist Mechaniker aus der nahegelegenen Auto-werkstatt, Bauarbeiter und die Frauen aus einer Wäscherei in der Nähe, begrüßte sie stets freundlich und mit dem neuesten Klatsch aus dem Viertel.

Ich hatte meinen Vater mit meiner Ankündigung, in einem Laden in der Nähe arbeiten zu wollen, ziemlich geschockt. Dafür war ich sogar extra früh aufgestanden, um ihn noch am Früh-stückstisch zu erwischen.

»Nanu, Junge, du bist schon auf?«, bemerkte er spöttisch zwi-schen zwei Schluck Kaffee.

»Ja, ich will mir einen Job suchen.«

Er interpretierte das so, dass es sich um einen Ferienjob han-delte, da er ja immer noch der festen Überzeugung war, dass ich mich an der Uni einschreiben würde.

»Du brauchst nicht zu suchen, du könntest zu mir in die Kanz-lei kommen«, eröffnete er mir, wie ich es fast schon erwartet hatte.

Doch ich lehnte ab. »Ich werd in einem Laden aushelfen«, sagte ich, obwohl ich keinen blassen Schimmer hatte, wo ich diesen Laden finden sollte. Aber allein in Zehlendorf gab es haufenweise davon, und mir war es egal, ob ich in einer Schlachterei aushalf oder einem Buchladen.

»In einem Laden?« Mein Vater schnaufte, und das, obwohl sein Vater auch einen Laden gehabt hatte. Mittlerweile war in dem Gebäude ein Tattoo-Studio untergebracht, aber dennoch, wenn ich mit dem Bus daran vorbeifuhr, war es für mich nichts anderes als Großvaters Laden.

»Ja, in einem Laden. Ehrliche Arbeit, die mir 'n bisschen Geld einbringt. Dann vertrödle ich wenigstens nicht mehr meine Zeit, und wer weiß, vielleicht werde ich Verkäufer wie Großvater.«

Das brachte meinen Vater dazu, sich heftig an seinem Kaffee zu verschlucken. Wenn ich daran dachte, wie er beim Husten rot angelaufen war, musste ich immer noch grinsen.

Und jetzt war ich hier.

Ich hatte den kleinen Zeitungsladen vielleicht ein oder zwei Mal als Kind betreten, weil ich für mich und Max weiße Schaum-zuckermäuse kaufen wollte. Diese standen noch immer in Plas-tikboxen auf dem Verkaufstresen.

Gestern beim Vorbeifahren hatte ich durch Zufall den Zettel in der Scheibe gesehen. Frau Kraushahn suchte eine Aushilfe für den Vormittag! Die Bezahlung war nicht besonders, aber ich würde genug Geld verdienen, um mindestens zweimal im Monat nach Ostberlin fahren zu können.

Heute war mein erster Tag hier, und bis auf das Zeitungsein-sortieren hatte die Kioskbesitzerin noch keine andere Arbeit für mich gefunden. Den Kaffee kochte sie selbst, ebenso schmierte sie die Brötchen, die sie verkaufte. Aber bereits gestern hatte sie mir eröffnet, dass heute eine Warenlieferung kommen würde, da müsste ich dann Kisten schleppen und alles auspacken.

»Und dass du se mir nich durcheinander bringst. Paar alte Leutchen, die hier kommen, verlassen sich druff, dass ihre Zei-tung am richtjen Platz liegt.«

Ich nickte dienstbeflissen und schielte auf die alten Zeitungen, die ich nachher noch bündeln musste, damit sie wieder zurück-geschickt werden konnten. Aha, *Bildzeitung* rechts, *taz* links, *Ber-liner Morgenpost* neben die *Bild* und so weiter.

»Na dann mach mal, muss mich um die Kunden kümmern.«

Kaum hatte sie das gesagt, bimmelte auch schon die Türglocke. Eine Frau in einem gepflegten dunkelroten Kostüm trat ein, auf dem Arm trug sie etwas, das wie ein großer Pelzhandschuh aussah, aber wohl ein Hund war.

Diese Frau hätte ich überall vermutet, aber nicht in diesem kleinen Kioskladen. Sie sah eher aus, als würde sie sonntags auf dem Ku'damm im Café Keese auf einen gut situierten Herrn warten.

»Ah, meene Kleene!«, rief Frau Kraushahn und streckte die Arme nach dem Fellknäuel aus. »Warste denn auch brav?«

Der kleine Hund winselte und leckte ihr über die Hand.

»Ja, die war sehr brav«, antwortete die Frau. »Hat keenen Mucks jemacht und jut gefressn.«

Aus dem Munde Frau Kraushahns kam nun ein Schwall von Koseworten, die mich dazu brachten, peinlich betreten auf die Zeitungen zu schauen und fleißig weiterzustapeln. Okay, der Hund gehörte nicht der Dame in Rot, sondern offenbar Frau Kraushahn.

Irgendwann hörte es dann auf, und da Frau Kraushahn ihren Hund nun von der Aufpasserin wiederhatte – offenbar war sie im Urlaub gewesen –, musste sie nur noch mich vorstellen.

»Schaun se mal, Frau Hacker, der Junge da hilft bei mir aus seit heut.«

»Na, Kleener, macht's Spaß?«, fragte Frau Hacker, worauf ich mich aufrichtete und nickte. Sie sah mich ungläubig an. Na ja, Spaß war was anderes, aber ich tat es für Milena. Damit ich sie wiedersehen konnte, ohne ständig meinen Vater um Geld bitten zu müssen.

»Ja, er macht sich jut!«, sagte Frau Kraushahn, während sie den Hund auf dem Arm heftig streichelte. Das Tier schien es zu genießen, denn es stieß hin und wieder einen wohligen Laut aus. »Ick bin jedenfalls froh, dit ick ihn habe, kann ick mich mehr um meene Luzie kümmern.«

Da mir die Musterung durch Frau Hacker, die ein geblümtes Trägerkleid trug, unangenehm war, wandte ich mich den Zeitungen zu. Mittlerweile hatte ich die *Bild* schon an ihren angestammten Platz gebracht, die *Morgenpost* folgte.

Frau Hacker unterhielt sich noch eine Weile mit Frau Kraushahn, dann verabschiedete sie sich mit zwei Mettbrötchen aus dem Laden.

Frau Kraushahn sortierte die Münzen in die Kasse – weiterhin den Hund auf dem Arm – und kam dann zu mir.

»Dit is meene Luzie!« So, wie sie mir den Hund hinhielt, erwartete sie wohl, dass ich ihn streichelte.

Ich hatte es nicht so mit Hunden, seit mir als Kind mal ein Kläffer in die Hand gebissen hatte. Also hielt ich mich zurück.

»Ick hab se 'nem Kerl abjenommen, der se über irgend 'ne Gartenmauer werf'n wollte.«

»Was?«, fragte ich verdattert. Wer warf einen Hund in irgendeinen wildfremden Garten?

»Entsorjen wollt' er se! Kann man nich anders sagen. Hat dem armen Ding die Beene jebrochen und wollt se wegschmeißen wie'n Stück Dreck. Bin hin zu ihm und hab ihn jefracht, ob er noch alle hätte. Da is er abjehauen und hat se liejenjelassn. Ick hab se zum Tierarzt jebracht.«

Da staunte ich aber. Frau Kraushahn ging einfach zu einem Tierquäler, sagte ihm die Meinung und rettete einen kleinen Hund. Alle Achtung!

»Loofen kannse aber trotzdem nich mehr, die Brüche warn zu schwer«, fuhr sie fort. »Aber sie lebt und ick mache allet, damit es ihr jut jeht.«

Jetzt streckte ich meine Hand doch vorsichtig nach dem Hund aus und streichelte kurz über seinen Kopf. Luzie regte sich nicht.

»Ach, die is einjeschlafen!«, stellte Frau Kraushahn fest, nachdem sie den Hund kurz ein Stück näher an ihr Gesicht gehoben hatte. »Macht se immer, wenns anstrengend ist. Die letzten Tage hat se mir bestimmt vermisst. Aber die Hacker ist 'ne Seele von Mensch, die passt immer jut auf mein Mäuschen auf.«

Damit verschwand sie im Hinterzimmer, wo ich sah, wie sie den schlafenden Hund auf eine Decke legte und dann einen Napf in seine Reichweite stellte.

»Eens kann ick dir aber sagen, Junge!«, sagte sie, als sie wieder nach draußen kam und leise die Tür hinter sich zuzog. »Wenn ick 'n Mann jewesen wär, hätt ick ihm eene rinjehauen, aber so!« Sie ballte die Faust. Angst machte mir das nicht, und sicher hätte sich der Hundequäler eher vor ihrer Stimme gefürchtet, aber ich nickte ihr beipflichtend zu und machte dann mit meiner Arbeit weiter.

Gegen Mittag, nachdem ich gefühlte hundert Leute kennengelernt hatte, war meine Schicht zu Ende. Die neuen Zeitungen waren einsortiert, die alten zu Bündeln zusammengebunden, die neue Ware stand im Regal, draußen wartete ein Müllsack darauf, in eine der blechernen Deckelmülltonnen gestopft zu werden.

»Hast jut jearbeitet«, meinte Frau Kraushahn. »Als kleenen Vorschuss für die Woche, und weil du so lieb zu meener Luzie warst.« In meiner Hand landete ein Zwanziger. Ein guter Tageslohn, allerdings war mir das furchtbar peinlich.

»Aber Frau Kraushahn, ich bin doch erst einen Tag hier.«

»Ja, und dit is dafür, daste morjen och wiederkommst.« Ihre rauen Finger schlossen meine über dem Geldschein. »Aber denk nich, dass ick dit jeden Tach mach.«

Ich schüttelte den Kopf, bedankte mich und verließ sie mit dem Versprechen, dass ich morgen auf jeden Fall wiederkommen würde, pünktlich um sieben, wenn Frau Kraushahn selbst herunterkam, um für die ersten Morgengäste Kaffee zu kochen.

Nun hatte ich den ganzen Nachmittag vor mir! Einen Nachmittag, den ich entweder in der Garage oder mit Max verbringen konnte. Oder ich konnte das großzügige Geschenk, das mir Frau Kraushahn gemacht hatte, gleich nutzen.

Noch während ich mein Fahrrad von der Kette losmachte, neigte sich die Waagschale in Richtung DDR. Milena! Ich hatte versprochen, sie wieder zu besuchen, und wann, wenn nicht heute, wäre der richtige Tag dafür!

Zeugnisausgabe, endlich! Es gab nur zwei Tage im Jahr, an denen ich mich freudig in mein FDJ-Hemd zwängte, und das waren die letzten Tage der Schulhalbjahre. Natürlich mussten wir auch heute zum Fahnenappell antreten, aber während die sozialistischen Parolen über meinen Kopf hinwegwehten, konnte ich an Claudius denken – auch wenn ich mir mittlerweile sicher war, dass ich ihn nie wiedersehen würde.

Da Sabine jetzt erst mal für zwei Wochen weg sein würde – ihr Vater hatte einen Ferienplatz in der ČSSR bekommen –, war ich die halbe Nacht auf gewesen und hatte die neue Kassette, die mir Sabine geschenkt hatte, bespielt.

Meine gute Laune angesichts des Schuljahresendes schien sich auf die Musik zu übertragen, denn es liefen sehr viele tolle Songs. Als die Kassette schon voll war, ließ ich das Radio trotzdem laufen – der Empfang war so klar wie nie.

Erst gegen Morgen schlief ich ein. Irgendwas träumte ich auch, aber das hatte ich wieder vergessen, als mich jemand an der Schulter rüttelte.

»Milena, willst du nicht los, es ist gleich sieben.«

Ich fuhr in die Höhe. »Sieben!«

Mein Vater zeigte mir seine alte Armbanduhr mit dem zerkratzten Glas. Die Zeiger standen tatsächlich auf sieben.

Augenblicklich sprang ich aus dem Bett. Sabine würde mir schön was erzählen, wenn ich am Zeugnistag zu spät auftauchte! Rasch lief ich ins Bad, riss mir das Schlafzeug herunter und stieg in die Wanne. Der Boiler darüber rumpelte, spie als Erstes einen kalten Wasserschwall durch den Duschschlauch und dann einen heißen. Rasch drehte ich das Wasser ab. Na gut, dann Katzenwäsche.

Eigentlich hatte ich mein FDJ-Hemd noch bügeln wollen, aber dazu blieb keine Zeit. Schnell den Knautsch übergezogen, rein in die Nietenhose und in die Stoffturnschuhe. Am Zeugnistag brauchte man nicht toll auszusehen, also ignorierte ich, dass die Hose leichtes Hochwasser hatte – und das Hemd, na ja … Frau Heinrich würde zwar blöd gucken, mich vielleicht auch fragen, ob ich kein Bügeleisen hätte, aber dafür sah ich sie dann acht Wochen nicht mehr.

Papa erwartete mich in der Küche, denn er hatte für heute die Schicht mit einem Kollegen getauscht.

»Na, fertig?«, brummte er hinter seiner Zeitung, auf der ein gro-ßes Bild von Erich Honecker abgebildet war. Uninteressant. Seit Tagen suchte ich vergeblich nach einem Bericht über die Grenz-öffnung in Ungarn. Alles, wovon unsere Zeitungen schrieben, waren Landesverräter und Abtrünnige, die den Verlockungen des Kapitalismus erlegen seien und die Idee des Sozialismus verraten hätten. Die Artikel waren allerdings so klein, dass sie zwischen den ganzen Honecker-Bildern untergingen, so als wollte man sie verstecken.

»Jap.« Hastig stopfte ich die Stullen in meine Tasche.

»Dann mach's gut, Kleine.«

Ich verabschiedete mich und stürmte mit der Tasche über der Schulter nach draußen.

Sabine wartete natürlich wieder an der Ecke. Hoffentlich fing sie heute nicht schon wieder damit an, ob sich der Junge gemeldet hatte. Seit Tagen nervte sie mich damit schon. Klar ging er mir nicht aus dem Kopf, aber wenn ich ihn nicht wiedersah, musste ich doch darüber nicht mehr reden, oder?

»Acht lange Wochen Ferien!«, tönte Sabine und riss die Arme hoch, während wir zur Bahn gingen.

»Ja, und du zwei Wochen mit deiner Familie unterwegs«, ent-gegnete ich. »Du hast es gut!«

»Aber leider nicht nach Budapest«, maulte sie. »Ich hab schon so viel Tolles davon gehört!«

Ich auch. Aber ich war mir absolut nicht sicher, ob wir dasselbe meinten.

Die Öffnung der ungarischen Grenze schien für Sabine nicht passiert zu sein. Da ich wusste, wie überzeugt sie noch immer vom Sozialismus war, hatte ich mich nicht getraut, es zur Sprache zu bringen. Und sie selbst hatte nicht davon angefangen.

Der Einfachheit halber stimmte ich ihr zu, wie toll Budapest sei. Dort sollten die Läden voll sein, dort sollte es hin und wieder auch Westwaren geben und Fast-Food-Lokale wie drüben das McDonald's. Und dort sollte man ganz normal Westplatten kaufen können, nicht etwa altes Zeug, das tausend Jahre später bei Amiga rauskam, sondern die richtigen, frischen Platten von Depeche Mode und Bowie und so weiter.

Hinter meiner Stirn jedoch sah ich noch immer die Menschen, die durch den zerschnittenen Grenzzaun fuhren.

Gleich im Foyer des Schulgebäudes stießen wir auf eine Menschentraube. Was war da los? Hatte hier auch jemand irgendeinen Zaun durchschnitten?

Das plötzliche Zwicken in meiner Magengrube sagte mir, dass es irgendwas mit Lorenz zu tun haben musste.

»Komm, schauen wir mal nach!«, sagte ich zu Sabine und zerrte sie am Ärmel mit mir.

»He, warum denn?«, fragte sie, aber da waren wir schon bei den anderen.

Bei dem Auflauf hätte ich mindestens eine Schlägerei erwartet, doch Lorenz stand nur grinsend in der Mitte – in einem Anzug.

Ich schüttelte den Kopf, zwinkerte – litt ich an Halluzinationen? Nein, als ich die Augen öffnete, war Lorenz noch immer da. Lorenz mit dem pinkfarbenen Iro auf dem Kopf, den er sich zur Seite gekämmt und mit Florena-Creme angeklatscht hatte, in einem senfgelben Anzug, der vielleicht seinem Opa gehörte. Darunter trug er sein FDJ-Hemd, dessen Dunkelblau in wahnsinnig schlimmem Kontrast zu dem Gelb stand. Aber der Direx würde nichts daran aussetzen können, denn nach seinen Maßstäben war das »ordentlich gekleidet«.

»Was ist denn hier los?«, donnerte plötzlich die Stimme von Frau Heinrich über unsere Köpfe hinweg. Auch sie schien eine Schlägerei zu vermuten und auch sie wirkte mächtig überrascht, als sie Lorenz sah. Dass er jetzt zu punkig aussah, konnte man ihm nicht mehr vorwerfen. Geschmacksverkalkung eher, aber gab es dafür auch einen Tadel? Oder ein Schreiben an die Eltern?

Frau Heinrich stand da wie versteinert. Alle warteten. Na, würde sie ausrasten?

Nein, sie schwieg. Hinter ihrer Stirn schien es zu rattern, aber das, was sich in ihrem Hirn zusammenbraute, fand nicht den Weg nach draußen.

Lorenz grinste weiter, sagte aber nichts, bis uns endlich das Klingeln zur ersten Stunde erlöste. Frau Heinrich und Lorenz standen sich noch einen Moment gegenüber wie Cowboys, die vorhatten, sich ein Duell zu liefern. Doch dann rief die Lehrerin: »Ab in eure Klassen!«

Erst kurz vor dem Geografie-Raum, in dem uns auch am letzten Tag die zerfledderte Weltkarte erwartete, wurde mir klar, dass das der beste Moment des gesamten Schuljahres gewesen war. Lorenz im Anzug. Lorenz, der es allen zeigte!

Auch unser Geo-Lehrer, ein grobknochiger Mann, der eine Vorliebe für grüne Anzüge hatte, die immer stark nach Mottenkugeln rochen, wirkte erstaunt über Lorenz' Aufzug.

Ich musste kichern, als ich die beiden nebeneinander sah. Es schien, als hätten sie ihre Anzüge aus dem gleichen Textilkombinat. Jedenfalls waren sie so geschnitten, und bis auf die Farbe sahen sich die Stoffe ziemlich ähnlich. Vielleicht war Herr Rehfeld aber nur deshalb so verdattert, weil er sich fragte, woher er diesen fetzigen Anzug bekommen könnte.

An diesem Tag war Lorenz der Star. Egal, wo er auftauchte, überall gab es Lachen und Johlen – das, was er beabsichtigt hatte. Einige glaubten fest daran, dass er dafür wieder zum Direx wandern musste – jeder sah, dass das reine Provokation war –, doch niemand erschien, um ihn zu holen. Frau Heinrich war während der ganzen Zeugnisausgabe blass wie eine Kalkwand, aber sie sagte nicht mal dann was, als sie Lorenz das Zeugnis überreichte.

Nach der Zeugnisausgabe war auf dem Schulhof kein Herankommen an Lorenz. Wieder umringten ihn die Jungs und auch ein paar Mädchen, als hätte er Dave Gahan getroffen, und quetschten ihn nach der Reaktion der Lehrer aus.

»Also wenn du mich fragst, ich fand das ziemlich daneben«, sagte Sabine, während sie in ihrer Schultasche wühlte. »Dieser Anzug war echt das Letzte.«

»Aber es war ein Anzug!« Das letzte Wort zog ich genüsslich in die Länge. »Verstehst du? Er hat nur getan, was man von ihm verlangt hat. Dass der Anzug hässlich war, ist eine andere Sache, aber er ist wenigstens nicht in seiner Jeans rumgelaufen. Für den hässlichen Anzug können sie ihn immerhin nicht in den Jugendwerkhof stecken.«

»In den was?«, wunderte sich Sabine.

Jetzt fiel mir wieder ein, dass ich ihr gar nicht davon erzählt hatte.

»Ja, sie haben ihm gedroht, ihn in den Jugendwerkhof zu stecken wegen seiner Klamotten. Also hat er was dagegen getan. Und jetzt sind eh Ferien, da können sie ihm nichts mehr.«

Sabine schüttelte ungläubig den Kopf. »Der spinnt doch! Die stecken doch niemanden in den Jugendwerkhof wegen der Klamotten!«

»Er hat es mir so gesagt.«

»Dann hat er dich angeschwindelt.«

»Das glaube ich nicht. Mich würde er nie anlügen. Schon gar nicht bei so was.«

Sabine biss sich auf die Lippe. Wahrscheinlich hätte sie mir gern noch was dazu gesagt, aber das verkniff sie sich.

»Hier, hab da noch was für dich.« Ich zog die frisch bespielte Kassette aus der Tasche. »Für den Urlaub.«

Augenblicklich vergaß Sabine all ihren Groll. »Du hast mir was aufgenommen?«

»Ja, als Entschädigung für die andere Kassette.

Ein wenig lag es mir immer noch im Magen, dass ich sie wegen der Claudius-Kassette angeschwindelt hatte – ich hatte behauptet, dass das Band kaputt war –, aber das, was ich aufgenommen hatte, konnte sich sehen lassen. Ich hatte sogar zweimal Modern Talking mit aufs Band gespielt, ihr zuliebe.

»Danke!« Sabine fiel mir um den Hals und drückte mir einen Kuss auf die Wange.

»Wenn du wiederkommst, kriegst du gleich noch eine. Vielleicht bekomme ich inzwischen wieder Kassetten, und Zeit zum Aufnehmen habe ich ja auch, während du es dir im Urlaub gut gehen lässt.«

Wieder zu Hause fühlte ich mich bedrückt. Drei Tage war es her, dass ich Claudius getroffen hatte, aber ich musste immer noch ständig an ihn denken. An ihn und an Ungarn. Irgendwie gehörte eins zum anderen.

Ach, wenn ich Sabine doch nur von ihm erzählen könnte!

Aber was sollte ich erzählen? Dass er mir ein Lied von David Bowie auf die Kassette überspielt hatte? Dass er mir versprochen hatte wiederzukommen?

Das war nichts, worüber man sich länger Gedanken machen musste – aber ich tat es.

Um mich abzulenken, verzog ich mich mit einem leeren grünen Schulheft auf den Balkon unter den Sonnenschirm.

Ich mochte es, wenn Hefte noch vollkommen leer waren und man alle Möglichkeiten hatte, sie mit einer Geschichte zu füllen. Hatte man erst mal begonnen, war das nicht mehr so leicht. Man konnte natürlich die ersten Sätze, die falsch waren, durchstreichen, doch das sah hässlich aus. Riss man die falschen Seiten heraus, sah das Heft nicht mehr so schön aus. Aber das Heft auf meinem Schoß war noch ganz weiß.

Am liebsten wollte ich von Claudius schreiben. Claudius aus Westberlin. Eine Geschichte, die nur auf Papier stattfinden würde.

Wie konnte man sich seinen Tag vorstellen? So, wie es die Fernsehserien zeigen? »Ich heirate eine Familie« zum Beispiel. Oder »Diese Drombuschs«?

Eine Bewegung unten auf der Straße lenkte mich ab. Senfgelber Anzug!

War er seinen Fans endlich entkommen?

»He, Lorenz!«, rief ich ihm vom Balkon aus zu. »Warte mal!«

Lorenz blieb stehen. Mann, in dem Anzug sah er wirklich zu komisch aus! Und wie er hochschaute! Schade, dass ich keinen Fotoapparat hatte!

»Was ist?«, fragte er.

»Willst du kurz hochkommen?«, fragte ich, denn ich musste ihn unbedingt noch wegen seines Aufzugs ausquetschen.

»Nee, komm du runter! Ich jag deinen Nachbarn sonst noch 'nen Schrecken ein!«

Ich legte Heft und Stift auf den Stuhl und flitzte nach unten.

Lorenz hatte wohl gedacht, dass ich nicht kommen würde, jedenfalls war er schon ein gutes Stück an unserem Haus vorbei, als ich aus der Tür kam.

»Warte doch!«, rief ich ihm hinterher, aber er lief mit langen Schritten weiter.

»He, das war ja eine Schau!«, sagte ich zu Lorenz, als ich ihn endlich eingeholt hatte. »Du hast es denen richtig gezeigt.«

Lorenz grinste kurz, dann holte er tief Luft und sagte ganz unschuldig: »Was denn? Ich habe mich nur vernünftig angezogen. Und da ich dachte, dass der Direx auf Anzug über dem FDJ-Hemd steht, hab ich mir mal einen von meinem Alten ausgeliehen. Eigentlich sollte der ja weg, aber ich finde, für den Zeugnistag hat er's echt noch mal gebracht.«

»Und wie!«, entgegnete ich. »Die werden im Lehrerzimmer noch immer über dich reden!«

»Ja, vor allem die Lehrer werden sich fragen, in welchem Exquisit sie so einen Anzug bekommen!« Lorenz zupfte sich an der Jacke, dass ich lachen musste. Dieser Anzug würde vielleicht im »An- und Verkauf« zu finden sein, aber ganz sicher nicht im Exquisit!

»Und, was machste die Ferien über?«, fragte er, nachdem wir uns in der Nähe auf den Rand eines Betonblumenkübels gesetzt hatten.

Ich zuckte mit den Schultern. »Weiß nicht. Mit Sabine abhängen.«

Lorenz schnaufte. »Da kannste auch zu mir und meinen Jungs kommen. Die sind bisschen laut, aber richtig in Ordnung.«

Wenn er das sagte, musste es stimmen. Mit den Punks am Alex hatte ich bisher nicht viel zu tun, aber immerhin hatten sie, wenn ich Lorenz da mal begegnet war, keine blöden Bemerkungen in meine Richtung geschmissen.

»Vielleicht mach ich das mal. Bei euch gibt's wenigstens gute Musik.«

Sah ich richtig oder wurde Lorenz auf einmal rot?

Irgendwas schien ihm auf der Seele zu brennen, doch er wusste wohl nicht, wie er es sagen sollte.

»Wo willste jetzt eigentlich hin?«, fragte ich ihn, um seine Verlegenheit ein wenig zu vertreiben. »So kannst du doch nicht zu deinen Kumpels am Alex fahren.«

Lorenz grinste breit. »Warum denn nich? Die stehen sicher drauf, besonders, wenn ich ihnen erzähle, wie die Heinrich aus der Wäsche geguckt hat.«

»Aber du wolltest nicht zu ihnen, stimmt's?«

Lorenz schüttelte den Kopf. »Nee, wollt ich nicht. Musste mal bisschen rumlaufen. Das Zeugnis ist nicht so gut ausgefallen, und mein Alter will, dass ich mich für eine Lehrstelle als Zerspaner bewerbe.«

»Aber du willst doch Lektor werden!«

»Dazu müsste ich studieren. Und an die EOS. Glaubst du wirklich, ich werde dort zugelassen?«

»Aber so schlecht kann's doch nicht gewesen sein. Du bist doch nicht dumm!«

»Ich hab in Mathe 'ne Vier und die Heinrich hat mir in Deutsch 'ne Drei reingebrummt.«

»Du in Deutsch 'ne Drei?« Ich war von den Socken. Lorenz, der so viel las und sich so gut mit Büchern auskannte, sollte 'ne Drei haben? Niemals!

»Ja, so steht es da. Der Heinrich passt meine Nase nicht. Er-innerst du dich an die letzten Aufsätze? Immer hat die mir an-gekreidet, dass ich zu wenig auf die Haltung des ZK der SED oder auf anderen sozialistischen Quatsch eingegangen bin und mir gleich 'ne Note schlechter gegeben.« Seine Miene wirkte auf einmal verbittert.

»Aber das ist nicht fair!«

»Stimmt, aber darauf nimmt die alte Hexe keine Rücksicht. Hauptsache, sie kann mir eins reinwürgen.«

»Und dein Vater? Kann der nicht mal mit ihr reden?«

»Mein Alter interessiert sich nicht für mich. Er kann nur klug-scheißen. Zerspaner!« Lorenz klatschte sich mit der flachen Hand gegen die Stirn. »Als ob mich so was interessiert! Eingehen würde ich dabei!«

»Und wenn du dich im nächsten Jahr verbesserst? Wir sind erst in der Neunten, im nächsten Jahr könntest du …«

Lorenz brachte mich mit seinem Kopfschütteln zum Schweigen. »Die Heinrich und der Kowalsky werden mir keine besseren Noten geben, dazu hassen sie mich viel zu sehr. Und dann ist da auch noch Stabü, wo ich zurecht 'ne Vier hab. Ich kann diesen Quatsch einfach nicht nachbeten.«

Sollte es das gewesen sein? Lorenz' Traum, in einem Verlag zu arbeiten, einfach geplatzt?

»Es gäbe vielleicht eine Möglichkeit«, sagte er schließlich, wirkte dabei aber nicht so, als würde ihn das besonders glücklich machen.

»Und welche?«

»Wenn ich mich bei der Armee verpflichte. Zehn Jahre Kommiss und ich darf Abitur machen.«

»Du willst zehn Jahre lang Soldat sein? Du?« Lorenz mochte vielleicht abenteuerlich aussehen, aber er prügelte sich nur, wenn es unbedingt nötig und nicht zu umgehen war.

»Ja, warum denn nicht?«

»Aber wenn du da rauskommst, bist du achtundzwanzig. Und dann müsstest du studieren und dir eine Stelle suchen.«

»Ich weiß«, murmelte er niedergeschlagen. »Und dabei wollte ich doch spätestens mit fünfundzwanzig dein erstes Buch herausbringen. Einen astreinen Spionageroman mit dem CIA-Agenten.«

»Wohl eher mit einem sowjetischen namens Makaroff, meinst du wohl«, entgegnete ich grinsend. Welcher Verlag in der DDR würde schon ein Buch rausbringen, in dem ein westlicher Spion der Held war, wenn wir sogar die James-Bond-Filme nur heimlich schauen durften!

»Also den will ich in deinem Buch nur dann sehen, wenn ihm der Mann von der CIA ordentlich eins auf die Gusche gibt!«

Lorenz tat so, als würde er irgendwem einen Fausthieb verpassen. Bereits da sah man, dass er vom Schlagen wirklich nicht viel Ahnung hatte, und ich fragte mich, wie er aus den bisherigen Kloppereien heil herausgekommen war.

Jetzt lächelte er mich wieder so komisch an, schob dann die Hände in die ausgebeulten Taschen seines Sakkos und fragte: »Willst ein Stück mitkommen? Nicht, dass du über dein Zeugnis nachdenken müsstest, das ist sicher wieder klasse und du wirst bestimmt studieren.«

»Weiß man nicht«, entgegnete ich, aber er hatte recht. Was sollte dazwischenkommen? Ich würde mich im nächsten Jahr bestimmt nicht verschlechtern, ganz im Gegenteil, und wenn ich mit Sabine Mathe pauken musste! Höchstens meine gesellschaftliche Arbeit konnte ein Problem werden, aber vielleicht konnte ich mir noch ein paar Pluspunkte holen, wenn ich Altstoffe sammelte und einmal mehr zu den FDJ-Veranstaltungen ging.

»Also wenn du dir 'nen Iro scheren lässt, wird das wirklich nix.« Er musterte mich, als würde er sich die Frisur gerade an mir vorstellen. »Aber meine Jungs würden dich urst fetzig finden!«

»Deine Jungs würden mich sicher auslachen«, gab ich zurück. »Ich bin nun mal keine Punkerin wie diese Kati.«

»Du meinst, Krätze.« Krätze war Katis Punkername.

Seltsamerweise hatte sich Lorenz noch keinen zugelegt. Mein Vorschlag, sich Lorenzo nach der Figur aus Romeo und Julia zu nennen, hatte er abgelehnt. Das würde zu brav klingen. »Punkernamen müssen sich nach Dreck anhören. Aber die besten sind bei uns schon weg, und stell dir mal vor, jemand ruft Ratte und gleich drei gucken sich um!«

»Na gut, meinetwegen Krätze.«

»Die ist schwer in Ordnung. Sie könnte dir sogar zeigen, wie man das mit der Farbe macht.«

Ich schüttelte den Kopf. »Nee, lass mal, ich lass meine Haare so, wie sie sind.« Wie sollte mich Claudius denn sonst wiedererkennen, wenn er doch mal wieder herkam?

Wir bogen in die Schönhauser ein und stiefelten dann in Richtung Bahnhof. Wenn Lorenz nicht am Alex war, saß er manchmal am S-Bahnhof und beobachtete die Züge. Meist hatte er ein Buch dabei, in das er irgendwelche Anmerkungen kritzelte. Auch diesmal steckte irgendwas in der Gesäßtasche seiner hässlichen Anzughose, wegen des ollen Sakkos konnte ich das aber nicht erkennen.

»Aber wenn du doch mal auf unsere Seite wechseln willst, sag mir Bescheid«, knüpfte er an unsere vorherige Unterhaltung an. »Neulich gab es ein starkes Konzert in der Gethsemanekirche. Das hättest du hören sollen! Und überhaupt ist da 'ne Menge los.«

»Was denn?«, fragte ich und kam mir dabei ziemlich dumm vor. Und warum zum Teufel hatte Lorenz mir nichts von dem Konzert erzählt?

»Guckst du nicht Westfernsehen?«, fragte er ein wenig erstaunt zurück.

»Klar!«, entgegnete ich. »Erst neulich hab ich gesehen, dass sie in Ungarn die Grenze aufgemacht haben.«

Lorenz grinste breit. »Bist ja doch nicht aus dem Tal der Ahnungslosen! Das war toll, ne? Die machen einfach die Grenze auf und lassen alle rüber, die rüberwollen, ohne auf sie zu schießen. Stark! Ich werd mir 'ne Ungarnfahne an die Jacke nähen.«

»Und was hat das nun mit deinem Konzert zu tun? Habt ihr das in der Kirche gefeiert?«

»Auf eine Art schon. Aber das meinte ich nicht.« Lorenz überlegte einen Moment lang, als fragte er sich, ob ich vertrauenswürdig genug sei, um mir davon zu erzählen. »Seit einiger Zeit treffen sich die Leute in den Kirchen und reden darüber, was in unserem Land besser gemacht werden könnte. Viele von denen wollen in den Westen rübermachen, bis sich hier was geändert hat. Damit sie keinen Ärger kriegen, geben ihnen die Kirchen Asyl.«

Eine Ahnung überkam mich. Alle wussten, dass Kirchen von der Stasi überwacht wurden. Hatte Lorenz seinen Ärger in der Schule vielleicht auch deswegen bekommen, weil er sich dort herumtrieb?

»Einige von ihnen versuchen, über Ungarn nach Österreich zu kommen. Vielen ist das schon gelungen, und seit die Grenze in Ungarn offen ist ...«

Plötzlich brach er ab. Und wieder schaute er so komisch, aber diesmal konnte nicht ich der Grund sein.

»He, wer ist denn der?«, fragte Lorenz und deutete hinter mich.

Ich drehte mich um. Sah zuerst lange Beine in Jeans. Und dann ...

Claudius!

Was suchte der hier?

»Der beobachtet uns schon die ganze Zeit. Ich wusste ja noch gar nicht, dass Stasispitzel Levi's tragen.«

»Nein, er ist kein ...« Ich wiederholte das Wort Stasispitzel besser nicht, denn die Schönhauser war um diese Zeit ziemlich voll.

»Das ist ein Bekannter«, antwortete ich, während eine regelrechte Hitzewelle an meinem Rückgrat entlanglief.

Warum war er hier? Na klar, weil er sein Versprechen einlösen wollte! Aber wieso so schnell?

Bei der einzig möglichen Antwort spürte ich, wie meine Ohren zu glühen begannen: Weil er in der Nacht auch wach gelegen hatte.

»Moment mal, ich muss zu ihm.« Ohne Lorenz' Antwort abzuwarten, lief ich los. Mein Herz pochte wie verrückt und in meinem Magen zog es ganz furchtbar. Claudius war wieder hier! Und er war meinetwegen hier, nur meinetwegen!

Völlig außer Puste blieb ich vor ihm stehen. Als ich mich mit den Händen auf den Knien abstützte, um wieder zu Atem zu kommen, fiel mir auf, dass ich noch immer im FDJ-Hemd und den blöden Hochwasser-Wisent-Hosen steckte. Das war mir auf einmal urst peinlich, denn eigentlich – so hatte ich mir unter anderem ausgemalt, als ich in den vergangenen Nächten schlaflos an meine Zimmerdecke gestarrt hatte – wollte ich beim nächsten Treffen mit Claudius mein weites Sternenkleid tragen, das ich von Mirko zu Weihnachten bekommen hatte. Die Mutter eines seiner Kameraden bei der NVA hatte es genäht, weil Mirko beim Freigang geholfen hatte, die Wohnung neu zu streichen.

Und jetzt stand ich hier in derselben FDJ-Kluft, in der er mich schon in der U-Bahn gesehen hatte.

»Ich denke, ihr tragt die FDJ-Hemden nur montags«, sagte er scherzhaft.

»Ja, dir auch hallo«, entgegnete ich.

Wie sollte ich ihn jetzt begrüßen? Die Hand schütteln war was für Erwachsene, fürs Umarmen kannten wir uns zu wenig – obwohl ich das sehr gern getan hätte.

Doch Claudius war ganz locker. Er lächelte mich an und sagte: »Hallo.« Und dann: »Na, wie ist das mit den Hemden? Oder ist heute Waschtag und du hattest nichts anderes?«

»Heute war Zeugnisausgabe«, antwortete ich. »Da ist das Pflicht.«

»Ihr bekommt schon Ferien?«

»Ihr nicht?«

Claudius schüttelte den Kopf. »Offiziell erst am zwanzigsten Juli. Aber ich werde wahrscheinlich früher Schluss haben. Nur noch eine Prüfung nächste Woche und wenn ich die bestehe, habe ich das Abi in der Tasche.«

»Du hast es echt gut«, entgegnete ich, keuchte noch eine Weile und richtete mich dann wieder auf. Offenbar hatte mein

Sportlehrer recht, dass ich vielleicht mehr Laufen trainieren sollte.

»Ein Freund?«, fragte Claudius und deutete hinter mich auf
Lorenz, wobei er ganz merkwürdig lächelte. Komisch, ähnlich
hatte auch Lorenz vorhin aus der Wäsche geguckt.

»Ein Kumpel«, antwortete ich schnell. »Wir gehen in dieselbe
Klasse.«

»Er ist ein Punk.« Wieder der entgeisterte Blick. Hatte er so
was noch nie gesehen? In der BRD sollte es haufenweise davon
geben!

»Was du nicht sagst!«, platzte es aus mir heraus.

Claudius wurde rot. »Ich ... ich wollte nur sagen, ich wusste
nicht ...«

»Dass es bei uns Punks gibt?«

»Dass es die *auch* bei euch gibt. Ich dachte immer, ihr seid alle
in der FDJ und da darf man so was nicht.«

Beinahe hätte ich aufgelacht. Doch dann fiel mir wieder ein,
dass Claudius sich wahrscheinlich noch nie wirklich mit der Jugend hier befasst hatte. »Die meisten sind in der FDJ«, antwortete ich. »Einige auch nicht, das sind meist Kinder von Pastoren.
Kannst dir gar nicht vorstellen, was die für Ärger mit den Lehrern
dafür kriegen. Aber Lorenz ist in der FDJ. Und er ist auch Punk.
Der Iro sieht zu seinem Blauhemd wirklich klasse aus. Und den
Anzug trägt er nur heute, zur Feier des Tages.« Ich zwinkerte ihm
zu. Claudius wirkte noch immer ganz verdattert.

»Lorenz heißt er also?«

»Ja, Lorenz. Er ist immer noch auf der Suche nach einem
Punkernamen. Schabe und Ratte sind schon weg, Krätze ist ein
Mädchen, und was anderes ist ihm noch nicht eingefallen.«

»Einer meiner Kumpels heißt Flocke«, bekannte Claudius freimütig. »Wäre das nix für ihn?«

»Nee, nicht dreckig genug.« Ich spürte, dass ich nicht drum

herumkommen würde, Claudius mit Lorenz bekannt zu machen. »Aber mach ihm den Vorschlag doch mal selbst!«

Ich hätte erwartet, dass er kurz zögern würde, doch Claudius folgte mir ohne Einwände. Lorenz kniff die Augen zusammen, als würde die Sonne ihn blenden, und grinste dann. »Wen schleppste denn da mit?«

»Das ist Claudius.« Woher er kam, verschwieg ich.

»Und wo haste den aufgegabelt?«

Tja, sollte ich ihm wirklich die Geschichte erzählen?

»Er hat mir eine Kassette zurückgebracht, die ich im Zug verloren hatte.« Das erschien mir unverfänglich, wenngleich ich ahnte, dass Lorenz sich damit nicht zufriedengeben würde.

»Das meinte ich nicht.« Lorenz wandte sich direkt an Claudius. »Wo kommste her aus Berlin? Ich hab dich in der Gegend noch nie gesehen.«

»Amerikanischer Sektor«, erklärte Claudius, bevor ich ihn davon abhalten konnte. »Zehlendorf.«

Lorenz bekam den Mund nicht mehr zu. Er schüttelte den Kopf, starrte Claudius an, als hätte er eine Erscheinung, dann sagte er: »Ey, du kommst echt aus dem Westen?« Jetzt strahlten seine Augen auf einmal, als hätte er den Weihnachtsmann um die Ecke kommen sehen. »Mann, dass ich das noch erlebe!«

Claudius schaute ein wenig ratlos drein. Solche Freude über sein Auftauchen hatte er wohl noch nie erlebt. Doch das da vor ihm war Lorenz. Lorenz, der die Lehrer heute mit einem Anzug überrascht hatte.

»Bei Lorenz musst du aufpassen, der macht gern Witze«, warnte ich ihn vorsorglich. »Glaub mir, nicht mal ich weiß manchmal, ob er mich verscheißert oder nicht.«

»He, ich verscheißere dich nie, Milka!«, protestierte Lorenz.

Jetzt hätte ich ihn erwürgen können. Er nannte mich Milka vor Claudius. Claudius, der aus dem Westen kam, sicher mehr als genug Milka in seinem Leben gegessen hatte und der sich wahrscheinlich darüber kaputtlachen würde, dass mich jemand so nannte. Es war genauso schlimm, als würde man jemanden »Zetti«, »Bambina« oder »Schlager Süßtafel« nennen. Ich wette, damit hätte Claudius sicher nichts anfangen können.

»Wieso hast du diesen Spitznamen?«, fragte Claudius mich ruhig lächelnd. »Weil du so süß bist?«

Mir wurde schwindelig, aber so richtig. Hatte er mich eben süß genannt? Was war denn das? Seit wann fand mich wer süß? So süß wie Milka-Schokolade?

Claudius sah mich verwirrt an. Lorenz prustete los. Mir war heiß und kalt zugleich.

»Quatsch!«, platzte es aus mir heraus, denn wie sollte ich mich anders wehren? »Das ist nicht mein Spitzname. Den hat mir dieser Blödmann da bloß verpasst!«

Jetzt lachte Lorenz so heftig, dass sein Iro sich wieder unter der Cremepomade löste.

Claudius wurde rot. »Entschuldige, ich wollte nicht …«

»Ist nicht deine Schuld«, entgegnete ich mit einer wegwerfenden Handbewegung und funkelte Lorenz böse an. Der kriegte sich immer noch nicht ein.

»Komm, gehen wir dahin, wo weniger Affen lachen.«

Nicht mal meine Beleidigung brachte Lorenz dazu aufzuhören. Kurzerhand packte ich Claudius' Arm und zog ihn mit mir. Erst an der nächsten Hausecke wurde mir bewusst, was ich getan hatte. Ich hatte Claudius angefasst. Einfach so. Und er hatte keine Anstalten gemacht, den Arm wegzuziehen oder sonst irgendwie Widerstand zu leisten.

Erschrocken über mich selbst ließ ich ihn los. Glücklicherweise war Lorenz uns nicht nachgelaufen.

»Entschuldige«, sagte ich nun, während meine Wangen wie Feuer glühten.

»Wofür denn?«, wunderte sich Claudius. »Ich hatte nichts dagegen, dass du mich mitnimmst.«

»Aber ich hab dich angefasst, ohne dich zu fragen.« Mein Herz schlug mir bis zum Hals. Claudius lachte.

»Sag mal, darf man das nicht in der DDR?«, fragte er. »Ist doch klar, dass man sich mal anfasst, wir leben doch nicht mehr im Mittelalter.«

Da hatte er recht und mir war es auf einmal furchtbar peinlich. Für was für ein Mauerblümchen musste er mich halten! Panisch suchte ich in seinem Blick nach einem Anzeichen dafür, dass er mich doof fand, doch er sah mich einfach nur freundlich und offen an.

»Warum bist du denn eigentlich wieder hier?«, fragte ich schließlich, um das unangenehme Schweigen zu vertreiben.

»Hatte nichts Besseres zu tun«, entgegnete er.

»Wirklich nicht? Was ist mit Kino? Ihr kriegt die guten Filme doch immer gleich.«

»War mir zu langweilig. Du gefällst mir besser.«

Das war der zweite Angriff. Erst fand er mich süß, jetzt gefiel ich ihm besser als Kino. Mein Körper konnte sich nun gar nicht mehr entscheiden, ob ihm warm oder kalt sein sollte.

Wir brauchten einen Ort zum Reden, einen Ort, an dem wir nicht von Passanten angeglotzt wurden. Einen Ort, an dem ich ihn in Ruhe ansehen konnte, ohne dass Lorenz aufkreuzte.

»Und wo schleppst du mich jetzt hin?«, fragte er, als ich ihn wieder am Arm zog.

»Weiß nicht. Irgendwohin.«

Ich wusste nur einen Ort, an den wir gehen konnten – den Humannplatz! Um diese Zeit spielten dort die Kinder, aber wir fanden eine ruhige Ecke unter einem Baum, von dem aus man den Kleinen zusehen und ungestört reden konnte.

»Hast du gesehen, dass sie die Grenze …«

Das gibt's doch nicht! In dem Augenblick, wo ich damit anfing, begann auch Claudius damit. Als hätten wir uns abgesprochen!

Da ich stockte, vollendete er den Satz allein: »... zwischen Ungarn und Österreich geöffnet haben?«

Ich nickte ihm zu. »Ja, das habe ich. Und ich habe mir seitdem jemanden gewünscht, mit dem ich darüber reden kann. Mit Sabine und meinem Vater geht das nicht. Sabine ist vollkommen überzeugt davon, dass der Kommunismus siegen wird, und Papa hat ein ganz komisches Gesicht gezogen, als die Bilder über die Mattscheibe geflimmert sind.«

»Gefällt es ihm nicht, dass die Ungarn jetzt in den Westen reisen können?«

»Ich weiß es nicht. Er hat bisher noch nicht drüber gesprochen. Und ich frage ihn auch nicht. Seit mein Bruder bei der Armee ist, fehlt der Schlichter zwischen uns, wenn mal was hakt. Papa ist eigentlich sehr nett, aber er kann auch ziemlich böse werden und schimpfen, und wenn wir uns erst mal streiten, habe ich manchmal keine Lust nachzugeben.«

»Kann ich verstehen«, entgegnete Claudius, während er mich wieder ausgiebig musterte. »Mein Vater kann auch manchmal ziemlich schwierig sein.«

»Wieso denn das? Ist er auch nicht begeistert darüber, dass die Grenze in Ungarn offen ist?«

»Keine Ahnung. Genau genommen weiß ich ohnehin nur sehr wenig von ihm, und es wird mit jedem Jahr weniger.«

»Wieso denn das? Lebt dein Vater nicht bei euch?«

»Doch, doch! Das ist ja gerade das Komische. Er wohnt bei uns, ich sehe ihn am Tag aber höchstens eine Stunde. Wir reden so gut wie nie miteinander, ich kann mich auch nicht erinnern, dass er, als ich klein war, sonderlich viel mit mir gespielt hätte. Gespräche zwischen uns gibt es nur, wenn er irgendwas an mir auszusetzen hat.«

Claudius machte eine Pause und starrte auf seine Hände. Ich wusste nicht, was seinem Vater nicht an ihm passen sollte. Claudius war einfach toll!

»Was hat dein Vater denn an dir auszusetzen?«, fragte ich also.

»Na ja, eine Menge. Zum Beispiel, dass ich nicht, wie er es will, Jura studieren möchte.«

Ich versuchte, mir Claudius als Anwalt vorzustellen. Klappte nicht. Schon gar nicht in Jeans und T-Shirt.

»Und was willst du später machen?«

»Als Musiker um die Welt ziehen. Überall spielen, wo Leute sind, Erfahrungen sammeln, etwas sehen.«

»Und wenn das nicht hinhaut?«

»Dann werde ich vielleicht Journalist. Reisejournalist am besten. Dann kann ich meine Gitarre auf Reisen mitnehmen. Aber erst einmal will ich spielen. Vielleicht gründe ich ja eine Band.«

»Und was für eine? Rock nehme ich an. Wie ein Popper siehst du nicht aus, auch wenn du Bowie hörst.«

»Der Thin White Duke ist doch kein Popper!«, entrüstete sich Claudius. »Okay, seine Klamotten sind immer poppiger geworden, aber in seiner Zeit in Neukölln war er alles andere als ein Popper.«

»Aber dort hat er mit Iggy Pop gewohnt ...«

Ich sah Claudius an, in der Hoffnung, dass er den Witz gerafft hatte. Tatsächlich dauerte es nicht lange, bis seine Mundwinkel nach oben gingen.

»Der war so richtig schlecht«, sagte er, schüttete sich dann aber doch vor Lachen aus. Und ich auch, denn Claudius' Lachen war wahnsinnig ansteckend.

Die Uhr stand auf zehn vor halb acht, als wir auf dem Bahnsteig ankamen. Mein Vater wunderte sich bestimmt schon, wo ich abgeblieben war. Aber das versuchte ich auszublenden.

»Hast du eigentlich schon mal den Tränenpalast gesehen?«, fragte mich Claudius, nachdem wir eine Weile beklommen dagestanden hatten.

»Du meinst die Halle, in dem wir unseren Westbesuch verabschieden müssen?«

Claudius nickte. »Du hast also schon davon gehört.«

»Klar, als ich noch kleiner war, haben wir dort Onkel Erwin zum Zug gebracht.« Nur noch schwach erinnerte ich mich an die ganzen Menschen, die entweder in Tränen aufgelöst waren, um Fassung gerungen oder sich verstohlen mit dem Taschentuch die Augen abgewischt hatten. Ich konnte das damals noch nicht verstehen.

»Ich weiß ja nicht, wie es dir geht, aber wenn du mich fragst, weiß ich jetzt, wie es den Leuten dort geht.« Claudius sah mir direkt in die Augen, sodass sich meine Knie auf einmal ganz weich anfühlten und zitterten. Aber das war kein schlechtes Gefühl, sondern ein sehr schönes, und ich wünschte mir, dass dieser Moment niemals aufhören würde.

Ich hatte verstanden, was er damit sagen wollte. Ja, auch mir war grad zum Heulen, dass ich ihn wieder fahren lassen musste.

»Bitte vergiss mich nicht!«, flüsterte ich, und dann vergaß ich mich und fiel ihm einfach um den Hals.

»Das werde ich nicht«, flüsterte er in mein Haar, und seine Arme legten sich warm um meinen Rücken. »Ich verspreche dir, wir werden uns diesen Sommer noch oft sehen. Sooft es mir möglich ist. Und vielleicht, eines Tages …«

Mehr konnte er nicht sagen, denn der Zug fuhr mit lautem Getöse ein. In diesem Augenblick hätte ich ihn am liebsten weiter festgehalten, doch ich konnte nicht. Er gab mir einen Kuss auf die Wange, sah mich noch einen Moment an und sprang dann in den Zug, der ihn fortbrachte von mir, in eine andere Welt.

Strangelove

10. Juli 1989

Claudius

Mehr als eine Woche hatte ich gebraucht, um mir Physik in den Schädel zu pauken. Eigentlich lernte ich ziemlich schnell, doch diesmal war es anders. Meine Konzentration war futsch, da half auch kein Kaffee, denn je wacher ich wurde, desto mehr schweiften meine Gedanken ab zu Milena.

Doch die Prüfung war nun geschafft und ich wieder auf dem Weg zu ihr.

Da die Schönhauser Allee um diese Zeit verhältnismäßig voll war, blieb ich eine Weile unter der Brücke stehen und wartete auf eine Lücke, die groß genug war, um sich nicht wieder Hupen und wütende Rufe einzufangen.

»He, willst du wieder zu Milena?«, fragte plötzlich eine Stimme hinter mir. Als ich mich umdrehte, sah ich den Punk. Lorenz, Milenas Kumpel.

Wie lange stand er schon an der Wand und beobachtete mich? Oder war er zufällig aus demselben Zug gestiegen wie ich?

Bei seinem Anblick verspürte ich einen eifersüchtigen Stich. Lorenz konnte Milena jeden Tag sehen, ihr Lachen hören, mit ihr reden. Solange die Mauer stand, würde ich das nicht tun können.

»Ja, klar«, antwortete ich, spürte aber sogleich seine Feindseligkeit.

»Was ist?«, fragte ich. Ein schrecklicher Gedanke durchzog mein Hirn. War Milena etwas passiert?

»Nun rück schon raus mit der Sprache!«, fuhr ich Lorenz an und hielt mich nur sehr schwer zurück, ihn am Kragen zu packen und zu schütteln. In diesem Augenblick wusste ich wieder, was Angst war, und so eine Angst wie um Milena hatte ich noch nie gespürt.

»Es gibt da eine Sache, die ich mit dir klären muss«, antwortete er.

Also, passiert war ihr schon mal nichts. Dafür schien Lorenz was gegen mich zu haben – und das, obwohl wir erst einmal miteinander gesprochen hatten. Glückwunsch, Claudius, du weißt echt, wie man sich Freunde macht!

»Wenn du ihr das Herz brichst, kannst du was erleben«, brummte er.

Ich zog verwundert die Augenbrauen hoch. Der Punk war einen Kopf kleiner als ich und auch schmächtiger und drohte mir Prügel an?

Normalerweise hätte ich dem was erzählen müssen, aber wegen Milena zwang ich mich dazu, ruhig zu bleiben.

»Ich habe nicht vor, irgendwas zu tun, das sie verletzt«, entgegnete ich. »Aber ich frage mich, was dich das angeht.«

»Ich kenne Milena schon viel länger als du«, gab Lorenz zurück. »Sie ist für mich so was wie 'ne Schwester, also pass auf!«

»Ich sag's dir noch mal, ich werd Milena weder was tun noch ihr Herz brechen. Außerdem, wie kommst du da drauf?«

»Weil sie verknallt in dich ist!«, entgegnete Lorenz. »Oder bist du blind?« Ungelenk fuchtelte er mit den Händen vor seinem Gesicht herum.

Das freute mich insgeheim, aber es beunruhigte mich auch, dass Lorenz sich dafür interessierte. Würde er versuchen, sie mir abspenstig zu machen? Das mit der Schwester nahm ich ihm nicht ab.

Für eine Weile standen wir uns gegenüber wie in der West Side Story. Hätte nur noch gefehlt, dass Lorenz begonnen hätte, mit den Fingern zu schnippen und einen Tanz hinzulegen. Ich spürte, wie aufgewühlt er war. Vielleicht bedauerte er es, dass ich ihm keinen Grund gegeben hatte, mir eine reinzuhauen.

»Willst du sehen, wie man von hier in den Westen kommt? Falls du mal flüchten musst.«

Wie kam er denn jetzt darauf? Und warum sollte ich von hier flüchten müssen?

Ein schiefes Grinsen legte sich auf sein Gesicht, das mich nichts Gutes ahnen ließ. Schlimmstenfalls lauerten hinter irgendeiner Ecke seine Freunde und warteten darauf, mir eine Tracht Prügel zu verpassen.

»Haste Angst, oder was?« Seine Augen wurden schmal. Ich sah ein, dass er, wenn ich mich jetzt drückte, Milena erzählen würde, ich sei ein Feigling.

»Na los!«, sagte ich, worauf er zufrieden nickte und mir dann bedeutete, die U-Bahn-Treppe hinaufzukommen.

Die graue Straße, in die er mich führte, stank nach Abgasen und Kohlenrauch. Von einer undefinierbaren schwarzen Schicht überzogene Häuser ragten bedrohlich an den Straßenrändern auf.

Innerlich hatte ich mich schon dagegen gewappnet, Lorenz' Freunde kennenzulernen, doch in dieser Straße stand und ging kaum jemand. Und obwohl es hier einige dunkle Durchgänge gab, aus denen einem der Muff verrottender Bauten entgegenwehte, lauerte hier niemand. Nicht einmal Obdachlose waren zu sehen.

Hätte sich diese Straße in Westberlin befunden, wären die Häuser schon längst von Autonomen besetzt worden.

Lorenz erklärte mir, dass sich ganz in der Nähe der ehemalige U-Bahnhof Rosenthaler Platz befand, und führte mich dann ein Stück weiter zu einem Haus, vor dem einige metallene Platten und Gitter auf dem Boden angebracht waren. Nachdem er sich kurz umgesehen hatte, schraubte er an einer von ihnen mit seinem Taschenmesser herum und hielt wenig später vier lange verrostete Schrauben in der Hand.

»Wenn wir ein bisschen warten, sehen wir den Zug.«

»Ich weiß, wie der aussieht«, entgegnete ich, vielleicht ein bisschen großspurig, denn Lorenz schien extrem stolz auf seine Entdeckung zu sein. »Ich bin hier schon mehrfach durchgefahren.«

»Und was ist das für ein Gefühl?«, fragte Lorenz spöttisch. »Habt ihr Westdeutschen Schiss, auf dem Boden der DDR zu sein?«

»Nein, warum sollten wir? Eure Grenzer sorgen schon dafür, dass wir nicht nach oben kommen.« Irgendwie hatte ich gerade Lust, ihn für sein Gequatsche zu schütteln. Aber ich ließ es sein, denn er hatte mich ja auch nicht in einen Hinterhalt geführt. »Aber weißt du, wie es ist, an einem vollkommen verwahrlosten, schlecht beleuchteten Bahnhof vorbeizukommen und dir dann vorzustellen, wie es früher gewesen sein muss, als es da unten noch Geschäfte gab und Leute, die ein- und ausstiegen. Leute, die sich frei durch die Stadt bewegen konnten und nicht verstummten, wenn sie an einem dieser verfallenen Orte entlanggefahren sind. Kannst du dir vorstellen, an einen Ort zu kommen, der eigentlich für das Leben gedacht ist, aber jetzt einfach nur tot ist, tot und gruselig?«

Lorenz sah mich an, presste dann die Lippen zusammen. Offenbar wusste er genau, wovon ich sprach.

»Das weiß ich, Mann«, sagte er kleinlaut. »Aber kannst du dir vorstellen, in einem Land zu leben, in dem die Menschen wie Tiere eingesperrt werden? In dem versucht wird, ihr eigenes Denken auszulöschen und durch gequirlte Parteischeiße, an die die Bonzen selbst nicht mehr glauben, zu ersetzen?«

»Nein, das kann ich nicht«, antwortete ich ehrlich. »Aber durch Milena und auch durch dich habe ich allmählich ein Bild davon, und du kannst mir glauben, das macht mich stinkwütend.«

Lorenz sah mich an, als wollte er prüfen, ob ich auch die Wahrheit sagte, dann nickte er.

»Ich glaube, ich lasse die Platte jetzt auf, für alle Fälle.« Jetzt kehrte seine Frechheit wieder zu ihm zurück. »Vielleicht musst du ja irgendwann mal türmen.«

Ich glaubte kaum, dass ich es nötig haben würde, mich flüchtend durch diesen schmalen Schacht zu quetschen, aber ich nickte nur. Lorenz würde ja doch tun, was er wollte.

Nur einen Augenblick später ertönte ein Donnern, das ich nur zu gut kannte. Die U8.

Lorenz schloss andächtig die Augen, als erwartete er eine Erscheinung. Auch ich lauschte und bemerkte dabei, dass der Zug genau an der Stelle, wo wir standen, langsamer fuhr. Ein heißer Luftzug schoss aus dem Loch, erfasste mein Haar und zerrte an Lorenz' fransiger Jeansjacke.

Dann war es vorüber.

»Glaub mir, Mann, eines Tages werde ich hier durch in den Westen flüchten«, sagte Lorenz andächtig, als er die Augen wieder öffnete. »Auf jeden Fall dann, wenn bis zum Ende des Jahres bei uns nicht auch Grenzzäune durchgeschnitten werden wie in Ungarn.« Er warf die Schrauben in seiner Hand kurz in die Luft, fing sie wieder und ließ sie in seiner Tasche verschwinden.

»Ist das nicht Diebstahl?«

»Zeig mich doch beim Vopo an!«, entgegnete er. »Außerdem

kann ich die gut gebrauchen, mein Schrank wackelt und bestimmt gibt's im Eisenwarenladen grad keine passenden. Und jetzt komm, ehe uns die Stasischweine sehen.«

Damit schob er die Hände in die Taschen und stapfte voran. Ich hörte unter mir das Rumpeln eines weiteren U8-Zuges, dann schloss ich mich Lorenz an und fragte mich, ob er die Flucht wirklich durchziehen würde.

Wieder in der Schönhauser Allee angekommen, machte sich Lorenz glücklicherweise fix vom Acker. Offenbar stand es um seinen Schrank wirklich schon ziemlich schlecht, sodass er die geklauten Schrauben gleich einbauen wollte.

Während mich das Gesehene und Gehörte noch ziemlich beschäftigte, ging ich mit langen Schritten in Richtung Wichertstraße. Der Sonnenschein ließ die maroden Häuser nicht ganz so trostlos wirken. Hin und wieder spiegelte sich das Licht in den Fensterscheiben und warf interessante Reflexe an die Häuser gegenüber.

An der Nr. 14 angekommen spähte ich als Erstes nach oben und fragte mich, ob Milena überhaupt zu Hause war. Sie sah nicht wie eine Stubenhockerin aus. Sogleich entdeckte ich auf dem Balkon einen karamellfarbenen Haarschopf.

Fast kam ich mir wie Romeo vor, in der berühmten Balkonszene. Mist nur, dass ich mich nicht an den genauen Wortlaut erinnern konnte, »Romeo und Julia« war einfach schon zu lange her, zu viel anderes Wissen hatte sich in meinen Kopf gedrängt.

Aber ich brauchte gar nicht irgendwelche Zeilen von Shakespeare zu zitieren, denn im nächsten Augenblick schnellte der Haarschopf hoch und ihr Gesicht erschien über dem geschwärzten Geländer. Erst blickte sie mich voller Erstaunen an, dann erschien ein Lächeln auf ihrem Gesicht. Und in dem Augenblick schob sich die Sonne durch die dichten Wolken über ihrem Haus.

Wahnsinn! Wahnsinn! Wahnsinn!

Völlig außer mir rannte ich durch die Wohnung, die ich für mich allein hatte, weil Papa Tagschicht hatte, und dann die Treppe hinunter. Beinahe wäre ich von den frisch gebohnerten Stufen gerutscht, konnte mich aber gerade noch so am Treppengeländer halten und rannte weiter. Erst als ich unten war, sah ich, dass ich nur Latschen an den Füßen hatte und auch sonst alles andere als toll aussah. Da ich den Tag eigentlich damit hatte verbringen wollen zu schreiben, hatte ich heute Morgen eine Steghose angezogen, die ich eigentlich nur beim Sportunterricht trug, außerdem das weiteste Shirt, das ich finden konnte, denn wenn ich mich auf den alten Korbsessel von Opa lümmelte, brauchte ich es bequem. Meine Haare hatte ich kurzerhand zu einem Zopf zusammengebunden, aber das ließ sich beheben.

Ich riss mir den Weckgummi rasch heraus und büßte ein paar Haare ein. Dann stand ich auch schon vor der Tür. In der schmutzigen Scheibe spiegelte sich mein abgehetztes Gesicht. Egal!

Ich riss die Tür auf – und da stand er! In Jeans und T-Shirt, über dem er ein dunkelgraues, etwas verbeultes Sakko trug.

»Na, heute auch Zeugnisausgabe gehabt?«, fragte ich lächelnd, dann fiel ich ihm um den Hals. Verdammt, er duftete so gut! Und fühlte sich unter dem Sakko wahnsinnig toll an.

»Ach, du meinst meine Jacke«, entgegnete er, als er mich auf die Wange geküsst und ich ihn wieder losgelassen hatte. »Heute hatte ich meine letzte Prüfung. Physik.«

»Und?«

»Was meinst du?«

»Du hast natürlich bestanden, ist doch klar!«

»Wirklich?« Claudius lächelte mich schelmisch an. »Du kennst mich doch erst seit ein paar Tagen.«

»Aber du siehst nicht aus, als wärst du strohdumm. Wenn ich mir da die Jungs in meiner Klasse ansehe ...«

Wieder waren wir mitten im Gespräch, obwohl er noch nicht mal richtig im Haus war. Und ich nicht richtig draußen.

»Willst du mitkommen, dir mal meine Bude ansehen?« Hatte ich das wirklich gesagt? Schlagartig wurde ich rot. Wie hörte sich das denn an?

Dann sagte ich mir aber, dass wir nicht im Mittelalter lebten und dass Lorenz auch schon mal in unserer Wohnung war.

»Wenn ich darf«, entgegnete Claudius, und schon waren wir auf dem Weg nach oben. Das Treppenhaus war glücklicherweise wie ausgestorben. Außer der alten Frau Schneider gingen alle arbeiten – na gut, und außer mir. Aber ich hatte ja auch Ferien.

Nicht, dass ich mich für Claudius schämte, aber wahrscheinlich würden die Nachbarn Papa keine Ruhe lassen, wenn sie sehen würden, dass ich mit einem fremden Jungen in die Wohnung ging. Und dann würde er mir keine Ruhe lassen, was beinahe noch schlimmer war.

Die Wohnungstür war natürlich ins Schloss gefallen, aber diesmal hatte ich vorgesorgt und trug für alle Fälle einen Wohnungsschlüssel in der Hosentasche.

Als wir in den Flur eintraten, von dem die Küche, das Wohnzimmer und Papas Schlafzimmer abgingen, sah sich Claudius ein wenig zu skeptisch um, wie ich fand.

Klar, so toll wie eine Wohnung im Westen war es hier nicht. Unsere Möbel waren bunt durcheinandergewürfelt, je nachdem, wann es was gegeben hatte. Der Küchentisch, aus dem man einen Abwaschtisch herausziehen konnte, stammte noch aus den Fünfzigern, genauso wie die Stühle. Die Küche selbst war etwas jünger, Papa hatte sie gekauft, kurz nachdem wir hierhergezogen waren. Im Wohnzimmer stand eine wuchtige, mit grobem rotem

Stoff bezogene Couch. Auf der Anbauwand aus Buna reihten sich Bücher, Bilder und allerhand Krimskrams auf, von dem sich Papa nicht trennen konnte. Da war zum Beispiel ein kleines Buddelschiff mit einer Ansicht von Rostock auf dem Sockel, daneben stand ein Bilderrahmen mit einer verwaschenen Farbfotografie, die Mirko und mich am Strand von Warnemünde zeigte, und natürlich war da auch noch immer der schreckliche Rehfuß-Flaschenöffner, vor dem ich mich seit Kindertagen gruselte, nachdem Mirko mir erzählt hatte, dass es ein echter präparierter Rehfuß war. Sicher, die Sachen mochten auf einen wie Claudius seltsam wirken, genauso wie die alten rauen Sofakissen, aus denen ich mir eine dieser tollen Taschen nähen wollte, sobald Papa mir erlaubte, sie auszumustern, oder die Bilder an der Wand, die meist Landschaften zeigten und Erbstücke von meiner Ur-Urgroßmutter – einer Malerin – waren, und die Stehlampe mit dem Plastikschirm, der wie ein Faltenrock aussah.

Aber alles war ordentlich und sauber, ich brauchte mich nicht zu schämen.

»Nett habt ihr es hier.« Ich merkte deutlich, dass er einfach nur höflich sein wollte. Das machte mich beinahe ein bisschen sauer. Aber andererseits, konnte man es ihm verdenken?

»Was ist hinter den Türen?«, fragte Claudius, als wir das Wohnzimmer wieder verlassen hatten.

»Die Zimmer von meinem Vater und meinem Bruder«, antwortete ich. »Sperrgebiet.«

Claudius lachte kurz und deutete dann nach vorn. »Und da?«

»Da ist mein Zimmer«, sagte ich und führte ihn zu der Tür, durch deren Fenster man das Zimmer dahinter wie durch Regentropfen sehen konnte.

»Auch Sperrgebiet?«, wollte Claudius wissen, doch ich schüttelte den Kopf.

»Nein, hier kannst du rein. Aber auf eigene Gefahr!«

Mein Zimmer war klein und ebenfalls nicht besonders toll eingerichtet, aber es war mein eigenes.

Papa war immer noch stolz darauf, dass er damals für uns eine Dreieinhalbzimmerwohnung bekommen hatte. Für DDR-Verhältnisse war das der reine Luxus, viele meiner Klassenkameraden mussten sich ihre Zimmer mit Geschwistern teilen. Mirko und ich hatten jeweils ein eigenes Zimmer – Mirko als der Ältere das ganze und ich das halbe. Mittlerweile war Mirko nur noch dann da, wenn er Freigang bekam. Wenn er mit der Armee fertig war, wollte er Maschinenbau studieren. Ich hoffte ja, dass er noch eine Weile in Berlin bleiben würde, doch ich wusste, dass es ihn aus der Stadt fortzog. Irgendwo anders hin.

Als ich die Tür öffnete, schielte ich zu Claudius. Er wirkte jetzt nicht mehr skeptisch, sondern neugierig.

Anstelle eines Bettes hatte ich eine Schlafliege, die man tagsüber als Couch nutzen konnte. Gleich daneben stand mein Schreibtisch. Für einen Kleiderschrank reichte es nicht, dafür hatte ich eine alte Kommode, die mal meiner Großmutter gehört hatte. Das rotbraune Holz war schon ein bisschen wurmstichig, aber es hielt besser als die Spanplatten von Mirkos Kleiderschrank, den er schon mehrfach hatte flicken müssen.

Auf der Kommode stand das Radio, das noch immer mit dem Stern-Kassettenrekorder verbunden war. Ein seltsames Pärchen, denn der Rekorder sah noch sehr neu aus und das Radio … na ja.

Da ich keine hohen Schränke in meinem Zimmer hatte, hatte ich viel Platz an den Wänden. Über dem Bett hing meine Postersammlung, das heißt Poster und Fotos von Postern.

»Keine Wandzeitung?«, wunderte sich Claudius, doch ich merkte, dass er das nicht ernst meinte.

»Nee, die muss ich doch immer in der Schule abgeben«, antwortete ich und lotste ihn zum Stuhl. »Hier, setz dich, brauchst dir nicht die Beine in den Bauch zu stehen.«

Ich bemerkte, dass er sich jetzt die andere Wand ansah, die über der Kommode und dem seltsamen Radio-Rekorder-Pärchen. Dort hingen ganz andere Bilder, die meisten aus irgendwelchen Zeitschriften ausgeschnitten. Tatsächlich hatte es in der Urania mal einen Bericht über Verona gegeben und Fotos vom Mittelmeer! Die Urania gab es zwar nur selten, aber wenn man sie bekam, konnte man Glück haben und Fotos aus dem Ausland sehen. Ich hatte diese Bilder abfotografiert und dann vergrößern lassen. Postergröße hatten sie zwar nicht, auch wirkten sie ein wenig verwaschen, aber wenn ich auf meiner Liege lag und ein bisschen Fantasie aufwendete, konnte ich mir vorstellen, am Meer zu sein.

»Willst du nach Italien?«

»Ja, nach Verona. Und ans Mittelmeer«, entgegnete ich.

»Warum gerade Verona?«

»Wegen Romeo und Julia. Aber es liegt nicht an mir, dass ich es noch nicht geschafft habe. Wir dürfen halt nicht ins nichtsozialistische Ausland reisen.«

»Warum eigentlich nicht?«

»Weil unser Staatsratsvorsitzender glaubt, dort würden wir nur unter schlechten Einfluss geraten. In Wirklichkeit fürchten sie aber, dass wir all die Westwaren sehen könnten und die auch zu Hause haben wollen.«

Claudius schwieg zunächst erschüttert.

»Was machen deine Eltern eigentlich beruflich?«, fragte er dann, nachdem er noch mindestens fünf Minuten lang seine Hände angestarrt hatte. Seine schönen langen, weichen Hände.

»Mein Vater arbeitet in einem Kombinat für Baustoffe. Gasbeton und so. Er arbeitet in Schichten und weil er gerade Tagschicht hat, wird er nicht vor acht wieder hier sein.«

Claudius senkte den Kopf. Die nächste Frage konnte ich ihm beinahe ansehen. Komisch, und dabei kannten wir uns ja erst seit Kurzem.

»Und wenn du dich fragst, was mit meiner Mutter ist.« Ich sah, wie er kurz zusammenzuckte, als hätte ich ihn bei irgendwas ertappt. Ja, genau das schien er sich gefragt zu haben. Immerhin hatte ich bisher wie selbstverständlich nur von meinem Bruder und Papa erzählt.

»Meine Mutter ist schon vor vielen Jahren bei einem Autounfall umgekommen. Da war ich gerade zwei, und eigentlich kann ich mich nicht mehr gut an sie erinnern. Genau genommen gar nicht. Alles, was ich von ihr kenne, ist ein Foto, das Papa mir mal gezeigt hat. Ein einziges Mal. Er ist noch immer nicht darüber hinweg, dass sie ihn verlassen hat.«

»Und er wollte nie noch mal heiraten?«

Ich schüttelte den Kopf. »Nein, heiraten nicht. Er hatte hin und wieder eine Freundin, aber es ist nie mehr daraus geworden. Zum Glück, denn einige von denen fand ich richtig doof. Die hätte ich nie als Stiefmutter haben wollen.«

Claudius blickte beklommen auf die Spitzen seiner Turnschuhe. Echte Adidas, wie mir jetzt auffiel. Hatte er die bei den letzten Treffen schon getragen?

»Keine Bange, es ist schon in Ordnung für mich«, beruhigte ich ihn für den Fall, dass er meinte, der Tod meiner Mutter hätte mich schwer mitgenommen. »Manchmal wünschte ich mir zwar, dass sie noch da wäre, aber das ist sie nicht, und wenn ich Probleme habe, wende ich mich an Mirko oder Sabine. Und manchmal auch an Lorenz, wenn's nichts Ernsthaftes ist.«

Claudius sah mich an, dann streckte er die linke Hand aus und ergriff meine rechte. »Wenn du etwas hast, das du mit all diesen Leuten nicht besprechen kannst, kannst du dich ab sofort an mich wenden. Wenn ich die Antwort nicht selber weiß, kriege ich sie für dich raus, versprochen.«

»Danke«, antwortete ich ein wenig zaghaft, denn ich konnte in diesem Augenblick nur dem Gefühl seiner Hand auf meiner

Haut nachspüren. Seine Finger waren kräftig, aber auch weich und vorsichtig, als hätte er Angst, mir wehzutun. Aber das tat er nicht. Und meinetwegen hätte seine Hand auf Ewigkeiten dort bleiben können.

Doch dann zog er sie genauso sanft zurück, wie er mich gehalten hatte. Schade, dachte ich, und wünschte mir, dass er mich bald wieder berühren würde.

»Wollen wir nicht spazieren gehen?«, schlug ich vor. »Ich hab noch ein bisschen Taschengeld, wir könnten uns eine Milchbar suchen.«

»Milchbar?« Wieder dieser ungläubige Ton. Würde er ihn jemals verlieren? Wenn er mich etwas länger kannte, bestimmt.

»Man kann auch Eisdiele dazu sagen«, klärte ich ihn auf. »Die Auswahl an Eis ist nicht besonders groß, aber wenn wir Glück haben, bekommen wir eine gute Sorte und vielleicht auch noch Erdbeeren dazu!«

Ich huschte zur Kommode und holte unter meinen Socken meine Geldbörse hervor. Sie war recht klein, aber unsere Geldscheine waren ja auch nicht besonders groß. Ich hatte mal einen Hunderter in Onkel Erwins Portemonnaie gesehen, der erschien mir riesig gegen unsere Scheine.

»Ich habe auch noch Geld«, sagte Claudius, während er sich erhob. »Wie wäre es, wenn ich dich einlade. Zur Feier des Tages.«

Ich wollte schon ablehnen, doch dann sah ich, dass er einen Goethe und einen Müntzer aus der Tasche zog. Fünfundzwanzig Mark. Dafür konnten wir mindestens zehn Eisbecher bekommen – und ordentlich Bauchschmerzen!

»Der Zwangsumtausch«, erklärte er. »Ich weiß wirklich nicht, was ich sonst damit soll.«

»Einverstanden!«, sagte ich und schob meine Geldbörse wieder unter die Socken.

Auf der Schönhauser Allee war heute viel los. Meist tummelten sich Kinder und Jugendliche auf dem Gehsteig. Die Türen der Läden standen offen. Aus einem Gemüseladen strömte uns der strenge Geruch von Sellerie und Saatgut entgegen.

Ich beobachtete, wie Claudius durch das Schaufenster spähte – und vergeblich nach etwas anderem als Kohl, Sellerie und Äpfeln Ausschau hielt.

»Bei euch sind die Läden sicher voll mit Obst und Gemüse, oder?«, fragte ich, denn in einem Film hatte ich mal einen türkischen Gemüsehändler in Westberlin gesehen, dessen Auslagen vor Obst und Gemüse beinahe überquollen. Nicht mal auf dem Wochenmarkt sah es bei uns so aus.

»Tolle Maschine!«, rief Claudius plötzlich aus, als wir an einem Motorrad vorbeikamen, das widerrechtlich auf dem Bürgersteig geparkt war. Der nächste Vopo, der vorbeikam, würde sich freuen! »Das ist keine aus dem Osten, oder?«

»Frag mich was Leichteres«, entgegnete ich. »Wenn es um Motorräder geht, kennt sich mein Bruder besser aus. Er hat 'ne Jawa. Aber das da ist keine Jawa. Eher 'ne MZ, aber 'ne umgebaute.«

Bevor ich ihn zurückhalten konnte, hockte er sich neben das Motorrad und suchte irgendwas am Gestänge.

Ich sah mich hektisch um. Wenn der Besitzer des Gefährts zufällig in der Nähe war, würde er vielleicht gleich angelaufen kommen und mit Fäusten oder der Volkspolizei drohen.

»Du hast recht, da steht was von VEB Motorradwerk Zschopau«, sagte Claudius, als er sich wieder aufrichtete.

»Abgekürzt MZ«, entgegnete ich, als wäre ich doch der große Experte. »Eigentlich sehen die Maschinen viel plumper aus, der Besitzer hat sicher einiges dran rumgebastelt.«

Claudius warf noch einen Blick auf die Maschine, strich dann über den Sozius und grinste mich an. »Und du behauptest, keine Ahnung von Motorrädern zu haben!«

»Hab ich ja auch nicht. Ich kann höchstens Moped fahren, letztes Jahr haben wir bei der GST alle die Fahrerlaubnis dafür gemacht.«

Endlich konnten wir weitergehen. Ein Wunder, dass uns niemand von dem Motorrad weggescheucht hat. Wer so viel Zeit für sein Zweirad aufwendet, hatte bestimmt auch Angst, dass es ihm geklaut werden konnte.

»GST?«, fragte Claudius verwundert.

»Gesellschaft für Sport und Technik. In die mussten wir eintreten und zwei Jahresbeiträge im Voraus zahlen, damit wir die Fahrerlaubnis machen können.«

»War das nicht wahnsinnig teuer?«

»Iwo! Elf Mark pro Jahr für die GST und dann noch mal sechsundvierzig für die Fahrschule. Das war's.«

Claudius klappte die Kinnlade runter. »Sechsundvierzig Mark.«

»Plus zweiundzwanzig für die GST«, setzte ich hinzu.

»Das ist ja der Wahnsinn. Wenn ich dran denke, dass fast alles, was ich zur Konfirmation bekommen habe, für den Führerschein draufgegangen ist ...«

»Aber dafür hattet ihr bestimmt tollere Maschinen, auf denen ihr üben konntet. Wir hatten nur zwei klapprige Simson-Mopeds, die nicht schneller als fünfzig Sachen gefahren sind. Ich dachte, meins bricht gleich unter mir zusammen. Und dann diese Pissrinne von einem Helm.«

Claudius lachte auf. »Pissrinne?«

»So nennen wir die Helme ohne Visier und Kinnteil, die aussehen wie ein Nachttopf. Pissrinne. Besonders schlimm trifft es einen, wenn man einen Helm braucht und es in der Zeit nur gelbe gibt. Damit traust du dich besser nicht unter deine Klassenkameraden, denn die werden dich bis zum Gehtnichtmehr verarschen.«

Claudius' Lachen war sehr ansteckend. Ein alter Mann, der an uns vorüberging, schaute uns an, als wären wir betrunken, aber das brauchten wir gar nicht zu sein. Hier in der DDR gab es viel Lustiges, auch ohne Alkohol.

»Welche Farbe hat dein Helm?«, fragte Claudius.

»Ich habe keinen«, antwortete ich. »Und auch kein Moped. Ich hab da eigentlich auch nur mitgemacht, weil alle das gemacht haben. Und weil man nicht weiß, wozu es mal gut ist. Vielleicht ziehe ich irgendwann aus Berlin weg, dann brauche ich einen fahrbaren Untersatz. Bis man einen Trabi bekommt, kann es noch viele Jahre dauern, und auf dem Dorf fahren nicht viele Busse.«

Vor der Eisdiele, die wie so viele hier Pinguin-Eisbar hieß, reihte sich eine lange Schlange auf. Meist waren es Mütter mit kleinen Kindern oder Schüler, die sich von ihrem Taschen- oder Zeugnisgeld etwas gönnen wollten.

»Meinst du wirklich, dass wir da heute noch reinkommen?«, fragte Claudius skeptisch, als wir uns brav in die Schlange einreihten.

»Warum denn nicht? Ist doch bis sechs auf!«

Claudius schaute demonstrativ auf seine Uhr. Ein riesiges Teil mit so vielen Zeigern und Zifferblättern, dass ich mich fragte, was er darauf außer der Zeit noch alles sehen konnte.

»Es ist jetzt kurz vor vier«, stellte er nach kurzem Blick auf eine der Anzeigen fest.

»Du wirst sehen, es geht schnell. Einige nehmen sich auch Eis mit.«

Tatsächlich kamen im nächsten Augenblick vier Mädchen mit Eistüten nach draußen, die Schlange rückte vor, sodass wir uns nun auf Höhe der Tische befanden, die draußen standen. Der Geruch des Vanilleeises und der Erdbeeren ließ mir das Wasser im Mund zusammenlaufen. Hoffentlich gab es noch welche, wenn wir dran waren.

Um mich ein wenig abzulenken, fragte ich Claudius: »Sag mal, da du dich vorhin so für das Motorrad interessiert hast, hast du auch eine Maschine?«

In Claudius' Blick erstarrte plötzlich etwas. Hatte ich was Falsches gesagt?

»Ja, ich hab eine, aber sie ist kaputt«, murmelte er und blickte dann nach vorn.

Ich fragte mich, was plötzlich los war. Warum antwortete er mir so schroff und knapp? Bei der Maschine vorhin hatten seine Augen regelrecht geleuchtet ...

Ich traute mich nicht nachzufragen. Vielleicht war er auch nur ärgerlich, weil er hier anstehen musste.

Tatsächlich dauerte es nur eine Viertelstunde, bis wir an der Eistheke ankamen. Gleich drei Tische wurden auf einmal frei, nicht draußen, wie ich eigentlich gehofft hatte, aber immerhin. Noch mehr freute es mich, dass es tatsächlich noch eine große Schüssel gezuckerte Erdbeeren gab.

»Ich liebe diese Erdbeeren.« Mir war es nicht peinlich, vor Claudius wie ein kleines Kind in die Hände zu klatschen. »Als ich noch klein war, hat mir Papa manchmal welche in den Kindergarten mitgegeben. In einem kleinen Marmeladenglas. Die anderen Kinder haben mich immer darum beneidet.«

»Und woher hattet ihr die Erdbeeren?«

»Opa hatte 'ne Datsche am Stadtrand, da hat er sie angebaut.«

»Datsche?«

»Bei euch heißt das wohl Gartenhaus. Opa hatte immer ganz viele Erdbeerpflanzen. Wenn die Früchte reif waren, sind wir immer rausgefahren und haben sie gepflückt.«

»Habt ihr die Datsche noch?«, fragte er, nachdem er mich eine Weile angesehen hatte.

»Nein, als Opa sein Bein verloren hatte, mussten wir sie verkaufen. Papa hatte keine Zeit, um sich um den Garten zu kümmern.«

»Wat soll's denn sein?«, erschreckte mich die Stimme der Eisverkäuferin. Beim Erzählen hatten wir gar nicht gemerkt, dass wir an der Reihe waren.

Ich bestellte für Claudius und mich einen Vanilleeisbecher mit Erdbeeren und Sahne. Die Verkäuferin schaufelte zwei große Kugeln in die Becher, löffelte Erdbeeren darauf und ging dann zum Sahnesiphon und füllte zwei große Portionen ab.

»Bitte schön, macht fünf vierzig!«

Claudius starrte die Frau an, als hätte er nicht verstanden, legte dann aber den Zwanziger auf die Geldschale und bekam einen Haufen Kleingeld wieder.

Mit den beiden hohen Plastikeisbechern – Claudius hatte einen gelben, ich einen hellblauen – setzten wir uns an einen Tisch am Fenster.

»Das ist gut!«, rief Claudius aus, nachdem er einen Löffel probiert hatte.

»Glaubst du denn, ich hätte dich hergebracht, wenn es nicht schmecken würde?«, fragte ich, während der Geschmack von Vanille und Erdbeeren meinen Mund füllte und ich schwelgerisch die Augen schloss.

»Ehrlich gesagt hätte ich das nicht erwartet«, sagte Claudius mit vollem Mund. »Als ich das erste Mal hier war, hatte ich so einen schrecklichen Hotdog am Alex.«

Hotdog? Seit wann gab es denn so was hier? Doch dann fiel es mir ein. »Ketwurst«, sagte ich. »Die nennt man Ketwurst. Du meinst doch das Brötchen mit Loch, Ketchup und Wiener, oder?«

»Ja, genau das.«

»Und was ist daran nicht in Ordnung? Gut, das Brötchen ist labberig, aber wenn du ordentlich Hunger hast, sind die richtig gut.«

»Dann war mein Hunger wohl nicht groß genug. Aber das Eis ist echt stark. Ich muss unbedingt mal Max mitbringen, damit er das probieren kann.«

»Dein bester Freund?«

»Ja, das ist er. Er hat auch Verwandte in der DDR. Eigentlich war es seine Idee, rüberzufahren. Ich wollte ja nicht, und dann gab es da auch noch die Sache mit dem Berechtigungsschein, das war ein Omen ...«

Ich zog die Augenbrauen zusammen. Claudius schien selbst zu merken, dass er ein bisschen wirr redete. Er atmete tief durch, dann sagte er: »Auf jeden Fall bin ich froh, dass ich mitgefahren bin. Und mittlerweile finde ich es auch gut, dass ich einen Mehrfachberechtigungsschein habe.«

»Einen was?«

»Einen Schein, der dich berechtigt, in die DDR einzureisen«, erklärte er mir und zog den rosafarbenen Zettel aus der Hosentasche. Mittlerweile waren schon vier Felder abgestempelt. Fünf hatte er noch.

Nie zuvor hatte ich so einen Schein gesehen. Wahrscheinlich hatte Onkel Erwin auch so einen gehabt, aber den hatte er niemandem gezeigt.

»Wie ist es so für dich, über die Grenze zu kommen?«, fragte ich, als ich ihm den Schein wieder zurückgegeben hatte. »Ist es sehr schwierig? Kontrollieren sie viel? Onkel Erwin war immer ganz still, wenn er zu uns gekommen ist, es war, als hätte er an der Grenze was erlebt, das ihn fassungslos gemacht hat.«

»Na ja, es dauert ziemlich lange, bis du durch alles durch bist. Dass du unbedingt Geld umtauschen musst, ist großer Mist. Der Zoll hat mich bisher immer durchgewunken, ich hab ja auch keine Tasche bei mir, nur meinen Ausweis, den Schein und 'n bisschen Geld. Und diesmal hatte ich auch die Kassetten dabei – ach ja, hier ist deine, hätte ich beinahe vergessen.«

Er griff in seine Tasche und zog die Kassette hervor. Es war tatsächlich eine 90er, das hieß neunzig Minuten lang Musik.

»Und was hast du da draufgespielt?«

»Alles Mögliche. Wirst sehen. Oder besser gesagt hören. Lorenz habe ich seine Kassette auch schon gegeben.«

»Lorenz? Wo hast du denn den getroffen?«

»Er stand am Bahnhof. Hat mich angesprochen, als er mich gesehen hat.« Er zögerte, als gäbe es zwischen den beiden etwas, von dem ich nichts wissen sollte.

»Hat er irgendwas gesagt?«, fragte ich nach einem weiteren Löffel Eis.

Claudius schüttelte den Kopf, aber das war nicht die Verneinung meiner Frage.

»Er hat mich davor gewarnt, dir das Herz zu brechen. Dann würde ich es mit ihm zu tun bekommen.«

»Dieser Blödmann!«, entfuhr es mir. »Als ob der eine Ahnung hätte.«

Claudius sah mich ein bisschen merkwürdig an. »Ich glaube, der ist in dich verknallt.«

»Was, Lorenz?« Ich schüttelte den Kopf. »Nee, nicht der. Wir sind schon lange Kumpels, aber nee, der will nix von mir. Und ich nicht von ihm.« Tatsächlich war Lorenz der letzte Junge, mit dem ich was anfangen wollte. Aber ich sah in ihm einen verlässlichen Freund. »Was hat er denn sonst noch alles vom Stapel gelassen? Sag's mir ruhig, dann werde ich ihm mal kräftig die Ohren langziehen.«

»Versprich mir, dass du ihm nichts sagst, ja?«, bat Claudius, was mich noch mehr verwunderte.

»Was denn? Hast du Angst vor Lorenz?«

»Nein, aber er hat mir das Versprechen abgenommen, dir nichts zu sagen. Das habe ich zwar gebrochen, aber du verrätst mich doch nicht, oder?«

Obwohl ich große Lust hatte, Lorenz den Iro zu waschen – was fiel ihm ein, sich in meine Angelegenheiten einzumischen und Claudius anzuquatschen? –, schüttelte ich den Kopf. »Keine Bange, ich verrat dich nicht.«

»Okay«, sagte er fast schon ein bisschen erleichtert. »Dann kann ich dir ja auch erzählen, dass er mir unbedingt den Zugang zu einem Geisterbahnhof zeigen musste.«

»Einem was?« Ich erinnerte mich vage, schon mal was von Geisterbahnhöfen gehört zu haben. Das waren zugemauerte Zugänge zu alten U-Bahnhöfen, unter denen immer noch die West-U-Bahn verkehrte.

»Einem Geisterbahnhof. Davon gibt es unterhalb von Berlin viele, ich fahre da öfter mal durch. Lorenz meinte, dass er eines Tages dort hindurch in den Westen abhauen wird.«

Meine Augen wurden jetzt noch größer. Hatte Lorenz sie noch alle? Wusste er nicht, dass er sich damit in Teufels Küche bringen konnte?

»Aber das ist doch bloß blödes Gequatsche von ihm«, entgegnete ich. »Er wird nicht abhauen. Und wer weiß, was er dir da gezeigt hat.«

»Dann glaubst du also, dass es nicht möglich wäre?«

»Das weiß ich nicht. Ich habe mich noch nie damit beschäftigt. Aber ich kann mir vorstellen, dass es sehr, sehr schwer wäre, dort durchzukommen. Und so ein Held ist Lorenz nicht, wahrscheinlich wollte er vor dir nur großtun.«

Entgegen meiner Worte hatte ich aber plötzlich Angst. Angst, dass Lorenz ernst machen könnte. Ich erinnerte mich wieder an unser letztes Gespräch und mir wurde mulmig zumute. Ich wollte nicht, dass ihm was passierte. Doch wenn ich ihn sah, konnte ich kaum versuchen, ihm das auszureden, dann würde er wissen, dass Claudius gepetzt hatte.

Seufzend blickte ich in meinen Eisbecher, in dem noch etwas

von milchigen Schlieren durchzogener Erdbeersaft schwamm. Hätte Claudius mir schon früher davon erzählt, hätte ich ihn wahrscheinlich gar nicht runterbekommen.

»Wegen der Maschine«, begann Claudius auf dem Weg zur Bahn zögerlich.

»Was meinst du?«, fragte ich, denn ich konnte mir darauf zunächst keinen Reim machen. Dann erinnerte ich mich wieder an das Gesicht, das er gezogen hatte, als ich ihn nach seinem Motorrad gefragt hatte.

»Es ist so, ich bin schon lange nicht mehr gefahren«, sagte er, und wieder sah ich, dass sich etwas in seinem Blick veränderte. Was war los?

»Warum nicht?«, fragte ich, bereute es aber gleich wieder, denn sein Blick durchbohrte mich regelrecht.

Erschrocken senkte ich den Blick. »'tschuldige, geht mich nichts an.«

In dem Augenblick spürte ich seine Hand auf meiner. Als ich aufsah, hatte sich sein Blick erneut verändert. Auf einmal erschien er so verletzlich, dass ich ihn am liebsten in den Arm genommen hätte. Einfach so und einfach nur, weil er so guckte.

»Du musst es mir nicht erzählen«, sagte ich leise, weil ich merkte, dass irgendwas passiert sein musste. So verhielt man sich nicht, wenn es keinen Grund dazu gab.

»Ich will es aber!« Ein wenig trotzig kamen die Worte über seine Lippen, diese weichen, vollen Lippen, an die ich in den vergangenen Tagen so oft gedacht hatte. Ich wusste nicht genau, ob meine Wangen aus schlechtem Gewissen so glühten oder weil ich, obwohl Claudius mir wahrscheinlich was Schlimmes oder zumindest Bedeutungsvolles erzählen würde, mit meinem Blick an seinen Lippen klebte und wünschte, dass sie mich küssen würden.

Seine Hand ergriff meine und er zog mich ein Stück mit sich, als befürchtete er auf der menschenleeren Straße einen unliebsamen Mithörer. Aber die Stasi hätte man schon gesehen, so auffällig unauffällig, wie sie sich benahmen.

In einem Durchgang, dessen Tür mit einem Holzkeil offen gehalten wurde, blieben wir stehen.

»Es ist so«, begann er ein wenig zögerlich. »Ich hätte um ein Haar einen kleinen Jungen totgefahren. Bevor das passieren konnte, habe ich das Motorrad umgerissen und bin auf der Straße gelandet. Dabei ging eine meiner Rippen zu Bruch, ich hatte überall blaue Flecken und Abschürfungen.«

Ich schlug erschrocken die Hand vor den Mund. Claudius hatte einen Unfall gehabt! Das erschreckte mich nachträglich ziemlich, obwohl davon nichts mehr zu sehen war.

»Wann hattest du den Unfall?«, fragte ich verdattert.

»Vor etwa einem halben Jahr. Damals hatte ich meinen Führerschein gerade bekommen. Meine Maschine steht seitdem in der Garage, meine Mutter ist ganz froh, dass ich nicht mehr fahre.«

»Das wäre ich an ihrer Stelle auch«, gab ich zurück. »Aber du wirst doch bestimmt wieder fahren, oder?«

»Irgendwann bestimmt. Aber das kann dauern. Ich will nicht schon wieder jemanden in Gefahr bringen. Lieber gehe ich zu Fuß oder fahre mit der Bahn.«

»Und wenn du als Musiker in Amerika bist? Du könntest doch mit deiner Maschine durch das Land fahren.«

»Oder ich könnte trampen.«

Plötzlich zog wieder ein Schatten über seine Augen. Gab es noch irgendwas aus seiner Vergangenheit, das er mir erzählen wollte?

»Woran denkst du?«, fragte ich ihn.

»Daran, dass ich dich nicht mitnehmen kann nach Amerika.«

Das erschreckte mich ein bisschen. Ich und in Amerika! Das

hatte ich mir im Leben noch nie ausgemalt. Wenn schon die BRD der Klassenfeind war, dann war Amerika mindestens der Über-imperialist.

Aber auf einmal, wo Claudius davon sprach, spürte ich so ein Sehnen in der Brust. Nicht, weil ich Amerika unbedingt sehen wollte – ich wollte bei Claudius sein, egal, wo er hinging. Und das Erschreckende daran war, dass ich ihn jetzt erst zum vierten Mal sah!

Und noch schlimmer, ich konnte ihm nicht mal was sagen wie: Das kriegen wir schon hin! Oder: Warte ab, das wird hier noch alles anders. Die Grenze in Ungarn mochte offen sein, aber das bedeutete noch lange nicht, dass sich die Mauer rings um uns herum auch öffnen würde.

»Wenn du es mir erlaubst und keinen Ärger bekommst, werde ich dir schreiben«, sagte Claudius nach kurzem Zögern und legte dann sanft die Hände um mein Gesicht. »Und du schreibst mir. So können wir uns wenigstens erzählen, was bei uns so vorgeht, welche Musik wir hören und so weiter.«

Ärger würde ich sicher bekommen, wenn jemand den Brief ab-fing und feststellte, dass ich »nichtsozialistische Kontakte« hatte. Aber das war mir in diesem Augenblick vollkommen egal. Ich wollte so viel wie möglich von Claudius. Und wenn es Briefe wa-ren. Ein Brieffreund im Westen – das war doch klasse! Also hielt ich meine Klappe und nickte nur.

»Warte, ich schreib dir die Adresse auf.« Er kramte kurz in sei-ner Hosentasche und zog dann ein Kaugummipapier und einen Bleistiftstummel hervor. Interessant, wer weiß, was er noch so in seiner Tasche hatte …

»Hier.« Als er mir den Zettel reichte, fügte er augenzwinkernd hinzu: »Deine Adresse kenne ich ja.«

Ich betrachtete das Papier, von dem noch ein leichter Pfeffer-minzgeruch ausging. Eine Adresse in Zehlendorf, Westberlin!

»Und wer von uns fängt an?«, fragte ich, nachdem ich das Kaugummipapier in die Tasche geschoben hatte.

»Wie wär's, wenn ich anfange?«, fragte Claudius zurück. »Es gibt so viele Dinge, die ich dir zeigen und erzählen will. Ich habe 'ne Polaroid, da kann ich dir sogar Fotos von mir und meinen Freunden und von zu Hause schicken. Von meiner Seite der Stadt.«

»Oh ja! Eine Stadtführung aus dem Briefumschlag! Aber ich fürchte, ich kann dir nicht so schnell Bilder schicken, ich habe keine Polaroid. Höchstens 'ne alte Kinderkamera, und ob das mit den Farbfotos klappt, weiß ich auch nicht, denn es gibt nicht immer Farbfilme.«

»Dann schickst du mir eben welche in Schwarz-Weiß. Das hat so was Künstlerisches.«

»Meinst du?«

»Bei uns gibt es viele Galerien, die Schwarz-Weiß-Fotos ausstellen. Hast du schon mal was von Helmut Newton gehört?«

»Ist das ein Nachkomme von Isaac?«, fragte ich zurück, worauf Claudius in schallendes Gelächter ausbrach.

»Du bist wirklich witzig«, sagte er, und ehe ich mich's versah, zog er mich an sich und umarmte mich ganz fest.

Zunächst fragte ich mich, ob er mir die Luft abdrücken wollte, doch dann spürte ich seinen Körper an meinem und mir wurde ganz seltsam zumute. Noch nie war ich einem Jungen so nahe gewesen. Nicht mal, als ich mich mit dem bescheuerten Matze aus der Parallelklasse gekloppt hatte.

Und das hier war wesentlich angenehmer als eine Schlägerei mit einem Jungen, der nicht aufhören wollte, mir an den Zöpfen zu ziehen.

Am liebsten hätte ich Claudius gar nicht mehr losgelassen. Doch die Zeit verging, und ebenso wie Claudius musste auch ich zurück. Also lösten wir uns wieder voneinander und sahen uns an.

»Und was bitte schön ist so witzig an mir?«, fragte ich, denn ich wusste noch immer nicht, wer dieser Helmut Newton war.

»Dass du für manche Dinge ganz eigene Erklärungen und Wörter hast. Niemand bei uns würde darauf kommen, Helmut Newton mit Isaac Newton in Verbindung zu bringen.«

»Wir hatten Isaac in der Schule«, entgegnete ich, aber da sah er aus, als wollte er gleich wieder loslachen. Ich trat ihm dafür kurz und nicht allzu fest gegen das Schienbein.

»He, lach mich nicht aus!«

»Aua! Ich lach dich doch nur an. Und darüber, dass du so lustig bist.«

So, wie seine Augen strahlten, glaubte ich es ihm ausnahmsweise.

14. Juli 1989

Milena

Immer, wenn ich auf der Straße ein Fahrrad hörte, schaute ich nach unten, in der Annahme, dass es die Post war. Meist war es Fehlalarm, viele Leute fuhren mit dem Fahrrad durch die Stadt, und die meisten Fahrräder hörten sich so klapprig an wie das des Postboten, der sich mit seinen Taschen die Wichertstraße entlangmühte.

Doch dann war es endlich so weit. Ich erkannte Herrn Kasulke, der umständlich in seiner Tasche kramte und schließlich durch die Haustür trat.

Hatte er was für mich? Ich hoffte es so sehr! Zwar hatte ich Claudius erst vor fünf Tagen gesehen, aber er fehlte mir schrecklich – und außerdem wollte er mir ja gleich schreiben. Aufgeregt ging ich auf dem Balkon hin und her, spähte immer wieder nach unten. Dass der Postbote nicht gleich rauskam, war eigentlich ein gutes Zeichen – dann hatte er vielleicht viel abzugeben. Aber es konnte auch bedeuten, dass Frau Schneider ihn erwischt hatte und mit ihm ein kleines Schwätzchen hielt.

Als er endlich wieder rauskam, stürmte ich sofort aus der Wohnung und rannte die Treppe runter. Es war möglich, dass ich heute wieder enttäuscht nach oben ging, aber irgendwie hatte ich so ein Gefühl. Es war, als wäre heute ein Sonnenstrahl mehr durch die Wolken gebrochen. Schon heute Morgen war mir so komisch gewesen, und jetzt klopfte mein Herz noch schneller als an den Tagen zuvor. Mit zitternden Händen versuchte ich, den Schlüssel ins Briefkastenschloss zu schieben. Seit wir es mit ein wenig Speiseöl geschmiert hatten, ließ es sich besser schließen.

Tatsächlich entdeckte ich hinter dem *Neuen Deutschland*, das mein Vater immer las, einen schmucklosen weißen Umschlag.

Als ich ihn umdrehte, schlug ich die Hand vor den Mund. Claudius! Der Brief war von Claudius!

»Na, Mädel, hast einen Brief von einem Verehrer bekommen?«, fragte die alte Frau Schneider, die ebenfalls schlüsselklappernd zu den Briefkästen kam.

Manchmal fragte ich mich, ob sie Gedanken lesen konnte. Oder hatte sie Claudius und mich vor der Tür gesehen? Möglich war es, aber sie wüsste dann noch immer nicht, dass er aus dem Westen war.

»Frau Schneider, wo denken Sie hin, ich geh doch noch zur Schule!«, antwortete ich, eine blöde Antwort, die mir auch die alte Frau nicht abkaufte. Sie sagte aber nichts, schüttelte nur weise mit dem Kopf und zog aus ihrem Briefkasten ihre *BZ*, mit der sie wieder hinter ihrer Tür verschwand.

Liebe Milena,

ich weiß nicht, wann dich der Brief erreichen wird. Auf jeden Fall sitze ich jetzt hier, kurz nachdem ich wieder zu Hause angekommen bin, und schreibe dir.
Eigentlich ist es komisch, denn Briefeschreiben ist nicht so mein Ding. Aber es geht besser, als ich dachte. Das liegt an dir, da bin ich sicher. Obwohl es erst ein paar Stunden her ist, dass ich dich gesehen habe, vermisse ich dich schon wieder sehr, so sehr, dass ich schon fast gewillt wäre, eine Bank zu überfallen, um die 25 Mark für den Zwangsumtausch zu bekommen.
Klar, ich könnte meine Eltern fragen, aber von denen habe ich dir ja schon erzählt. Mein Vater würde explodieren, wenn er wüsste, dass ich ein Mädchen aus der DDR kenne – und vielleicht mit ihr befreundet bin. Er würde dir unterstellen, über mich nur in den Westen kommen zu wollen. Nein, ich will kein Geld von ihnen. Ich werde alles selbst erarbeiten und hoffe, dass du solange Geduld hast. Eines Tages werde ich dich vielleicht mitnehmen und dir meine Seite der Stadt zeigen können. Und wer weiß, vielleicht lasse ich dich dann nicht mehr weg. Bis dahin werde ich versuchen, so oft wie möglich zu dir zu kommen.
Im Brief solltest du, wenn alles gut gegangen ist, ein paar Fotos finden. Auf einem bin ich vor der Garage zu sehen, im Hintergrund stehen meine Gitarre und meine Maschine. Es sieht ein bisschen komisch aus, aber Polaroid-Kameras haben nun mal keinen Selbstauslöser, deshalb stehe ich so dicht davor. Das andere Bild ist von unserem Garten – unserer Datsche, wenn man so will. Sieht aus wie in einem Schloss, nicht wahr? Früher habe ich das immer kitschig gefunden, mittlerweile gefällt

es mir aber ganz gut. *Wenn man im Gartenhaus sitzt, ist
man vom Wohnhaus aus kaum zu sehen, was manchmal
von Vorteil ist. Aber dazu erzähle ich dir mehr, wenn
ich dich wieder besuchen komme. Bis zum Monatsende
muss ich noch warten, bis ich wieder Lohn bekomme,
diesmal ist es aber so viel, dass ich locker dreimal zu dir
kommen kann. Ist das nicht toll? In den nächsten Briefen
können wir doch mal Termine ausmachen, vielleicht
kannst du ja auch mal zum Alex oder zur Friedrichstraße
kommen, dann haben wir mehr Zeit.*

*So, jetzt muss ich erst mal Schluss machen. Ich freue mich
urst auf Post von dir. (Habe ich das Wort richtig verwendet? Ich hab es hin und wieder von dir gehört und mir
meinen Reim drauf gemacht.)*

Sei lieb gegrüßt von deinem Claudius

Als ich den Brief gelesen hatte, kam ich aus dem Grinsen nicht
mehr heraus. Claudius hatte auch beim Schreiben eine sehr nette
Art, und erst mal seine Fotos! Bilder wie diese hatte ich höchstens
in der Polaroid-Werbung gesehen, aber nie gedacht, dass sie so
dick sind und sich so seltsam anfühlen. Die Aufnahmen waren
ein wenig verwaschen, aber dafür farbig und sehr interessant. Ich
hatte nun endlich ein Bild von Claudius. Auch wenn es ein wenig
komisch war, er war es, dessen Gesicht in die Kamera schaute,
und sein Gesicht war so groß, dass ich die Wimpern an seinen
Augen zählen konnte.

Das Gartenbild war zwar sehr hübsch, aber es interessierte
mich nicht weiter. Doch Claudius' Bild starrte ich stundenlang
an, bis ich es schließlich zwischen die Seiten von »Dshamilja«
schob. Auch den Brief versteckte ich zwischen meinen Büchern,
Papa musste ihn nicht unbedingt sehen.

Another Brick In The Wall

21. Juli 1989. Abends.

Milena

»Komm schon«, redete ich auf mein Radio ein, während ich versuchte, Empfang zu bekommen. Wieder einmal streikte es. Wieder einmal konnte es sich für keinen Sender entscheiden. Dabei wollte ich etwas aufnehmen – diesmal für Claudius.

Mittlerweile wurde es dunkel, und ich hoffte auf die Nacht, in der seltsamerweise auch die störrischen Sender klar wurden, so als hätte man einen Störsender abgeschaltet. Gab es so was vielleicht an der Mauer in der Schönhauser Allee?

Im Wohnzimmer hörte ich den Fernseher. Papa hatte gefragt, ob ich mit ihm schauen wollte, doch ich hatte abgelehnt. Das, was mich interessierte, schaltete er ja doch nicht an. Dann konnte ich lieber Radio hören.

Ich wollte so gern mehr über die Flüchtlinge in Ungarn erfahren. Papa sah sich seit der Nachricht mit den Ungarn-Flüchtlingen aber keine Westnachrichten mehr an. Das tat ich dann am Nachmittag, wenn er nicht da war, und manchmal lief es mir bei den Bildern eiskalt den Rücken runter. Besonders schlimm fand ich, dass unsere Aktuelle Kamera das Geschehen in Leipzig und Ungarn vollkommen ignorierte. Es wurde von Parteitagsbeschlüssen, Staatsbesuchen und Planübererfüllungen geschwafelt. Nichts, was mich interessierte. Da hätte ich dann auch gleich wieder eine Wandzeitung für Frau Heinrich machen können.

Als ich den Radiosender halbwegs klar drin hatte, lief natürlich nichts, was ich gern für Claudius aufgenommen hätte. Ich ließ es trotzdem an und holte Claudius' Brief noch einmal hervor. Heute Vormittag hatte ich begonnen, »Dshamilja« zu lesen, eine sehr schöne Geschichte, wenngleich darin auch eine Menge Kommunismus vorkam. Allerdings hatte ich das Gefühl, dass die Menschen damals noch wirklich daran geglaubt hatten. Wie würde die Geschichte wohl heute aussehen?

Jedenfalls benutzte ich Claudius' Bilder als Lesezeichen, während ich den Brief zwischen den Büchern aufbewahrte. Keine Ahnung, vor wem ich sie versteckte, Papa ging eh nicht in mein Zimmer, aber es verlieh der Sache noch einen zusätzlichen Reiz. Ich bekam Briefe aus dem Westen – und versteckte sie, als würde jeden Moment das MfS durch die Tür stürmen.

Das Klingeln an der Tür hörte ich nicht gleich.

Erst als Papa vom Klo her rief: »Milena, gehst du mal?«, bekam ich es mit. Schnell schob ich den Brief zwischen die Bücher und lief zur Tür.

Es passierte öfter mal, dass jemand im Haus zu meinem Vater kam und fragte, ob er etwas reparieren konnte.

Doch diesmal war der Besuch unerwartet. Frau Heinrich, meine Klassenlehrerin, stand vor der Tür. Zu Ferienzeiten!

Entgeistert sah ich sie an.

Schweißperlen standen auf ihrer Stirn, sie war ziemlich blass um die Nase, straffte sich aber, als sie mich sah.

»Guten Abend, Milena, ist dein Vater da?«

Das klang so förmlich, als wäre sie wegen des jährlichen Elternbesuchs hier. Was konnte sie wollen?

»Ja, er ist da«, antwortete ich wahrheitsgemäß und hätte mich im nächsten Moment dafür ohrfeigen können. Wenn ich Nein gesagt hätte, wäre sie vielleicht wieder abgehauen. »Kommen Sie rein, er ist nur kurz im Bad.«

Frau Heinrich war nicht das erste Mal hier. Jedes Schuljahr ließ sie sich mindestens einmal blicken, um mit meinem Vater zu sprechen. Meist fand der Besuch in den ersten Wochen nach Unterrichtsbeginn statt. Doch jetzt waren Ferien.

»Milena, wer …« Mein Vater, der gerade aus der Tür kam und noch an seiner Hose herumnestelte, starrte Frau Heinrich überrascht an. Und Frau Heinrich schien nicht weniger überrascht zu sein. Bei Elternsprechstunden und Hausbesuchen sah sie meinen Vater immer in Hemd und einer guten Hose, manchmal auch in Nietenhosen. Heute Abend, nach der Schicht, hatte er keine Lust gehabt sich fein zu machen – kein Wunder, denn wer rechnete schon damit, dass die Klassenlehrerin mitten in den Ferien auftauchte? So trat er ihr in Unterhemd und Arbeitshose entgegen.

»Frau Heinrich, was führt Sie hierher?«, fragte er, sah dann aber mich an, als wüsste ich es. Ich jedoch hatte keine Ahnung. Wegen meiner Wandzeitung kam sie bestimmt nicht. Dafür hätte sie mich noch am Zeugnistag fertigmachen können. Hatte es vielleicht irgendwas mit der EOS zu tun? Es hieß, dass die Lehrer da manchmal kamen und mit den Eltern sprachen, ob die Bereitschaft bestand, das Kind auf die weiterführende Schule gehen zu lassen. Doch auch diese Besuche fanden während der Schulzeit statt.

Frau Heinrich biss sich auf die Lippe. »Können wir uns irgendwo hinsetzen?«, fragte sie dann. »Ich möchte das nicht zwischen Tür und Angel besprechen.«

»Aber sicher«, sagte Papa und bedeutete ihr dann, dass sie in die Küche gehen solle. Das war der Ort, wo wir Besucher empfingen, die nicht willkommen waren, aber das wusste sie ja nicht.

»Herr Paulsen, ich bin wegen Ihrer Tochter hier«, begann Frau Heinrich zögernd, nachdem sie sich auf dem Küchenstuhl niedergelassen hatte.

Papa sah fragend zu mir. »Was gibt es denn?«, fragte er dann. »Stimmt etwas mit ihrem Zeugnis nicht?«

Als ob ich eine von denen wäre, die ihr Zeugnis fälschen!

»Nein, das Zeugnis ist in Ordnung. Es ist nur so … dass ich mir über die Zukunft Ihrer Tochter Sorgen mache.«

Frau Heinrichs Wangen glühten nun dunkelrot.

Sie wechselte einen nervösen Blick zwischen mir und Papa, schien nicht so recht zu wissen, was sie tun oder sagen sollte.

»Warum machen Sie sich denn Sorgen um meine Tochter?«, fragte Papa, während er mich fixierte, als hätte ich irgendwas verbrochen. »Hat sie etwas angestellt, von dem ich nichts weiß?«

Die Frage galt wohl eher mir, aber mir fiel nichts ein, was ich getan haben sollte. Meinte sie vielleicht, dass ich mit Lorenz gesprochen hatte?

»Der Direktor will sie morgen sprechen. Es geht darum, dass man der Annahme ist, sie habe Kontakte zu irgendwelchen staatsfeindlichen Elementen.«

Ich zog die Augenbrauen hoch. »Staatsfeindliche Elemente?«, fragte ich, doch Papas Blick brachte mich zum Schweigen.

»Auf jeden Fall soll es morgen eine Anhörung geben. Um dreizehn Uhr.«

Papa sagte nichts darauf. Und ich verstand die Welt nicht mehr.

»Frau Heinrich, was meinen Sie?«, fragte ich, während ich meine Hände ins T-Shirt krallte. »Habe ich irgendwas Falsches auf die Wandzeitung geklebt? Oder wollen Sie nicht mehr, dass ich mit Lorenz rede? Ist irgendwas mit Lorenz?«

Ich dachte an den Zettel, den er vom Direktor bekommen hatte.

»Ich kann dir leider nichts dazu sagen, da musst du die Anhörung abwarten.«

Jetzt fiel es mir ein. Claudius' Brief! Irgendwie mussten sie mitbekommen haben, dass er mir geschrieben hatte. Die Geschichten der Leute stimmten.

Ich sah wieder zu meinem Vater. Der blickte starr an mir vorbei, als würde er an der Wand hinter mir etwas wahnsinnig Interessantes sehen.

»Na, dann gehe ich mal besser wieder«, sagte Frau Heinrich, als ihr das unangenehme Schweigen zu viel wurde, und erhob sich. Ich hätte sie am liebsten mit Fragen gelöchert, doch ich spürte, dass sie mir keine Antwort darauf geben wollte – und vielleicht auch nicht konnte. Sie war nur vorgeschickt worden wie ein Bote.

Als sie fort war, packte Papa mich bei den Armen.

»Was hast du angestellt?«, fragte er, und ich spürte, wie er dabei zitterte.

»Nichts«, antwortete ich und wollte mich aus seinem Griff losmachen, doch das ließ er nicht zu.

»Warum war die Heinrich dann hier? Warum musst du morgen zum Direktor?«

»Das weiß ich doch nicht!«, antwortete ich trotzig, obwohl ich es wusste. Es war der Brief. Nichts anderes. Aber zu meinem Vater sagte ich: »Wahrscheinlich wollen sie was über einen Jungen in meiner Klasse wissen. Lorenz, den kennst du doch.«

»Den dreckigen kleinen Herumtreiber? Was hast du mit dem zu schaffen?«

Ich hätte ihm am liebsten gesagt, dass Lorenz mein Freund war und klug und kein Herumtreiber. Dass er mit seinen schmutzigen und zerrissenen Klamotten nur gegen die Spießigkeit der Erwachsenen rebellierte. Doch das wäre ein großer Fehler gewesen, das wusste ich.

»Ich kenne ihn nur aus der Schule«, antwortete ich. »Mit seinen Klassenkameraden redet man eben.«

Mein Vater schüttelte mich kurz, als wäre ich ein trotziges kleines Kind. »Sei ehrlich, was habt ihr beide angestellt? Seid ihr irgendwohin gegangen, wo ihr nicht hingehen solltet? Habt ihr euch an der Mauer rumgetrieben? War dieser Lorenz etwa in der Kirche bei diesen Hippies?«

Hippies? Wer gebrauchte denn dieses Wort?

»Er war in der Kirche zu einem Konzert«, antwortete ich, worauf mich mein Vater schnaufend losließ und sich mit den Händen verzweifelt durchs Haar fuhr.

»Dieser kleine Mistkerl«, schimpfte er los. »Er ist bei diesen Bürgerrechtlern.«

»Bürgerrechtler?«, fragte ich. Mir hatte er nur von dem Konzert und den Diskussionen erzählt

»Womöglich hat er vor abzuhauen. Oder er hat es schon getan«, schimpfte mein Vater weiter.

»Lorenz? Den habe ich doch gestern erst gesehen, das hat er nicht getan«, entgegnete ich, worauf mein Vater sich mir jetzt wieder zuwandte.

»Du wirst dich von ihm fernhalten, hörst du? Und morgen wirst du den Leuten alles sagen, was sie wissen wollen.«

Ich wusste nicht, was ich darauf sagen sollte. Mein Vater hätte natürlich am liebsten gehört, dass ich ihm genau das versprach, aber das konnte ich nicht. Selbst wenn es um Lorenz ginge, was ich bezweifelte, würde ich ihn nicht verraten. Und ich würde auch nicht verraten, dass ich Claudius traf und mit ihm Briefe schrieb. Keiner der beiden war ein Staatsfeind, das wusste ich genau!

»Milena!«, rief mein Vater halb drohend und halb flehend, während sich seine Finger in meinen Arm bohrten.

»Du tust mir weh!«, murrte ich, denn ich war sicher, dass ich morgen an der Stelle, wo seine Finger zugedrückt hatten, blaue Flecken haben würde. Wenn das Frau Schneider sah, würde sie sicher irgendwem Bescheid sagen, dass ich misshandelt wurde.

Der Ruf genügte zum Glück, Papa ließ los. Sah mich glasig an. Fast wirkte er, als wollte er heulen. Doch das täuschte.

»Ich kriege das schon hin«, versprach ich ihm. Und noch eines: »Ich habe nichts Unrechtes getan, Papa, das musst du mir glauben. Ich habe eine Wandzeitung zu spät abgegeben, aber die Artikel darauf hatte ich von Sabines Vater, der Held der Arbeit werden soll, da ist sicher nichts drauf gewesen, was staatsfeindlich ist. Und ich habe auch nichts Staatsfeindliches gesagt!«

Papa sah mich noch immer an. Und zwar so, als würde er mir kein Wort glauben.

»Geh auf dein Zimmer«, sagte er schließlich und wankte in die Küche zurück. Ich hörte, wie er den Kühlschrank aufzog und eine Flasche herausnahm.

22. Juli 1989

Milena

Die ganze Nacht lag ich mit kneifendem Magen im Bett und starrte zum Fenster, durch das der Mondschein hereinfiel.

Dass ich morgen im Büro des Direktors antanzen musste, und das zu Ferienzeiten, war schon schlimm genug.

Doch ich fürchtete, dass nicht nur er mich nach meinen »West-kontakten« fragen würde. Bestimmt war irgendwer von der Stasi mit dabei. Und es war wahrscheinlich, dass sie mich stundenlang löchern und mir drohen würden.

Viel zu früh kam ich am nächsten Vormittag bei der Schule an.

Das Gebäude wirkte so verlassen beinahe gruselig. Ich erwarte- te fast, dass aus den verschatteten Ecken irgendwelche Monstren springen würden, doch alles, was ich hörte, war ein leises Kna- cken, das wohl aus dem Werkraum oder sonstwoher kam. Nie war mir aufgefallen, wie hässlich die Pflanzen im Foyer mit ihren braun angelaufenen Blättern waren.

Mit pochendem Herzen schlich ich durch den leeren Gang zum Direktorenbüro. Die Ungewissheit ließ meinen Magen noch immer schmerzen, zwischendurch war mir ganz furchtbar übel, sodass ich schon glaubte, aufs Klo rennen zu müssen.

Wenn es schlecht lief, würden sie mich vielleicht gleich von der Schule schmeißen? Oder in den Jugendwerkhof verfrachten? Am liebsten hätte ich kehrtgemacht und wäre weggelaufen. Irgend- wohin, wo sie mich nicht finden konnten. Doch gab es so einen Ort in der DDR überhaupt?

Kurz vor der Tür des Rektorats vernahm ich Stimmen.

Offenbar rechneten sie noch nicht damit, dass ich kommen würde. So leise wie möglich setzte ich mich auf den Stuhl ne- ben der Tür. Begleitet von Zigarettenqualm drangen Worte nach draußen. Zunächst konnte ich mit ihnen nichts anfangen, doch plötzlich wurden sie deutlicher. Der Mann, dessen Stimme ich noch nie zuvor in meinem Leben gehört hatte, sprach über mich.

»Ich glaube Ihnen schon, wenn Sie sagen, dass Fräulein Paul- sen eine gute Schülerin ist und sich auch im Kollektiv beteiligt. Und ich bin sicher, dass wir, wenn wir ein Auge darauf haben, das Mädchen dazu bringen können, wieder auf den richtigen Weg zurückzufinden. Doch es steht außer Frage, dass sie vorbelastet ist, und wir nicht wissen, inwiefern sich die Ereignisse der Ver- gangenheit auf sie ausgewirkt haben.«

Ich und vorbelastet? Was sollte ich denn getan haben? Ich hatte es nicht mal gewagt, Micky-Maus-Hefte von Onkel Erwin in die Schule zu schmuggeln. Und im Stabü-Unterricht hatte ich brav nachgebetet, was man mir erzählt hatte, so wie alle anderen Schüler, ob sie nun daran glaubten, oder nicht.

Und jetzt glaubte der Mann, der sicher von der Stasi war, ich wäre vorbelastet. Hatten die einen Spitzel auf mich angesetzt oder was?

Immerhin versuchte unser Direktor, mich zu verteidigen.

»Ich bin sicher, dass sie nichts mit der Sache zu tun hatte. Ja, ihr Vater hat mir versichert, dass sie nichts davon weiß. Ich bin sicher, dass dies nur ein Ausrutscher war und nichts zu bedeuten hat.«

Jetzt wurde ich stutzig. Was für eine Sache sollte ich nicht wissen? Und wie kam Papa eigentlich dazu, mit dem Direktor zu sprechen. Über was?

»Auch das glaube ich Ihnen, Genosse Neumann, aber was den Vater des Mädchens angeht ... Immerhin war er bei dem Fluchtversuch dabei. Dass es nur seine Frau geschafft hat, war vielen Umständen geschuldet, aber sicher nicht dem, dass er es sich anders überlegt hat.«

»Aber er hat keinen weiteren Versuch unternommen! Korrigieren Sie mich, aber soweit ich weiß, hat er nicht mal einen Ausreiseantrag gestellt, und Kontakt hatte er zu seiner Frau auch keinen mehr.«

»Jedenfalls keinen, von dem wir wissen, aber das kriegen wir noch heraus! Irgendwoher musste dieser Brief doch gekommen sein. Vielleicht lebt Frau Paulsen jetzt in Westberlin!«

Eine Pause entstand, doch mir hallten die Worte wieder und wieder durch den Kopf. *Fluchtversuch ... dass es nur seine Frau geschafft hat ... Ausreiseantrag ... Kontakt zu seiner Frau ...*

Ich fühlte mich auf einmal, als wären mehrere Zentnersäcke Kartoffeln auf mich draufgefallen, und ich war viel zu durcheinander, um mir darüber klar werden zu können, was diese Worte bedeuteten. Während eine furchtbare Übelkeit in mir aufstieg – eine Übelkeit, die ich auch durch Kotzen nicht loswerden konnte –, dämmerte mir wie in Zeitlupe, dass meine Mutter gar nicht tot war. Dass Papa mich belogen hatte. Dass Mama in den Westen gegangen war. Und dass sie nie versucht hatte, uns rüberzuholen. Dass Papa nie versucht hatte, zu ihr zu gelangen.

Nein, das konnte ich nicht glauben. Das war nicht ich, das war nicht meine Familie. Papa hätte mir das nie angetan!

Aber dennoch, der Stasimann hatte es gesagt. Und die Stasi wusste bekanntlich über alles Bescheid. Ja, sogar unser Direktor schien darüber Bescheid zu wissen. Alle wussten darüber Bescheid – nur ich nicht.

»Allmählich müsste die Jugendfreundin Paulsen doch erscheinen!«, sagte der Stasimann ungeduldig, was mich aus meiner Starre wieder aufrüttelte.

Was, wenn sie mitbekommen hatten, dass ich gelauscht hatte. Die Beobachtete hatte die Stasi belauscht, wenn das mal kein Witz war. Nach Lachen war mir aber überhaupt nicht zumute. Nach Weinen jedoch auch nicht.

Aus dem Erste-Hilfe-Kurs, den wir wegen der Mopedfahrerlaubnis machen mussten, wusste ich, dass manche Verletzte in einen Schockzustand fallen konnten, in dem sie nichts von irgendwelchen Verletzungen merkten. Ich war sicher, dass ich jetzt auch unter Schock stand. Nur dass meine Verletzung nicht zu sehen war.

Da zu befürchten war, dass entweder der Direktor oder der Stasimann nach draußen kamen, um nachzusehen, entfernte ich mich auf Zehenspitzen ein Stück von der Tür und kehrte dann mit festerem Schritt zurück. Zwischendurch schrie mir eine kleine Stimme in meinem Hinterkopf zu, dass ich besser rennen sollte. Aber ich ignorierte sie. Ich war fest entschlossen, dem Mann gegenüberzutreten, der so viel mehr über mich und meine Familie wusste als ich selbst. Für einen Moment war ich sogar gewillt, ihn nach meiner Mutter zu fragen. Nach der Wahrheit, die mir selbst mein Vater verheimlicht hatte.

Doch ich hörte auf die kleine Stimme, die mich warnte. Wenn ich etwas über Mama wissen wollte, musste ich meinen Vater fragen. Fragte ich den Stasimann, gab ich damit entweder zu, gelauscht zu haben, oder – was noch schlimmer war und mir wahrscheinlich auch so ausgelegt werden würde – dass ich von Papa wusste, was damals passiert war.

Noch einen Moment gönnte ich mir, um meine Angst niederzuringen, die jetzt wieder meine Knie weichmachte. Dann hob ich den Arm und klopfte.

Im Büro rumorte es. Ich fragte mich, wer mich hereinbitten würde, und hoffte, dass es der Direktor war.

Doch im Türspalt erschien ein mir unbekannter Mann mit kurz geschorenem dunklem Haar, dessen durchtrainierter Körper in einem schlecht sitzenden grauen Anzug steckte, der – bis auf die Farbe – dem ähnelte, den Lorenz am Zeugnistag getragen hatte. Doch jetzt konnte ich nicht mehr darüber lachen.

»Ah, Jugendfreundin Paulsen!«, sagte der Stasimann und musterte mich mit seinen blassblauen Augen von Kopf bis Fuß. Dass ich mein FDJ-Hemd anhatte und auch sonst keine Westklamotten trug, schien ihn zufriedenzustellen. »Dann kommen Sie mal rein.«

Direktor Neumann hatte den Platz hinter seinem Schreibtisch geräumt und seinem Gast überlassen. Stattdessen saß er auf einem der gepolsterten Metallstühle, die vor dem Schreibtisch standen. Der Platz neben ihm war frei und offenbar für mich gedacht. Sollte mir diese Anordnung das Gefühl geben, dass ich nicht allein war? Oder wollten sie mich damit ordentlich in die Zange nehmen?

Ich grüßte Herrn Neumann zaghaft und stellte mich neben die Tür. Der Stasimann, der es nicht nötig gehabt hatte, sich vorzustellen, nahm seinen Platz hinter dem Schreibtisch ein.

»Setzen Sie sich, Jugendfreundin. Wie Sie vielleicht wissen, habe ich ein paar Fragen an Sie. Je nachdem, wie Sie sie beantworten, dauert die Befragung lange oder weniger lange, es liegt ganz in Ihrer Hand.«

Während ich mich auf dem Stuhl niederließ, wandte ich meinen Blick nicht von dem Stasimann ab. Der Direktor sah wiederum mich an. Irgendetwas stimmte nicht mit ihm. Ich roch Schweiß unter seinem Florena-Rasierwasser. Wahrscheinlich hatte er genauso große Angst wie ich – denn möglicherweise würde ihn der Stasimann beschuldigen, mich nicht ordentlich erzogen zu haben.

»Wie Sie vielleicht wissen, ist uns zu Ohren gekommen, dass staatsfeindliche Elemente versucht haben, mit Ihnen in Kontakt zu treten.«

Staatsfeindliche Elemente. Claudius war das nie im Leben. Und selbst, wenn Mama mir geschrieben hätte, wäre sie keines, das wusste ich genau. Mama. Ich konnte es noch immer nicht glauben. Etwas krampfte sich in meiner Brust zusammen und hinderte mich daran zu antworten.

»Haben Sie die Frage nicht verstanden, Jugendfreundin?«, fragte der Stasimann ungeduldig.

»Doch, natürlich«, presste ich hervor, aber die Klammer um meine Brust wollte noch immer nicht lockerer werden. Im Gegenteil, sie zog sich noch weiter zu.

»Und was sagen Sie dazu?«

Ich blickte Hilfe suchend zum Direktor, doch wie ich sehen konnte, floss auch ihm der Schweiß in den Hemdkragen. Meine Nase hatte sich nicht getäuscht, auch er hatte Angst. Nur konnte man nicht sehen, dass er bleich um die Nase war, denn er trug ja einen Vollbart.

»Ich weiß nichts von staatsfeindlichen Objekten«, antwortete ich. »Zumindest hat mir noch niemals jemand was Staatsfeindliches gesagt.«

Der Stasimann nickte, aber es war kein zufriedenes Lächeln. Eher eines, mit dem er sich selbst bestätigte, dass es genauso schlimm um mich stand, wie er gedacht hatte.

»Der Kontakt zwischen Ihnen und dem staatsfeindlichen Element soll per Brief stattgefunden haben«, ließ der Stasimann die Katze aus dem Sack. Oder zumindest meinte er, das zu tun, denn eigentlich wusste ich es ja schon von Frau Heinrich. »Wer ist diese Person?«

»Ein Bekannter von Onkel Erwin«, sagte ich, scheinbar freimütig bekennend, denn wenn die Stasi so gut unterrichtet war, wusste sie sicher auch von unserer Westverwandtschaft. Diese war zwar erloschen, denn Onkel Erwins Frau war schon vor langer Zeit gestorben und sie hatten auch keine Kinder gehabt.

»Onkel Erwin?«, fragte der Stasimann ungläubig.

Auf einmal fragte ich mich, ob in dem Brief vielleicht noch mehr Bilder waren, die an der Grenze einkassiert worden waren. Ich hatte keine Beschädigung gefunden, aber vielleicht hatten sie meinen zerpflückt. Vielleicht war er gar nicht bei Claudius angekommen. Der dachte sicher, ich hätte ihn vergessen oder so was ...

Aber das war im Moment Nebensache. Mein Magen kniff und biss, und ich fragte mich, wie lange ich hier in diesem nach Zigarettenqualm stinkenden Büro noch sitzen musste.

»Onkel Erwin war der Bruder meines Opas. Er ist durch den Krieg nach Westberlin verschlagen worden.« Diese Antwort schien ihn zu freuen. Ich hätte auch behaupten können, dass Opa das Pech gehabt hatte, nicht noch vor dem Mauerbau erfahren zu haben, dass sein Bruder noch lebte, und wo er lebte, doch dann wäre der Stasimann wohl ungehalten geworden.

Ich fragte mich auf einmal, was Mama wohl darüber denken würde, dass ich hier saß. »Und was ist mit diesem Onkel Erwin passiert?« Der Stasimann schrieb irgendwas auf. Sein Kugelschreiber quietschte ein wenig, während er die unleserlichen Buchstaben auf das graue Papier kritzelte, das ein bisschen nach unserem Klopapier aussah.

»Er ist gestorben. Schon vor vielen Jahren.«

»Und der Bekannte, der Ihnen geschrieben hat?«

»Ist ein Neffe von ihm.« Würde er das glauben? Konnte er das nachprüfen?

Wieder bohrte sich eine Faust in meinen Magen, ganz langsam. Diese Schweine hatten Claudius' Brief gelesen. Woher sollten sie sonst davon wissen?

Ich konnte anscheinend nur froh sein, dass ich ihn überhaupt bekommen hatte. Oder hatten wir gar im Haus jemanden, der schnüffelte? Hatte es der Postbote gemeldet, gleich nachdem er den Brief in den Kasten hatte wandern lassen? Niemals vorher hatte ich das Gefühl gehabt, vor irgendwem aus meiner Umgebung Angst haben zu müssen, aber offenbar musste ich das.

Der Stasimann schien jetzt zu versuchen, meine Gedanken zu lesen, jedenfalls schaute er mich minutenlang an. Seinem Blick konnte ich nur kurz standhalten, so bohrend war er.

»Erzählen Sie uns etwas über den Inhalt des Briefes«, sagte er dann. »Waren Ihrer Meinung nach staatsfeindliche Äußerungen enthalten?«

Das war jetzt die Höhe! Sie hatten geschnüffelt, den Brief gelesen und jetzt fragten sie mich! Am liebsten hätte ich ihm an den Kopf geknallt, dass er doch schon alles wisse, doch ich kniff die Lippen zusammen und schüttelte den Kopf.

»Nein, nicht, dass ich wüsste. Er …« Beinahe hätte ich die Bilder erwähnt! Womöglich hatte der Typ sie schon gesehen. Aber an dem seltsamen Porträt eines Jungen war doch nichts Gefährliches.

»Was hat er?«, fragte der Stasimann drohend.

»Er hat mir etwas über seinen Garten geschrieben«, erklärte ich. »Nichts weiter. Der Brief war nicht sehr lang.« Dass er mir geschrieben hatte, dass ich eines Tages seine Seite sehen würde, verschwieg ich. Wenn die Stasileute den Brief gelesen hatten, wussten sie auch das. Und wenn nicht ...«

Der Unbekannte schrieb noch irgendetwas auf. Ich machte mir nicht die Mühe, seine Krakelei zu entziffern.

»Sie wissen hoffentlich, was es bedeutet, mit Staatsfeinden Kontakt zu halten«, sagte der Stasimann, während er den Kuli vor sich ablegte und die Hände über dem grauen Papier faltete, als wollte er beten. »Von Genosse Neumann weiß ich, dass Sie vorhaben, das Abitur zu machen und zu studieren. Sie sollten sich gut überlegen, wie Ihre nächsten Schritte aussehen. Kommt es zu keinen weiteren Auffälligkeiten, werden wir die Sache mit dem Brief vergessen. Doch wenn wir davon Kenntnis erhalten, dass Sie mit Staatsfeinden kommunizieren, werden wir Maßnahmen ergreifen müssen, die nicht nur Sie betreffen, Jugendfreundin, sondern auch Ihre Familie. Sie wissen, dass auf Landesverrat empfindliche Haftstrafen stehen. Selbst für Jugendliche wie Sie. Sie wollen sich doch nicht anstelle des Studiums in einem Jugendwerkhof wiederfinden, oder?«

Mit schwirrte der Kopf. Wieso redete er immer wieder von Staatsfeinden? Hatte das was mit Mama zu tun? Durch ihre Flucht war sie zu einer Abtrünnigen geworden, ja, aber ein Feind war meine Mutter bestimmt nicht! Oder arbeitete sie etwa beim Geheimdienst? Das konnte ich mir nicht vorstellen. Und dann war da noch dieses andere Wort: Jugendwerkhof. Es klang eigentlich so harmlos, doch es war nichts anderes als ein Knast für Kinder. Jeder hier wusste das. Wenn man dort hineingesteckt wurde, kam man nicht wieder raus, bis man achtzehn war.

Zwei Jahre hinter diesen Mauern sitzen ... Aus dem Schwirren in meinem Kopf wurde ein Schwindel.

»Immerhin kann man Ihnen zugutehalten, dass Ihr Bruder sich in seinem Wehrdienst vorbildlich führt und auch einen einwandfreien Klassenstandpunkt hat.«

Ich verstand die Worte zwar, aber sie drangen verzerrt an mein Ohr. Und es wurde noch schlimmer. Das, was er dann sagte, ging im Rasen meines Herzens unter, alles drehte sich um mich, in meinen Ohren rauschte es. Ich krallte mich mit der Hand am Stuhl fest, hoffte, dass der Mann vor mir endlich aufhören würde, dass zumindest Herr Neumann einschreiten und ihn endlich zum Schweigen bringen konnte.

Und dann kam plötzlich die Erlösung. Der Schwindel hörte schlagartig auf, dafür drehte sich mir der Magen um, fest entschlossen, die Unterhaltung zu beenden – wenn es schon mein Verstand und mein Mund nicht konnten. Ein schrecklicher Würgereiz überfiel mich. Ich spürte regelrecht, wie mir die Kotze die Speiseröhre hinaufstieg. Ich konnte nichts anderes tun, als mich vornüberzubeugen und mich nach Leibeskräften auf die flachgetretene Auslegeware zu übergeben.

Claudius

Noch ein bisschen verkatert blickte ich in den Spiegel. Wie sollte man auch aussehen nach einem Abiball, bei dem die meisten seiner Schulkameraden zum letzten Mal auf mehr oder weniger lange Zeit sah, mit denen man sich noch mal ordentlich die Kante gab?

Mehr als eine Woche war vergangen, seit ich meinen Brief abgeschickt hatte und noch war kein Brief von Milena zurückgekommen. Möglicherweise hatte sie meinen Brief noch nicht bekommen. Ich mochte vielleicht nicht viel über die DDR wissen, doch ich hatte schon davon gehört, dass die Grenzer und die Stasi manchmal Briefe aus dem Westen durchleuchteten oder sogar öffneten. Wenn ihnen der Inhalt nicht passte, wurden die Briefe ganz einfach nicht zugestellt.

Hatte ich was geschrieben, was den Stasileuten nicht passen konnte? Ja, sicher. Ich klatschte mir vor den Kopf. Ich hatte geschrieben, dass ich ihr eines Tages meine Seite der Stadt zeigen würde. Wahrscheinlich hatte die Stasi geglaubt, dass ich sie gleich morgen aus Ostberlin abholen würde – womöglich auf ähnlich abenteuerliche Art, wie es manche DDR-Bürger schafften, in den Westen zu flüchten. Dabei wollte ich ihr nur ein wenig Hoffnung machen.

Den Vormittag verbrachte ich in der Garage, wo ich zum ersten Mal seit Langem wieder an der Maschine schraubte. Noch immer war ich nicht bereit, mich wieder in den Sattel zu schwingen, aber das, was ich Milena erzählt hatte, hatte ein Stück der Hemmungen, die ich nach dem Unfall hatte, wieder abgebaut. Im ersten Moment sah ich natürlich wieder den entsetzten Blick des kleinen Jungen vor mir, doch als ich die Augen kurz zusammenkniff, verschwand es wieder und kam auch nicht zurück, als ich den Tank berührte und mich dann dem Motor zuwandte.

Ich war dermaßen versunken in meine Tätigkeit, dass ich den Postboten beinahe nicht gehört hätte. Doch das Klappern des Briefkastens – Modell USA, also eher eine Briefröhre als ein Kasten – schreckte mich auf. Ob diesmal etwas von Milena dabei war? Rasch legte ich mein Werkzeug weg und rannte los. Es gab so viele Dinge, die ich ihr berichten wollte, besonders vom Abschlussball. Auch wenn es in meinem Schädel immer noch ein wenig dröhnte, fühlte ich mich klar genug, um die Antwort zu formulieren.

Am Tor angekommen, sah ich den Briefträger die Straße hinunterradeln. Hastig öffnete ich den Briefkasten und sah nichts weiter als die Tageszeitung, einen Katalog und eine von Papas juristischen Zeitschriften. Wieder kein Brief! Da ich schon mal am Kasten war, nahm ich die Zeitungen trotzdem heraus. Dabei fiel mir etwas vor die Füße.

Der Brief!

Zuerst hüpfte mein Herz vor Freude, dann jedoch sah ich ... Jemand hatte ihn aufgeschlitzt und dann laienhaft wieder zugeklebt. So ungelenk, wie der Schnitt war, konnte es nicht Milena gewesen sein. Offenbar hatte man den Brief an der Grenze abgefangen. Und wie ich sehen konnte, war der Schnitt nicht das Einzige, was mit dem Brief angestellt worden war. Er hatte zahlreiche Knicke, so als hätte ihn jemand zusammengeknüllt und in den Papierkorb geworfen, sich das dann aber wieder überlegt und ihn dann doch über die Grenze geschickt.

Mit rasendem Herzen lief ich in die Garage und wollte den Umschlag schon fahrig aufreißen, doch dann überlegte ich es mir und schnitt ihn ganz vorsichtig mit meinem Taschenmesser auf.

Immerhin war der Brief selbst bis auf ein paar Knicke unbeschädigt. Schade, dass ich mein Fingerabdruck-Detektivset aus den YPS-Heften nicht mehr hatte! Als Kind hatte ich damit die Fingerabdrücke von mir und Max abgenommen, die wir auf irgendwelche Trinkgläser geschmiert hatten. Hätte ich dieses Set noch gehabt, hätte ich bestimmt einen Haufen Fingerabdrücke gefunden, die nicht zu Milena gehörten!

Mit einer Stinkwut im Bauch setzte ich mich auf meinen Hocker und las erst einmal, was Milena schrieb – wenn sie es denn wirklich geschrieben hatte.

Lieber Claudius,

ich hoffe, dich erreicht dieser Brief ganz schnell. Ich kann gar nicht beschreiben, was ich gefühlt habe, als ich deinen Brief im Kasten gesehen habe. Es war nicht so gut, wie dich in echt zu sehen, aber doch urst prima. (Ja, du hast »urst« richtig verwendet.) Genial, stark oder nein, mega!

Wahrscheinlich wunderst du dich jetzt, aber mega ist ein Wort, das ich von den Jungs in der Zehnten aufgeschnappt habe. Die erfinden jede Woche ein neues, wenn es darum geht, etwas sehr Schönes oder Abgefahrenes zu beschreiben. Da ich es ja mit Worten und Büchern habe, merke ich mir diese Begriffe – wer weiß, vielleicht kannst du sie auch irgendwann mal gebrauchen.

Und wenn du dich fragst, was ich so mache, ich sitze den ganzen Tag auf dem Balkon, lese und versuche, eigene Geschichten zu schreiben. Und ich träume von Verona und dem Mittelmeer und davon, dich wiederzusehen. Sabine fährt mit ihrem Vater noch einmal in den Urlaub, in ein FDGB-Heim (du fragst dich sicher, was das ist – erkläre ich dir) und kommt erst in einer Woche wieder.

Deine Kassette ist übrigens sehr toll – so schöne klare Aufnahmen. Ich bin ganz neidisch, wenn ich daran denke, dass all diese Platten bei dir im Schrank stehen. Hier dauert es eine ganze Weile, bis AMIGA irgendwas davon rausbringt. Wahrscheinlich werde ich alt und grau sein, bis ich mal eine LP von A-ha oder den Pet Shop Boys in die Hände bekomme. Aber ich habe ja meinen »Stern«, der zuverlässig aufnimmt, obwohl mein Radio immer mehr den Dienst aufgibt.

Eigentlich würde ich dir ja gern auch mal ein Mixtape aufnehmen (so heißt das bei euch, nicht?), aber wahrscheinlich hast du all diese Lieder schon wesentlich besser gehört. Wenn du aber doch eins möchtest, schreib mir, ja?

Ich werde wie ein Mauerblümchen hier hocken und auf dich oder deinen Brief warten.

Sei lieb gegrüßt von deiner Milena

Als ich die letzte Zeile gelesen hatte, bemerkte ich, dass ich ein fettes Grinsen auf dem Gesicht hatte.

Diese seltsamen Worte, die sie manchmal benutzte, waren sehr lustig, und mir vorzustellen, wie ihre Regenwaldaugen dabei leuchteten, ließ meine Wut auf die blöde DDR und ihre Spitzel fast schon wieder verrauchen. Milena mochte vielleicht in einem Gefängnis leben, Humor hatte sie dennoch und auch ganz viel Lebensfreude. Wie würde es mir gehen, wenn ich dort leben müsste? Ich würde eher verzweifeln, da war ich sicher. Aber vielleicht hätte ich mich auch an den Käfig gewöhnt. Irgendwann hatten wir darüber in Philosophie gesprochen – wenn ein Mensch von klein auf in Zwängen festgehalten wird, gewöhnt er sich daran und will letztlich nicht mehr aus ihnen raus.

Aber das konnte ich mir bei Milena nicht vorstellen. Ich sah immer noch vor mir, wie ihre Augen geleuchtet hatten, als sie von Verona und dem Mittelmeer gesprochen hatte. Nein, Milena würde mit mir gehen, da war ich sicher. Nur hatte ich überhaupt keine Ahnung, wie das gehen sollte.

Den ganzen Abend überlegte ich, was ich tun sollte. Ich konnte so tun, als hätte es den aufgerissenen Brief nicht gegeben. Ich könnte ihr einfach schreiben, vollkommen unverfänglich. Doch alles in mir wehrte sich dagegen. Sie hatte ein Recht darauf, zu erfahren, dass ihre Post geöffnet wurde! Und ich musste sie auch irgendwie zur Vorsicht anhalten.

Dann kam mir etwas anderes in den Sinn. Wenn ihr Brief geöffnet worden war und die Stasi sie auf dem Kieker hatte, würde der nächste Brief von mir wahrscheinlich gar nicht erst bei ihr ankommen.

Der Gedanke ließ mich wie von einer Wespe gestochen vom Stuhl aufspringen und ruhelos in meinem Zimmer herumlaufen. Ich war sicher, dass Marx und Engels die Bärte ausgefallen wären, wenn sie gewusst hätten, was aus ihren Ideen gemacht worden war.

Als ich schließlich vor dem Fenster stehen blieb und die Nachbarhäuser betrachtete, die von einer hohen Hecke umgeben waren, damit ja niemand durch die Fenster spähte, wusste ich, dass es nur einen Ausweg gab. Ich musste zu ihr fahren, gleich morgen, und sie warnen.

Milena

Ich hatte keine Ahnung, wie ich wieder in den Gang zurückgekommen war. Nach meinem Kotzanfall musste mich jemand nach draußen geschafft haben, aber was diese Minuten betraf, hatte ich einen Filmriss. Ich wusste nur noch, dass ich mich erbrochen hatte, nichts weiter. Ich hatte keine Ahnung, ob mir jemand eine Schüssel untergestellt, mir die Haare aus dem Gesicht gehalten oder mich nach draußen geführt hatte. Alles war schwarz.

Nun saß ich hier auf dem blöden Stuhl und hörte die beiden Männer im Büro miteinander reden. Diesmal war die Tür geschlossen und sie sprachen jetzt auch leiser, sodass ich nicht genau mitbekam, was sie sagten. Ich hörte nur Fetzen wie »es war alles ein bisschen viel«, »sie war aufgeregt«, »offenbar ging es ihr schon vorher nicht gut« und so weiter. War Kotzen jetzt auch schon ein staatsfeindlicher Akt? Immerhin hatte ich nicht die Schuhe des Stasimannes erwischt, was mir beinahe ein wenig leidtat – Lorenz hätte sich über meine Gedanken sicher köstlich amüsiert.

Immerhin versuchte Herr Neumann, mich irgendwie rauszuhauen, denn er redete weiter auf den Stasimann ein. Allerdings schien dieser nicht gewillt zu sein, mich laufen zu lassen.

Wieder kam mir in den Sinn, einfach aus dem leeren, gruseligen Schulgebäude mit dem Honecker-Bild zu fliehen. Doch diesmal konnte ich es wegen meiner Beine nicht. Sie waren weich wie Gummi, und außerdem tobte in mir immer noch die Angst.

Wahrscheinlich warteten draußen noch irgendwelche schlecht angezogenen Stasileute in irgendeinem Lada oder Wartburg in der Nähe der Schule, um mich im Ernstfall wieder einzufangen.

Was würde jetzt werden? Ich hatte Claudius nicht verraten, damit waren sie so schlau wie vorher. Aber natürlich würde die Stasi uns jetzt im Auge behalten. Vielleicht auch Papa im Kombinat Schwierigkeiten machen.

Als die Tür neben mir geöffnet wurde, zuckte ich zusammen.

»Du kannst gehen, Milena«, sagte Herr Neumann, bemüht, irgendwie ein Lächeln zustande zu bringen. »Der Herr vom MfS hat keine weiteren Fragen mehr an dich.«

Wie denn auch, wo er versucht hatte, mich wie ein Stück Schnitzel durch den Fleischwolf zu drehen!

Ich versuchte, mich auf die Füße zu stellen, doch es ging nicht. Meine Knie knickten wie von allein ein und ich musste mich wieder hinsetzen.

Herr Neumann sah mich ein wenig verwundert an, so als hätte er nicht mitbekommen, dass ich erst vor wenigen Minuten sein Büro vollgebrochen hatte, dann sagte er: »Ist dir immer noch schlecht?«

Ich nickte. Übel war mir nicht mehr, aber ich fühlte mich ganz furchtbar schwach.

»Meinst du, dass du so zur Bahn gehen kannst?«, fragte Herr Neumann weiter. So fürsorglich hatte ich ihn noch nie erlebt. Auf einmal fragte ich mich, ob das mit dem Zettel für Lorenz wirklich seine Idee gewesen war. Oder ob da nicht auch dieser Stasimann in seinem Büro gesessen hatte.

Ich schüttelte auf seine Frage den Kopf, denn ich bezweifelte, dass ich auch nur einen Schritt aus dem Schulhaus machen konnte, ohne noch im Gang umzuknicken und hinzufallen.

Herr Neumann atmete schwer durch und betrachtete mich. Ich erwiderte seinen Blick nicht, aber ich spürte ihn.

»Gut, ich werde dich nach Hause fahren«, sagte er dann, und ehe ich etwas dazu sagen konnte, verschwand er wieder im Büro. Ich hörte, wie er sich mit dem Stasimann unterhielt, und offenbar hatte der nichts dagegen, dass sich Neumann kurz absetzte, um mich nach Hause zu bringen.

Wenig später saß ich in einem roten Wartburg, den Herr Neumann in Richtung Schönhauser Allee steuerte. Die ganze Fahrt über sprachen wir nicht, was ich sehr angenehm fand. So hatte ich die Gelegenheit, alles still mit mir auszumachen, und ich spürte, wie meine Knie allmählich auch wieder fester wurden. Bis wir zu Hause waren, würde ich bestimmt wieder ohne fremde Hilfe laufen können.

Aber dann ... Ja, was wäre, wenn ich zu Hause ankam? Die vergangene Stunde hatte mein Leben vollkommen umgekrempelt. Nicht nur, dass ich wegen Claudius in die Mangel genommen worden war, ich wusste nun auch, dass Mama nicht tot, sondern in den Westen abgehauen war, und dass wir deshalb wohl schon unter Beobachtung der Stasi gestanden hatten. Und nicht nur das, mir drohte jetzt auch ein Schulverweis oder das Verbot, mein Abi zu machen oder sogar der Jugendwerkhof! Papa würde ausrasten deswegen! Und ich konnte beim besten Willen nicht erkennen, was ich Unrechtes getan haben sollte! Ich hatte keine Geheimnisse verraten, gegen niemanden gehetzt. Ich hatte nur einen Brief von Claudius bekommen und ihm einen geschrieben. Langsam konnte ich die Leute, die über Ungarn flohen, wirklich verstehen.

Nachdem Herr Neumann den Wartburg in eine Parklücke gequetscht hatte, stellte er den Motor ab. Ich wollte mich schon bedanken und aussteigen, doch er hielt mich zurück.

»Sieh dich in der nächsten Zeit gut vor, Milena«, sagte er so leise, als fürchtete er, belauscht zu werden. War es möglich, dass die Stasi seinen Wartburg verwanzt hatte? »Sie werden ein Auge auf dich haben und nicht eher Ruhe geben, bis sie all das wissen, was sie wissen wollen.«

»Aber was wollen sie denn?« Ich fragte mich, ob ich ihn nach meiner Mutter fragen sollte. Nein, lieber nicht, vielleicht hatte er mich ja nur gefahren, um doch noch etwas aus mir rauszukriegen. Das kannte ich aus amerikanischen Krimis, wo einer den »guten Bullen« spielte und einer den bösen.

»Es gibt ein paar Dinge in deiner Familie«, sagte Herr Neumann, »Dinge, die den Staat ziemlich verärgert haben. Seitdem haben sie ein Auge auf euch, und bisher gab es nichts zu beanstanden.«

Er meinte Mamas Flucht und Papas Fluchtversuch. Er sprach es nicht aus, durfte es wohl nicht, und hätte ich es nicht zufällig belauscht, hätte ich mich wohl gefragt, was er mir sagen wollte.

»Ihr könnt froh sein, dass ihr als Familie zusammenbleiben durftet. Es hätte auch alles ganz anders kommen können.«

Ich verstand. Papa hätte auch eingesperrt werden können. Komisch, dass das nicht passiert war. Auf Fluchtversuch stand ebenfalls Strafe. Und ohne unseren Vater wären wir in ein Heim gekommen. Wieder eine Frage mehr. Warum hatte man Papa nicht eingesperrt?

Herr Neumann atmete tief durch, sah mich dann an, als erwartete er, dass ich Fragen stellte. Sollte ich das besser tun? Gab ich durch mein Schweigen zu, dass ich über alles im Bilde war?

»In Ordnung, dann geh jetzt, Milena«, sagte er, beinahe schon resignierend, und wirkte, als wollte er mich in den Arm nehmen. »Und pass auf dich auf, ja? Lass dich nicht auf irgendwelche gefährlichen Dinge ein. Du hast eine wunderbare Zukunft vor dir, könntest was Besonderes werden. Gib auf dich acht.«

»Sie auch«, entgegnete ich, bedankte mich und stieg aus.

Herr Neumann wartete noch so lange, bis ich in der Haustür

verschwunden war. Erst dann ließ er den Wartburg wieder an und fuhr davon.

Von außen mochte es so scheinen, als wäre ich hochgegangen, doch ich lehnte an der Wand neben den Briefkästen. Die harten Steine kamen mir angenehm vor. Ich schloss die Augen und spürte, dass mir wieder die Tränen kamen. Ich ließ sie laufen und hoffte nur, dass mich so niemand sah.

Wie gern wäre ich jetzt eine Marmorfigur gewesen, kalt und leblos, ohne Verwirrung und Angst in meinem Herzen! Und das waren nicht die einzigen Gefühle. Allmählich wusste ich gar nicht mehr, was ich alles fühlte. Zorn? Sehnsucht? Enttäuschung?

Erst als irgendwo oben eine Tür ging, erwachte ich aus meiner Starre. Ich musste nach oben, mich sauber machen. Ich musste dieses blöde Hemd und den furchtbaren Geruch wegbekommen. Als ich es endlich die Treppe hinauf geschafft hatte, mit einem elenden Gefühl im Magen und Kotzegeschmack im Mund, erwartete mich eine Überraschung, die mich eigentlich hätte freuen sollen. Armeestiefel standen im Flur. Mirko war hier! Nur warum? Hatte seine Rückkehr auch etwas mit mir und dem Brief von Claudius zu tun? Musste er morgen auch vor irgendeinem Stasimann antanzen und erklären, ob er mir etwas von der Republikflucht meiner Mutter erzählt hatte?

Nur einen Atemzug später schaute er aus seinem Zimmer. Noch immer trug er seine Uniform, wahrscheinlich hatte er sich erst mal auf die Post gestürzt, die hier angekommen war anstatt in der Kaserne.

»Milena?«, fragte er verwundert und starrte auf mein FDJ-Hemd, das bei meinem Kotzanfall auch ein paar Flecken abbekommen hatte und das ich unbedingt loswerden musste. »Was ist los?«

Vielleicht hätte ich jetzt besser ins Badezimmer gehen und

mich waschen sollen. Aber aus einem plötzlichen Impuls heraus fragte ich: »Stimmt es, dass Mama rübergemacht hat?«

Mirkos Lächeln verschwand, seine Miene wurde starr. »Was?«

»Dass Mama in den Westen geflohen ist. Damals, als wir klein waren. Dass sie nicht in dem Auto verbrannt ist, wie alle immer behauptet haben.«

Mein Herz, das ich vorher nicht mehr gespürt hatte, erwachte plötzlich wieder und klopfte mir bis zum Hals. Ich wollte noch etwas hinzusetzen, doch mein Puls verschluckte meine Stimme und in meiner Magengrube kniff es wieder, als hätte ich zu starken Kaffee getrunken.

Doch wenn ich mich hier im Flur übergeben musste, war es auch egal.

Mirko sah mich entgeistert an. »Ich weiß nicht, was du meinst«, entgegnete er, knöpfte dann seine Uniformjacke auf, als wäre ihm erst jetzt wieder eingefallen, dass er noch darin steckte. Dann wandte er sein Gesicht ab und wollte schon wieder in seinem Zimmer verschwinden.

»Das weißt du!«, schrie ich giftig und voller Hass, obwohl ich Mirko lieb hatte.

Doch das, was ich vor dem Büro des Direktors aufgeschnappt hatte, entfachte eine schmerzhafte Flamme in meinem Innersten, sodass ich jetzt drauf und dran war, alles zu vergessen. Ich konnte den Gedanken, über all die Jahre hinweg angelogen worden zu sein, nicht mehr ertragen.

»Sie ist rübergegangen!«, fuhr ich fort. »Sie ist rübergegangen, und Papa wollte eigentlich mitgehen, aber es hat nicht geklappt. Er hat irgendwelchen Stasibonzen versprechen müssen, mir nichts davon zu erzählen. Und du wusstest auch davon und hast mir nichts erzählt!«

Bei den letzten Worten überschlug sich meine Stimme, ich war nicht mal sicher, ob die Worte überhaupt verständlich aus meinem Mund gekommen waren. Aber in meinem Verstand hallten sie wie Donner wider.

Mirko war noch immer ganz blass. Seine Hand krallte sich am Türrahmen fest, als wäre ihn auf einmal schwindelig.

»Milena, ich ...«

»Sag mir die Wahrheit! Erzähl mir, was damals passiert ist.«

»Das kann ich nicht. Das darf ich nicht.«

»Warum denn nicht? Warum darf ich es nicht wissen? Welche Gefahr bestünde denn, warum soll ich meine eigene Familiengeschichte nicht kennen? Irgendein fremder Kerl vom MfS, der seinen Namen nicht sagt, redet mit meinem Schuldirektor über Dinge in meiner Familie, als ginge es den was an, und ich soll davon nichts wissen? Wieso? Weil alle Angst haben, dass ich auch abhaue?«

»Milena, so war das nicht ... Und überhaupt, was hast du mit der Stasi zu tun?«

Sollte ich es ihm sagen? Immerhin war er mein Bruder. Mein Bruder, der zwar in all den Jahren genauso geschwiegen hatte wie Papa. Doch er war stets der Einzige gewesen, dem ich alles hatte erzählen können. Hatte sich daran jetzt was geändert? Ich musste es herausfinden, also antwortete ich: »Ich habe einen Jungen kennengelernt. Aus dem Westen.«

Mirko sog scharf die Luft zwischen den Zähnen ein.

»Ja, ich weiß, es ist der Klassenfeind, aber dennoch, ich mag ihn. Er ist sehr nett. Und nicht alle im Westen laufen mit einer Pershing auf dem Rücken rum.«

»Aber Milena, du weißt, was das bedeutet.« Mein Bruder strich sich aufgeregt die Haare aus dem Gesicht. »Ich bin bei der Armee, wenn sie nun meinen Vorgesetzten informieren.«

»Was soll denn passieren?«, fragte ich, denn ich konnte wirklich nicht verstehen, was das Problem war. »Er ist doch nur ein Junge! Er hat gerade Abitur gemacht und möchte Musiker werden! Er will nicht mal zur Armee! Glaubt ihr wirklich, er würde kommen und hier einen Krieg anzetteln?«

»Er ist aus dem Westen, das reicht denen schon!« Mirko begann, unruhig auf und ab zu gehen. »Wir dürfen keine Westkontakte haben, die schauen da ganz genau drauf.«

»Meinst du die NVA?«

Dass Mirko nicht darauf antwortete, zerriss mich beinahe. Ich fühlte mich der Wahrheit so nahe – wenn nur nicht all diese Mauern gewesen wären, die mir die Sicht verstellten. Mauern, die mir von der Stasi vor die Nase gesetzt wurden – aber auch von meiner eigenen Familie.

Bitte Mirko, reiß wenigstens diese eine nieder, flehte ich innerlich. Diese eine zwischen uns.

»Erzähl mir, was damals passiert ist!«, forderte ich. »Ich will wissen, warum das alles so ist! Bitte, Mirko, du bist doch mein Bruder.«

Mirko wand sich noch einen Augenblick, doch meine letzten Worte schienen etwas in ihm ausgelöst zu haben, denn er sagte mit tonloser Stimme: »Ich weiß auch nicht mehr genau, was damals los war. Ich kann mich nur erinnern, dass Mama keinen Unfall hatte. Wir waren irgendwohin gefahren, ich glaube, an die Ostsee. Weder Mama noch Papa haben gesagt, wohin genau. Ich erinnere mich nur noch, dass sie mit irgendeinem Fremden gesprochen haben. Und dass der ein Boot hatte. Du warst damals noch ganz klein. Eines Morgens, ganz früh, sind wir losgefahren, du hast noch geschlafen, Mama hat dich auf dem Arm getragen. Jetzt weiß ich, wenn alles gut gegangen wäre, wärst du im Westen aufgewacht und hättest nie etwas anderes kennengelernt.«

Die Worte trafen mich wie ein Stein an den Kopf. Im Westen aufgewacht. Wenn alles gut gegangen wäre, hätte ich mich nicht fragen müssen, wie das zwischen mir und Claudius gehen sollte.

Ich hätte ihn jeden Tag sehen können. Aber es war nicht gut gegangen. Das brauchte Mirko nicht zu erzählen. Es war einfach nicht passiert.

»Irgendwas ging schief, es gab ein großes Durcheinander. Ich weiß nicht, ob uns jemand verraten hat. Auf jeden Fall schnappte Papa uns beide und rannte los. Du bist zwischendurch wach geworden und hast geweint. Aber vermutlich weißt du davon nichts mehr.« Er sah mich an, als erwartete er eine Bestätigung, dann schüttelte er den Kopf. »Nein, das weißt du nicht mehr. In den folgenden Tagen passierte vieles, das ich nicht verstand. Männer kamen, es wurde geredet.«

»Normalerweise hätte Papa ins Gefängnis gehen müssen.«

»Normalerweise ja. Aber er ging nicht. Irgendwas muss er mit den Männern beredet haben, dass sie ihn haben laufen lassen. Er hat mir nie davon erzählt, und wahrscheinlich wird er auch dir nie davon erzählen. Ich weiß nur noch, dass er zu mir kam und sagte, dass Mama ab jetzt gestorben sei. Und dass wir beide dir nie etwas davon erzählen würden.«

Ich sah in Mirkos gequältes Gesicht. Er, der eigentlich immer vorbildlich war und für den es nie infrage gestanden hatte, ob er zur NVA geht oder nicht, hatte nun das Versprechen gebrochen, das er meinem Vater gegeben hatte.

Wahrscheinlich schaute ich auch gequält drein. »Danke«, sagte ich leise, doch ich wusste, dass das noch nicht alles war. Mirkos Antwort hatte nur ein paar Steine aus der Mauer bröckeln lassen, sie aber nicht abgerissen.

Papa war der Schlüssel! Nur er wusste, wie alles genau abgelaufen war.

»Papa und du … ihr habt nie wieder darüber gesprochen, stimmt's?«

»Nein, das habe ich mich nicht getraut. Und das traue ich mich auch jetzt noch nicht. Du solltest das besser auch nicht tun. Er wird schon sauer genug sein, wenn er von der Sache mit dem Jungen erfährt.«

Ich schüttelte den Kopf. »Das wird er nicht, wenn du es ihm nicht sagst.«

Mirko zog erstaunt die Augenbrauen hoch.

»Ich habe ihm von Lorenz erzählt«, erklärte ich. »Dass er in Schwierigkeiten ist.«

Mein Bruder kannte Lorenz und winkte ab. »Der ist ja immer irgendwie in Schwierigkeiten.«

»Er geht in die Gethsemanekirche. Zu den Bürgerrechtlern.«

Das schien meinem Bruder etwas zu sagen. Er nickte nur kurz und sagte dann: »In Ordnung, das bleibt unter uns.«

Ich war mir nicht sicher, was er meinte, ging aber davon aus, dass er die Sache mit Claudius meinte.

Dann wandte er sich mir zu und sah mich ganz ernsthaft an. »Aber du musst mir eines versprechen.«

Das klang alles andere als gut, aber da ich mich im Moment zu schwach fühlte, um irgendeinen Widerstand zu leisten, nickte ich nur.

»Sei vorsichtig, und wenn es geht, triff diesen Jungen nicht mehr. Es könnte denen wieder einfallen, was Papa versucht hat, und du kannst mir glauben, das MfS verzeiht nichts.«

Ich nickte wieder, doch ich wusste genau, dass ich das Versprechen auch ohne gekreuzte Finger hinter dem Rücken brechen würde.

Mirko streckte die Arme aus und zog mich an seine Brust. Ich ließ es geschehen, obwohl ich ihm noch immer ein wenig grollte – jetzt nicht mehr wegen Mama, diese Schuld hatte er nun gesühnt. Jetzt grollte ich ihm, weil er wollte, dass ich Claudius nicht mehr wiedersah.

Nachdem er mich aus seiner Umarmung wieder entlassen hatte, ging ich ins Bad. Ich musste dieses stinkende FDJ-Hemd loswerden. Ich musste diesen furchtbaren Tag von mir herunterspülen. Ich musste versuchen, meine Gedanken zu ordnen, herauszufinden, was ich jetzt tun sollte. Klar, normalerweise waren Briefe an Claudius gestorben.

Doch wenn ich keine Adresse draufschrieb, wie sollten sie dann herausfinden, dass ich es war? An meiner Handschrift? Nun, ich könnte Sabine fragen, ob sie mir ihre Schreibmaschine lieh. Ich könnte behaupten, dass ich eine meiner Geschichten abtippen und an eine Zeitung schicken wollte. Doch wahrscheinlich würde sie die Geschichte dann sehen wollen …

Während die Gedanken in mir kreisten, entledigte ich mich meiner Kleidung. Dabei sah ich auch, warum mir übel geworden war. Ich hatte meine Tage bekommen. Zu früh, wahrscheinlich wegen des Stresses. Ich klaubte eine der dicken Binden hervor, die es bei uns häufiger gab als Tampons.

All meine Handlungen liefen automatisch, als würde mich jemand anders lenken.

Wie betäubt stand ich vor dem angelaufenen Badezimmerspiegel. Hatte er schon immer so viele blinde Flecken gehabt? Wie Windpocken lagen sie auf meinem Spiegelbild, das ich selbst nicht wiedererkannte. War das noch immer Milena, die da stand? Milena, die sich für Bücher und Musik interessierte, die Kassetten mit ihrer Freundin austauschte? Milena, die sich vor FDJ-Veranstaltungen drückte, Wandzeitungen vergaß, Schriftstellerin werden wollte und mit Mathe kämpfte?

Ich sah mir in die Augen, auf die Nase, entdeckte auf meiner Wange drei Pickel, die mir vor lauter Aufregung gewachsen sein mussten, und sah auch, dass meine Lippe an der Seite ein bisschen aufgeplatzt war – das musste beim Übergeben passiert sein, auch wenn ich nicht wusste, wie.

Äußerlich war ich immer noch ich, aber innerlich …

Mittlerweile hielt man mich für eine Staatsfeindin. Ich war die Tochter einer Landesverräterin. Ich hatte Kontakt zum Klassenfeind. Je nach Auslegung der Stasi war ich jetzt selbst eine Verräterin, eine Staatsfeindin.

Wenn ich ehrlich war, war mir die Politik bisher egal gewesen. Und sie wäre mir auch egal geblieben, wenn ich Claudius nicht kennengelernt hätte. Und wenn diese Anhörung nicht stattgefunden hätte. Doch nun hatte ich eine furchtbare Wut auf die SED und ihre Obersten. Ich fühlte Zorn auf meinen Vater.

Nein, das war nicht mehr ich, die mich da aus dem Spiegel ansah, das war eine andere Milena. Aber ich konnte nicht sagen, dass mir diese nicht gefiel. Vielleicht war die Milena, die mich jetzt ansah, ja die richtige. Vielleicht war es gut, dass die andere Milena vor dem Rektorat sitzen geblieben und verschwunden ist.

Wütend versetzte ich meinen stinkenden Klamotten einen Tritt und drehte dann die Wasserhähne des Boilers auf.

Nach dem Bad fühlte ich mich ein kleines bisschen besser. Nicht gut, aber auch nicht mehr so schlecht wie vorher. Aus Mirkos Zimmer hörte ich laut die Puhdys. Mirko stand total auf sie, ebenso auf Karussell und City. Letztere mochte auch ich sehr, besonders das Lied »Am Fenster« hatte es mir mit seiner Geige angetan.

Dass er die Musik so laut gedreht hatte, deutete allerdings darauf hin, dass er versuchte, seine Gedanken zu übertönen. Vielleicht dachte er jetzt wieder zurück und an Mama. Oder er kämpfte gegen seine Enttäuschung an. Ich hatte ihn nicht gefragt, warum er hier war, hatte mich nicht über seinen unverhofften Besuch gefreut, sondern ihn angeschrien. Doch wenn er mich auch nur ein kleines bisschen verstand, verstand er auch, dass ich nur so und nicht anders reagieren konnte.

Unschlüssig, ob ich noch einmal zu ihm gehen sollte, blieb

ich vor der Tür stehen, doch dann entschied ich mich, in mein Zimmer zu gehen. Dort schlüpfte ich in meinen braunen Trainingsanzug, das einzige Kleidungsstück, das ich auf die Schnelle finden konnte und das bequem genug war, um darin den ganzen beschissenen Tag mit Schlaf zu bekämpfen.

Als Papa nach Hause kam, hörte ich bereits an der Art, wie er die Tür zuschlug, dass auch er Ärger bekommen hatte – und das nicht zu knapp. Glücklicherweise war ich aus dem bescheuerten Blauhemd raus – es stank irgendwo im Bad leise vor sich hin.

»Milena!«, rief er so streng, wie ich ihn noch nie gehört hatte.

Ich erhob mich langsam von meinem Stuhl und ging nach draußen. Alles tat mir weh, meine Knochen, mein Hals, meine Wangen und meine Augen. Aber in dem Augenblick, da ich ihn sah, verschwanden die Schmerzen – der Zorn verschluckte sie. Mirko hatte mir wahrscheinlich nicht viel sagen können, weil er selbst noch zu klein war. Aber Papa ... er könnte mir alles sagen.

Papa sah mich aus rot geäderten Augen an. Auch sein Gesicht war rot und wurde noch eine Spur dunkler, als er mich sah. Doch ich erwiderte seinen Blick trotzig. Ich hatte nichts Unrechtes getan. Im Gegenteil, er war derjenige, der mich um meine Mutter betrogen hatte!

»Du hast einem Jungen aus dem Westen geschrieben, nicht wahr?«, fragte er geradeheraus. »Wo hast du ihn kennengelernt? Und wie kommst du eigentlich dazu, dich mit so einem Subjekt abzugeben?«

Subjekt! Das klang ja beinahe so, als würde er Claudius für asozial halten.

Ich presste die Lippen zusammen und fragte mich, woher er das mit dem Jungen wusste. Als er den Brief aus der Tasche zog, den er wohl zwischen meinen Büchern gefunden hatte, war mir, als würde mir jemand den Boden unter den Füßen wegziehen.

»Du hast in meinem Zimmer herumgeschnüffelt!«, presste ich

fassungslos hervor. Wie hatte er das tun können? Offenbar hatte er heute Morgen gleich seine Chance genutzt.

»Dazu habe ich auch das Recht, bei dem, was du anstellst! Du bringst uns noch in Teufels Küche! Ich musste heute stundenlang beim Parteisekretär sitzen und mir anhören, dass wir uns mit staatsfeindlichen Subjekten abgeben!«

Ich fand überhaupt nicht, dass es sein Recht war. Aber die Wut schnürte mir in dem Augenblick dermaßen die Kehle zu, dass ich ihm nicht einmal an den Kopf knallen konnte, was ich heute ausgehalten und erfahren hatte und womit mir gedroht worden war.

»Ich habe keinen Kontakt zu staatsfeindlichen Subjekten, das weißt du«, sagte ich ganz leise, dann wandte ich mich um und ging zurück in mein Zimmer. Ich wollte nicht noch einmal all das runterleiern, was ich auch schon im Rektorat erzählt hatte. Ich wollte einfach nur meine Ruhe und verdauen, dass mein Vater mich belogen und in meinen Sachen herumgewühlt hatte.

»Lass mich nicht einfach so stehen!«, donnerte er hinter mir her, doch davon ließ ich mich nicht zurückhalten, sondern ging immer weiter. Schloss am Ende die Tür hinter mir. Rechnete fest damit, dass er mir nachkommen und die Standpauke drinnen weiterführen würde. Vorsichtshalber warf ich mich schon mal aufs Bett und krümmte mich zusammen, als erwartete ich eine Tracht Prügel. Mein Vater hatte mich bisher nie geschlagen, aber vielleicht änderte sich das heute ja noch, wo sich heute doch schon alles für mich geändert hatte.

Bange Minuten lag ich vor Zorn und Angst zitternd auf der Liege, doch Papa erschien nicht. Ich hörte die dumpfe Stimme von Mirko im Wohnzimmer. Offenbar diskutierte er mit Papa. Hielt er ihn zurück? Oder erzählte er ihm jetzt, was ich ihm erzählt hatte? Dass ich alles wusste?

Hilflos zog ich »Dshamilja« hervor. Dabei purzelte mir das Bild von Claudius entgegen. Das hatte mein Vater komischerweise dort gelassen, wo es war. Wahrscheinlich, weil er nicht mehr weitergesucht und in das Buch reingeschaut hatte, nachdem er den Brief gefunden hatte.

Ich drückte das Polaroid gegen meine Brust, schloss die Augen und wünschte mir, bei Claudius zu sein. Fern von all den Wahrheiten und Drohungen, die dieser Tag gebracht hatte.

Den ganzen Abend blieb ich in meinem Zimmer und ignorierte, wenn es hin und wieder klopfte. Ich wollte mit niemandem reden, denn ich war sicher, dass Papa mir entweder Vorhaltungen machen oder irgendwelche Lügen auftischen würde. Und Mirko? Den wollte ich erst recht nicht sehen, auch wenn er Papa wohl davon abgehalten hatte, mich zusammenzuscheißen.

Ich wollte einfach nur hier sein, in meinem Zimmer, und wenn es für viele Wochen oder Monate sein würde. Ich hatte ja Claudius' Bild, immerhin, wenn ich ihn ansah, vergingen all die schlimmen Gefühle in mir und ich verspürte so etwas wie Glück.

Doch dann donnerten Schritte den Gang entlang und die Tür wurde aufgerissen.

Also doch! Papa! Dazu brauchte ich mich nicht einmal umzudrehen.

»Du wirst diesem Westler nicht mehr schreiben, hörst du?«, sagte er bestimmt.

Ich drehte mich nicht zu ihm um und starrte weiterhin die Wand an.

»Hörst du mich?«, fragte mein Vater wütend, obwohl er doch wusste, dass meine Ohren nicht geschädigt waren und ich hörte, ob ich nun darauf reagierte oder nicht.

Ich konnte ihm nicht versprechen, keinen Kontakt mehr zu Claudius zu haben. Ich wollte ihm das einfach nicht versprechen, denn mittlerweile war ich mir sicher, dass ich ohne ihn nicht mehr leben konnte. Und wieso sollte ich ihm überhaupt was versprechen? Er hatte in meinem Zimmer geschnüffelt. Er hatte mir die Wahrheit über meine Mutter, die ich kaum glauben konnte, verschwiegen.

Mein Vater stand noch eine Weile wutschnaubend in der Tür.

Ein wenig hoffte ich, dass er einsehen würde, einen Fehler gemacht zu haben. Doch alles, was er dann sagte, war: »Ich werde nicht zulassen, dass du dir deine Zukunft verbaust und mir Ärger im Kombinat machst. Du wirst keine Post mehr von dem Westler annehmen und auch nicht anders in Kontakt zu ihm treten. Erwische ich dich dabei, kriegst du den ganzen Sommer über Hausarrest. Hast du verstanden?«

Auch jetzt reagierte ich nicht. Noch immer starrte ich zur Wand, jetzt nicht mehr aus Trotz, sondern weil ich meine Tränen nicht mehr länger zurückhalten konnte. Als hätte jemand einen Wasserhahn aufgedreht, flossen sie mir einfach aus den Augen. Dabei schluchzte ich nicht und ich heulte auch nicht, ich weinte stumm vor mich hin.

Irgendwann wurde es Papa dann zu bunt. Er schnaufte noch einmal, sagte aber nichts, sondern verließ mein Zimmer und knallte die Tür zu.

Ich überließ mich noch eine Weile meinen Tränen, wobei ich gar nicht wusste, worüber ich zuerst weinen sollte. Über die Tatsache, dass ich Claudius nicht mehr schreiben sollte? Darüber, dass Mirko und Papa mich verraten hatten? Dass Mama in den Westen geflohen war? Oder dass mich die Stasi von nun an beobachten und versuchen würde, mir in der Schule das Leben schwer zu machen. Dass ich nun ebenso wie Lorenz davon bedroht war, in den Jugendwerkhof zu wandern. Oder vielleicht darüber, dass ich niemanden hatte, mit dem ich darüber reden konnte?

Lorenz mochte mich vielleicht verstehen und wegen der Gethsemanekirche ebenfalls Probleme mit der Stasi haben. Aber ihm konnte ich es nicht aufbürden.

Sabine ... wer weiß, ob sie mit mir noch befreundet sein wollte, wenn herauskam, dass die Mutter ihrer Freundin in den Westen geflohen war und damit in ihren Augen genauso eine Landesverräterin war wie die Leute, die den Weg über Ungarn genommen hatten.

Papa und Mirko schieden von vornherein aus, und Claudius ...

Was, wenn er herkam, wenn ich ihm nicht mehr schrieb? Immerhin kannte er meine Adresse ...

Schlagartig versiegten meine Tränen. Was, wenn nun unser Haus beobachtet wurde? Wenn sie erkannten, dass der Junge, der mit mir sprechen wollte, aus dem Westen war? Wenn sie ihn verhafteten?

Diese Gedanken schossen wie heißes Wasser durch meinen Körper. Ich musste ihn warnen, aber wie? Wenn noch einmal ein Brief von ihm ankam und der nicht von der Stasi abgefangen wurde, konnte ich ihm unmöglich zurückschreiben, dass er sich hier nicht mehr blicken lassen sollte. Den Brief würden sie unweigerlich einkassieren.

Meine trauernde Starre war auf einmal wie weggeblasen und ich begann, ruhelos im Zimmer herumzulaufen. Wie sollte ich ihn bloß warnen, wie?

Wieder klopfte es an meine Tür. Hatten sie mitbekommen, dass ich herumlief? Ich erstarrte, als wäre es plötzlich verboten, durch mein Zimmer zu rennen.

Vor der Tür meinte ich Mirko atmen zu hören, doch er setzte sich wiederum nicht über mein Schweigen hinweg und blieb draußen.

Dafür verspürte ich jetzt ganz furchtbare Angst. Nicht um mich, sondern dass Claudius irgendwas passieren könnte.

Ich musste ihm einen weiteren Brief schreiben! Unbedingt!

Ich rannte, als ginge es um mein Leben. Der zerfledderte Brief in meiner Tasche fühlte sich an, als stünde er in Flammen, und trieb mich immer weiter voran. Ich musste Milena warnen! Ich musste ihr sagen, dass sie vorsichtig sein musste. Etwas anderes ging mir in diesen Augenblicken nicht durch den Kopf. Ich wollte sie nur finden, sie sehen, sie sprechen. Ich wollte ihr sagen, dass ich auch ohne Briefe ständig an sie denken würde. Nur kein Risiko eingehen, nicht jetzt!

Eigentlich hätte ich schon viel früher kommen wollen, wusste aber nicht, wo ich die dreißig Mark für den Grenzübergang herbekommen sollte. Da ich meine Eltern nicht fragen wollte, fuhr ich kurzerhand zu Max und pumpte ihn an. Das breite Grinsen und die Bemerkung, dass ich es ja ganz schön eilig hätte, um zu meiner Liebsten zu kommen, war ihm eingefroren, als ich ihm den Brief gezeigt hatte.

»Ach du scheiße«, war seine Reaktion auf meine Vermutung, dann war er ganz blass um die Nase geworden, denn ihm fiel nun wieder seine verhaftete Verwandtschaft ein, die noch immer nicht wieder freigekommen war. Letztlich gab er mir die dreißig Mark und ich fuhr los.

Allerdings hatte ich dann auch noch an der Grenze Pech, wo die Schlange endlos war. Bis ich dann endlich in den Zug in Richtung Alex springen konnte, waren drei Stunden vergangen.

Und nun rannte ich. Rannte die Schönhauser Allee hoch und bog dann in die Wichertstraße ein.

Als ich an ihrem Haus ankam, war es bereits Abend. Ein paar Kinder spielten noch auf der Straße, die Erwachsenen waren aber schon größtenteils verschwunden. Nicht mehr lange und die Wichertstraße würde vollkommen verlassen sein.

Ich fragte mich, ob es gut wäre zu klingeln und mich als

Schulkamerad von Milena vorzustellen. Aber diese Idee verwarf ich gleich wieder. Ihr Vater kannte die Jungs aus ihrem Umfeld sicher und ich sah auch viel zu westdeutsch aus, als dass er mir den Schulkameraden abkaufen würde. Nein, ich wollte Milena allein sehen. Ohne dass jemand an ihrer Tür horchte.

Da ich niemanden auf dem Balkon sah und wusste, dass dahinter das Wohnzimmer war, hob ich einen Kiesel auf und warf ihn gegen das kleine Fenster, das zu ihrem Zimmer gehören musste. Würde sie sich blicken lassen? Würde sie es schaffen, sich rauszuschleichen, ohne dass jemand etwas mitbekam?

Da sich beim ersten Steinchen noch niemand zeigte, warf ich kurzerhand einen zweiten und einen dritten. Schlief sie vielleicht schon? Oder saß sie im Wohnzimmer und sah mit ihrem Vater fern? Dann hatte ich natürlich Pech und musste noch eine Weile warten.

Was die Leute hier wohl dachten, wenn jemand vor ihren Häusern herumlungerte?

Dann hörte ich von oben ein Quietschen. Das Fenster wurde geöffnet und ein Haarschopf erschien. Im letzten Abendlicht wirkten die Strähnen dunkel, doch kein Zweifel, das war sie!

Kurz blickte sie nach unten, dann, bevor ich etwas sagen konnte, zog sie sich wieder zurück. Was nun? Ich stellte mich neben die Tür des Treppenhauses und verschränkte die Arme vor der Brust. Obwohl es nicht kalt war, fröstelte ich. Lauschte auf die Treppe, doch nichts tat sich. Konnte sie nicht runterkommen? Wollte sie nicht?

Ich trat von einem Bein aufs andere und spürte ein ungeduldiges Brennen in meiner Brust.

Das Knattern eines Trabis lenkte mich kurz ab. Ich blickte zur Seite und sah, dass die Kotflügel des Fahrzeugs gelb waren, während der Rest irgendwann mal hellblau gewesen sein musste.

Als die Tür hinter mir aufgerissen wurde, erschrak ich, denn ich hatte nicht gehört, dass jemand die Treppe heruntergekommen war.

Milena wirkte vollkommen aufgelöst. Sie trug einen altmodischen braunen Trainingsanzug und trotz des Zwielichtes erkannte ich, dass sie geweint hatte. Was war los?

»Milena, was …«, begann ich, doch da fiel sie mir auch schon um den Hals. Ganz deutlich spürte ich, wie sehr sie zitterte, und als ich ihren Kopf an meine Schläfe presste, hörte ich, dass ihre Zähne klapperten. Was war passiert?

»Meine Mutter lebt noch«, antwortete sie, so leise, dass ich es fast nicht verstand. Ich ahnte, dass es besser war, sie an einen anderen Ort zu bringen. Vor ihrer Haustür sollte sie besser niemand sehen.

»Komm mit«, sagte ich leise in ihr Haar, das nach Shampoo duftete – und nach ihr.

Wir gingen zum Humannplatz, wo ich hoffte, ungestört mit ihr reden zu können. Den ganzen Weg über ging sie schweigend und mit hängenden Schultern neben mir. An ihrer Stelle wäre ich auch geschockt gewesen, wenn ich so etwas erfahren hätte. Aber ich spürte, dass das nicht ihr einziges Problem war. Etwas schien furchtbar schwer auf ihrer Seele zu lasten. Etwas, das sie mir nicht unterwegs anvertrauen wollte. Unruhe verbiss sich in meinem Magen wie ein wild gewordener Köter. Was war nur los? War ich etwa zu spät? Hatte sie den Ärger, vor dem ich sie eigentlich bewahren wollte, schon bekommen?

»Ich hab mich rausgeschlichen«, erklärte sie, als wir uns auf der Bank niedergelassen hatten. Über uns am Himmel erschienen die ersten Sterne. Das hätte romantisch sein können, aber wir beide hatten keinen Blick dafür. »Es hat furchtbaren Ärger wegen deines Briefes gegeben. Wenn Papa mich erwischt …« Sie schluckte und schüttelte den Kopf, als wollte sie einen unliebsamen Gedanken vertreiben.

Ich fragte mich, was der Brief mit ihrer Mutter zu tun hatte.

»Erzähl mir am besten alles von Anfang an«, sagte ich, während ich meinen Arm um ihre Schultern legte. Milena schmiegte sich an mich. Ein etwas seltsamer Geruch ging von ihr aus, den ich noch nie zuvor an ihr wahrgenommen hatte. Hatte das mit dem Ärger zu tun?

Milena erzählte mir davon, wie ihre Klassenlehrerin gestern bei ihr aufgetaucht war und sie heute zum Direktor musste. Und was sie dann vor seiner Tür belauscht hatte ...

»Sie ist rübergegangen«, erklärte sie wie betäubt.

»Und wohin?«

»Das weiß ich nicht.« Ein Geräusch, das sich wie ein Schluchzen anhörte, entschlüpfte ihrer Kehle. »Ich weiß nur, dass mein Vater die ganze Zeit über gelogen hat. Und als wäre das noch nicht genug, haben sie versucht, Informationen über dich aus mir rauszupressen. Sie haben mir gedroht, dass ich kein Abitur machen dürfe, wenn ich weiterhin Kontakt zu dir halte, und dass sie mich womöglich in den Jugendwerkhof schicken, weil ich dabei bin, von der rechten Spur abzukommen.«

Jetzt brach sie in Tränen aus. Ich hielt sie fest und fühlte mich dabei so hilflos. Ich konnte nicht glauben, was sie da erzählte. War es wirklich verboten, sich gegenseitig Briefe zu schreiben? Oder hatte das was mit der Flucht ihrer Mutter zu tun? Die Geschichte kam mir furchtbar verworren vor.

Milena brauchte eine ganze Weile, bis sie sich wieder beruhigt hatte. Meine Schulter war ganz nass von ihren Tränen, aber das war nicht so wichtig. Am liebsten hätte ich sie jetzt mitgenommen, zu mir nach Hause, in mein Zimmer, egal, was die DDR und meine Eltern dazu sagten. Aber der Park war unsere einzige Zuflucht. Die wenigen Kinder, die trotz Einbruch der Dunkelheit noch hier draußen waren, kümmerten sich nicht um uns.

Nach einer Weile beruhigte sich Milena wieder ein bisschen.

Ich suchte in meiner Tasche nach einem Taschentuch, fand aber keines.

Milena wischte sich mit dem Ärmel ihrer Trainingsjacke über die Nase und das Gesicht. Durch die Rötung schienen ihre Augen regelrecht zu glühen. Doch obwohl ihr Gesicht tränenverbrannt war, war es immer noch schön. Ich küsste sie auf die Wange, strich ihr ein paar Strähnen aus dem Gesicht und legte dann meine Wange an ihre. Die Frage, was nun werden solle, legte sich in meiner Kehle quer, sodass ich sie nicht aussprechen konnte. Die meisten Möglichkeiten, die wir hatten, waren erschreckend genug, um sie nicht laut zu sagen.

»Wir dürfen uns nicht mehr sehen«, sprach Milena genau die Worte aus, vor denen ich mich am meisten fürchtete.

»Was sagst du da?«, fragte ich, denn das konnte sie unmöglich ernst gemeint haben.

»Es ist zu gefährlich. Wenn sie dich hier erwischen, werden sie dich ins Gefängnis stecken.«

»Weil ich ganz legal nach Ostberlin eingereist bin?« Ich konnte nichts anderes tun, als ungehalten zu schnaufen.

»Weil du Kontakt zu einer Ostberlinerin aufgenommen hast«, antwortete ich, »weil du mir die Kassette hinterhergetragen hast, weil du immer wieder herkommst, weil du mir schreibst und weil ...« Milena stockte.

»Weil ich mich in dich verknallt habe«, vollendete ich ihren Satz und sah eine Träne in ihrem Augenwinkel glitzern. Es dauerte nicht lange, bis sie über ihre Wange floss.

»Das vielleicht auch«, entgegnete sie leise. »Und weil ich wohl schon seit meiner Kindheit von der Stasi überwacht werde, weil es meiner Mutter gelungen ist, aus diesem ganzen Irrsinn zu flüchten.«

Eine ganze Weile saßen wir schweigend nebeneinander. Ich wusste beim besten Willen nicht, was ich sagen sollte. Jetzt war *mir* zum Heulen zumute. Doch es reichte schon, dass Milena die Tränen kamen. Ich musste ihr Halt bieten, irgendwie – auch wenn sie mir eben gesagt hatte, dass ich sie nicht wiedersehen solle.

»Gibt es nicht doch irgendeine Möglichkeit?«, fragte ich, während ich sie nun wieder ansah. Ihre Regenwaldaugen wirkten so unendlich traurig, dass es mir fast das Herz zerriss. Sie zog die Nase hoch, zuckte mit den Schultern, dann antwortete sie: »Ich weiß es nicht. Sie werden mich ab sofort beobachten. Vielleicht tun sie das sogar schon.«

»Und wenn wir uns an einem anderen Ort treffen? Die von der Stasi können doch nicht überall sein!«

Verzweiflung stieg in mir hoch. Am liebsten hätte ich einen Bagger gekapert und wäre damit zur Mauer gefahren. Aber das war alles nur Fantasie. In Wirklichkeit würde ich mit dem Gefährt nicht mal über den Todesstreifen kommen. Und ändern würde es an unserer Situation auch nichts.

»Später vielleicht«, sagte sie, so leise, dass ich es kaum hören konnte. »Die Stasi ist überall, niemand weiß, wer für sie arbeitet. Es sind nicht nur die Leute, die offiziell dort angestellt sind, es gibt überall in der Stadt Spitzel. Man kann nie wissen, wer für sie spioniert.«

»Aber das ist ja furchtbar«, sagte ich, und meinte dabei das eine wie das andere. Dass ich Milena nicht wiedersehen sollte und dass hier niemand dem anderen vertrauen konnte.

»Das ist die DDR«, entgegnete sie bitter, atmete tief und zitternd durch und schmiegte sich noch einmal an mich. »Ich will dich nicht gehen lassen. Der Gedanke, dass alles einfacher wäre, wenn auch dem Rest unserer Familie die Flucht gelungen wäre, macht mich fertig. Mirko hat mir erzählt, dass sie über die Ostsee wollten. Er erinnert sich nicht mehr an viel, aber wenn ich dran denke, dass ich auf eurer Seite leben könnte …«

Ich zog sie fester an mich, legte meine Lippen auf ihr Haar.

»Möglicherweise hätten wir uns dann nie kennengelernt. Es gibt überall bei uns Jungs.«

»Aber keinen wie dich.«

»Woher willst du das wissen?«, fragte ich. »Vielleicht gibt es sogar bessere. Welche, die den Mut haben, nicht auf dich zu hören.«

Milena sah mich jetzt fast schon gequält an. »Du musst drüben bleiben! Jedenfalls für eine Weile. Möglicherweise ändert sich etwas. Möglicherweise ...«

»Triffst du einen anderen«, setzte ich bitter hinzu.

Milena schüttelte unwillig den Kopf. »Die Mauer ist stark, und die, die sie schützen, kennen keine Gnade. Ich will keine Angst um dich haben.«

»Aber *ich* werde Angst um *dich* haben«, entgegnete ich, beinahe ein bisschen zu heftig. »Ich werde mich jede Minute fragen, was mit dir ist und ob sie dir nicht schon wieder Schwierigkeiten machen. Wie soll ich das aushalten, wenn ich nicht nach dir sehen darf. Wenn ich dir nicht mal schreiben darf!«

Auf einmal waren unsere Gesichter ganz nahe. Milenas Regenwaldaugen bohrten sich in meine. Ich sah ihre leicht aufgeworfenen Lippen, spürte eine tiefe Sehnsucht in mir, sie zu berühren und dann ...

Ich konnte nicht anders, ich musste sie küssen.

Zuerst wirkte sie ein wenig überrascht, doch dann beugte sie sich etwas vor, sodass sich unsere Lippen vollkommen berührten. Mir wurde ein wenig schwindelig, denn so hatte ich noch nie einen Kuss gespürt. Ihre Lippen schmeckten ein wenig nach Tränen aber auch süß, so süß, dass ich sie nie wieder freigeben wollte. Die Welt schien um uns herum zu verschwimmen, auf einmal gab es keine Mauer mehr – beinahe war es wie in dem Lied von Bowie. Meinetwegen hätten jetzt über uns Gewehrkugeln fliegen können, es hätte mir nichts ausgemacht, denn ich hatte sie nun dicht bei mir, Milena, die meinen Kuss mittlerweile schon verzweifelt erwiderte und sich dann schluchzend zurückzog.

Warum weinte sie.

»Ich ... war ich ...« Zweifel überkamen mich, war der Kuss nicht gut? Hatte sie überhaupt nicht geküsst werden wollen?

Milena legte mir ganz sanft die Finger auf die Lippen, senkte den Blick und kämpfte gegen die Tränen an.

»Das war schön«, flüsterte sie, als sie mich wieder ansah. »So schön.«

»Milena, ich ...« Wieder ihre Hände.

»Du musst jetzt gehen«, flüsterte sie heiser.

»Und wenn ich nicht will?«

»Du musst!«

Wieder trafen sich unsere Lippen, diesmal küsste sie mich. Lange. Dann zog Milena sich zurück, ließ mich los und erhob sich von der Parkbank.

»Bitte geh«, hauchte sie. »Und vergiss mich nicht.«

»Das werde ich nicht«, antwortete ich wie betäubt. Am Liebsten hätte ich ihr gesagt, dass ich wiederkommen würde, dass ich versuchen würde, sie wiederzusehen, aber ich wagte es nicht.

»Pass auf dich auf, ja?«

»Und du auf dich.«

Milena warf mir einen traurigen Blick zu, dann drehte sie sich um und lief mit hastigen Schritten los.

Ich blieb wie versteinert auf der Bank sitzen. Eigentlich hätte ich ihr nachlaufen sollen, doch meine Füße trugen mich in diesem Augenblick nicht. Ich sah, wie das Karamellmädchen um die nächste Ecke bog und dann auf der Wichertstraße verschwand. Für immer.

Ich schlang die Arme um meinen Körper, als wollte ich meine Seele davon abhalten, aus meinem Körper zu fallen. Noch immer fühlte ich Claudius' Lippen. Es war ein wunderbares Gefühl, und gleichzeitig tat es so unendlich weh.

Eigentlich hätte ich die ganze Nacht mit ihm auf der Parkbank sitzen können, ja, ich wäre zu gern mit ihm gegangen. Aber es war unmöglich.

Nur schwerlich widerstand ich dem Drang, mich umzusehen, herauszufinden, ob er mir nachblickte, ob er Anstalten machte, mir zu folgen. Aber das hätte mich womöglich zerrissen. Womöglich hätte ich dann nicht mehr die Kraft gehabt, nach Hause zurückzukehren. Aber ich musste.

Ich hatte mich heimlich aus der Wohnung gestohlen, vorbei an dem Gespräch, das Mirko und Papa über mich führten. Mirko verteidigte mich glücklicherweise mit so lauter Stimme, dass sie nicht mitbekamen, wie ich durch die Tür schlüpfte. Sonst wäre Papa mir schon längst nachgekommen.

Mit dem Gefühl, dass meine Knochen aus Blei wären, schleppte ich mich die Treppen hinauf. Ringsherum liefen die Fernseher, im ersten Stock stritt sich das Ehepaar Müller. Ganz oben übte Herr Nothnagel auf der Gitarre irgendein Lied, das ich nicht erkennen konnte – und wollte.

Je näher ich unserer Wohnung kam, desto elender fühlte ich mich.

Ich schloss die Tür auf und trat ein. Im Wohnzimmer lief der Fernseher nicht mehr. Auch aus Mirkos Zimmer war kein Laut zu hören.

Waren sie schlafen gegangen?

Ich erschrak heftig, als mein Vater plötzlich aus dem Wohnzimmer kam.

»Wo warst du?«, brummte er finster.

»Draußen«, erwiderte ich trotzig.

Die Augen meines Vaters, dem man anmerken konnte, dass er getrunken hatte, wurden schmal.

»Hast du wieder einen Brief abgeschickt? An ihn?«

»Du spinnst doch!«, entgegnete ich und wollte in mein Zimmer laufen, doch diesmal hielt er mich fest.

»Du wirst ihm nicht mehr schreiben, hörst du? Nie mehr!«

Seine Alkoholfahne wehte mir entgegen. Ja, er hatte getrunken. Und wie. Vielleicht sogar mit Mirko zusammen.

Auf einmal griff die Angst wieder nach mir. Es kam nicht häufig vor, dass Papa sich so sehr betrank, dass er sich nicht mehr beherrschen konnte. Heute schien allerdings einer dieser seltenen Momente zu sein.

»Aber was ist denn so schlimm daran?« Bevor ich es verhindern konnte, waren die Worte draußen. Versöhnlicher fügte ich hinzu: »Er ist auch nur ein Mensch wie ich, und wird nicht immer gesagt, dass alle Menschen gleich sind?«

»Er ist aus dem Westen!«, brüllte mein Vater. »Er ist der Klassenfeind!«

»Und was ist mit Mama?«, rutschte es mir raus. »Mama ist auch im Westen!«

Mirko, der gerade aus seiner Zimmertür gekommen war, blieb wie vom Donner gerührt stehen und sah mich an.

Papa sah mich aus glasigen Augen an. »Wer hat dir das gesagt?« Er wandte sich zu Mirko um. Offenbar hatte mich mein Bruder nicht verpetzt, wer hätte das gedacht.

Auf einmal war es wieder da, das fiese Kneifen in meinem Magen. Und es war fast noch schlimmer als im Büro des Direktors.

»Ich hab das gehört vom Direktor und diesem Stasitypen! Die haben sich darüber unterhalten. Die haben auch gesagt, dass du ihnen versprochen hast, mir nichts zu sagen.« Ich wusste nicht, warum, aber auf einmal hatte ich Lust, ihn anzuschreien. Ihm einfach ins Gesicht zu schreien, was ich wollte. »Ich will, dass du mir die Wahrheit sagst, Papa, einfach nur die Wahrheit! Was ist mit Mama? Ist sie jetzt auch eine Klassenfeindin oder ein staatsfeindliches Subjekt wie der Junge, der mir schreibt, ja?«

Die Antwort kam sofort. Es klatschte und Sterne explodierten vor meinen Augen.

Ich erschrak über die Ohrfeige so sehr, dass ich zunächst keinen Schmerz fühlte. Und als sich das Brennen auf meiner linken Wange doch einstellte, war der seelische Schmerz so groß, dass der körperliche dahinter zurücktrat.

Ich brach nicht in Tränen aus, ich legte mir nur die Hand auf die Wange, schmeckte Blut in meinem Mund und starrte ihn an, als wäre er nicht mein Vater, sondern irgendein Fremder, der sich hier eingeschlichen hatte.

»Papa!«, rief Mirko empört hinter uns aus und stellte sich dann schützend vor mich. »Du kannst Milena doch nicht schlagen!«

Als hätten diese Worte seine Trunkenheit vertrieben, veränderte sich die Miene meines Vaters. »Entschuldige, Milena, ich ...«

Ich wirbelte herum. Wollte ihn nicht hören. Es gab keine Entschuldigung für das, was er getan hatte. Als mein Vater sollte er zu mir halten und nicht zu irgendwelchen Fremden! Als mein Vater sollte er keine Angst vor der Stasi haben, auch wenn das viel verlangt war. Nicht mal ich hatte Angst vor diesem Kerl in dem schlecht sitzenden Anzug gehabt.

Und als mein Vater durfte er mich auch nicht schlagen. Nur weil ich der Meinung war, dass die Westdeutschen Menschen wie wir waren! Wo hatte er denn seinen Verstand gelassen, wenn er das nicht sah und auf einmal den blöden Sprüchen der Partei glaubte?

Wütend schlug ich die Tür hinter mir zu, und diesmal schloss ich ab. Jetzt wollte ich ihn erst recht nicht mehr sehen. Und auch Mirko nicht, obwohl er mich verteidigt hatte.

Alles in mir tat weh.

Während mir die Tränen kamen, lief ich zur Kommode und holte einen kleinen Taschenspiegel aus einer der Schubladen. Meine Wange zwiebelte furchtbar, und dass ich heulte, verstärkte den Schmerz noch. Verschwommen erkannte ich den roten Abdruck seiner Hand auf meiner Haut. Vor Schreck musste ich mir wohl auf die Wange gebissen haben, denn ich schmeckte noch immer Blut. Ich warf den Spiegel in die Schublade zurück und krümmte mich zusammen.

Mein Vater hatte mich geschlagen! Nach allem, was ich heute erlebt hatte, setzte das dem Ganzen die Krone auf.

Mir kam es vor, als hätte ich außer Claudius niemanden mehr auf der Welt.

Und Claudius saß nun wieder im Zug gen Westen. Wenn er sich an das hielt, was ich ihm gesagt hatte, würde ich ihn nie wiedersehen, und das wog nun fast schwerer als alles andere. Ich ließ meinen Tränen freien Lauf, hörte, wie es hinter mir klopfte. Hörte die Stimme meines Bruders, der fragte, ob alles in Ordnung sei. Nichts war in Ordnung, gar nichts. Die Ohrfeige hatte in mir etwas zerbrechen lassen, und nun schwirrten die Scherben um mich herum und drohten, mir die Seele aufzuschneiden.

Als er nicht lockerließ und weiterklopfte, fuhr ich weinend und zornig zugleich in die Höhe und stellte das Radio an. Der Empfang war klar, aber es war kein Westsender, sondern DT64, das erkannte ich allein schon am Klang.

Aus dem Lautsprecher drang die Stimme von Tamara Danz, der Sängerin von Silly. Es war eines der wenigen Lieder von ihnen, die ich mochte. *Bataillon d'amour ...*

Ich schloss die Augen, hörte die Strophen über ein junges Mädchen, das es in die Nacht zu ihrem Liebsten zieht, und weinte, bis keine Tränen mehr kommen wollten.

Den ganzen Weg nach Hause heulte ich. Ich saß allein im S-Bahn-Waggon, der Schaffner war längst vorbei und es gab keinen Grund mehr, so zu tun, als wäre ich ein harter Kerl. Und Milena war nicht da, um zu sehen, dass ich bei Weitem nicht so stark war, wie ich ihr vormachen wollte.

Sie hatte mir verboten, ihr zu schreiben, sie überhaupt zu sehen.

Dafür hasste ich nicht sie, ich hasste ihren Vater, ich hasste die beschissene Stasi, das beschissene Land, die ganze Scheiße zwischen den Amis und den Russen!

Es konnte doch nicht angehen, dass sie uns auseinandertrieben! Das war gegen jedes Menschenrecht, das war gegen jede Logik. Noch während ich über den menschenleeren und etwas gruseligen S-Bahnsteig zur Treppe ging, überlegte ich fieberhaft, was ich tun konnte. Neben allen anderen Gefühlen tobte in mir auch die Sorge, dass Milena in den kommenden Tagen etwas Furchtbares passieren könnte. Wieder einmal erkannte ich, dass ich über die DDR so gut wie nichts wusste – doch das, was ich in den vergangenen zwei Wochen erfahren hatte, machte mir eine höllische Angst.

Als ich den Teltower Damm überquerte, kam mir ein Einfall. Wenn sich einer meiner Freunde mit der DDR auskannte, war es Max. Der hatte zwar selbst auch Sorgen mit seinen Verwandten, aber vielleicht konnte er mir gerade deshalb raten.

Ich brauchte nicht zu erwarten, dass Max um diese Uhrzeit noch wach war, immerhin war es schon kurz nach eins. Da ich ihn aber noch nie aus dem Schlaf gerissen hatte und wusste, dass seine Eltern momentan verreist waren, hob ich einen Kiesel auf und warf ihn gegen die Scheibe seines Zimmers. Einige Minuten vergingen. Ich hatte keine Ahnung, wie tief der Schlaf meines Freundes war, doch ein paar Mal wollte ich es noch versuchen. Immerhin ging es hier um Milena!

Drei Kiesel und viele Minuten später ging bei Max das Licht an. Er öffnete das schräg gestellte Fenster ganz und lehnte sich nach draußen.

»Claudius?«

»Ja, ich bin's.«

»Was ist los?«, fragte er schlaftrunken nach unten. »Haben sie die Mauer aufgemacht?«

»Wenn sie das getan hätten, wäre ich nicht hier«, antwortete ich ein wenig frustriert.

»Moment, bin gleich unten.«

Max zog sich vom Fenster zurück, bald darauf ging das Licht im Flur an und ich hörte ihn die Treppe runterkommen.

Wenig später wurde die Tür aufgezogen. Max stand in Schlafanzughose und T-Shirt vor mir. »Weißt du eigentlich, wie spät es ist?«

»Kurz nach eins«, antwortete ich. »Aber ich hätt dich nicht aus dem Bett geholt, wenn es nicht wichtig wäre.«

»Was ist denn passiert?«, fragte Max, jetzt schon ein bisschen wacher.

»Milena hat Ärger bekommen. Mit der Stasi.«

»Scheiße!«, platzte es aus Max heraus. »Warum denn das? Wollte sie auch flüchten?«

»Nein, sie hat den Ärger meinetwegen. Weil ich ihr geschrieben habe.«

»Aber das ist doch Quatsch! Meine Cousinen schreiben mir doch auch.«

»Wie es aussieht, ist ihre Mutter gar nicht tot, sondern geflohen. Deshalb ist wohl die ganze Familie unter Beobachtung. Und jetzt hat Milena mich kennengelernt. Ohne zu ahnen, dass da was wegen ihrer Familie im Busch ist.«

Max machte große Augen. »Oh Mann, das ist ja abgefahren.«

»Jetzt möchte ich von dir wissen, was schlimmstenfalls passieren kann. Sie haben sie nach der Befragung wieder gehen lassen, weil sie nix verraten hat. Aber irgendwie habe ich so das Gefühl, dass da noch was nachkommt. Sie haben ihr damit gedroht, dass sie kein Abi machen darf. Und mit dem Jugendwerkhof.«

Die Art, wie Max die Luft zwischen den Zähnen einsog, gefiel mir gar nicht.

»Jugendwerkhof ist das Übelste, was passieren kann. Das ist eine Art Knast, und alle, die ich kenne, meinen, dass es da drin die Hölle sei. Meine Cousinen haben einen entfernten Bekannten, der da drin war. Der hat erzählt, dass sich ein Junge vom Dach gestürzt hat, weil er es nicht mehr ausgehalten hat. Dort drinnen versuchen öfter mal Jugendliche, sich umzubringen, und wenn nicht das, dann trinken sie Lauge, damit sie, wenn sie ins Krankenhaus eingeliefert werden, abhauen können.«

Jetzt wünschte ich mir, Max hätte mir nichts erzählt, denn meine Angst wurde auf einmal riesengroß. Wenn Milena nun dort drinnen landete? Ich sprang auf und raufte mir die Haare.

»Aber das ist doch pervers! Wie kann man Kinder in so einen Knast stecken? Ich denke, es gibt die UNO, warum unternimmt die nichts?«

»Kann ich dir auch nicht sagen. Wahrscheinlich haben alle Angst vor den Russen. Oder sie wissen nix davon. Die DDR wird es bestimmt nicht freiwillig erzählen. Und eigentlich dürften auch die Leute, die aus dem Jugendwerkhof raus sind, nix sagen. Zum Glück hat es der Bekannte gemacht, zumindest bei meiner Cousine, sonst wäre er daran kaputtgegangen.«

Diese Worte brachten mich dazu, eine ganze Weile unruhig in Max' Küche auf und ab zu gehen. Wenn sie nun ernst machten … Oder war alles nur eine Drohung? Niemand konnte einschätzen, wozu die da drüben fähig waren.

»Du weißt gar nicht, wie gern ich sie da rausholen würde!«, sagte ich, als ich mich schließlich wieder auf den Küchenstuhl sinken ließ. Max klopfte mir auf die Schulter.

»Das glaub ich dir, Mann. Genauso geht's uns, wenn wir mal wieder drüben waren. Meine Cousinen sind echt spitze, ich würd sie am liebsten auch rüberholen, aber ich weiß nicht wie. Über Ungarn wollen sie nicht.«

Ungarn! War das eine Möglichkeit für Milena? Konnte sie ein Visum dorthin bekommen? Das Land war doch auch sozialistisch.

»Tja, leider ist Chuck Norris nie da, wenn man ihn braucht«, schlussfolgerte Max und starrte eine ganze Weile auf die Tischplatte.

Chuck Norris, Max' Filmheld Nr. 1, war vielleicht nicht da, aber ich.

Es war beinahe Morgen, als ich wieder zu Hause ankam. Max und ich hatten noch lange über die DDR geredet. Über die Repressalien an den Grenzübergängen, harte Transitbestimmungen und Spitzelei.

Betreten und todmüde, aber dennoch innerlich ganz furchtbar aufgewühlt betrat ich unser Haus. Überall war es still.

Ich erwartete mindestens, dass mein Vater aus irgendeiner Ecke geschossen käme, weil er schon auf den Beinen war, um sich für die Arbeit fertig zu machen. Doch er tauchte nicht auf.

Ich schlich in mein Zimmer, legte mich aufs Bett. Starrte an die Decke, auf der das erste Morgenlicht erschien. Mir war nach Heulen zumute, doch dazu war ich zu müde. Und ich konnte jetzt auch nicht mehr nachdenken. Irgendwann fielen mir die Augen zu und ich wurde fortgezogen in einen unruhigen Traum, in dem es unzusammenhängend um die Mauer, Milena, Ungarn und Max' Cousinen ging.

I Promised Myself

25. Juli 1989

Claudius

Der Besuch bei Milena hatte mich völlig aus der Bahn geworfen. Nur einen Tag später schmiss ich meine Arbeitsstellen, schloss mich in mein Zimmer ein, drehte Bowie laut und ignorierte, wenn meine Mutter an meine Zimmertür klopfte. Ich überhörte auch die Ansprache meines Vaters, der schließlich auftauchte, um mich dazu zu bewegen, mich an den Esstisch zu setzen, als wäre nichts geschehen.

»Ich habe keine Ahnung, wo du dich neulich nachts rumgetrieben hast«, sagte er. »Aber tu deiner Mutter den Gefallen und komm runter.«

Ich wollte meiner Mutter aber keinen Gefallen tun. In diesem Augenblick wollte ich gar nichts. Ich wollte nur an Milena denken, einen Ausweg finden, wie ich sie aus diesem furchtbaren Land wegholen konnte. Ungarn wäre eine Möglichkeit, doch wie sollte sie dorthin kommen? Die DDR würde sich den Strom der Flüchtlinge nicht mehr lange bieten lassen ...

»Junge, verdammt!«, fuhr er mich an. »Nun tu doch nicht so, als wärst du schwerhörig! Was ist los mit dir? Du hängst seit Tagen in deinem Zimmer, isst kaum was. Ist das wegen eines Mädchens? Das Mädchen, wegen dem du immer nach drüben fährst?«

Ich zog die Augenbrauen hoch. Woher wusste er das? Der Umschlag auf dem Schrank fiel mir ins Auge. Hatte er ihn sich geholt und gelesen?

»Ich sag dir jetzt was«, sagte er, während er die Hände in die Hosentaschen schob. »Du musst dieses Mädchen vergessen. Sie ist nichts für dich, hörst du? Eine aus dem Osten!«

Ich stieß ein raues Lachen aus. Mein Vater, der Rechtsanwalt, spionierte seinen erwachsenen Sohn aus. Es war tatsächlich Zeit, dass ich von hier wegkam. Mein Abi-Zeugnis hatte ich in der Tasche, was sollte ich also noch hier?

»Ja, sie ist aus dem Osten, aber die sind nicht anders als wir! Was hast du gegen die Leute drüben?«

Mein Vater presste wieder die Lippen zusammen. Ich wappnete mich bereits gegen eine beleidigende Ansprache seinerseits, die entweder gegen mich gerichtet war oder gegen Milena.

Doch dann sagte er nur: »Ich sag's dir noch mal, schlag sie dir aus dem Kopf. Aus euch wird so oder so nichts. Du hast nur wieder irgendwelche Flausen im Kopf, und sie wird nie hinter dem Eisernen Vorhang hervorkommen. Je eher du das einsiehst, desto besser für dich.«

Damit wandte er sich um, und ohne eine Antwort von mir abzuwarten, verschwand er aus meinem Zimmer.

Am liebsten hätte ich jetzt etwas gegen die Wand geworfen. Nicht nur weil mir klar war, dass er Milena nie mögen würde. Auch deshalb, weil er in einem Punkt recht hatte: Wenn nicht irgendwas geschah, würde sie hinter dem Eisernen Vorhang nie hervorkommen.

An diesem Morgen sollte es losgehen. Gestern hatte ich Max in meinen Plan eingeweiht.

Zunächst war er entsetzt und meinte, dass ich komplett durchgeknallt sei, doch dann beruhigte er sich wieder – und gab mir nicht nur wertvolle Hinweise zum Transit und dem Grenzübergang, sondern brachte mir auch ein Buch, in dem es um gelungene Fluchten aus der DDR ging. Es handelte sich um Berichte von Studenten, die in den 60er-Jahren ostdeutsche Kommilitonen rübergeholt hatten.

»Wenn ich könnte, würde ich meinen Onkel und meine Tante aus Ostberlin rausholen«, sagte er beim Abschied. »Pass ja auf dich auf und melde dich, sollte es brenzlig werden. Ich werde dafür sorgen, dass *sie dich* da rausholen.«

Damit umarmten wir uns noch einmal, und nachdem ich ihm das Versprechen abgenommen hatte, meinem Vater nichts zu sagen, kehrte ich nach Hause zurück.

Dort vertiefte ich mich in das Buch. Die dort beschriebenen Fälle lagen schon viele Jahre zurück, doch das war mir in meiner Lage egal.

Ich verschlang regelrecht die Berichte ehemaliger Studenten aus der Freien Universität, die ihr Leben und ihre Freiheit aufs Spiel gesetzt hatten, um kurz nach dem Mauerbau ostdeutsche Kommilitonen nach Westberlin zu holen.

Als ich bei einer Passage ankam, die von der Flucht durch S-Bahn-Tunnel handelte, hatte ich plötzlich Lorenz wieder vor Augen. Ob die Platte wohl noch immer unverschraubt war, wie er sie zurückgelassen hatte? Vielleicht hatte die Stasi aber Zugang zu irgendwelchen Schraubenvorräten …

Besser wäre es natürlich, wenn ich wie immer über die Friedrichstraße einreisen würde.

Von Max wusste ich jedoch, dass mein Visum registriert wurde. Wenn ich nicht spätestens einen Tag darauf wieder bei den Grenzern antanzte, würde man nach mir fahnden. Genau das wollte ich vermeiden!

Wenn ich Milena in die Freiheit, ans Meer bringen wollte, durfte niemand wissen, dass ich einen Fuß auf das Gebiet der DDR gesetzt hatte.

Den ganzen Vormittag verbrachte ich mit Packen. In meinen Rucksack, der mich schon bei Touren durch Südfrankreich und Italien begleitet hatte, steckte ich alles, was man für einen längeren Aufenthalt im Freien brauchte. Neben ein paar Klamotten wanderten Verbandszeug, Taschenlampe, Batterien und ein Taschenmesser in den Rucksack. Außerdem verstaute ich in verschiedenen Taschen etwas Geld, das ich mittlerweile von meiner Arbeit angespart hatte.

Frau Kraushahn und ihr kleiner Hund kamen mir wieder in den Sinn. Sie hatte den Mut gehabt, das Tier, das über eine Mauer geworfen werden sollte, zu retten. Ich war sicher, dass sie sich, wenn es nötig gewesen wäre, auch mit einem DDR-Grenzer angelegt hätte.

Als mein Gepäck bereit war, versteckte ich den Rucksack in meinem Kleiderschrank und ging runter in die Garage. Von dort holte ich meine Gitarre nach oben – während meiner Abwesenheit wollte ich sie in Sicherheit wissen. Die restlichen Stunden bis zum Abend verbrachte ich damit, einen schon etwas älteren Streckenplan der BVG zu studieren. Auf diesem waren ein paar neuere Haltestellen nicht enthalten, aber immerhin zeigte er die Geisterbahnhöfe auf der Ostseite an, an denen nicht gehalten wurde.

Ich wartete, bis alles still im Haus war, dann erhob ich mich von der Liege. Es wurde Zeit. Zeit, von hier abzuhauen.

Nachdem ich mich umgezogen und den Rucksack aus dem Schrank geholt hatte, warf ich noch einen letzten Blick auf mein

Zimmer. Beinahe kam es mir so vor, als würde ich genau in diesem Augenblick meine Kindheit wirklich hinter mir lassen. Weder bei der Konfirmation noch beim Abiball hatte ich dieses Gefühl gehabt, aber jetzt. Wann würde ich diesen Raum wiedersehen? Schlimmstenfalls sehr lange nicht oder niemals mehr.

Im nächsten Augenblick überkamen mich Zweifel. Was, wenn Milena nicht mitwollte? Wenn sie mich wieder wegschickte? Daran hatte ich ehrlich gesagt noch nicht gedacht, und davor hatte ich richtig Schiss, denn ich musste dann versuchen, nach Westberlin zurückzukehren. Mit dem fehlenden Stempel auf dem Berechtigungsschein nahezu ein Ding der Unmöglichkeit. Schlimmstenfalls musste ich dann über Ungarn, wie ein DDR-Flüchtling. Aber so weit wollte ich nicht denken.

Leise zog ich meine Zimmertür zu und schlich nach unten. Der Gedanke, jetzt etwas zu tun, das weitreichende Konsequenzen auch für meine Familie haben konnte, bereitete mir etwas Unbehagen. Doch es brachte mich nicht dazu, umzukehren.

Noch nie war mir unser Stadtteil so leer vorgekommen. Selbst auf der Potsdamer Straße, auf der der Verkehr nie stillzustehen schien, ging es heute ruhiger zu als sonst. Mit langen Schritten stapfte ich zur S-Bahn-Station am Mexikoplatz, dessen Bahnhofsgebäude verlassen, ja fast gespenstisch dalag. Fuhr um diese Zeit überhaupt noch ein Zug?

Wenn ja, würde ich damit zur Station Möckernbrücke fahren, dort in die U1 Richtung Schlesisches Tor steigen und am Kottbusser Tor in die U8 in Richtung Osloer Straße. Die Bahnen dieser Linie fuhren unter Ostberliner Gebiet hindurch, einer der Geisterbahnhöfe, an dem sie vorbei mussten, war der Rosenthaler Platz.

Wenn ich bei dem Spaziergang mit Lorenz richtig gesehen hatte, war die Stelle, wo ich rausmusste, nicht weit von der Station entfernt. Wenn ich es also schaffte, aus dem Zug zu springen, brauchte ich nicht einmal an dem Geisterbahnhof vorbei, sondern konnte ein Stück vorher aussteigen.

Mein Herz klopfte mir bis zum Hals.

Als ich den menschenleeren Bahnstieg betrat, sah ich, dass tatsächlich noch eine Bahn fuhr. Grillen zirpten auf den Bahngleisen, bis in der Ferne das Donnern des Zugs ertönte. Nur wenig später hielt er am Bahnsteig.

In dem Waggon, in den ich einstieg, saß lediglich ein alter Mann, der ziemlich verwahrlost aussah und darauf vertraute, dass ihn niemand von den Schaffnern bemerkte.

Ich ließ mich ein ganzes Stück entfernt von ihm auf einem Sitz nieder und stellte meinen Rucksack neben mir ab.

Aus der Dunkelheit stachen nun einige Lichtflecken hervor, Straßenlampen, Fenster einiger Wohnhäuser, Reklameschilder. Von meiner späten Rückfahrt aus Ostberlin wusste ich, dass die DDR-Hauptstadt zu Nachtzeiten wesentlich spärlicher beleuchtet war.

Was Milena jetzt wohl machte?

Als ich die erste Hälfte der Strecke hinter mich gebracht hatte und endlich am Kottbusser Tor stand, fühlte ich mich, als hätte ich die Zeit in einem Eisfach verbracht. Es war nicht sonderlich kalt, ganz im Gegenteil, aber meine Angst vor dem, was ich jetzt wagen wollte, machte mir zu schaffen und ließ mich frösteln. Da half auch keine Musik mehr, den Walkman hatte ich bereits vor dem Umsteigen in die U1 wieder in meine Tasche wandern lassen.

Am Kottbusser Tor waren immerhin noch einige Leute unterwegs. Manche sahen so aus, als seien sie auf der Suche nach einem Schuss, andere wirkten, als hätten sie diesen schon bekommen. Zwei Mädchen, die mich anbettelten, gab ich ein wenig Kleingeld und erwischte dabei zufällig auch etwas von dem seltsam leichten Ostgeld, das mir im Buchladen und in der Eisdiele herausgegeben worden war. Die beiden zogen damit los, ohne sich zu beschweren.

Als die U8 in Richtung Wedding einfuhr, begann mein Herz zu rasen und meine Hände wurden kalt. Jetzt waren es nur noch wenige Minuten. Ich stieg in den beinahe menschenleeren Waggon und setzte mich dicht neben den Ausgang.

Wie betäubt sah ich aus dem Fenster, während die U-Bahn durch den Tunnel donnerte. Wieder hielt ich mir vor Augen, dass es Wahnsinn war, was ich da vorhatte. Dass es vielleicht besser wäre, durchzufahren und sich irgendwo einen Platz zum Schlafen zu suchen. Oder zurückzufahren. Aber irgendwo da draußen war Milena, und der Gedanke, dass sie weinend in ihrem Bett lag oder traurig Musik hörte, zerriss mir das Herz.

Kurz darauf kam mir noch etwas anderes in den Sinn, das mich erschreckte und mich fast dazu brachte, bis zur Osloer Straße durchzufahren.

Wenn ich den Sprung aus der Bahn oder die darauffolgende Suche nach dem Tunnelausgang nicht überlebte, würde Milena es wahrscheinlich gar nicht erfahren. Da ich Max nicht von meinem Vorhaben unterrichtet hatte, gab es auch niemanden, der ihr im Fall der Fälle schreiben würde.

Irgendwann würde meine Leiche sicher gefunden werden, doch selbst dann hatte außer mir niemand Milenas Adresse.

In diesem Moment, als wir auf das Gebiet unterhalb der DDR zurasten, dem Flecken Untergrund, das nur aus toten Bahnhöfen und schwarzen Tunnels bestand, fragte ich mich, ob es stimmte, was ich in dem Buch gelesen hatte. Ob es wirklich jemand geschafft hatte, oder ob das alles auch nur Geschichten waren.

Ich erinnerte mich an ein Kapitel aus Max' Fluchtbuch und stellte mir den Mann vor, der die S-Bahn-Gleise entlanggekrochen war, und fragte mich, wie es ihm in diesen Augenblicken ergangen war. Ich fragte mich, was aus dem Mann geworden war, der es geschafft hatte, durch den U-Bahn-Tunnel zu kriechen und in den Zug zu gelangen, der langsam am Geisterbahnhof vorbeifuhr. Das Buch hatte leider darüber nichts berichtet.

Nun lag schon die Weinmeisterstraße hinter uns. Neben unserem Zug konnte ich schemenhaft die Nachbargleise erkennen. Bald schon würde der Zug wieder abbremsen, denn die Rosenthaler Straße war der nächste Geisterbahnhof, nur wenige Minuten entfernt. Jetzt oder nie.

Mein Magen schmerzte, meine Knie zitterten. Die Angst brannte wie Säure in meinem Hals, brachte mein Herz zum Rasen, meine Ohren zum Zischen.

Ich erhob mich. So langsam, als hätte ich vor, an der nächsten Station auszusteigen. Nur dass es keine Station war, an der gehalten wurde. Ich musste es schaffen, bevor wir den Geisterbahnhof erreichten. Schaffte ich es nicht, übermannte mich die Feigheit, würde ich weiterfahren müssen bis Wedding. Und es dann mit dem Zug der Gegenrichtung noch einmal versuchen.

Milena, dachte ich. Ich will sie wiedersehen, unbedingt wiedersehen …

Der Zug verlangsamte, doch mein Herz schlug noch schneller. Die Luft blieb mir weg, und ich war sicher, dass es sich so anfühlte, wenn man starb. Meine zitternden Hände legten sich auf die Türgriffe. Wie viel km/h mochte der Zug noch draufhaben? Vierzig? Dreißig?

Mein Motorrad hatte noch fünfzig Sachen draufgehabt, als ich auf den Asphalt gestürzt war. Und ich hatte es überlebt.

»Ey, Junge, was machst du da?«, rief eine Stimme hinter mir, doch sie war zu weit weg, um mich zurückzuhalten. Da es keine Hand gab, die mich an der Jacke zurückzog, riss ich die Tür auf, spürte den nach Öl und Tunnel stinkenden Luftzug. Dann sprang ich in die Finsternis.

Ich weiß nicht, wie lange ich an diesem Abend auf dem Balkon saß, über die Dächer der gegenüberliegenden Häuser schaute und an Claudius dachte. Jede Sekunde, die verging, trennte mich von ihm und brachte mein Herz dazu, so schlimm zu brennen, als wäre es mit Säure übergossen worden.

Es ist besser so, sagte mein Verstand. Er würde genauso Ärger bekommen wie du auch. Doch mein Herz hielt sich die Ohren zu. Wollte nicht hören, was mein blöder Verstand ihm sagte.

Ich starrte auf das eiserne Balkongerüst. Wenn ich mich dahintersetzte, hatte ich eine ähnliche Aussicht wie aus einem Gefängnis.

Wie lange sollte das noch so gehen? Warum änderte sich etwas in Ungarn, aber nicht bei uns?

Einen Tag nach unserem Zusammenstoß entschuldigte sich mein Vater noch mal für die Ohrfeige. Er sagte, dass er sich vergessen habe und dass es ihm leidtue. Vielleicht hatten ihn wirklich nur der Alkohol oder die Verzweiflung dazu getrieben. Vielleicht hatte sich aber auch all der Zorn, den er auf Mama hatte, in seinem Schlag entladen.

Trotz der Entschuldigung verhängte er Hausarrest über mich. Um sicherzustellen, dass ich nicht türmte, schloss er die Tür von außen ab und nahm die Schlüssel mit. Die Post holte er nach oben. Meist war es nur seine Zeitung und einmal eine Karte von Sabine, auf der sie mir berichtete, dass es in dem FDGB-Heim doch nicht so schlecht sei und ihr Vater sich jetzt auch wieder ein wenig beruhigt habe.

Das freute mich für sie und ich schrieb ihr zurück, dass ich mich darauf freute, sie wiederzusehen. Von dem, was vorgefallen war, schrieb ich nichts, denn es war anzunehmen, dass die Stasi weiterhin unsere Post überwachte.

Leider war Mirko auch nicht mehr hier. Noch am Tag nach dem großen Krach war er wieder abgereist. Soweit ich es mitbekam, hatte er Papa gerade noch so Tschüss gesagt, mehr nicht.

Ein bisschen feige fand ich das schon. Er ließ mich hier allein mit Papa, während er in der Kaserne weit entfernt von allem war. Aber vielleicht musste er wirklich schon wieder zurück. .

Heute ließ Papa den Schlüssel wieder hier. Dazu sagte er nichts, wir hatten seit der Ohrfeige nur das Nötigste miteinander gesprochen. Ich bemerkte es, als ich zwischen meinem Zimmer und dem Bad hin- und herwechselte. In die Küche ging ich nur, um mir etwas zu essen zu holen. Die meiste Zeit aber hatte ich keinen Hunger.

Dafür war ich geradezu süchtig nach Nachrichten. Ich wollte hören, was mit den Flüchtlingen passierte, ob es neue Informationen gab. Sobald am Nachmittag das Testbild vom Fernsehbildschirm verschwand, schaute ich Nachrichtensendungen. Wie gebannt hörte ich von immer mehr Flüchtlingen, die über Ungarn das Land verließen. Ich stellte mir manchmal vor, wie es wäre, selbst unter ihnen zu sein, rauszukommen aus diesem Land. Endlich bei Claudius sein zu dürfen. Und dann wurde ich furchtbar traurig, denn ich wusste nicht, ob ich den Mut dazu hätte, den gleichen Schritt zu tun.

Erst als ich zu müde und es mir zu kalt wurde, um draußen zu sitzen, ging ich ins Wohnzimmer zurück. Papa hatte heute Nachtschicht und war schon um neun aus dem Haus gegangen. Noch immer redeten wir nicht miteinander. Wann sich das ändern würde? Keine Ahnung. Papa schien allerdings damit zufrieden zu sein, dass ich aufgegeben hatte. Dass ich nicht noch einen Brief geschrieben hatte.

Vielleicht hätte ich es aus Trotz tun sollen. Aber dann hätte ich alles nur noch schlimmer gemacht, und so viel Mut wie das Paar in »Heroes«, mich in den Kugelhagel zu stellen, hatte ich nicht.

Schließlich machte ich mich auf dem Sofa lang. Eigentlich wollte ich nur ein wenig an die Decke starren, bis wieder irgendeine Nachrichtensendung kam, die mir mehr über Ungarn und die Flüchtlinge zeigte. Doch dann fielen mir die Lider zu und ich glitt in einen seltsamen Traum.

Ich sah mich selbst durch den Schnee irren, barfuß und nur mit einem Nachthemd bekleidet. Kälte spürte ich seltsamerweise nicht, im Gegenteil, mir war unerträglich heiß. Plötzlich tauchte vor mir eine Hütte auf. Sie lag auf einem Hügel, der sehr schwer zu erklimmen war. Während ich emporstieg, wurde mir immer heißer und heißer.

Endlich oben angekommen, öffnete ich die Tür, und aus irgendeinem Grund hoffte ich, Claudius dort zu sehen. Doch mich erwartete der Unbekannte, der mich im Büro des Direktors verhört hatte.

»So, Sie sind also eine Staatsfeindin«, dröhnte seine Stimme durch mein Ohr und …

Das Geräusch auf dem Balkon riss mich aus dem Schlaf und vertrieb die unheilvolle Gestalt des Stasimannes. Als ich mich aufrichtete, entdeckte ich einen schwarzen Umriss vor dem Fenster. Für einen Moment glaubte ich, dass ich noch immer träumte, doch als ich mir in den Handrücken kniff, blieb die Gestalt da.

Einbrecher!, schoss es mir im ersten Moment durch den Kopf. Stasi! im zweiten. Waren sie hier, um mich abzuholen? Doch warum klingelten sie dann nicht unten? Ich konnte unmöglich aus dem dritten Stock auf die Straße springen!

Die Gestalt rührte sich. Hob eine Hand.

Mein Herz begann zu rasen. Was sollte ich tun, wenn es wirklich ein Einbrecher war?

Doch dann klopfte die Gestalt!

»Milena?«, fragte eine Stimme, die mir nur zu bekannt vorkam.

Sogleich schoss ich vom Sofa hoch, blieb mit dem Fuß am Couchtisch hängen und fluchte. Der Schmerz, der durch meine Zehen peitschte, wurde aber zur Nebensache, als ich direkt vor dem Fenster stand.

Claudius! Vollkommen schwarz im Gesicht wie ein Schornsteinfeger!

Zunächst war ich erschrocken, dann lachte ich auf – ich hielt es jedenfalls für ein Lachen, es hätte auch ein Schluchzen sein können. Was es auch immer war, ich rannte zum Fenster und zerrte am Fensterrahmen.

Ich brauchte keine Angst zu haben, dass ich Papa damit aufwecken würde, denn er hatte erst um sechs Uhr früh Feierabend. Allerdings – war Claudius verrückt geworden? Wieso kletterte er hier hoch? Er hätte nicht nur abstürzen können – mein Vater hätte ihn erwischen können und dann wäre es richtig schlimm geworden.

Eine kühle Brise wehte mir entgegen, als sich das Fenster endlich öffnen ließ. Ein Trabi knatterte an unserem Haus vorbei. Der restliche Verkehr der Stadt war ein undeutliches Rauschen im Hintergrund, beinahe so, als würde mein Radio wieder den Geist aufgeben.

Er war echt. Claudius war echt, er atmete, sein Augenweiß leuchtete wie das von Bergarbeitern, die nach der Schicht wieder nach oben kamen.

Bis eben hatte ich noch gefürchtet, dass er sich in Luft auflösen würde, dass alles nur ein Traum war, oder schlimmer noch, dass ich den Verstand verlieren würde.

Doch er war echt. Er war hier.

»Bist du verrückt geworden?«, fragte ich, nein, flüsterte ich atemlos und fiel ihm dabei um den Hals. Ich hatte ihn so sehr vermisst, wie sehr, wurde mir jetzt noch deutlicher bewusst als in den vergangenen schlimmen Tagen. Der Duft seiner Lederjacke war übertüncht mit dem Geruch, den ich aus der U-Bahn kannte. Wo kam er her? Warum war er so schwarz?

»Vorsicht, du machst dich schmutzig«, mahnte er mich im Flüsterton, dann küsste er mich.

Als meine Finger durch sein Haar glitten, spürte ich etwas klebrig Feuchtes.

Erschrocken zog ich die Hand zurück. Im Straßenlampenschein entdeckte ich etwas Dunkles an meinen Fingerspitzen, von dem ein metallischer Geruch ausging.

»Du blutest!«

Claudius senkte den Kopf, als hätte ich ihn bei irgendwas ertappt.

»Was ist passiert, warum blutest du?« Meine Stimme überschlug sich. Rasch zog ich ihn ins Wohnzimmer, zerrte die schweren Vorhänge mit dem Rautenmuster vor das Fenster und bugsierte ihn dann weiter in den Raum hinein.

Der Gedanke, dass wir von Stasileuten beobachtet werden könnten, erschien mir noch immer ein bisschen lächerlich, doch seitdem ich das Gespräch mit dem Mottenkugelmann geführt hatte, war ich sicher, dass sie ein Auge auf uns hatten.

Wie ich es aus den James-Bond-Filmen kannte, stellte ich sicher, dass Claudius' Schatten nicht gegen den Vorhang fiel, bevor ich zum Lichtschalter lief.

Als ich das Licht anknipste, erschrak ich so sehr, dass ich zurücksprang und mir den Ellbogen am Türgriff anschlug. Claudius war von Kopf bis Fuß schwarz, seine Jacke abgeschabt, und das Blut klebte nicht nur in seinem Haar, sondern auch an seiner Wange.

»Ich wollte zu dir«, sagte er mit einem verlegenen und gleichzeitig erleichterten Lächeln.

»Haben sie dich erwischt?« Ich lief zu ihm und berührte vorsichtig sein Haar. Wie verband man eine Kopfwunde? Wo hatte Papa das Jod? Waren Stasileute hinter ihm her? War er vor ihnen geflohen wie James Bond vor den Handlangern von Dr. No?

Die Vorstellung hätte mich stolz machen können, aber jetzt tobte in mir nur die Sorge.

Claudius schüttelte den Kopf, griff dann nach meiner Hand. »Nein, zum Glück nicht.«

»Und warum siehst du so aus?«

»Erinnerst du dich noch daran, dass Lorenz mit mir gesprochen hat?«

»Er hat dir den Zugang zum U-Bahn-Tunnel gezeigt.«

Mein nächster Gedanke war ein Schlag ins Gesicht. Ich schlug die Hand vor den Mund.

»Du bist doch nicht etwa …«

Claudius nickte.

»Aber wie?« Kopfschüttelnd sah ich ihn an. Nachträgliche Angst biss in meinen Magen.

»Lange Geschichte.« Wieder dieses entwaffnende Lächeln.

»Dann komm erst mal mit, damit ich mir deine Verletzung ansehen kann.« Ich zerrte ihn beim Ärmel in die Küche.

»Warum bist du eigentlich auf den Balkon geklettert?«, fragte ich, während ich das kleine, schief hängende Schränkchen nach Jod durchsuchte.

Claudius setzte sich auf einen der Küchenstühle. »Weil ich dachte, dass dein Vater da ist.«

»Ist er nicht«, gab ich zurück. »Du hättest die Tür nehmen können. Mein Vater ist nicht da.«

»Woher sollte ich das denn wissen? Ich kann dich ja leider nicht anrufen und fragen.«

Ja, in der Hinsicht waren die Mädchen auf der anderen Seite wohl pflegeleichter.

»Entschuldige«, sagte ich und strich vorsichtig sein Haar zur

Seite. Das Blut war beinahe getrocknet. Nur die Wunde selbst war vom Schweiß daran gehindert worden, sich zu schließen.

Als ich mit dem jodgetränkten Lappen darübertupfte, zuckte er zusammen und verzog das Gesicht.

»Wobei ist das passiert?«, fragte ich und sah ihm in die Augen. Diese unglaublichen braunen Augen!

»Ich bin mit dem Kopf gegen die Wand geknallt, als ich aus der Bahn gesprungen bin.«

Ich schnappte nach Luft und konnte nicht glauben, was er eben gesagt hatte.

»Du bist aus der fahrenden U-Bahn gesprungen?«

Er nickte. »Als ich mit Lorenz den Zugang zum Schacht angeschaut habe, hatte ich mir gemerkt, ab welcher Stelle die Bahn abbremst. Daran hatte ich auch erkannt, wann ich springen musste.«

Eiskalt lief es mir den Rücken hinunter. Hatte Lorenz Claudius denn nicht davor gewarnt, dass die Grenzer auf ihn schießen konnten? Hatte er das absichtlich gemacht, damit sie ihn erwischen und er mich nicht mehr sehen konnte?

Auf einmal packte mich unbändige Wut auf ihn. Sein Gerede hätte Claudius das Leben kosten können!

»Und die Grenzer haben dich nicht bemerkt?« Die Angst, die ich im Nachhinein um ihn hatte, ließ meine Stimme klein und schwach erscheinen.

»Wäre ich sonst hier? Ich bin an einer günstigen Stelle raus. Der Zug hat so viel Krach gemacht, dass sie mich gar nicht gehört haben.«

»Und die Leute im Zug?« Hatte denn niemand versucht, ihn abzuhalten?

»Die haben wohl geglaubt, dass ich mich umbringen wollte. Ein Spaß ist es nicht, aus einem fahrenden Zug zu springen, auch nicht, wenn der nur 25 Sachen draufhat, das kannst du mir glauben. Es kommt einem irre schnell vor und die Nachbargleise sind verdammt hart, wenn man darauf landet. Also im Actionfilm sieht das wesentlich leichter aus.«

»Du machst darüber auch noch Witze!«, fuhr ich ihn an, dann verschleierten Tränen meinen Blick. Nur ein Fehler, nur ein Missgeschick und ich hätte ihn nie wiedergesehen. Entweder wäre er am Sturz gestorben oder durch die Kugel eines Grenzsoldaten. Die Gefühle übermannten mich derart heftig, dass ich den Jodlappen auf den Tisch pfefferte, ihm weinend um den Hals fiel und ihn fest, ja beinahe schmerzhaft küsste.

»Aua!«, beschwerte er sich leise, als meine Lippen wieder von ihm abließen. »Denk an meine Wunde.«

Am liebsten hätte ich ihm an den Kopf geworfen, dass er es nicht besser verdient hatte. Aber ich küsste ihn erneut, packte ihn dann bei seiner Jacke und schüttelte ihn leicht. »Du hättest tot sein können, weißt du das? T-O-T!«

»Ich verstehe das Wort, bei uns heißt das auch so«, entgegnete er lächelnd und legte dann seine Arme um mich. »Aber ich bin nicht tot. Die paar Prellungen werde ich überleben. Soweit ich es beurteilen kann, sind meine Rippen diesmal nicht gebrochen, das hat sich nach dem Unfall wesentlich schlimmer angefühlt.«

Ich boxte ihm sanft gegen die Brust.

»Aua, so was macht man nicht mit jemandem, der vor 'ner Dreiviertelstunde aus dem Zug gesprungen ist.«

»Deine eigene Schuld! Du hättest ganz normal über den Grenzübergang kommen können.«

»Ja, und da hätten sie mich vielleicht gar nicht erst einreisen lassen. Oder die Stasi wäre bei dir aufgekreuzt.«

Ich wollte schon behaupten, dass dem nicht so sei, doch wenn es für mich schon strafbar war, einen Brief in den Westen zu schicken, konnte man diesen Leuten alles zutrauen.

Ich machte schließlich mit dem Jod weiter und verband die blutenden Wunden mit Pflaster und Mull.

»Willst du mir nicht auch mal deinen Oberkörper zeigen?« Ich wurde rot. Wie hörte sich das an? »Ich meine, damit ich sehen kann, ob du eine Verletzung hast.«

Claudius lächelte breit und schälte sich aus der Jacke. Sie hatte ihn ziemlich gut vor Kratzern bewahrt, allerdings nicht vor blauen Flecken an den Armen. In meinem Nacken begann es zu kribbeln, als ich das sah. Wenn ich mir vorstellte, aus einer Bahn zu springen … Als Kind bin ich mal von einer Schaukel gefallen und hatte danach nie wieder auf eine gehen wollen.

Als er sein Shirt anhob und über den Kopf zog, schnappte ich nach Luft. Zum einen sah er sehr gut aus, ja, und wahrscheinlich wäre ich zu anderer Gelegenheit rot geworden, wenn ich ihn so gesehen hätte. Jetzt galt mein Erstaunen nicht nur dem angedeuteten Sixpack und seiner breiten Brust, sondern vor allem dem riesigen Bluterguss, der an seiner rechten Seite, knapp unterhalb der Rippen blühte. Er sah aus, als hätte ihm jemand mit voller Wucht mit einer Eisenstange draufgeschlagen.

»Sieht's schlimm aus?«, fragte er.

Ich zog die Augenbrauen zusammen. Stand schon wieder kurz vor dem Heulen und streckte dann vorsichtig die Hand nach ihm aus. »Tut's sehr weh?«, fragte ich, als meine Fingerspitzen die Stelle berührten. Wie sehr wünschte ich mir in diesem Augenblick, irgendwelche Zauberkräfte zu haben, damit ich den blauen Fleck einfach wegsaugen könnte. Es war kaum zu glauben, dass darunter alles heil sein sollte.

»Wenn du deine Finger drauflegst, nicht mehr so sehr«, entgegnete er lächelnd, worauf ich meine Hand unsicher wegzog.

»Bist du sicher, dass nichts gebrochen ist? Der Fleck sieht so aus, als müsste er dringend von einem Arzt untersucht werden.«

Claudius atmete tief durch. »Sticht nichts. Klar tut es weh, aber eher so wie eine Prellung. Hast du mal 'nen Spiegel da, damit ich ihn sehen kann?«

Ich lotste ihn ins Badezimmer. Die angelaufenen Stellen auf dem Spiegel verblassten regelrecht gegen seinen Bluterguss.

Scharf sog er die Luft durch die Zähne. »Mensch, das sieht ja wirklich schlimm aus. Aber du kannst mir glauben, es schmerzt nicht wie ein Rippenbruch.«

»Und wenn die Rippe nur angebrochen ist?« In dem Augenblick wäre ich in der Lage gewesen, einen Röntgenzug zu kapern und ihn vor die Tür zu stellen, damit Claudius' Brustkorb durchleuchtet werden konnte.

»Da ist nichts gebrochen.« Er fuhr sich nun selbst mit der Hand über die blau unterlaufene Stelle, zuckte dann kurz zusammen. »Aber ich verspreche, sollte es schlimmer werden, sag ich dir Bescheid.«

Und was sollte ich dann tun? Ich konnte Claudius doch ohne SV-Ausweis unmöglich zum Arzt bringen? Andererseits konnte ich ihn als meinen Verwandten aus dem Westen ausgeben …

»Warte mal«, sagte ich, denn plötzlich fiel mir was ein. Ich riss den kleinen Medizinschrank neben der Tür auf, in dem Papa irgendwelche Kopfschmerztabletten, Bromhexid-Flaschen und andere Mittelchen aufbewahrte. Viele davon waren schon abgelaufen, und ich fragte mich, was er damit noch wollte. Doch endlich fand ich hinter einer Packung Magentabletten die Salbentube. Sie war schon ziemlich zusammengedrückt, aber noch zwei Monate haltbar.

»Was ist das?«, fragte Claudius, während ich den Verschluss aufschraubte.

»Heparin-Salbe. Mein Vater benutzt sie manchmal. Wenn alles gut geht, löst sie den Blutfleck innerhalb weniger Tage auf.«

»Und wenn es nicht gut geht?«

»Dann geht der Fleck entweder von allein weg oder ich bringe dich zu einem Arzt. Und jetzt halt still.«

Vorsichtig strich ich die Salbe mit den Fingern auf den Fleck.

Ich spürte, wie sich die Haut unter meiner Berührung und der kalten Salbe zusammenzog. Claudius versuchte, tapfer stehen zu bleiben, zuckte dann aber doch zurück.

»Hab ich dir wehgetan?«, fragte ich, worauf er den Kopf schüttelte. »Nein, aber die Salbe ist kalt.«

Als ich den Fleck eingerieben hatte, zog ich Claudius zurück in die Küche, wo er sich wieder anzog.

Ich wusch mir die Hände, stellte ein paar Kekse auf den Küchentisch, füllte einen Topf mit Wasser und griff nach dem Tauchsieder, um Tee zu machen.

»Warum bist du eigentlich hergekommen?«, fragte ich, während ich beobachtete, wie sich die ersten Wasserblasen auf dem gebogenen Metall bildeten. Tauchsieder durfte man nicht aus den Augen lassen, so hatte es mir mein Großvater eingeschärft.

»Weil ich dich sehen wollte. Weil ich mich nicht damit abfinden wollte, dass ich dich nie wiedersehen sollte. Und weil ich glaube, nein, weil ich inzwischen weiß, dass ich mich in dich verliebt habe. So was Bescheuertes wie aus einem Zug zu springen macht man wohl nur dann, wenn man sich sicher ist, oder?«

Jetzt wirbelte ich doch herum. Und fragte mich gleichzeitig, was mich daran so überraschte. Immerhin hatten wir uns geküsst! Und ich wusste ja auch, wie es in *mir* aussah. Aber hätte ich den Mut gehabt, in den Tunnel zu klettern und zu versuchen, an oder in die fahrende Bahn zu kommen?

»Aber wenn sie dich nun erwischt hätten. Da unten in den Tunneln haben die Grenzsoldaten Schießbefehl.«

»Ich bin doch hier, oder?« Claudius lächelte breit. »Da Lorenz die Platte offen gelassen hatte und das niemandem aufgefallen war, konnte ich recht gut durchklettern. Müsste ich zwar nicht noch mal und aus reinem Spaß machen, aber in dem Augenblick ging es schon.«

»Du bist verrückt, weißt du das? Einfach verrückt«, entgegnete ich und griff dann wieder nach seinem Haar. Das Blut trocknete allmählich, jetzt war es mir auch egal. Er war hier. Auch wenn alles andere großer Mist war, er war hier.

»Und nun?«, fragte ich, drehte mich dann aber ruckartig um, als ich das Wasser über dem Tauchsieder blubbern hörte.

»Ich wollte dich fragen, ob du noch immer dorthin willst, wo Romeo und Julia gelebt haben. Und ans Meer.«

Beinahe wäre mir der Tauchsieder aus der Hand gefallen. Ich zog den Stecker und warf ihn in den Abwasch. Goss dann das heiße Wasser in die Kanne mit dem Früchtetee.

»Es geht nicht«, hörte ich mich laut sagen. Und hätte mich dafür am liebsten selbst geohrfeigt.

»Warum nicht?« Enttäuschung machte sich auf Claudius' Gesicht breit.

»Weil es nicht geht. Weil die Stasi unserer Familie noch viel größeren Ärger machen wird. Sie werden meinen Vater sicher in den Knast stecken, weil er zugelassen hat …«

Ich verstummte, als Claudius' Miene immer trauriger wurde. Er hatte all die Gefahr auf sich genommen, hatte sich verletzt und hätte so leicht vom Balkon fallen können, und ich hatte Angst, mit ihm in die Tschechoslowakei zu fahren.

»Und was, wenn deine Mutter wirklich noch lebt?«, fragte er schließlich, ohne auf meine Worte einzugehen. »Wenn sie dich aufnehmen würde? Das wäre doch nur rechtens, oder? Eigentlich bist du gar keine richtige DDR-Bürgerin, eigentlich müsstest du durch deine Mutter zwei Staatsbürgerschaften haben.«

So hatte ich das noch nicht gesehen. »Ich weiß ja nicht einmal, wo sie wohnt und ob sie noch mal geheiratet hat und überhaupt.« Auf einmal wurde mir die Kehle eng. Wie sehr hatte ich mich danach gesehnt, meine Mutter noch zu haben! Und wie sehr sehnte ich mich jetzt nach ihr, wo ich wusste, dass sie noch lebte.

Während ich nachdachte, beobachtete mich Claudius die

ganze Zeit über, als versuchte er, zu sehen, was sich in meinem Kopf abspielte. Schließlich griff er nach meiner Hand. »Wenn du willst, bringe ich dich nach Italien. Wir sehen uns Verona an. Und Florenz. Und Rom. Vielleicht bleiben wir auch eine Weile da. Am Meer. Ich will, dass du wenigstens einmal im Leben richtig frei bist. Und wenn wir genug vom Wasser haben, suchen wir deine Mutter. Vielleicht kannst du ja bei ihr bleiben.«

Unzählige Gründe, warum das nicht ging, schossen mir durch den Kopf. Was war mit Papa und Mirko? Ich hatte wieder den anonymen Anzugmann vor mir. Hörte seine Drohungen. Aber die Aussicht, frei zu sein, mit Claudius irgendwohin zu gehen, wo uns die Stasi nicht erreichen konnte, war einfach zu schön. Und dann vielleicht Mama zu finden. Endlich von ihr zu erfahren, was damals passiert war ... Mirko, dem vorbildlichen Soldaten, würde schon nichts geschehen. Und Papa ... Im Moment wollte ich ihn für lange Zeit nicht sehen. Wenn ich flüchtete, war das meine Sache und nicht seine ...

»Und wie wollen wir da hinkommen?«, fragte ich, während sich in meinem Herzen eine Pforte zu öffnen schien.

»Trampen. Wir lassen uns einfach von irgendwem an die Grenze kutschieren und darüber hinaus. Es gibt sicher jemanden, der uns mitnimmt.«

»Oder wir nehmen die Maschine meines Bruders«, hörte ich mich sagen. Und gleichzeitig erschrak ich darüber. War das wirklich ich? Ja, das war ich. Und ich spürte, wie sich die Waagschalen der Entscheidung deutlich zu einer Seite neigten.

Wollte ich hierbleiben, in einem Käfig, der nur zu einer Seite hin offen war – und das auch nicht wirklich?

Nein! Lieber würde ich versuchen, auf die andere Seite zu kommen. Auch wenn das bedeutete, dass ich mein ganzes bisheriges Leben hier zurücklassen musste.

»Die Maschine deines Bruders?«, fragte Claudius überrascht –

und auch ein wenig unbehaglich. Ich hatte die Geschichte mit seinem Unfall nicht vergessen. Aber Trampen war einfach zu gefährlich. Wenn ich mit irgendeinem Steckbrief gesucht wurde – keine Ahnung, ob die Stasi das so machte –, würden mich die Leute wahrscheinlich wiedererkennen.

Ich nickte. »Ja, sie steht hier im Keller. Er braucht sie im Moment nicht.« Mirko würde sicher ein Fass aufmachen, wenn er davon erfuhr, aber gleichzeitig würde er es vielleicht auch verstehen.

»Wir können sonst auch den Weg durch den Geisterbahnhof nehmen.«

»Nein!«, platzte es aus ihm heraus. »Das wäre zu gefährlich. Wenn sie uns bemerken, schießen sie auf uns.« Vorsichtig legte er die Hände um mein Gesicht, streichelte mit den Daumen meine Schläfen und küsste mich dann, so federleicht, so zärtlich, dass ich glaubte, vom Boden abzuheben.

»Dann bleibt also nur die Maschine«, wisperte ich, als sich unsere Lippen wieder trennten.

»Und wo steht sie?«, fragte Claudius.

»Unten im Keller. Aber vorher sollten wir noch ein bisschen zusammenpacken. Bis zur Grenze brauchen wir ein paar Tage, außerdem müssen wir Haken schlagen wie ein Kaninchen.«

»Wie ein Kaninchen.« Claudius lächelte. Wie ich dieses Lächeln liebte! »Vielleicht folgen wir ja auch dem weißen Kaninchen. Wie Alice im Wunderland. Die kennst du doch.«

»Meinst du die Zeichentrickserie?« Die hatte ich als Kind geliebt!

»Nein, das Buch von Lewis Carroll. Hast du das noch nicht gelesen?«

Ich schüttelte den Kopf. »Sicher gehört das auch zu den verbotenen, die man hier nur als Bückware bekommt.«

»Bückware?«

»Ja, weil sie unter dem Ladentisch liegt und du dich bücken musst, um sie zu sehen.«

Wir sahen uns an und prusteten dann beide gleichzeitig los.

Erregt und auch ein bisschen eingeschüchtert von unserer bevorstehenden Reise packte ich schnell zusammen, was wir in den kommenden Tagen brauchen würden. Verbandszeug, Kopfschmerztabletten, Taschentücher, Monatsbinden, Unterwäsche und meine beiden Lieblingsbücher. Geld war sehr wichtig; ich hatte in meiner kleinen Spardose noch etwa hundert Mark, all das, was ich über neun Jahre hinweg für meine Einser auf dem Zeugnis bekommen hatte. Außerdem packte ich zwei Kassetten ein. Die, die Claudius und mich zusammengebracht hatte, und die, die er mir bespielt hatte.

Claudius meinte, er habe seinen Walkman mitgenommen. Ein tolles Gerät, das ich aus dem Westfernsehen kannte. Hier hatte ich noch nie so etwas gesehen. Man konnte ganz einfach die Musik mitnehmen, ohne sich schwer an einem Rekorder abschleppen zu müssen. Bei den Kassetten fiel mir wieder Sabine ein. Die musste ja in ein paar Tagen wiederkommen! Was sie wohl dazu sagen würde, dass ich abgehauen war? In ihren Augen war ich dann sicher genauso eine Verräterin wie die anderen, die über Ungarn verschwanden.

»Wir sollten uns unterwegs ein Zelt besorgen«, meinte Claudius, als ich meinen Rucksack aus meinem Zimmer schleppte.

»Wir haben im Keller noch eine Zeltplane«, erklärte ich. »Mein Bruder ist früher mal mit seinen Freunden Zelten gefahren. Das Gestänge ist lange weg, Mirko hat es gebraucht, um irgendwas zu reparieren. Aber die Plane ist noch gut, und wenn wir unterwegs irgendwelche Äste finden, können wir sie vielleicht gebrauchen.«

Claudius sah mich lange an. »Du weißt dir immerhin zu helfen.«

»Gib mir einen Trabi-Motor und ich baue dir einen Trecker draus, so ist die Devise bei uns«, antwortete ich. »Aus Alt mach Neu! Rohstoffe sind hier knapp, die Leute werfen kaum etwas weg, weil sie es irgendwie noch immer gebrauchen können.«

»Klingt ja fast schon wie MacGyver.«

Ich zog die Augenbrauen hoch. »MacGyver?«

»Das ist so 'ne Serie bei uns, läuft auf den Privatsendern.«

»Ihr habt noch mehr als ZDF, ARD und die Dritten?«

»Ja, die bekommt man über Satellit. Die Eltern von Max haben so eine Schüssel. Die Serie ist echt stark!«

»Und die spielt im Osten?« Ich konnte mir nicht vorstellen, dass jemand drüben eine Fernsehserie über uns sehen wollte.

»Nein, in den USA. Aber der Held kann aus einer Bleistiftmine und einem Kaugummi eine Bombe basteln. Oder andere Sachen, die ihm aus der Klemme helfen.«

»Na, dann haben wir ja gute Chancen, zur Grenze zu kommen, wenn du dich da auch auskennst.«

Nachdem ich auch etwas Proviant in meinem Rucksack verstaut hatte, kehrten wir der Wohnung den Rücken. Konsequent wäre es gewesen, den Schlüssel am Haken zu lassen – doch ich nahm ihn für alle Fälle mit.

In unserem Haus war es nie leise. Auch spät in der Nacht war immer noch jemand wach, ließ den Fernseher oder das Radio laufen oder unterhielt sich. Sicherlich würde von denen, die wach waren, niemand den Kopf aus der Tür stecken, wenn er es tief in der Nacht rumoren hörte. Das bedeutete aber noch lange nicht, dass uns niemand entgegenkommen konnte. Manche Mieter waren Nachtschwärmer, die sich in den Kneipen aufhielten, solange es ging.

So unauffällig wie möglich lief ich mit Claudius die Treppe hinunter. Der Rucksack schnitt in meine Schulter, aber dennoch versuchte ich, meine Schritte leise zu setzen, ohne verdächtig zu schleichen.

»Soll ich nicht besser deinen Rucksack nehmen?«, flüsterte Claudius hinter mir. Ich drehte mich um und legte den Finger auf die Lippen. Die Leute sollten nicht mitbekommen, dass wir hier auf der Flucht waren. Mit Claudius' Stimme konnten sie zwar nichts anfangen, aber wenn mein Vater begann, nach mir zu suchen, würden die Nachbarn ihm sicher stecken, dass sie eine fremde Stimme im Treppenhaus gehört hatten.

Unten angekommen huschte Claudius kurz aus der Tür. Gemessen an der Größe des Rucksacks, den er bei sich hatte, hatte er sich darauf eingerichtet, dass wir ein paar Wochen unterwegs waren.

»Er hat mir gewissermaßen das Leben gerettet«, flüsterte er mir zu. »Einen Teil des Aufpralls hat er abgefangen.«

Er schulterte das Ding und folgte mir dann durch den Gang zur Kellertür. So vorsichtig wie möglich schloss ich auf und machte Licht. Die Spinnweben an der Lampe waren schon wieder mehr geworden, wie Rohwolle umschlangen sie das Kabel. Das Licht konnte man bestenfalls funzlig nennen, aber es reichte aus, um sich zurechtzufinden.

Aus unserem Kellerabteil, das eigentlich nie abgeschlossen war, kramte ich die Plane hervor. Sie war wirklich noch gut erhalten, schmutzig zwar, aber wir konnten sie ja in einem See oder etwas Ähnlichem abwaschen.

»Siehst du, ich …«

Ich stockte. Waren das Schritte im Gang?

Ich hielt den Atem an und Claudius den Mund mit der rechten Hand zu. Wie erstarrt standen wir da, wagten nicht mal zu atmen. Ich ärgerte mich, dass ich die Kellertür nicht hinter mir zugezogen hatte. Der Lichtschein konnte einen Neugierigen dazu bringen, nachzuschauen, was los war.

Doch die Schritte schlurften die Treppe hoch. Kam da wer aus der Kneipe? Möglich, aber ich wollte im Moment nur eines:

raus hier aus dem Keller. Weg aus der Schönhauser. Fort aus Berlin.

Als irgendwo über uns die Tür ins Schloss gefallen war, atmete ich wieder auf.

Papa konnte es noch nicht sein, seine Schicht war erst im Morgengrauen zu Ende, und dann brauchte er auch eine Weile mit dem Trabi, bis er wieder hier war.

Als wir die Zeltplane verstaut hatten, huschten wir durch den nunmehr wieder dunklen Gang zur Haustür.

Draußen wehte uns ein frischer Wind entgegen, der den Dunst nahe liegender Kneipen zu uns trug. In unserer Straße war alles ruhig, lediglich auf der Schönhauser Allee gab es noch ein bisschen Verkehr.

Zur Garage, in der Mirko seine Maschine abgestellt hatte, mussten wir ein Stückchen laufen. Glücklicherweise waren wieder ein paar Straßenlampen ausgefallen, direkt vor unserem Haus, sodass man uns – wenn überhaupt – nur schlecht erkennen konnte.

»Was ist eigentlich mit dir und deiner Familie?«, fragte ich, als wir das Haus ein Stück hinter uns gelassen hatten. »Sie werden dich doch sicher vermissen.«

Claudius senkte traurig den Kopf. »Ich weiß es nicht. Meine Mutter vielleicht. Meinem Vater bin ich ziemlich egal.«

»Hast du ihm gesagt, dass du Musiker werden willst?«

Er nickte. »Ja, ich hatte es so satt, mir ständig anhören zu müssen, dass ich in seiner Kanzlei arbeiten soll. Sicher, das mit der Musik kann schiefgehen, aber dann suche ich mir einen anderen Job. Oder ich studiere vielleicht auch. Aber nicht das, was er will. Die Juristerei liegt mir nicht.«

Ich fragte mich, ob dem wirklich so war. Soweit ich es einschätzen konnte, war sein Sinn für Gerechtigkeit ziemlich ausgeprägt. Doch ich wusste auch, dass man einen Menschen zu nichts zwingen sollte – und konnte. Mein Vater wollte mich auch zwingen, meine Mutter zu vergessen. Deshalb saß ich nun hier. Aber nicht nur. Auch wegen Claudius.

»Also gut, machen wir einen Plan«, sagte ich. »Wir müssen natürlich erst einmal zur tschechischen Grenze und dann rüber nach Ungarn.«

»Die Grenze zur ČSSR ist kein Problem, dort müssen wir nur unsere Ausweise vorzeigen und sagen, warum wir in ihr Land einreisen wollen.«

Claudius runzelte die Stirn. »Dann hoffe ich, dass die Grenzer nicht zu genau schauen und sehen, dass ich eigentlich nicht in der DDR sein dürfte.«

Claudius' Worte erschreckten mich ein wenig. Daran hatte ich nicht gedacht. Mochte es auch das sozialistische Ausland sein, wir brauchten Visa.

»Erst einmal sollten wir bis an die Grenze fahren«, sagte ich, denn ich wollte mich von dem Umstand nicht entmutigen lassen. Sonst hätten wir ja gleich zurück nach Berlin fahren können. »Hier lang.«

Ich führte ihn zu den Garagen, die dicht an dicht auf einer kleinen Freifläche standen. Ölgeruch schlug uns entgegen. Da ich wusste, dass Mirko für alle Fälle einen Schlüssel in einem Geheimversteck aufbewahrte, hatte ich den von zu Hause nicht mitgenommen.

An den Garagen war es glücklicherweise still. Papa stellte hier auch seinen Trabi unter, es war anzunehmen, dass er das Fehlen der Maschine gleich bemerken würde. Aber wie ich ihn kannte, würde er zunächst glauben, dass Mirko wieder zurückgekommen war.

Ich fand den Schlüssel in dem Versteck, eine bestimmte Mauerritze unter dem Wellasbest-Dach der Garage, und schloss auf. Papas Trabi war nicht da. Dafür entdeckte ich ein Stück weiter hinten Mirkos Maschine.

Die Plane war mit einer dicken Staubschicht bedeckt, die auseinanderstob, als ich den festen Stoff von dem Motorrad herunterzog.

»Was für ein Gerät!«, entfuhr es Claudius begeistert.

»Eine Jawa Californian«, erklärte ich, beinahe genauso stolz, wie Mirko auf dieses Motorrad war. »Eine richtige Seltenheit. Wenn man meinem Bruder glaubt, gibt es nur ein paar hundert Stück in der DDR, die anderen fahren entweder in der ČSSR oder sind in den Export gegangen.«

Claudius wirkte absolut beeindruckt. »Wie ist dein Bruder da drangekommen?

»Beziehungen«, entgegnete ich. »Die Maschine gehörte ursprünglich einem Bekannten meines Vaters. Der hat bei einem Unfall mit der Jawa ein Bein verloren und wollte sie unbedingt loswerden. Mein Vater hat ihm den Schrotthaufen abgekauft und Mirko hat ihn nach und nach wieder zusammengebaut.«

Claudius lächelte versonnen in sich hinein. »Ich glaube, mit deinem Bruder könnte ich mich anfreunden.«

»Ich glaube, der reißt uns wohl eher die Rübe runter, wenn er merkt, dass wir mit seiner Maschine getürmt sind. Wenn wir drüben sind, müssen wir sie ihm unbedingt zurückschicken!«

Zweifel erschienen plötzlich auf Claudius' Gesicht. »Vielleicht sollten wir doch lieber mit dem Zug fahren.«

Ich schüttelte den Kopf. »Das geht nicht, da würde uns die Polizei gleich erwischen. Nein, wir sollten über Landstraßen fahren, und das können wir nur hiermit.«

Beim Abbocken gab die Kette ein leises Knarren von sich. Ich fand es immer wieder erstaunlich, wie schwer diese Maschine sich anfühlte, wenn man sie festhielt, und wie leicht es sich anfühlte, wenn man erst mal mit ihr fuhr.

»Soll ich?«, fragte Claudius und nahm mir die Maschine ab. Während er sie nach draußen schob, holte ich die beiden Sturzhelme und die Motorradhandschuhe, die Mirko hier ebenfalls gebunkert hatte. Außerdem nahm ich noch eine alte Straßenkarte mit, die auf einem hölzernen Regal lag. Dann verschloss ich die Garagentür wieder und legte den Schlüssel zurück an seinen Platz. Wenn Papa morgens hier ankam, würde er alles so vorfinden, wie er es verlassen hatte, und erst recht glauben, dass Mirko für das Verschwinden der Maschine verantwortlich war.

»Genau genommen ist das Diebstahl«, gab Claudius zu bedenken, als ich zu ihm zurückkehrte und wir begannen, unsere Rucksäcke an den beiden seitlichen Gepäckträgern zu befestigen.

»Unter Geschwistern wird nur geliehen, nicht gestohlen«, entgegnete ich, während ich mein Haar gewissenhaft unter den eng anliegenden Helm schob. Ehrlich gesagt war ich mir nicht sicher, wie Mirko reagieren würde. Im ersten Moment würde er stinksauer sein und es vielleicht bereuen, dass er sich schützend vor mich gestellt hatte. Dann würde er sich Sorgen machen, das wusste ich. Und wenn ich ihn wiedersah ...

Nein, das stellte ich mir jetzt lieber nicht vor. Wenn ich ihn wiedersah, würde er mir sicher eine scheuern. Aber würde ich ihn wiedersehen? Wenn die Mauer stehen blieb und er nicht die Flucht wagte, würden wir uns nie wiedersehen.

Als wir unser Gepäck festgebunden hatten, schoben wir das Motorrad noch ein Stück weit die Straße hinunter. Glücklicherweise waren auch hier ein paar Straßenlampen ausgefallen, sodass wir einen Teil der Strecke vollkommen im Dunkeln hinter uns bringen konnten.

Mir schlug das Herz bis zum Hals.

Schließlich machten wir vor einer Toreinfahrt halt und zwängten uns in unsere Helme. Claudius zog sich die Motorradhandschuhe über, doch etwas war plötzlich mit ihm, denn seine Bewegungen wurden langsamer.

»Was ist?«, fragte ich, wobei sich meine Stimme in dem Helm

ganz merkwürdig anhörte. Fast so, als würde ich mir die Ohren zuhalten. »Ist dir nicht gut wegen des Sturzes?«

Claudius schüttelte seinen behelmten Kopf. »Nein, alles in Ordnung, es ist nur … nur so komisch, wieder eine Maschine zu starten.«

»Kriegst du das hin, oder wollen wir es doch anders versuchen?«, fragte ich, und wieder schüttelte er den Kopf.

»Ich krieg das hin«, sagte er, als wollte er sich selbst anfeuern, dann bockte er die Maschine ab und stellte den Fuß auf das Anlasserpedal. »Und morgen am Meer?«, fragte er mich.

Ich nickte. »Und morgen am Meer.«

Nachdem er es zweimal vergeblich probiert hatte und ich schon daran zweifeln wollte, dass wirklich noch genug Benzin im Tank war, erwachte die Jawa mit einem durchdringenden Röhren zum Leben. Der Auspuff blies eine stinkende Abgaswolke in meine Richtung, doch dann begann der Motor zu blubbern. Claudius drehte den Gashahn dreimal bis zum Anschlag durch, dann stieg er auf und legte den ersten Gang ein.

Es war so weit! Der Rest der DDR lag vor uns, die ganze ČSSR und Ungarn. Und wenn wir das geschafft hatten, ging es nach Italien! Wenn uns gelang, was wir heute begannen, würden wir schon bald frei sein. Voller Angst, aber auch voller Hoffnung saß ich auf und schmiegte mich an Claudius' Rücken. Er ließ den Motor noch einmal aufröhren, dann fuhr er an.

Wir rollten zunächst in Richtung Stadtmitte, gen Süden, vorbei am Palast der Republik, der hell durch die Nacht strahlte. Die Straßen waren verhältnismäßig leer. Ein paar IFA-Laster kamen uns entgegen, einmal auch ein armeegrüner Robur, was mein Herz für einen Moment rasen ließ, doch die Soldaten hinter dem Steuer kümmerten sich nicht um uns. Wir reihten uns zwischen Trabis, Ladas und Wartburgs ein, hin und wieder bekamen wir auch Westautos zu Gesicht, die auf dem Weg zu einem der Grenzübergänge waren. Als wir über eine der vielen Brücken Berlins fuhren, sah ich den Mond im schwarzen Band der Spree schimmern.

Ich wünschte mir insgeheim, dass Claudius anhalten würde, damit wir bis zum Morgengrauen auf der Brücke stehen und beobachten konnten, wie sich die Nacht verzog und der neue Tag am östlichen Horizont heraufdämmerte. Aber so was konnte man sich nicht erlauben, wenn man floh. Jedenfalls dann nicht, wenn man sich noch in der Stadt befand, aus der man fliehen wollte.

Schließlich ging es weiter über mehr oder weniger gut beleuchtete Nebenstraßen, bis schließlich ein Hinweisschild auftauchte, das die Autobahn, den »Berliner Ring«, anzeigte.

Kaum waren wir dort, beschleunigte Claudius. Zögerlich noch, doch ich spürte, dass er sicherer wurde. Während ich mich fest an ihn presste, kribbelte es in meinem Magen, aber diesmal vor Aufregung und nicht vor Angst. Wir taten es wirklich, wir fuhren ans Meer! Daran, dass es schwierig werden könnte, die Grenzen zu überqueren, wollte ich erst mal nicht denken. Wir waren frei. Selbst wenn die Stasi jetzt aus tausenden Fenstern der Stadt spähte, würde sie nicht wissen, was wir vorhatten – oder wer wir waren.

Heart

Claudius

Und morgen am Meer ... Dieser Gedanke beflügelte mich, und gleichzeitig jagte er mir große Angst ein. Würden wir es schaffen? Nein, eigentlich stellte sich diese Frage nicht, denn wir mussten. Komme, was wolle.

Im Moment war mein größeres Problem die Jawa. Das Motorrad fuhr sich gut, trotzdem waren meine Hände feucht vor Angst und über meinen Rücken rann ein kaltes Schweißrinnsal. Ich spürte deutlich, dass ich aus der Übung war – und zu allem Überfluss tauchte immer wieder das erschrockene Kindergesicht vor meinem geistigen Auge auf.

Ich versuchte, es so gut wie möglich zu verdrängen, ebenso den Sturz, der mich noch immer ein wenig verunsicherte, während ich gegen das Gefühl ankämpfte, dass mir der Helm das Gesicht zerquetschte.

Doch es gab einen Grund, weshalb ich es aushielt. Während wir über die Landstraße fuhren, vorbei an Feldern, die von roter

Morgensonne beschienen wurden, schmiegte sich Milena fest an meinen Rücken. Laut der alten DDR-Straßenkarte, die Milena eingepackt hatte, näherten wir uns jetzt dem tiefsten südlichen Brandenburg. Wir hätten auf der Transitstrecke in Richtung Tschechoslowakei fahren können, aber das erschien mir zu gefährlich. Hin und wieder tauchte Polizei auf diesen Strecken auf. Die brauchten mich nur anzuhalten und schon steckten wir in der Klemme. Also würden wir das tun, was Milena vorgeschlagen hatte: Haken schlagen wie ein Kaninchen. Oder besser gesagt: über kleine Landstraßen fahren.

Im Grenzort Reitzenhain wollten wir dann versuchen, in die ČSSR zu kommen. Das hörte sich erst einmal ganz leicht an, doch noch waren wir inmitten brandenburgischer Felder unterwegs. Und ich kam schließlich an einen Punkt, an dem ich nicht mehr weiterwusste. Ich lenkte die Jawa in einen Seitenweg und dann ein Stück weit über eine Traktorspur in ein Feld. Sollte uns hier jemand suchen, würde er uns im hochstehenden Korn nicht so leicht entdecken.

»Was ist?«, vernahm ich dumpf Milenas Stimme hinter mir. Ich stellte den Motor ab und schälte mich aus dem Helm. Stille. Wohltuende Stille. Der Wind strich durch die Bäume und ließ das Laub rascheln. Das Korn wiegte sich vor uns wie ein sanftes gelbes Meer.

»Ich will wissen, wo wir sind«, sagte ich, zog mir die Handschuhe von den Fingern und öffnete den Rucksack. Die Karte steckte gleich vorn, für den Fall der Fälle.

Milena zog sich jetzt ebenfalls den Helm vom Kopf und schüttelte ihr Haar aus. Die Sonne verlieh ihm einen goldenen Schimmer, um den sie jedes Haarpflegemodel bei uns beneidet hätte.

Kurz versank ich in diesen Anblick, dann zwang ich mich, auf die Karte zu schauen.

»Wir müssten hier rausgefahren sein«, sagte ich schließlich, als ich die entsprechende Straße gefunden hatte. Dann fuhr ich mit dem Finger über die dünne Linie, die die Landstraße markierte. »Wenn wir weiter in diese Richtung fahren, kommen wir in ein paar Dörfer. Allerdings müssten wir uns dann überlegen, woher wir Sprit bekommen.«

»Bei uns gibt es auch auf Dörfern manchmal kleine Tankstellen«, entgegnete Milena, während sie weiterhin die Karte betrachtete. Ich bemerkte, dass ihr Blick an der roten Linie im Süden klebte, der Grenze zur ČSSR. »Als wir mal nach Thüringen gefahren sind, haben wir jedenfalls in einem Dorf angehalten. Die Tankstelle bestand nur aus einer Zapfsäule, aber zufällig hatte sie genau das Gemisch, das wir für unseren Trabi brauchten.«

Ein etwas wehmütiger Ausdruck trat in ihre Augen, doch sie vertrieb ihn mit einem kurzen, aber entschlossenen Kopfschütteln. »Wir sollten weiterfahren«, sagte sie dann und richtete noch einmal den Helm. »Noch sind wir nicht weit genug von Berlin entfernt. Papa weiß es bestimmt schon und läuft Amok.«

Und nicht nur ihr Vater würde verrücktspielen. Meiner würde zunächst glauben, dass ich vielleicht bei Max war, doch spätestens am Abend würden sie merken, dass ich nicht zurückkehrte. Mama hatte das nicht verdient, okay, aber mein Vater schon. Natürlich wollte ich sie nicht auf ewig in Angst und Schrecken versetzen. Sobald wir es nach Österreich geschafft hatten, würde ich mich irgendwie mit ihnen in Verbindung setzen. Doch jetzt wollte ich erst einmal Freiheit genießen!

In einem kleinen Dorf bedeutete mir Milena bei einem kleinen Haus anzuhalten, dessen Türen sperrangelweit offen standen. Die grüne Farbe blätterte von den Wänden und das einzige Fenster war vergittert. Was wollte sie hier?

Als ich sie das fragte, antwortete sie: »Das ist ein Dorfkonsum.

Wir brauchen doch Proviant, oder?« Lachend nahm sie den Helm ab, machte ihn am Motorrad fest. »Du fragst dich jetzt sicher, wo hier die Waren sind.«

»Ich frage mich, woran du erkannt hast, dass das hier ein Konsum ist?« Mittlerweile wusste ich ja, dass es sich bei einem Konsum um so etwas wie einen Tante-Emma-Laden handelte. Aber selbst die kleinsten Läden in Westberlin hatten Waren im Schaufenster – und keine Gitter davor.

Als ich den Laden betrat, kam es mir vor, als würde ich die Speisekammer eines alten Bauernhauses betreten. An den Wänden standen alte, bunt zusammengewürfelte Regale, in denen sich unterschiedliche Waren befanden. Tüten mit Zucker, Päckchen mit Salz und Mehl erkannte ich noch, aber dann sah ich eine rotgelbe Schachtel mit der Aufschrift »Tempo-Bohnen«. Daneben standen »Tempo-Erbsen« und etwas weiter eine braune Röhre mit der Aufschrift »Im Nu«. Der »Rondo-Kaffee« war wieder erkennbar. Von den »Othello«-Keksen, die sinnigerweise schwarz waren, nahm Milena gleich ein paar mehr mit, außerdem Burger-Knäckebrot und andere Sachen, an deren schmuckloser Verpackung man nicht erkennen konnte, was es war.

Bei den Getränken standen klobige Kästen, in denen wesentlich mehr Flaschen Platz fanden als in unseren Getränkekästen. Die Flaschen waren dafür klein und bauchig. Dosen und Plastikflaschen gab es hier nicht. Und auch frisches Obst und Gemüse suchte ich vergeblich. In einem Korb schrumpelten ein paar Äpfel vor sich hin.

Ein eigenes Regal hatte der Alkohol. Lauter Schnapsflaschen mit den Aufschriften »Goldbrand« oder »Kristall-Wodka«.

Das Angebot im Kühlregal – wenn man das so nennen konnte – bestand hauptsächlich aus Butter, weißer Milch in großen Flaschen und einigen wenigen Flaschen rosafarbener Milch, von denen Milena mir vier in die Hand drückte.

Woran kein Mangel zu bestehen schien, waren Eier. In großen grauen Kartonstiegen stapelten sie sich neben der Kasse.

»Die Dorfleute bessern damit ihre Kasse auf, indem sie die Eier, die ihre Hühner legen, verkaufen«, erklärte mir Milena, als wir unseren Einkauf zu der etwas mürrisch aussehenden Verkäuferin trugen, die in einer Zeitschrift las und der es egal zu sein schien, ob wir etwas klauten.

Eier kaufte Milena nicht, dafür aber blaurote »Schlager-Süß-tafeln«, haufenweise Tütensuppen in schmucklosen Folientüten, ein Stück Dauerwurst und kleine Plastikbecher, auf deren Silberfolie ein Mädchenkopf mit Zöpfen abgebildet war. Darunter stand was von Vanille-Quark-Dessert.

»Die Leckermäulchen essen wir gleich!«, verkündete Milena, als wir den Proviant nach draußen trugen.

»Und was ist damit?« Ich reichte ihr die rosafarbenen Milchflaschen, die nur mit einem Foliendeckel verschlossen waren. Das würde eine schöne Schweinerei geben, wenn die in einem der Rucksäcke ausliefen.

»Ich fürchte, die müssen wir auch gleich trinken«, sagte Milena verschmitzt. »Aber keine Bange, die Fruchtmilch ist lecker. Wenn wir Glück haben, schmeckt sie nach Kirsche oder Erdbeere. Manchmal auch nach Mischfrucht. Das ändert sich jede Woche.«

Ich drehte die Flasche in der Hand. »Also ich tippe auf Erdbeere«, sagte ich, denn die blassrosa Farbe erinnerte mich an unsere Fruchtmilch, die es in Plastikbechern zu kaufen gab.

»Das sehen wir erst, wenn wir sie aufmachen. In der Schule ist das immer richtiges Rätselraten.«

»In der Schule? Nehmt ihr die etwa in euren Taschen mit?«

»Nee, die gibt es als Frühstücksmilch. Sag bloß, so was habt ihr bei euch nicht?«

»Doch, aber nur in der Grundschule. Und nur Schoko oder

weiße Milch. In höheren Klassen haben wir uns was aus den Kiosken in der Schule geholt.«

»Also bei uns musst du am Montag oder Dienstag im Sekretariat Milch- und Essensgeld bezahlen, bisschen mehr als 'ne Mark. Du kannst dir aussuchen, ob du bei der Milch Schoko oder Frucht willst. Die Kästen werden von den Kastenträgern geholt, in jeder Woche sind das zwei andere. Genauso wie Tafeldienst und so weiter. Nur der Klassenbuchträger ist immer derselbe.«

So, wie Milena das erzählte, schien die Schule nicht schlecht gewesen zu sein. Aber die Versorgung mit Frühstücksmilch wog nicht auf, dass die Schule auch der Ort war, an dem Schüler von der Stasi befragt werden konnten.

»Und was machen wir mit denen da?«, fragte ich Milena, als sie nun die Tütensuppen einsteckte. »Wir haben immerhin keinen Topf!«

»Den kriegen wir schon noch, wenn wir in Karl-Marx-Stadt sind.«

»Du willst also wirklich durch eine große Stadt?«

Milena nickte entschlossen. »In einer großen Stadt kann man gut untertauchen, außerdem sollten wir uns waschen, bevor es über die Grenze geht.«

Das klang so, als gäbe es jenseits der tschechischen Grenze keine sanitären Einrichtungen. »Und wie willst du das anstellen? Wir können ja nicht einfach irgendwo in ein Hotel marschieren und uns ein Zimmer nehmen?«

»Das brauchen wir auch nicht. Es gibt in größeren Städten Schwimmbäder, in die könnten wir gehen.«

Am Rand der Dorfstraße, vor dem kleinen Konsum, aßen wir schließlich unsere »Leckermäulchen« und tranken Fruchtmilch. Manchmal kamen ein paar ältere Leute vorbei, mit Handwagen oder Taschen. Wohin sie wollten, weiß ich nicht. Eine Frau mit einem ganzen Korb Eier betrat schließlich den Konsum und begann ein angeregtes Gespräch mit der Verkäuferin. Ich verstand so viel, dass es um das Abliefern der Schweine im Schlachthof ging und dass sie für die Eier einen Schein bekommen sollte, der sie dazu berechtigte, sich Getreide in der LPG-Mühle schroten zu lassen. Neben den wenigen Menschen, die hier unterwegs waren, kam ab und an ein seltsam aussehender Traktor vorbei, der entweder keine Scheiben in der Führerkanzel hatte oder keine Verkleidung um den Motor herum. Als wir fertig waren, packten wir zusammen und machten uns auf den Weg weiter nach Süden.

Milena

Es fühlte sich ausgesprochen gut an, hinter Claudius zu sitzen, meinen Bauch an seinen Rücken zu schmiegen und den Wind zu spüren, der über meinen Körper strich.

Ich war früher schon gern bei Mirko mitgefahren, aber Claudius lenkte die Maschine ganz anders. Sicherer. Kaum zu glauben, dass er vor etwas mehr als einem Tag noch Hemmungen gehabt hatte, je wieder auf ein Motorrad zu steigen. Wenn mein Bruder nach langer Zeit wieder auf seine Maschine stieg, dann fuhr er in der ersten Zeit wesentlich unsicherer, wackliger.

Da wir die Karte studiert hatten, machte ich mir keine Gedanken mehr über den Weg. Dafür kamen mir viele andere Dinge in den Sinn.

Zum Beispiel, dass im Moment eigentlich nicht ich diejenige war, die etwas Illegales tat – abgesehen davon, dass ich Mirkos Motorrad entwendet hatte.

Ich hatte meinen Personalausweis dabei und befand mich auf dem Gebiet der DDR. Claudius hingegen war illegal in die DDR eingereist. Es ging also erst einmal nicht darum, mich in den Westen zu bringen – vielmehr mussten wir dafür sorgen, dass Claudius nicht erwischt wurde!

Mir verschaffte der Gedanke ein unangenehmes Ziehen. Hakenschlagen gut und schön, aber vielleicht sollten wir doch so schnell wie möglich zur Grenze kommen, denn wenn Claudius es erst einmal rübergeschafft hatte, konnten wir uns vielleicht ein wenig Zeit lassen und die Fahrt genießen. Solange aber würde mir die Angst im Nacken sitzen.

Den ganzen Vormittag fuhren wir an kleinen Dörfern und Städten vorbei. Die Wegweiser zeigten eindeutig nach Karl-Marx-Stadt.

Ich war noch nie zuvor hier gewesen, auf Klassenfahrten und während der Jugendstunden hatten wir Leipzig und Dresden besucht, aber nie Karl-Marx-Stadt. Ich wusste nur, dass die Stadt früher einmal Chemnitz geheißen hatte und es irgendwo einen riesigen Karl-Marx-Kopf gab.

Gegen Mittag, als die Hitze am größten war und wir das Gefühl hatten, unter unseren Sachen zu zerfließen, kamen wir in der Stadt an.

Ähnlich wie in Berlin war hier die Luft mit Abgas und Rauch geschwängert, der bedeckte Himmel ließ die Stadt ein wenig trostlos wirken. Wir fuhren an dem riesigen, etwas mürrisch dreinschauenden Karl-Marx-Kopf vorbei, passierten einen mittelalterlichen roten Turm und ein riesiges HO-Warenhaus. Auf der Straße mussten wir der rasant fahrenden Straßenbahn ausweichen, und nachdem wir uns kurz durchgefragt hatten, schickte man uns ins Freibad. Dort stellten wir unsere Maschine ab und genossen das erste Bad seit Tagen.

Auch wenn hier sehr viel los war und die Kinder wie verrückt Arschbomben machten, genoss ich es, endlich wieder im Wasser zu sein.

Und auch Claudius wirkte erleichtert. Ungeachtet der Kinder

schwamm er zwei Bahnen und setzte sich mit mir dann auf eine frei gewordene Stelle am Beckenrand.

»Und was jetzt?«, fragte er und knuffte mich leicht in die Seite.

»Wollten wir nicht einen Topf kaufen, damit du darin deine Tütensuppe kochen kannst?«

»Warum denn nicht?«, antwortete ich gut gelaunt und froh, endlich wieder in frischen Klamotten zu stecken. »Hast du das HO-Warenhaus gesehen? Da würde ich zu gern mal rein.«

»Gut, dann fahren wir dorthin. Wie steht es um unsere Finanzen?«

»Ich glaube, wir haben noch fünfzig Mark. Dafür müssten wir locker einen Topf kriegen. Und noch ein paar andere Sachen, die wir unterwegs brauchen.«

Nachdem wir uns wieder angezogen hatten, fuhren wir zurück in die Innenstadt, in der es jetzt vor Touristen wimmelte.

»Warum hat eure Staatsführung die Stadt eigentlich umbenannt, fragte Claudius, als wir am Karl-Marx-Kopf vorbeikamen.

Davor hatten sich einige Schülergruppen versammelt, Pioniere, die hier wohl ihre Ferien verbrachten und einen Ausflug in die Stadt machten.

»Wos meent'n ihr, warum dor Nischel so gnatschig guckt?«, hörte ich einen alten Mann die Pioniere fragen. Offenbar waren die Kinder aus der Gegend, denn sie verstanden seinen Dialekt.

»Keine Ahnung!«, rief ein Vorwitziger, worauf der alte Mann über die Straße auf einen kleinen Laden zeigte.

»Weil a den gonzen Tog den Intershop anschaun muss und geen Geld hat, wos zu goofen.«

Die Kinder lachten los.

»So was können Sie doch nicht den Pionieren erzählen!«, erboste sich der Pionierleiter.

Ich war aufseiten der Kinder, denn ich prustete los.

»Warum lachst du?«, fragte Claudius, der offenbar nicht verstanden hatte, was der Mann den Pionieren erzählt hatte.

Ich erklärte es ihm. Und ich erklärte ihm auch, dass es genauso wie dem Marx vielen DDR-Bürgern erging. Sie konnten sich leibhaftig anschauen, was es im Westen gab – doch mangels Forumschecks und Devisen konnten sie nichts davon kaufen.

»Und darüber könnt ihr lachen?«, fragte Claudius verwundert. »Das ist doch eigentlich traurig.«

»Ja«, entgegnete ich, »aber heißt es nicht, dass das Böse manchmal auch durch Lachen besiegt werden kann?«

Im HO-Warenhaus, das dem in Berlin am Alex ähnelte, bekamen wir tatsächlich ein Kochgeschirr. Außerdem deckten wir uns mit Streichhölzern und ein paar anderen kleinen Dingen ein, die wir in den tschechoslowakischen Wäldern gebrauchen konnten.

Kaum kamen wir jedoch gut gelaunt aus dem *Centrum*, begegneten wir auch schon einem Polizisten.

»Da ist ein ABV«, sagte ich zu Claudius, während ich ihn vor mich zog.

»Ein was?« Claudius sah sich kurz um, blickte mich dann wieder an.

»Ein Abschnittsbevollmächtigter. So heißen bei uns Vopos, die für ein Dorf oder einen Stadtteil zuständig sind.«

Claudius schob seine breiten Schultern vor mich.

»Was meinst du, sollen wir uns hier eine Unterkunft suchen oder draußen?«, fragte er mich, während wir beide so unbeteiligt wie möglich taten und hofften, dass dem ABV nicht einfiel, irgendwelche willkürlichen Ausweiskontrollen durchzuführen.

»Ich glaube, es wäre besser, wenn wir es draußen versuchen«, entgegnete ich, als der Polizist an uns vorüber war. »Es wäre natürlich schön, in irgendeinem Hotel oder einer Herberge zu schlafen, doch abgesehen davon, dass wir kein Geld dafür haben, müssen wir da bestimmt irgendeinen Ausweis vorzeigen, und dann wird's brenzlig, weil die Stasi bestimmt auch irgendwelche Leute hat. IMs.«

»IM?«

»Inoffizielle Mitarbeiter. Das können alle möglichen Leute sein, die unterschrieben und sich verpflichtet haben.«

Claudius war anzusehen, dass er denen besser nicht begegnen wollte. »Also gut, fahren wir.«

Er nahm mich bei der Hand und zog mich mit sich.

Am Abend machten wir Rast in einem Kornfeld, das an ein weitläufiges Waldstück grenzte. Auf dem Weg in Richtung Korn warnte uns ein verwaschenes Schild mit einem Eichhörnchen vor Waldbrandgefahr. Aber gab es die derzeit wirklich? Im Wald war es jedenfalls angenehm kühl, und etwas von der Kühle strömte auch in Richtung Feld. An einer Stelle, die ein wenig niedergetreten war und aussah, als hätte hier ein Elefant auf der Seite geschlafen, bockte Claudius das Motorrad auf.

Die Weizenhalme waren noch etwas grünlich, wir brauchten also keine Angst zu haben, dass die Erntekapitäne anrückten und uns mit ihren Mähwerken bedrohten. Im Sommer ernteten die LPGs auch zu Nachtzeiten, dann mit Scheinwerfern, die das Feld beleuchteten.

Da es in der Nähe ein paar Weiden mit sehr geraden Ästen gab, beschloss Claudius, ein paar davon zu schneiden. »Dann können wir gleich unser Zelt aufbauen und müssen nicht unter freiem Himmel liegen.«

»Unter freiem Himmel liegen hat aber auch seinen Reiz«, entgegnete ich. »Man kann die Sterne sehen.«

»Wie in diesem Song, wie? Ein Bett im Kornfeld.«

Ich verzog das Gesicht. »Stehst du da etwa drauf? Mirko nennt das Lied immer ›Ein Korn im Feldbett‹, bei der NVA ist das sehr beliebt.«

»Nee, da steh ich nicht drauf, ist mir nur so eingefallen. Es ist Sommer, die Grillen singen …«

»Hör auf, bitte!«, flehte ich. »Nicht, dass du das jetzt auch gleich noch singst.«

»Das war eines der ersten Lieder auf der Gitarre, die ich in der Musikschule spielen musste. Und konnte!«

»Du hättest deine Gitarre mitnehmen sollen«, sagte ich verträumt, denn ich stellte es mir schön vor, mit ihm am Lagerfeuer zu sitzen und zu hören, wie er spielte. Klar, wir hatten den Walkman, wenn wir Musik hören wollten, aber nur zu gern hätte ich gehört, wie er spielte.

»Dann hättest du auf dem Sozius aber keinen Platz mehr gehabt, fürchte ich«, entgegnete er lachend. »Außerdem, wer weiß, ob du mein Geklampfe magst. Ich bin nicht so gut wie Bowie oder so.«

»Bowie spielt keine Gitarre! Vielleicht bist du ein neuer Jimi Hendrix.«

»Wenn das so ist, sollte ich es doch mal mit ›The Star-Spangled Banner‹ probieren. Und ich spiele es auf der Mauer. Was meinst du, wie eure Grenzer aus der Wäsche gucken!«

Der Gedanke, dass Claudius auf der Mauer stehen und wie Hendrix die amerikanische Nationalhymne spielen würde, hatte schon was. Aber jetzt wollte ich nicht an die Mauer denken. Überhaupt nicht an Berlin, denn Berlin bedeutete für mich Angst, während ich mir hier, mitten auf irgendeinem Feld, einreden konnte, dass wir frei waren, dass sie uns nicht kriegen würden.

Ich umarmte Claudius und küsste ihn auf seine Worte, dann gingen wir Hand in Hand zu den Weiden, um die Äste zu schneiden.

»Ich hoffe nur, dass nicht gerade irgendein Förster hier vorbeischaut«, sagte Claudius, während er das Messer an den ersten der Äste setzte. Sie waren weich und biegsam, ideal für ein Zelt.

»Nicht um die Uhrzeit«, gab ich zurück. »Auch die Forstbetriebe haben Feierabend.«

»Und abends läuft niemand herum und schießt irgendwelches Wild ab?«

Ich schüttelte den Kopf. »Nein, das ist verboten. Nur bei offiziellen Jagden darf geschossen werden. Der Wald ist Volkseigentum, wer dort wildert, schwächt den Staat und den Sozialismus.« Wie hohl kamen mir diese Worte auf einmal vor! Und plötzlich war ich mir nicht mehr sicher, ob sich die Jäger wirklich an das Verbot hielten. Bestimmt füllten einige von ihnen ihre Kühltruhen an den Vorschriften vorbei mit Wild.

Aber hier blieb alles ruhig, sodass wir nur wenig später mit einigen Weidenästen zum Motorrad zurückkehrten.

»Ich glaube, es wäre besser, wenn wir hier kein Lagerfeuer machen«, sagte Claudius, während er die Äste bog und zu einer Art Iglu zusammenband. »Womöglich glauben die Leute dann noch, dass das Feld brennt und holen die Feuerwehr.«

Da hatte er recht, und das Letzte, was wir gebrauchen konnten, war die Feuerwehr und ein wütender LPG-Brigadier, der vielleicht den nächsten ABV benachrichtigte.

Als wir die muffige Plane über das Gerüst ausgebreitet und uns davor gesetzt hatten, um der Sonne dabei zuzusehen, wie sie hinter dem Kornfeld verschwand, fragte ich Claudius: »Woher weißt du eigentlich so viel über den Zeltbau? Ich denke, es ist total out, bei den Pfadfindern oder so anderen Gruppen zu sein? Mit dem Zelt hier könntest du jeden Pionierleiter schwer beeindrucken.«

»Als Kind hat mich meine Mutter in eine kirchliche Gruppe gesteckt, bei der wir gelernt haben, Zelte aufzurichten und uns in der Natur zurechtzufinden. Aber so was würde ich gegenüber meinen Kumpels nie zugeben, denn damit würden sie mich stundenlang aufziehen und ich steh nicht auf solche Diskussionen.«

»Aber mir erzählst du es.« Ich lächelte in mich hinein und genoss es, etwas über ihn zu wissen, was nicht mal seine Freunde wussten.

»Wir sind ja gewissermaßen Leidensgenossen. Immerhin warst du bei den Pionieren.«

Ich seufzte, dann grinste ich in mich hinein. Wenn ich daran dachte, wie ich auf dem Passbild ausgesehen hatte, das in den kleinen blauen Pionierausweis geklebt war!

»Warum grinst du?«, fragte Claudius, während er mich lächelnd musterte.

»Ich dachte an mein erstes Erlebnis beim Fotografen.«

»Und wie kommst du jetzt darauf?«

»Weil wir als Pionier alle kleine Ausweise bekommen haben.«

»Den würde ich zu gern mal sehen!«, rief Claudius begeistert.

»Ich bin mir nicht sicher, ob du das wirklich willst. Ich sehe auf dem Bild aus, als hätte ich gerade einen Horrorfilm gesehen. Mit riesengroßen Augen!« Sollte ich ihm wirklich davon erzählen? Na gut, er hatte mir gerade von seiner kirchlichen Pfadfindergruppe erzählt … »Da war ich sechs und zum ersten Mal bei einem Fotografen. Das war so ein alter Mann, dessen Laden vorn schon sehr dunkel war. Und dann musste man beim Fotografieren nach hinten, bekam so einen Schirm hingestellt und ein Ding auf drei Beinen, das obendrein blitzte. Ich hatte furchtbare Angst, und der Fotograf brauchte zehn Anläufe, um wenigstens *ein* brauchbares Bild hinzubekommen. Papa war schon ganz wütend, die Leute im Laden hinter uns auch und Mirko hat sich nicht mehr eingekriegt vor Lachen.«

»Ich würde das Bild wahnsinnig gern sehen. Ich kann mir nicht vorstellen, dass es hässlich ist.«

»Ich habe auch nicht behauptet, dass es hässlich ist. Ich sehe darauf nur erschreckt aus.«

Lächelnd lehnte ich mich an seine Schulter. Obwohl wir den ganzen Tag unterwegs gewesen waren und keine Gelegenheit gehabt hatten, uns zu waschen, roch er immer noch gut. Die Wärme, die von ihm ausging, umfing mich und gab mir das Gefühl von Sicherheit, dass ich die Augen schließen und einfach an nichts denken konnte.

Nachdem wir uns etwas vom Proviant genommen hatten – viel war es nicht, aber es würde reichen, um uns jetzt und morgen früh satt zu machen – beschlossen wir, uns hinzulegen.

Wenn wir in aller Frühe fuhren, konnten wir dem Tagesverkehr ein wenig aus dem Weg gehen und die Zeit nutzen, um uns in irgendeinem kleinen Dorf etwas zu essen zu kaufen.

Obwohl ich todmüde war, lag ich in der Nacht lange wach und lauschte den Geräuschen ringsherum. Es war seltsam. Die Tiere des Waldes schienen uns gespürt und so lange gewartet zu haben, bis wir im Zelt verschwunden waren.

Nun hörte ich, wie etwas durch das Korn tapste, etwas an unserer Zeltplane kratzte oder darüber hinwegflog. Es raschelte, zirpte, sang – und irgendwo in der Ferne rief ein Kuckuck.

Als ich klein war, war ich ein einziges Mal in meinem Leben in einem Pionierferienlager. Wir hatten in Holzbaracken geschlafen, die in der Nähe eines Waldes standen. Alle Geräusche ringsherum waren zu hören gewesen. Aber nicht so, wie ich sie jetzt wahrnahm. Nie hätte ich gedacht, dass es außerhalb der Stadt nachts so lebhaft zuging.

Obwohl ich eigentlich keine Angst empfand, kuschelte ich mich an Claudius, dessen tiefe und gleichmäßige Atemzüge verrieten, dass er bereits eingeschlafen war. Seine Nähe und Wärme waren wie eine Decke, und nur kurz dachte ich noch daran, wie schutzlos der Mensch doch im Schlaf war. Dann verschwammen alle Gedanken und wurden zu einem Traum von Meer und Romeo und Julia.

Claudius

Der Kuckuck nervte. »Blöder Vogel!«, murrte ich, während ich die Augen aufschlug. Ich brauchte einen Moment, um mich zu orientieren. Helles Licht auf einer Zeltplane.

Ja, ich war immer noch in dem muffig riechenden Zelt und neben mir lag Milena. Auch sie hatte der Vogel aus dem Schlaf gerissen. Murrend wälzte sie sich herum.

Gestern Abend war ich dermaßen kaputt gewesen, dass ich es noch ignorieren konnte. Doch jetzt ging mir der Kuckuck gehörig auf den Geist!

»Vielleicht wäre es doch gut, wenn jetzt mal ein Jäger vorbeikäme«, knurrte ich,

»Lass ihn doch«, entgegnete Milena und schmiegte sich an meinen Arm. »Mein Opa hat früher mal behauptet, dass man am Ruf des Kuckucks abzählen kann, wie lange man noch zu leben hat.«

»Das ist ja gruselig«, antwortete ich. »Und wenn er nur einmal ruft oder zweimal?«

»Die Male werden natürlich mit zehn multipliziert«, gab Milena zurück. »Wenn's nach dem Kuckuck da draußen geht, werden wir mindestens hundertfünfzig.«

»Hast du mitgezählt?«

»Ja, das mache ich immer, wenn ich einen Kuckuck höre«, entgegnete sie. »Dabei erinnere ich mich an Opa.«

»Hast du ihn sehr gemocht?«

Milena nickte. »Ja, manchmal mehr als Papa. Mein Vater kann sehr abweisend sein.«

»Ihm liegt bestimmt viel auf der Seele. Die Sache mit deiner Mutter war sicher hart für ihn.«

Milena schwieg einen Moment, dann nickte sie. »Ja, mag sein.

Bei Opa war das anders. Er hatte immer irgendwelche Geschichten für mich. Mittlerweile frage ich mich aber, ob er es mir erzählt hätte, wenn ich gefragt hätte.«

»Früher oder später wäre es rausgekommen«, entgegnete ich. »Die Wahrheit kommt immer ans Licht. Stell dir mal vor, eines Tages wird alles anders. Vielleicht fallen irgendwann die Grenzen doch, und dann kann deine Mutter zu dir kommen.«

»Sie hätte es all die Jahre versuchen können.«

»Hat sie vielleicht. Aber wenn ihre Briefe von der Stasi abgefangen wurden? Wenn sie euch deshalb überwacht haben, wäre das möglich. Sie haben ja sogar von unseren Briefen erfahren, und das recht schnell.«

Milena biss nachdenklich auf ihrer Unterlippe herum, dann nickte sie. »Ja, möglich wäre das wirklich. Ich hoffe, ich erfahre irgendwann, was damals wirklich passiert ist. Warum sie getrennt wurden und so weiter.«

»Das wirst du. Bestimmt.«

Da der Kuckuck keine Ruhe gab und wir weitermussten, schälten wir uns aus dem Zelt und begannen, das Lager abzubrechen.

»Was machen deine Blutergüsse?«, fragte Milena, während sie in ihrem Rucksack nach der Heparin-Salbe suchte.

»Woher soll ich das wissen?«, fragte ich, während ich mein T-Shirt hochzog. Der riesige Bluterguss an meiner Seite war natürlich noch da, doch mittlerweile hatte er eine andere Farbe bekommen. Aus dem dunklen Rotblau wurde allmählich ein Gelbschwarz. Nicht gerade eine Verbesserung, wie ich fand, doch Milena schien zufrieden zu sein.

»Noch ein paarmal diese Salbe und er ist weg.«

Wieder spürte ich ihre Fingerspitzen auf mir. Die Salbe war eklig, aber das Gefühl, wenn sie mich berührte, genauso einmalig wie ihr Duft, wenn sie neben mir schlief. Ich schloss die Augen.

»Tut's weh?«, fragte sie, als sie das bemerkte.

»Nur ein bisschen«, antwortete ich, was eigentlich nicht stimmte, denn ihre Berührung war so leicht und zärtlich, dass es eher kitzelte als schmerzte.

Als sie fertig war, tat es mir fast leid, denn ich wünschte, sie hätte weitergemacht. Der Gedanke, ihre Hände überall auf meiner Haut zu spüren, erregte mich ziemlich.

Doch ich kam sehr schnell wieder auf den Boden der Tatsachen, als ich ein Martinshorn heranrasen hörte.

Milena erstarrte, dann packte sie mich am Arm und zog mich mit sich in die Hocke.

»Meinst du, dass das die Polizei ist?«, fragte ich, erhielt aber keine Antwort. Als das Geräusch ganz nahe war, schob Milena vorsichtig den Kopf über die Ähren hinweg. Ich hielt die Luft an. Was sollten wir tun, wenn jetzt ein Suchtrupp anrückte?

Dann atmete sie auf.

Im nächsten Augenblick sah ich ein kleines, an den Ecken abgerundetes, eierschalenfarbenes Fahrzeug mit dem roten Kreuz an den Seitenfenstern, das mich irgendwie an die Krankenwagen in den 6oer-Jahren erinnerte. In einer Ausstellung hatte ich so was mal gesehen.

»Ist das ein Krankenwagen?«, fragte ich, während sich die Sirene wieder entfernte.

»Ja, wieso?«

»Bei uns sehen die Krankenwagen vollkommen anders aus. Viel größer.«

»Tja, bei uns ist eben vieles anders. Das da eben war ein Barkas 1000. Ich kann dir nicht sagen, wie die von innen aussehen, aber sie erfüllen ihren Zweck.«

Ich hatte da so meine Zweifel. »Besonders schnell ist er nicht gefahren.«

Milena hob die Augenbrauen. »Der hatte doch mindestens

hundert Sachen drauf! Das nennst du nicht schnell? Wie viel fahren denn die Krankenwagen bei euch?«

»Wenn sie können, wesentlich mehr. Allerdings ist auf unseren Straßen mehr los.«

»Dann gleicht sich das ja wieder aus, denn wie du siehst, kommt hier nur alle naselang was vorbei.«

Damit richtete sie sich wieder auf und schleppte den Rucksack zum Motorrad.

Als wir losfuhren, färbte die Sonne den Wald rings um uns golden und ließ die Straße vor uns strahlen, als wollte sie uns sagen, dass wir auf dem richtigen Weg waren.

Bevor wir zur Grenze fuhren, wollte ich noch einmal tanken, denn ich hatte bemerkt, dass wir nicht mehr besonders viel Sprit hatten.

Milena hatte gemeint, dass wir notfalls etwas Benzin von einer der LPGs – Landwirtschaftlichen Produktionsgenossenschaften – bekommen konnten, denn die meisten von ihnen verfügten über eigene Zapfsäulen.

Aber das hatten wir gar nicht nötig, denn in einem Dorf, das wir durchquerten, entdeckte ich ein Minol-Schild. Wenn ich auch nicht viel von der DDR wusste, inzwischen hatte ich immerhin verstanden, dass sich hinter dem rot-gelben Schild Tankstellen verbargen.

Ein bärtiger Mann saß auf einem Hocker neben den beiden Zapfsäulen und versuchte, sich eine Zigarette anzuzünden. Dass er dabei in die Luft fliegen konnte, schien ihm nicht in den Sinn zu kommen.

Ich brachte das Motorrad vor einer der gelb-roten Zapfsäulen zum Stehen. »Kraftstoff-Gemisch« stand an beiden, eine enthielt Benzin im Mischverhältnis 1:33 und die andere 1:50.

»Ich nehme mal an, wir brauchen 1:33«, sagte ich und stieg ab.

Milena schob die Unterlippe vor. »Unsere Mopeds brauchten auch 1:33, ich glaube, damit liegst du richtig.«

Ich schraubte den Tankverschluss ab, holte den Zapfhahn und tankte. Die Anlage gab ein merkwürdiges Geräusch von sich. Obwohl ich eigentlich nicht ängstlich war, schielte ich verstohlen zu dem Tankwart, der seine Zigarette mittlerweile in Brand gesteckt und das Streichholz auf dem Boden ausgedrückt hatte. Ganz offensichtlich hatte er keine Stelle mit Benzin erwischt, was pures Glück war, denn vor den beiden Zapfsäulen stand es in millimetertiefen Pfützen.

»Bekommt man hier nur Benzin?«, fragte ich mit Blick auf den Schuppen neben den Tanksäulen. Der erinnere mich an alte amerikanische Filme – doch selbst die hatten so was wie Verkaufsstellen oder ein Diner nebenbei. Hier gab es nur den Blechverschlag.

»Klar bekommst du hier nur Benzin«, antwortete Milena verwundert. »Bei den Tankstellen in der Stadt kannst du auch Öl kaufen, und an den Fenstern kleben Pneumant-Banner. Das ist die Firma, die bei uns Reifen herstellt.«

»Bei uns ist das ein bisschen anders, da kannst du an Tankstellen auch Lebensmittel kaufen. Schokoriegel und Kaffee zum Beispiel.«

Milena zog die Augenbrauen hoch. »Wirklich? Soweit ich denken kann, gibt es bei uns nur Sachen fürs Auto, also Benzin, Öl, Lampen zum Wechseln, manchmal auch Reifen oder Keilriemen. Deshalb ist das ja auch eine Tankstelle und kein HO.«

Und wahrscheinlich würde der Laden, wenn es hier noch etwas anderes gab, genauso trist aussehen wie die Kaufhallen in Ostberlin, sagte ich mir, während ich den Zapfhahn zurückhängte und den Tankverschluss wieder zudrehte.

Als ich den Mann mit der Zigarre ansprach, reagierte er zunächst nur mit einem undeutlichen Brummen. Der Preis, den er mir daraufhin nannte, war im Vergleich zu Westberlin wirklich sehr günstig.

Ich bezahlte schnell und fixierte die ganze Zeit die Zigarette in seinem Mundwinkel. Wenn die nun runterfiel …

Glücklicherweise tat sie es nicht, solange ich bei ihm stand. Rasch kehrte ich zu Milena zurück und schob das Motorrad ein Stück vor, weg von den regenbogenfarben schillernden Pfützen.

»Verschwinden wir«, sagte ich zu ihr. »Hier ist es mir nicht geheuer. Siehst du die Zigarette?«

Milena nickte, dann lächelte sie breit. »Der betreibt die Tankstelle sicher schon lange und weiß, was er tut.«

»Darauf würde ich nicht wetten!« Ich ließ den Motor an und stieg wieder auf.

Als wir ein Stück entfernt waren, erwartete ich beinahe, dass die Tankstelle nun doch in die Luft fliegen würde, so richtig mit großem Rauchpilz, wie man ihn aus Actionfilmen kannte. Doch nichts geschah. Der Mann mit der Zigarette war entweder ein großer Glückspilz – oder er wusste genau, was er tat. Ich hoffte, dass wir beim nächsten Mal eine größere Tankstelle finden würden, in dem das Personal nicht so leichtsinnig war.

In Reitzenhain staute sich der Reiseverkehr, unzählige Trabis, Wartburgs und andere Fahrzeuge reihten sich vor dem Grenzübergang auf. Außerdem gab es eine Extra-Warteschlange für Lastwagen, die ebenfalls ziemlich lang war.

Wir hielten in der Autoschlange, und nachdem sie ihren Helm abgenommen hatte, erklärte mir Milena die einzelnen Autotypen: »Also, das da ist ein Lada«, sagte sie und deutete auf ein sehr eckiges Auto mit runden Lampen. »Das da hinten ist ein Moskwitsch und weiter hinten ein Saporoschez.«

»Klingt alles sehr russisch.«

»Ist es auch. Die meisten Wagen, die hier neben Trabant und

Wartburg fahren, stammen aus russischer Produktion. Bei uns gibt es einen Witz über die Saporoschez. Warum dauert es dreißig Jahre, bis man einen bekommt?«

»Keine Ahnung.«

»Weil Iwan Feilowitsch ihn mit einer Handfeile aus einem Stahlblock raspelt.«

Milena kicherte. Ich wusste mit dem Witz nichts anzufangen, was sie auch gleich bemerkte.

»Ach, komm schon, der ist doch lustig!«

»Wahrscheinlich verstehe ich ihn nur nicht richtig«, gab ich zurück. »Bei uns wartet ja keiner dreißig Jahre auf einen Wagen.«

»Stimmt auch wieder«, gab Milena zurück. »Hier gibt es viele Witze über den Mangel. Die Menschen bewahren sich damit wohl selbst davor, verrückt zu werden.«

Als wir auf das Grenzhäuschen zukamen, bekam ich weiche Knie. Ich sah, wie gründlich die deutschen Grenzer die Pässe prüften. Ein Stück weiter vor uns stand ein Fahrzeug mit Wolfsburger Kennzeichen. Als ich sah, wie finster die Miene des Grenzers wurde, der sie kontrollierte, rutschte mir das Herz in die Hose.

Jetzt fielen mir auch wieder all die Dinge ein, die ich von meinem Vater bezüglich des Transitverkehrs aufgeschnappt hatte – oder besser gesagt, worüber er sich beschwert hatte. So durfte man nur an bestimmten Übergangsstellen rüber, musste so schnell wie möglich das Gebiet der DDR passieren und so weiter. Ich war nicht auf einer Transitstrecke unterwegs, hatte keine Stempel und man würde sich fragen, wie ich wohl in die DDR gekommen war. Nein, das war mir zu heiß!

Als ich wieder zu den Wolfsburgern schaute, wurde der Fahrer gerade angewiesen, sein Fahrzeug an die Seite zu fahren, wo schon andere Grenzer warteten. Die konnten sich jetzt auf was gefasst machen!

Mich durchfuhr es heiß und kalt. Vor uns waren noch drei Trabis, die in Windeseile durchgewunken werden würden.

Die Sache war verfahren.

»Es wird besser sein, wenn ich mich als DDR-Bürger ausgebe«, flüsterte ich Milena zu. »Mit meinem Ausweis komme ich hier nie durch.«

»Und ohne DDR-Ausweis auch nicht«, entgegnete Milena besorgt. »Was machen wir nun?«

»Sollte ich wirklich nicht rüberkommen, dann gehst du erst mal allein. Ich werde schon eine Möglichkeit finden.« Ich sah ihr an, dass ihr das überhaupt nicht gefiel.

Aber hatten wir eine andere Möglichkeit?

Schließlich waren wir an der Reihe.

»Die Papiere bitte!«, sagte der Grenzer, ein untersetzter Mann mit ergrautem Haar, streng.

Milena förderte ihren Personalausweis zutage. Nicht ganz ohne gemischte Gefühle, wie ich ihr ansehen konnte, denn möglicherweise hatte man die Grenzer auch über ihr Verschwinden informiert.

Der Uniformierte blätterte Milenas Perso durch, verglich das Bild mit ihrem Gesicht und reichte ihr den Ausweis zurück. Jetzt war ich an der Reihe. Zeit, zu zeigen, was ich beim darstellenden Spiel draufhatte!

Ich durchsuchte panisch meine Taschen, blickte den Grenzer dann entsetzt an. »Ich glaube, ich habe meine Papiere zu Hause liegen lassen!«

Der Mann mit den fahlblauen Augen musterte mich von oben bis unten. »Ohne Ausweis kommen Sie hier nicht durch.«

»Können Sie denn nicht eine Ausnahme machen?«, flehte Milena und sah den Mann mit großen Augen an. »Wir wollten ein paar Tage nach Pilsen, Urlaub machen.«

»Dieser junge Mann ist Ihr Freund?«

Milena nickte.

»Nun, da er volljährig ist, braucht er seinen Personalausweis. Anderenfalls kann ich ihm die Ausreise nicht gestatten. So sind die Vorschriften.«

Der Grenzer sah nicht so aus, als wollte er davon abrücken.

Milena kniff wütend die Lippen zusammen. Ich seufzte. Also gut, dann Plan B.

»Geh schon«, sagte ich zu ihr. »Wir treffen uns auf der anderen Seite. Ich hol nur meinen Pass, dauert nicht lange.« Ich hätte ihr am liebsten zugezwinkert, aber das ließ ich angesichts des wachsamen Grenzerblicks bleiben.

Milena sah mich ängstlich an, denn sie wusste, dass es da nichts zu holen gab.

Doch dann fragte sie: »Was ist mit dem Motorrad, darf ich das wenigstens schon mit rübernehmen?«

Der Grenzer überlegte.

»Ich verspreche Ihnen, dass ich nicht damit fahre!«, setzte Milena hinzu. »Die Maschine gehört meinem Bruder, er hat sie uns für die Reise geliehen. Die Papiere habe ich da.«

»Dann zeigen Sie mir die doch mal.«

Milena griff in ihren Rucksack. Auch dieses Dokument studierte er sorgsam, da ihr Bruder unter derselben Adresse gemeldet war wie sie selbst, nickte er und gab es ihr wieder. »In Ordnung, nehmen Sie die Maschine mit rüber. Aber ich muss Ihnen sagen, dass es für Sie Konsequenzen hat, wenn Sie das Fahrzeug ohne entsprechenden Führerschein bewegen.«

»Das habe ich wirklich nicht vor«, entgegnete Milena und durfte dann passieren. Der Grenzer sah nun wieder mich an.

»Holen Sie Ihre Dokumente, dann können Sie passieren. Ansonsten bleiben Sie hier!«

Ich nickte so ruhig wie möglich, aber innerlich zerriss es mich fast vor Wut. Wut auf mich selbst. Wut darüber, dass ich unsere

Flucht nicht besser geplant hatte. Wenn Milena mit der S-Bahn aus der Stadt gefahren wäre und ich über die Transitstrecke die Stadt verlassen hätte, hätten wir längst in der ČSSR sein können! Dazu hätte ich aber mein Motorrad gebraucht ...

Nein, es brachte nichts, sich jetzt zu fragen, was man hätte anders machen können.

Kurz noch blickte ich zu Milena, die hinter dem Zaun wartete. Schon wieder trennte uns eine Grenze! Aber ich war fest entschlossen, nicht lange auf dieser Seite zu bleiben.

Auf dem Weg an den wartenden Autos vorbei bemerkte ich in der gegenüberliegenden Lastwagenschlange einen Fahrer aus Hamburg, der sich gerade mit Kollegen unterhielt. Ich dachte daran, dass Milena von der Hilfsbereitschaft meiner Leute gesprochen hatte. Vielleicht sollte ich das mal testen.

Ich hielt auf die Männer zu, die mich nicht zu bemerken schienen.

»Entschuldigen Sie bitte«, mischte ich mich ein, worauf alle fast gleichzeitig verstummten und mich ansahen, als könnten sie nicht glauben, dass ich die Frechheit besaß, sie anzusprechen.

Das ungute Gefühl in meiner Magengrube wurde größer. Was, wenn sie ablehnten – oder glaubten, ich wollte ihnen was klauen, und mich dann vermöbelten. Gegen diesen Haufen bulliger Kerle hatte ich keine Chance.

»Wer von Ihnen ist der Fahrer dieses LKW?«

Die Männer sahen mich an, als wäre ich Mork vom Ork.

Dann schob sich einer von ihnen vor. Er hatte lockiges braunes Haar, sein Bart war zwar noch kein richtiger Bart, aber deutlich älter als drei Tage. Unter seinen Augen hatte er bläuliche Ringe, das Resultat vieler Stunden auf der Autobahn und drängender Termine.

»Mir gehört der Zug hier«, sagte er und deutete mit dem Daumen über seine Schulter. »Was willst du, Junge?«

»Mit Ihnen reden.« Ich blickte zu den anderen Männern. Waren die aus dem Osten oder auch aus dem Westen? »Es ist dringend.«

Der Fahrer musterte mich prüfend. Einer seiner Kollegen lachte spöttisch, während die anderen glotzten, als hätte ich verlangt, dass er mir seinen Laster geben solle.

»Na gut, Junge, schieß los!«, sagte der Fahrer schließlich.

»Können wir das unter vier Augen besprechen?«

Mir war klar, dass ich mich damit vor den anderen Männern komplett lächerlich machte, doch ich wollte nicht allen mein Vorhaben auf die Nase binden.

»Na gut, dann komm mit«, sagte der Fahrer, zündete sich noch eine Zigarette an und bedeutete mir, um den Truck herum zu kommen.

»Treib's nicht so doll mit dem Kleinen!«, rief uns einer der Männer hinterher, die anderen lachten.

Der Fahrer winkte ab. »Vielleicht wär es besser, wenn du mir erst mal deinen Namen sagst, Kleiner. Ich bin Bernd.«

»Claudius«, entgegnete ich, sah aber, dass der Mann nicht erwartete, dass wir uns die Hand gaben.

»Und, was gibt's so Dringendes?«

»Ich muss über die Grenze«, erklärte ich dem Brummi-Fahrer.

»Und warum gehst du nicht einfach?«, fragte er desinteressiert.

»Weil es ein Problem mit dem Visum gibt«, entgegnete ich. »Ich bin über Berlin eingereist, habe aber vergessen, dass man eigentlich die Stadtgrenze nicht verlassen darf.«

Der Fahrer sog scharf die Luft ein. »Na, da ist die Kacke aber am Dampfen.«

»Das Schlimme ist, dass meine Freundin mit meiner Maschine schon drüben ist. Und ich will sie da nicht allein lassen.«

Hätte es gezogen, wenn ich behauptet hätte, wir seien auf Republikflucht?

»Und das Mädel ist aus der Zone, wie?«

262

Ich nickte. »Ja, sie ist problemlos durchgekommen, aber mir hätten sie die Ohren vom Stamm gerissen.«

Der Mann musterte mich von Kopf bis Fuß. »Könnt schwierig werden, dich mitzunehmen. Die filzen die Lastwagen immer genau. Zwischen der Ladung kannst du dich nicht verstecken, da würden die dich sehen.«

Also Pech gehabt.

»Aber es gibt da noch 'ne andere Möglichkeit. Wollt immer schon mal jemandem zur Flucht verhelfen.« Er zwinkerte mir zu und bedeutete mir dann, mitzukommen.

Die anderen Lastwagenfahrer hatten sich inzwischen vor einem anderen Truck eingefunden und setzten dort ihren Schwatz fort.

Er schloss seine Kanzel auf und stieg ein. Und was war nun mit mir?

»Wie klein kannst du dich machen, Junge?«

»Ähm, ich weiß nicht. Sehr klein, wenn es sein muss.«

»Na dann komm mal rein in die gute Stube und mach die Tür zu. Ich hab da nämlich ein Versteck, in dem ich sonst Zigaretten schmuggle. Du kannst froh sein, dass du an mich geraten bist, nicht jeder hat so was in seinem Wagen.«

Ich war an einen Schmuggler geraten. Spitze!

Milena

Voller Angst hockte ich auf einem Stein in der Nähe des Grenzüberganges. Wie es mir die tschechischen Zöllner geraten hatten, hatte ich Kronen eingetauscht und mich ein Stück vom Grenzübergang wegbegeben. Nun wartete ich mit mulmigem Gefühl im Magen darauf, dass Claudius sich blicken ließ.

Was sollte ich tun, wenn er es nicht schaffte? Oder wenn er von den Grenzern festgenommen wurde?

Mittlerweile wurde es dunkel, und ich hatte keine Ahnung, wie viele Wagen schon an mir vorübergefahren waren. Einige hupten spöttisch, andere riefen mir aus dem Fenster etwas zu. Ich ignorierte sie, und als hätte mein Blick Zauberkräfte, fixierte ich das tschechische Zollgebäude, in der Hoffnung, Claudius auf diese Weise herbeirufen zu können.

Wie wollte er das bloß schaffen?

Auf einmal wurde mir klar, wie er sich gefühlt haben musste, als ich nicht durch die Grenze kommen konnte. Jetzt war er es, der in der DDR hängen blieb. Wäre das nicht zum Heulen gewesen, hätte ich gelacht.

Da rollte ein Laster durch den Grenzübergang. Das Nummernschild konnte ich nicht erkennen, aber auf der Wagenplane stand der Name einer Firma aus Hamburg. Hamburg. Das kannte ich nur aus dem Tatort oder uralten Filmen mit Hans Albers und aus Erzählungen von Onkel Erwin. Wie gern hätte ich mir die Stadt mal angeschaut, den Hafen, den Michel ... Es war die Stadt, in der Onkel Erwin gewohnt hatte und es war vollkommen blödsinnig, dass wir nicht zu ihm durften. Was hätte er dem Sozialismus schon antun können?

Der Laster fuhr an mir vorbei, doch ich beachtete ihn nicht. Ich blickte auf die Zollstelle. Noch immer kein Claudius. Vielleicht hätte ich ihm das Motorrad dalassen sollen.

Da bemerkte ich, dass der Laster ein Stück von mir entfernt am Straßenrand hielt.

Ich dachte nicht weiter darüber nach, bis neben mir Schritte ertönten.

»He, Mädchen«, sprach er mich an. »Komm doch mal mit.«

Ich sprang erschrocken auf. Was wollte er von mir?

Auch wenn in der DDR offiziell nicht von irgendwelchen Verbrechen berichtet wurde, bekamen wir doch mit, dass manchmal jemand verschwand. Mein Opa hatte mich als Kind immer davor gewarnt, mit fremden Männern mitzugehen. Und so ein fremder Mann stand jetzt vor mir und wollte, dass ich mitkam?

»Nee, ich bleib lieber hier«, antwortete ich und überlegte, wie ich mich verteidigen konnte, wenn er mich angriff. Ich konnte mich ja unmöglich auf die Maschine schwingen und wegfahren.

»Keine Bange, ich will dir nicht an die Wäsche«, sagte der Mann, als hätte er meine Gedanken erraten. »Ich hab da wen für dich. Aber es wäre wirklich besser, wenn du ein Stück mitkommen würdest, mit deiner tollen Maschine. Sonst würden die Grenzer womöglich sehen, dass ich geschmuggelt habe.«

Nur langsam sickerten seine Worte durch meinen Verstand. Geschmuggelt? Er hatte da wen?

Dann fiel der Groschen. Während mein Herz zu rasen begann, schnappte ich mir die Maschine, bockte sie ab und schob sie dann weiter. Beinahe riss mich die Jawa um, als ich kurz im Boden einsank, doch ich erreichte den Lastwagen.

Daneben stand Claudius und reckte seine Glieder.

»Na, der gehört wohl zu dir, oder?«, fragte der Brummi-Fahrer. »Sonst schick ich ihn gleich wieder rüber.«

Ich lächelte breit. »Er gehört zu mir.«

»Wie dein Name an der Tür, was?«

Der Brummifahrer lachte, schlug Claudius auf die Schulter und verschwand in seiner Kanzel, bevor ich ihm ein »Danke« hinterherrufen konnte.

Claudius

»Ich bin so froh, dass du es geschafft hast«, sagte Milena, als sie den Kopf auf meine Brust legte. »Wie hat dich der Lasterfahrer über die Grenze bekommen?«

»Unter seinem Sitz«, antwortete ich. Mittlerweile konnte ich über mein Erlebnis wieder grinsen, aber zwischendurch hatte ich mir vor Angst beinahe in die Hosen gemacht. Milena war bald geplatzt vor Neugierde, doch ich wollte so schnell wie möglich weg von der Grenze, an der ich beinahe hängen geblieben wäre. Also fuhren wir ein Stück die Straße entlang und bogen dann in einen Waldweg ab.

Hier war es ziemlich unheimlich, auch hatten wir nicht mehr genügend Licht, um unser Zelt aufzubauen. Im Schein von Milenas Taschenlampe konnten wir nur unsere Schlafsäcke und Decken entrollen.

»Wo unter seinem Sitz?«, fragte Milena weiter. Wahrscheinlich würde sie mich nicht eher schlafen lassen, bis ich ihr alles erzählt hatte.

»Er hatte da so eine Spezialvorrichtung drunter gebaut. Von außen war nichts zu sehen, von unten auch nicht. Keine Ahnung, wie er das hingekriegt hat, aber er hat auf einer Art Box gesessen. Einer Box, in der er haufenweise Zigarettenstangen über die Grenze schmuggelt.«

»Und wie biste gerade an einen Schmuggler geraten?«

»Keine Ahnung, ich bin einfach zu dem Ersten gegangen, der weit genug von der Grenze weg stand. Du hattest ja gemeint, ich sollte es mit der Hilfsbereitschaft meiner Landsleute probieren.«

»Hm«, machte Milena daraufhin. »Was soll ich jetzt von dir halten? Dass du eine kriminelle Ader hast, die dich andere Kriminelle aufspüren lässt?«

»Quatsch!«, entgegnete ich. »Ich hatte Glück, nichts weiter. Hätte er mich weggescheucht, wäre ich eben zu 'nem anderen gegangen.«

»Ein Schmuggler!« Ich spürte, dass Milena den Kopf schüttelte. »Vielleicht sollte sich der Mann als Fluchthelfer anstellen lassen.«

»Glaube kaum, dass er dazu Bock hätte. Die ganze Zeit, als wir zur Grenze fuhren, hat er mir immer wieder gedroht, dass er mir die Ohren langziehen würde, wenn er meinetwegen in den Knast käme. Glücklicherweise waren die Grenzer da schon müde, laut dem Fahrer standen sie kurz vor Schichtwechsel. Sie haben sich zwar die Ladung angeschaut und den Fußraum der Kanzel, außerdem sind sie mit Spiegeln unter den Laster gegangen und haben Hunde schnüffeln lassen. Aber die hatten glücklicherweise keine Nase für meine alten Socken.«

Milena lachte und ich lachte mit. Ich zog sie an mich, küsste sie und hielt sie fest. Was für ein tolles Gefühl. Nach den Strapazen unter dem Sitz des Fahrers wusste ich nun wieder, wie sich Leben wirklich anfühlte.

»Weißt du, deine Flucht unter dem Sitz wäre echt was für meinen Roman.«

»Du willst einen Roman schreiben?«, fragte ich. Eigentlich war ich todmüde, aber das interessierte mich doch.

»Ja, das will ich. Einen Spionageroman. Lorenz will ihn verlegen, wenn er eines Tages in einem Verlag arbeitet.«

»Spionageroman? So was wie James Bond?«

»Ja, genau, nur dass ich den Agenten auch unter den Sitz eines Schmugglers stecke.«

»Dann lass aber den Firmennamen weg, nicht, dass mein Retter Ärger bekommt?«

»Nee, keine Sorge, ich nenne den anders. Aber die Idee ist wirklich nicht schlecht. Es sollten viel mehr Lastwagenfahrer irgendwelche Zigaretten schmuggeln, dann könnten sie immer wieder Leute mitnehmen, die sich an der Grenze nicht sehen lassen wollen.«

»Leute wie mich«, entgegnete ich. »Du hattest ja keine Probleme.«

»Stimmt auch wieder. Ob dieser Hamburger Fahrer auch nach Ungarn fährt?«

»Hab ich nicht gefragt.«

»Hättest du vielleicht tun sollen, dann hätte er uns mitnehmen können.«

Mist! Warum war mir das nicht eingefallen? Doch es gab da ein nicht unbedeutendes Hindernis.

»Und wie hätte er das Motorrad über die Grenze bringen sollen?«

»Stimmt auch wieder«, lenkte sie ein, dann spürte ich ihre Lippen auf meiner Wange.

»Du stoppelst«, sagte sie dann und kuschelte sich an mich. »Gute Nacht!«

»Gute Nacht«, wünschte ich zurück und lauschte dann noch eine Weile den Geräuschen des Waldes. Dabei wünschte ich mir, dass ich Max von all dem hier erzählen könnte. Er würde das abgefahren finden, da war ich mir sicher.

Milena

Die ganze Nacht über ließ mir Claudius' abenteuerliche Geschichte keine Ruhe. Sogar bis in meine Träume verfolgte sie mich. Dort sah ich mich tatsächlich den schweren LKW fahren, während ich Claudius unter mir im Sitz versteckt hielt und an den Grenzern vorbeischmuggelte. Dass er, als ich den Sitz hochklappte, haufenweise Zigarettenschachteln im Arm hielt, brachte mich im Traum zum Lachen.

Am nächsten Morgen kamen wir ziemlich spät aus den Federn, erst, als der Verkehr auf der Grenzstraße wieder lauter wurde, schreckten wir hoch. Eine Weile fuhren wir in der Gegend herum, ohne richtig zu wissen, wo wir lang mussten. Unsere Straßenkarte war ziemlich lückenhaft, denn sie war unterhalb des südlichsten Zipfels der DDR abgeschnitten. Ein paar Orte in Grenznähe waren noch aufgeführt, jedenfalls auf dem Gebiet der ČSSR, doch wie wir uns im Land weiter zurechtfinden sollten, wussten wir erst mal nicht.

Auf einem schmalen Feldweg machten wir um die Mittagszeit halt.

Der Boden war hier knochentrocken und wies einige Risse auf. Fast sah er aus wie in Dokumentationen über Afrika, in denen ausgetrocknete Flussbetten gezeigt wurden. Doch im Gegensatz dazu stand an den Wegrändern hoch das Korn. Die schweren gelben Ähren bogen die Stiele herunter, nicht mehr lange und die Mähdrescher würden kommen.

Doch jetzt gab es hier nur uns und ein paar Grillen, die wieder zu zirpen begannen, als Claudius den Motor der Jawa abstellte.

Wir breiteten die vollkommen nutzlose Karte trotzdem aus, und ich weiß nicht, warum, aber irgendwie überkamen mich plötzlich die Zweifel. Eine Karte bekamen wir sicher in irgendeiner kleinen Stadt, aber dennoch …

Claudius bemerkte, dass ich still wurde und nachdenklich vor mich hinbrütete.

»Was ist?«, fragte er. »Warum guckst du so traurig?«

»Ich weiß nicht, ob es klappen wird«, gab ich zu und lehnte mich an seine Schulter. »Es ist noch so ein weiter Weg und wir müssen noch über zwei Grenzen. Und dann? Auch die Italiener werden uns nicht so ohne Weiteres rüberlassen.«

Claudius sagte erst mal nichts. Er hielt mich einfach nur fest. Ich wusste, dass ich ihm in diesem Augenblick nicht geglaubt hätte, wenn er behauptet hätte, dass alles schon werden würde. Wahrscheinlich hatte er diese Zweifel auch.

Dann tat er jedoch etwas Überraschendes.

»Willst du mal fahren?«, fragte er.

»Fahren?«, fragte ich zurück. »Aber ich habe doch nur 'nen Mopedschein!«

»Ein Moped fährt sich nicht viel anders als ein Motorrad, du hast nur mehr PS unter dem Hintern.«

»Mein Bruder würde mich lynchen, wenn ich seine Maschine fahre!«

»Das tut er ohnehin schon, weil wir sie ihm geklaut haben!«

Claudius stieg ab und deutete mit einer einladenden Handbewegung auf den Sitz.

»Ich wette, du kannst das. Versuch's doch mal.«

»Und wenn ich umkippe?«

»Richten wir es wieder auf. Komm, ich setz mich hinter dich, dann passiert schon nichts.«

Zögerlich übernahm ich den Lenker. Seit der Fahrschule hatte ich nicht mehr auf einem Moped gesessen. Und dieses hatte nun wesentlich mehr PS als die Fahrschul-Nuckelpinnen.

»Und wenn ich es doch nicht kann?«, fragte ich ängstlich, denn die Motorräder jagten mir immer großen Respekt ein.

»Du kannst das. Versuch's mal, lass sie an.«

Ich trat mit vollem Gewicht auf den Anlasserhebel. Die Maschine röhrte zunächst auf, drohte dann aber gleich wieder blubbernd abzusaufen.

»Du musst Gas geben!«, sagte Claudius hinter mir und griff blitzschnell zu. Wieder heulte der Motor, dann begann er, gleichmäßiger zu laufen.

»Und jetzt du!«, rief Claudius und überließ mir das Gas.

Als ich aufstieg, hatte ich das Gefühl, ein wildes Pferd unter mir zu haben, das mich jederzeit abwerfen konnte. Als Claudius sich hinter mich setzte, sank die Maschine noch ein weiteres Stück nach unten, und ich konnte nicht von mir behaupten, dass es mir nun besser ging.

Aber irgendwie schaffte ich es, den Gang einzulegen, dann den Gashahn aufzudrehen und die Kupplung langsam kommen zu lassen. Wie damals in der ersten Fahrstunde. Das Motorrad machte einen überraschenden Satz nach vorn – zu viel Gas –, ich spürte, wie sich Claudius an meiner Taille festhielt. Ja, ich hatte das Gefühl, dass er mich vom Motorrad reißen würde, doch ich blieb sitzen und meine Hand fand das Gefühl fürs Gas. Die Maschine rollte an, sehr langsam, aber sie fuhr. Und obwohl ich das Gefühl hatte, dass sie ungestüm war, wusste ich, dass ich sie beherrschen konnte, wenn ich nur wollte.

Mit Claudius als Sozius tuckerte ich den Feldweg entlang, vorbei an knorrigen Holunderbüschen und Wildrosen, die sich unters Korn gemischt hatten. Wohin dieser Weg führte? Keine Ahnung, wahrscheinlich weit weg von unserer eigentlichen Straße. Aber jetzt, da die Sonne auf uns herabschien, der Fahrtwind leicht über mein Gesicht streichelte und ich Claudius an meinem Rücken spürte, hätte ich ewig so weiterfahren können.

Leider hatte der Feldweg irgendwann doch ein Ende, und zwar an einer sehr zerfahrenen Pflasterstraße, über die ein maroder Traktor an uns vorbeizuckelte.

»Ich glaube, wir sollten wieder zurück«, sagte Claudius, nachdem er sich die riesigen Schlaglöcher angesehen hatte. »Hier haben wir die beste Chance, die Federbeine kaputtzumachen. Traust du dich, zu wenden?«

Ich traute mich. Und es ging. Zwar wackelig und unsicher, doch dann kehrte ich der kaputten Straße den Rücken und fuhr diesmal schon ein wenig schneller. Die Maschine schien mich zu mögen, und ich hatte vergessen, wie gut es sich anfühlte, auf einem Moped zu sitzen.

Und wenn ich es schaffte, das Motorrad zu lenken, würden wir auch alles andere sicher hinbekommen.

Wieder fuhren wir. Über geflickte und marode Straßen, entdeckten in der Ferne Braunkohletagebau und sahen am Horizont die Berge, die von weitläufigen grünen Baumteppichen bedeckt waren.

Die Armut vieler Dörfer, die wir passierten, berührte und erschütterte mich. Ich kannte die ČSSR nur aus Filmen, und dort wurde natürlich nicht gezeigt, wie die Bauern weit ab von Prag lebten.

Dennoch spielten auf den staubigen Straßen Kinder und rannten uns begeistert hinterher, wenn wir die Dorfstraßen entlangfuhren.

Eines der Dörfer erinnerte mich an meine Kindheit, denn bevor wir nach Berlin zogen, hatten wir in Mecklenburg auf dem Land gewohnt – in einem Dorf mit kleinem Konsum, einer Kneipe und einer LPG. Die Häuser dort hatten denen hier ähnlich gesehen, und auf vielen Gehöften waren Gänse herumgelaufen.

Das hier zu sehen ließ ein Gefühl der Wärme in mir aufsteigen. Damals, als ich noch vor den Nachbarsgänsen weggelaufen war und am Wegrand mit Steinen gespielt hatte, hatte ich noch keine Probleme gehabt und nicht gewusst, dass das Land, das vorgab, für uns zu sorgen, uns eigentlich nur einsperren wollte.

Am Abend suchten wir erneut ein Quartier auf dem Feld. Hier wogte ein Meer aus goldenen Ähren.

»Wenn möglich sollten wir ganz früh aufbrechen«, rief ich Claudius zu, der die Jawa langsam durch die Treckerspur lenkte. »Sonst rücken morgen vielleicht schon die Mähdrescher an!

Auf einer Fläche, die zum Abstellen der Traktoren diente, hielten wir an.

»Oh, guck mal da!«, rief ich, denn vor uns suchten drei kleine, weiß gestreifte Wildschweine das Weite. Waren die niedlich!

»Wollen wir hoffen, dass die Mama nicht in der Nähe ist«, brummte Claudius.

»Die hat sicher mehr Angst vor uns als wir vor ihr«, entgegnete ich, blickte aber doch eine Weile auf die Stelle zwischen den Kornhalmen, an der die Frischlinge verschwunden waren. Doch weder sie noch die Bache ließen sich sehen.

Wieder schlugen wir unser Zelt auf – die Weidenstangen hatten wir mitgenommen – und futterten dann Knäckebrot mit Dauerwurst, Kekse und Schokolade. Danach sahen wir gemeinsam der Sonne zu, wie sie langsam dem Horizont entgegenwanderte.

»Sind die Sonnenuntergänge am Mittelmeer auch so?«, wollte ich von Claudius wissen, denn ich konnte mir kaum etwas Schöneres vorstellen als den orangefarbenen Sonnenball, der von roten, orangen und violetten Wolkenschleiern umhüllt wurde.

»Ja, und doch ein bisschen anders«, antwortete Claudius, dessen Arm um meine Taille lag. »Das Licht ist irgendwie heller, anstelle von Kornfeldern siehst du Olivenhaine und weite Felder mit Lavendel, aus denen zwischendurch ein weißes Haus mit flachem Dach herausragt. Auch die Luft ist anders, trockener. Du wirst es sehen, wenn wir erst mal da sind.«

Das klang wunderbar, so frei, so unbeschwert.

»Und das Meer? Welche Farbe hat es?«

»Kommt auf den Himmel an. Mal ist es blau, dann wieder blaugrün.«

»Ist denn der Himmel auch blaugrün?«

»Nein, aber manchmal so strahlend, dass man tief ins Meer hineinschauen kann, und da unten ist es dann blaugrün.«

Vor meinem geistigen Auge erschien ein fast karibisches Bild – nur dass die Palmen fehlten. Ich wünschte mir in diesem Augenblick so sehr, bereits alle Grenzen hinter mir zu haben. Doch sie lagen noch vor uns, bedrohlich wie ein Gewitter, das in der Lage war, uns zum Innehalten zu zwingen.

Daran wollte ich jetzt allerdings nicht denken. Ich beugte mich zu Claudius, rieb meine Wange an seiner und küsste ganz sanft seine Lippen. Er küsste mich zurück, zog mich dann herum, sodass ich auf seinem Schoß zum Sitzen kam.

Wir sahen einander in die Augen, lange, dann neigten sich

unsere Köpfe aufeinander zu und unsere Lippen verschmolzen miteinander.

Diesmal war der Kuss anders als das Rumgeknutsche der vergangenen Tage.

Er brachte unsere Hände dazu, sich zu verselbstständigen, unter das Shirt des jeweils anderen zu gleiten und seine Haut zu streicheln. Claudius' Körper fühlte sich wahnsinnig gut an. Unter seiner weichen Haut spürte ich seine Muskeln, seine Wirbel, seine Rippen. Seine Hände blieben zunächst auf meinem Rücken, wagten sich dann aber vor, strichen über meinen Bauch und wagten sich dann höher an meinen BH.

Überrascht zuckte ich zurück, worauf er sofort die Hand zurückzog und mich fragend ansah.

»Entschuldige, ich …«, stammelte er, doch ich nahm seine Hand und führte sie dahin zurück, wo sie war. Kurz sahen wir uns in die Augen, dann fanden unsere Lippen wieder zueinander.

Claudius' Hände jagten Feuerschauer über meine Haut, ein bisher unbekanntes Verlangen erwachte in mir. Sah so das aus, wovon wir nur verschämt mit unseren Freundinnen gesprochen oder in »Mann und Frau intim« gelesen hatten?

Keuchend sahen wir uns an und wussten beide ganz genau, was wir in diesem Augenblick wollten.

»Du hast nicht zufällig Mondos mit?«

»Was?« Claudius zog erstaunt die Augenbrauen hoch. Klar, ich hätte wissen müssen, dass die bei ihm nicht so hießen.

»Kondome!«, klärte ich ihn auf.

Claudius wurde rot. Auf einmal wirkte er ganz verlegen. Hatte er etwa nicht daran gedacht, dass wir jetzt …

Bevor ich mir wünschen konnte, vor Scham im Boden zu versinken, kratzte er sich am Kopf und antwortete: »Ach so! Komischer Name. Mist, daran hab ich nicht gedacht. Bei uns heißen die Billy Boy und so.«

Jetzt musste ich lachen. Billy Boy! Und da amüsierten wir uns schon über Mondos!

»Zufällig gibt's hier wohl keinen Automaten, wo man sich welche holen kann, oder?«, bemerkte er scherzhaft, und ich spürte, wie meine eigenen Hemmungen sich jetzt wieder etwas lösten.

Ich beschirmte die Augen mit der Hand, blickte um mich wie Gojko Mitic in seinen Indianerfilmen und schüttelte dann den Kopf. »Weit und breit kein Automat zu sehen! – Sag bloß, so was gibt es bei euch?«

»Bei euch nicht?«

»Bei uns kannst du Mondos nur im Sanitätsladen oder in der Apotheke kaufen. Wahnsinnig peinlich, danach zu fragen.«

»Hast du schon mal …« Claudius brach ab.

Ich schüttelte den Kopf. »Nee, aber welche von den Jungs …« Erst jetzt ging mir auf, dass die Frage einen doppelten Sinn hatte. »Nee, bisher noch nicht«, wiederholte ich und blickte verschämt auf meine Schuhspitzen, bevor ich fragte: »Und du? Hast du schon …?«

»Billy Boys gekauft?«, fragte er verschmitzt grinsend zurück.

»Das auch …«

»Ja, beides. Und es war beides ziemlich peinlich.«

»War's nicht die Richtige?«

»Wenn's die Richtige gewesen wäre, wäre ich wohl nicht hier, oder?« Er küsste meine Stirn, dann meine Nase und schließlich wieder meine Lippen. Das begehrliche Gefühl kehrte zurück, und ich war fast schon versucht, ihm zu sagen, dass wir es vielleicht ohne Mondos versuchen sollten.

Doch er legte meine Hände wieder auf meinen Rücken und zog mich ganz einfach nur fest an sich. So saßen wir, bis die Sonne unterging, Claudius die Beine einschliefen und es Zeit wurde, sich zur Nachtruhe zu begeben.

Am nächsten Morgen wurde ich schon früh von einem Geräusch geweckt. Schlaftrunken hielt ich es zunächst für das helle Summen eines Mähwerks. Doch als mein Verstand wach und klar wurde, erkannte ich, dass es Vögel waren, die ihren morgendlichen Gesang anstimmten. Das Licht, das auf die Zeltplane fiel, war rotgolden, offenbar ging die Sonne erst auf.

Claudius schnarchte leise weiter, aber ich war auf einmal hellwach. Ich lauschte den Geräuschen draußen – vernahm zwischen dem Gezwitscher ein Rascheln. Waren die kleinen Wildschweine wieder in der Nähe?

Ich hatte überhaupt noch nicht darüber nachgedacht, was wir tun sollten, wenn welche auftauchten. Konnte man sie verscheuchen oder war es besser, ganz still zu sein? Beinahe wünschte ich mir jetzt, zum Zeltlager der FDJ mitgefahren zu sein.

Das Rascheln verschwand wieder. Eine leichte Brise strich über mein Gesicht. Sie musste irgendwo durch die Zeltplane kommen. Claudius merkte von alldem anscheinend nichts. Er regte sich auch dann nicht, als ich mich erhob und mich zum Zelteingang wälzte.

Wieder war er da, der Drang, früh auf den Beinen zu sein. Ich steckte meinen Kopf durch den Zelteingang und musste sogleich die Augen zusammenkneifen, denn die Sonne schien mir direkt ins Gesicht. Als ich meine Augen beschirmte und wieder öffnen konnte, erwartete mich ein grandioser Anblick. Die Sonne färbte das Korn golden und ließ die Bäume dahinter wie Scherenschnitte wirken. Fast wie in einem Märchenfilm, den ich mal gesehen hatte! Auf jeden Fall musste dieser Anblick in einer meiner Geschichten auftauchen. Das Feld, das unter der morgendlichen Brise wogte, als wäre es ein Meer, lockte mich aus dem Zelt. Es musste wunderbar sein, mitten darin zu stehen.

Jetzt dachte ich nicht mehr an Wildschweine, ich lief einfach los. Die Kornhalme strichen über meine Waden und Unterarme, die borstigen Grannen fühlen sich wie die Beine tausender Grashüpfer an. Ich streckte meine Hände aus, griff nach den Ähren, hielt sie kurz fest, riss sie aber nicht ab, denn ich dachte wieder an die afrikanischen Kinder, die man uns in der Schule auf Bildern gezeigt hatte und die hungern mussten, während wir all diesen Reichtum besaßen.

Nachdem ich ein Stück gegangen war, kam ich an eine Gruppe knorriger Bäume. Als sie noch Scherenschnittumrisse gewesen waren, hatte man nicht genau erkennen können, um welche Art Baum es sich handelte. Doch jetzt sah ich, es waren Apfelbäume. Und die Äste bogen sich vor Früchten!

Mein Jubelschrei scheuchte ein paar wilde Tauben auf, die angestrengt flatternd versuchten, an Höhe zu gewinnen. Ich schaute ihnen kurz nach, dann tauchte ich in die Dunkelheit unterhalb des Blätterdaches ein.

Auch hier kam ich mir wie im Märchen vor. Hatte ich mich je so gefühlt, als ich noch in Berlin war?

Irgendwann musste hier ein Gehöft gestanden haben, man konnte die Grundrisse des Hauses noch erkennen. Hier und da standen noch die Überreste einer halbhohen Mauer, aber auch die würde die Zeit irgendwann verschlingen. Die Bäume weiter hinten hatten knorrige Wurzeln, die teilweise aus dem Boden herausschauten. Wäre ich noch kleiner gewesen, hätte ich mich davor gefürchtet, dass jederzeit die Hexe Baba Jaga auftauchen und mich zu ihrem Hühnerbeinhaus schleppen könnte.

Aber hier gab es nur freundliche alte Bäume, die nur darauf zu warten schienen, dass sich jemand für die Früchte, die sie anboten, interessierte. Ich reckte mich nach einem Ast und riss einen Apfel, der schon leicht gelb wurde, ab. Bestimmt war er noch nicht ganz reif, aber wir konnten einige in Claudius', Rucksack mitnehmen …

»Milena!«, hörte ich es rufen, bevor ich in die Frucht beißen konnte.

Claudius war wach und suchte mich! Schnell riss ich noch einen Apfel ab und kam dann wieder unter den Bäumen hervor.

»Hier bin ich!«, rief ich, als ich ihn durch das Kornfeld rennen sah. Hatte er geglaubt, ich wäre abhandengekommen? Wer sollte uns in dieser Ödnis finden außer Wildschweinen?

Ich lief ihm mit den Äpfeln in der Hand entgegen. »Schau mal, Sommerscheiben! Davon können wir uns eine Menge mitnehmen.«

»Und wer soll die alle tragen?«, fragte er, während er mich an sich zog und küsste.

»Na das Motorrad! Wir müssen beide Rucksäcke nur gleich füllen, dann kippen wir auch nicht zur Seite. Probier mal!« Ich hielt ihm den Apfel hin und Claudius versenkte die Zähne in der Schale, dass der Saft nur so spritzte. Ich biss wiederum neben die Stelle, in die er gebissen hatte.

»Na, was meinst du?«, fragte ich.

»Nicht schlecht«, antwortete er, mühsam kauend, denn er hatte sich ein wenig an seinem Bissen übernommen.

Ich wartete, bis er fertig war, dann rief ich: »Wer zuerst da ist!«, und rannte los.

Claudius rannte mir hinterher, mitten durch das wogende Feld, und versuchte, mich an den Sachen zu packen. Ich schlug Haken wie ein Kaninchen, lachte und bewarf ihn mit dem halben Apfel.

»Das ist nicht fair!«, tönte er mir hinterher, doch jetzt ging es nicht darum, fair zu sein.

Ich hatte keine Ahnung, wann ich das letzte Mal so unbeschwert getobt hatte. Offenbar nahm einem das Erwachsenwerden jede Leichtigkeit, erstickte sie unter Schule, Wandzeitungen und anderen Pflichten.

Aber in diesem Augenblick konnten wir wieder albern sein, wie kleine Kinder. Lachend rannten wir auf das alte Gehöft zu, wo er mich einholte, packte und herumwirbelte. Ich zappelte in seinem

Griff, und erst, als er mich küsste, hielt ich still und schlang meine Arme um seinen Nacken.

»Du hast gewonnen«, stellte er dann fest. »Und was bekommt der Gewinner? Das hatten wir gar nicht ausgemacht?«

»Gib mir einen Kuss, das reicht mir schon«, entgegnete ich und schlang die Hände um seinen Hals. Der Kuss, den er mir daraufhin gab, war wirklich eine gute Belohnung.

Nachdem wir uns so viele Äpfel geholt hatten, wie wir in unseren Shirts tragen konnten, kehrten wir zum Motorrad zurück. Es zeigte sich, dass wir von unserer Beute nicht alles mitnehmen konnten, aber was ging, verstauten wir so gleichmäßig wie möglich in unsere Rucksäcke und schoben die Maschine dann zur Straße zurück. Noch immer ließ sich hier niemand blicken, aber aus der Ferne konnten wir das Brummen herannahender Erntemaschinen vernehmen. Offenbar waren wir gerade rechtzeitig verschwunden.

Lovesong

2. August 1989

Claudius

Ein paar Tage fuhren wir durch die ČSSR, als säße uns nichts und niemand im Nacken. Wir wagten uns in kleine Städte, tankten, kauften Proviant von dem Geld, das Milena eingetauscht hatte. Dann ging es weiter, meist durch ländliche Gegenden, in denen wir kein einziges Polizeifahrzeug zu Gesicht bekamen.

Wir genossen die bergige Landschaft, staunten über die großen Kohleförderräder, die ich so bisher nur in Nordrhein-Westfalen gesehen hatte.

Doch die Quittung für unsere Bummelei folgte prompt, denn auf schönes Sommerwetter folgten Regen und Unwetter.

Es schien, als hätten wir durch unseren Leichtsinn unsere Wetterglückssträhne aufgebraucht. Nachdem es in den vergangenen zwei Tagen immer wieder geregnet hatte, wurde es nun schlagartig kühl. Milena und ich froren um die Wette beim Fahren, und als wieder ein Schauer auf uns niederging, begann ich, nach einer Möglichkeit uns unterzustellen, Ausschau zu halten.

Dummerweise hatten wir noch keine neue Straßenkarte ergattern können, und die veraltete DDR-Straßenkarte war nun endgültig nicht mehr hilfreich. Als wäre die DDR-Führung der Meinung, dass sich ihre Bürger nur in Grenznähe zur ČSSR aufhalten würden, hatten sie den etwas weiteren Teil des Bruderlandes auf der Karte einfach abgeschnitten. Und wir waren nun über den Rand gefallen.

Seit zwei Tagen flogen wir blind und konnten nur an den Wegweisern erkennen, welche Stadt die nächste war. Aber so weit wir auch fuhren, irgendwie schienen diese Ortschaften immer woanders zu sein.

Schließlich wurde das Unwetter richtig stark und die Temperaturen fielen rapide. Glücklicherweise entdeckten wir am Wegrand eine verlassen wirkende Scheune, die zu keinem Gehöft zu gehören schien.

Wie weit waren wir schon? Das Gefühl, dass wir uns hoffnungslos in diesem Land, dessen Sprache wir nicht mal konnten, verirrt hatten, wurde wieder einmal übermächtig. Hoffnungslosigkeit machte sich breit. Doch ich wollte es Milena nicht zeigen. Ich hatte sie dazu gebracht, ihr Zuhause hinter sich zu lassen. Jetzt durfte ich nicht schlappmachen.

Doch Milena machte sich zunehmend Gedanken. Jedenfalls vermutete ich das, denn sie redete nicht mehr so unbeschwert wie bisher, sondern blickte immer öfter nachdenklich in die Ferne.

In der Scheune konnte uns der Regen immerhin nicht erreichen. Das Stroh, in das wir uns betteten, roch muffig und war sicher schon sehr alt. Das neue Stroh musste erst noch gepresst werden.

Am liebsten hätte Milena ja ein Feuer entzündet, aber ich hielt sie zurück. »Wir wollen doch nicht die Scheune abfackeln, oder?«

Milena schüttelte den Kopf.

»Ich werde dich wärmen«, sagte ich daraufhin, dann richteten wir uns so gut es ging auf dem Stroh ein.

»Früher hatten wir in unserem Dorf auch so eine Scheune«, sagte sie, während sie zum Scheunendach aufschaute. Nicht nur an einer Stelle rieselte das Wasser hindurch, aber wir hatten immerhin eine Stelle gefunden, an der es nicht so schlimm war.

»Manchmal haben wir als Kinder dort gespielt und uns vorgestellt, dass es der Palast eines bösen Zauberers wäre.«

»Warum seid ihr eigentlich nach Berlin gezogen?«

Milena zuckte mit den Schultern. »Das weiß ich eigentlich gar nicht mehr. Papa sagte irgendwas von Arbeit, mehr nicht. Wir packten unsere Sachen, und da Großvater nicht allein auf dem Dorf wohnen wollte, ist er mitgekommen und hat sich in Berlin eine eigene Wohnung gesucht.«

»Was ist mit deiner Großmutter?«

»Die ist noch vor meiner Geburt gestorben. Opa hat nie wieder geheiratet.«

»Dann hat er sie wirklich geliebt.«

»Oder er wollte nicht noch einmal verletzt werden. Der Tod von Oma soll ihn ziemlich mitgenommen haben, das hat Papa mal erzählt, als er seinen guten Tag hatte.«

»Seinen guten Tag?«

»Einen Tag, an dem er bereit war zu erzählen. Das war nicht immer der Fall. Die meiste Zeit war er sehr in sich gekehrt, redete nicht, sondern las oder starrte vor sich hin. Wenn ich ihn als Kind dann aufmuntern wollte, hat Mirko mich von ihm weggezogen und mit mir gespielt.«

»Auch dein Vater hat nicht wieder geheiratet.«

»Nein, das liegt wohl in der Familie, dass wir nur ein einziges Mal lieben können. Glück für dich.«

»Hoffentlich«, entgegnete ich und legte meinen Arm um sie.

»Auf jeden Fall habe ich die Scheune und unseren Garten sehr vermisst. Und auch die anderen Kinder. Einige von denen waren zwar blöd und haben mir dauernd vorgehalten, dass ich keine

Mutter mehr hätte, aber mit den meisten konnte man prima spielen. In der Stadt war ich die meiste Zeit allein, doch dann habe ich Sabine kennengelernt.«

»Die Blonde«, setzte ich hinzu. Komisch, dass ich sie außer in der Bahn nie mit Milena zusammen gesehen hatte.

Der Proviant, den wir noch da hatten, schmeckte alt und pappig und ging allmählich zur Neige. Auf dem Weg hierher hatte ich ein paar Pflaumen- und Mirabellenbäume am Straßenrand gesehen, dort hatten wir uns ein paar Früchte holen können, doch wir mussten nun wieder in die Stadt. Tschechisches Geld hatten wir noch und bestimmt ließ sich für D-Mark auch etwas bekommen. Die nächste größere Stadt war Kladno, dort würden wir bestimmt an Lebensmittel kommen. Dann war es nicht mehr weit bis nach Prag.

Während ich noch überlegte, kuschelte sich Milena in meinen Schoß. Als sie eingeschlafen war, konnte ich mir endlich einen Moment der Schwäche erlauben. Seit Tagen fühlte ich mich unwohl und wusste nicht, ob das Gefühl körperlich war oder seelisch. Wir befanden uns irgendwo in der Tschechoslowakei, mir wurde immer klarer, dass ich eigentlich der Flüchtling war, und unsere Reise ans Meer …

Eigentlich hätten wir schon längst dort sein wollen. Stattdessen saßen wir in einer zugigen Scheune, froren und bekamen immer mehr das Gefühl, dass wir es nicht schaffen würden.

Donner rollte und jagte einen Schauer durch meinen Körper. Ein Zurück gab es für uns nicht. Wenn ich mich wieder in der DDR blicken ließ, würde mich die Stasi verhaften. Und Milena? Die würden sie ebenfalls irgendwo wegschließen. Nein, wir mussten durchhalten!

Die ganze Nacht über regnete es, und das Gewitter grollte weiter. Schließlich schlief ich auch ein, und als ich am Morgen wach wurde, kitzelten mich ein paar Sonnenstrahlen, die durch die löchrige Bretterwand fielen.

Das Unwetter war vorüber. Das nahm ich als Omen, denn es bedeutete, dass sich die Erde weiterdrehte und wir vielleicht doch eine Chance hatten, dieses Land zu durchqueren und nach Ungarn zu kommen.

Milena

Nahe der kleinen Stadt Kladno machten wir in einem Waldstück halt. Mittlerweile war es zu spät, um noch auf offene Läden zu hoffen, also suchten wir uns im Wald einen Flecken, an dem wir unser Zelt aufstellen konnten und gönnten uns einen Abendspaziergang.

Hier war der allgegenwärtige Kohlegeruch nicht mehr so stark, die Bäume filterten ihn aus der Luft.

Eng umschlungen schlenderten wir über den kleinen Weg, der direkt einem Märchen entsprungen zu sein schien, genossen die Sonnenstrahlen, die durch das dichte Blätterdach fielen.

Nach einer Weile stießen wir an einer Lichtung auf einen mächtigen Baum, der wie der Anführer oder Großvater aller anderen Bäume wirkte.

Ehrfürchtig traten wir an den Baumriesen heran.

»Der ist doch mindestens schon zweihundert Jahre alt!«, sagte Claudius, während er die knorrige Rinde berührte.

»Mindestens!«, entgegnete ich. »Allerdings müssten wir ihn absägen, um das genau rauszufinden.«

»Das werden wir auf keinen Fall tun«, entgegnete Claudius, fasziniert vom Anblick des mächtigen Stammes, den man bestenfalls mit fünf oder sechs Leuten hätte umfassen können. »Was meinst du, wollen wir da hochklettern?« Er deutete auf den riesigen Ast über uns, der allein schon den Umfang eines Baumes hatte.

Ich war nicht gut im Klettern, aber die Aussicht, mit Claudius wie ein Vogel im Baum zu hocken, war reizvoll.

»Stell den Fuß da drauf.« Claudius deutete auf einen Knubbel in der Rinde, an dessen Stelle früher sicher mal ein Ast gesteckt hatte. Vor vielen, vielen Jahren.

»Habe ich schon mal erwähnt, dass ich beim Seilklettern in der Schule schlecht bin?«

»Nö, aber das brauchst du hier auch nicht. Halt dich da oben fest.«

»Da komm ich nie hin.«

»Wenn ich dich hebe, auf jeden Fall.«

Ich wollte schon protestieren, da spürte ich Claudius' Hände an meinem Hintern und wenig später hob er mich an, als hätte ich gar kein Gewicht. Ich hatte seine Armmuskeln gespürt, als ich ihn umarmt hatte, doch dass er so viel Kraft hatte, hätte ich nicht vermutet.

»Schnapp dir den Ast da!«, rief er von unten, und nachdem ich kurz gezögert hatte, reckte ich mich einfach und klammerte mich an dem Ast fest. Gleichzeitig verlor ich den Halt unter meinem Fuß und hing nun wie ein nasser Sack vom Baum herunter.

»Jetzt zieh dich hoch!«, forderte Claudius, was leichter gesagt war, als getan.

»Geht nicht!«, rief ich zurück. »Was meinst du, warum ich in Sport nur 'ne Drei habe? Hüftaufschwung kann ich nicht und erst recht nicht mich an irgendwas hochziehen!«

»Du musst es versuchen!«, entgegnete Claudius, der unter mir stand wie ein Fänger bei einer Zirkus-Akrobatentruppe.

Ich versuchte es. Und spürte sofort, dass meine Arme nicht stark genug waren. Stattdessen begannen meine Hände zu schmerzen.

»Ich schaff es nicht«, rief ich. Aus Angst, mir den Fuß zu verstauchen, ließ ich aber nicht los.

»Warte, ich komm hoch und zieh dich von oben!«

Es zeigte sich, dass an Claudius wirklich ein Pfadfinder verloren gegangen war, denn er war blitzschnell über die andere Seite oben und setzte sich rittlings auf den Ast. Von dort aus reichte er mir die Hände.

»Halt dich fest!«

Ich wusste nicht, wie ich das machen sollte, denn ich hielt mich ja am Baumstamm fest.

Ohne Vorwarnung zog er mich nach oben, sodass ich mit den Armen auf dem Baum auflag und die Beine nachziehen konnte.

Claudius legte sich rücklings auf den breiten Ast, während ich mich wiederum vorrobbte und auf Claudius legte, dabei die Beine baumeln ließ.

»Ich bin sicher, wir sind bald da«, sagte ich, nachdem wir eine Weile stumm beieinandergelegen hatten. »Wollen wir hoffen, dass sie uns am Grenzübergang rüberlassen.«

»Warum denn nicht?«, fragte Claudius, obwohl wir nicht wussten, ob er auch hier wegen seines fehlenden DDR-Visums Ärger bekommen würde. »Es hat einmal geklappt, dann klappt es auch ein zweites Mal. Außerdem habe ich noch ein bisschen D-Mark im Strumpf. Vielleicht öffnen die uns schneller die Türen, als du denkst.«

Ich kuschelte meine Wange an seine Brust und schaute hinunter auf den Waldboden. Jetzt konnte ich verstehen, was Katzen daran fanden, hoch über allen zu sitzen.

»Es wäre alles leichter, wenn die ČSSR ihre Grenze mittlerweile auch für Flüchtlinge geöffnet hätte … Sie sind ebenfalls Nachbarn von Österreich.« Wäre das nicht klasse, wenn alles doch leichter gehen würde, als wir dachten? Schade nur, dass wir hier nirgends Zeitung lesen oder Nachrichten hören konnten …

»Das wäre beinahe zu schön, um wahr zu sein«, gab Claudius zurück. »Aber Ungarn und Österreich haben halt ein besonderes Verhältnis. Immerhin gehörten sie mal zusammen, hatten sogar denselben Kaiser.«

»Und dieselbe Kaiserin!«

»Du meinst Sissy?«

Ich nickte. »Ja, die mit dem wunderschönen weißen Kleid.«

»Der Film ist total kitschig«, gab Claudius zurück. Klar, für ihn war das nichts, aber ich mochte den Film als Kind sehr gern.

»Kitschig ja, aber die Kleider, die sie getragen hat, waren wunderschön. Ich hab mir früher immer gewünscht, so ein Kleid zu haben.«

»Das muss furchtbar unbequem gewesen sein. Du hättest damit unmöglich auf einen Baum klettern können.«

Das konnte ich in meinem jetzigen Aufzug zwar auch nicht, aber egal. Ich legte mein Ohr an sein Herz. Es schlug gleichmäßig und langsam, offenbar war er ganz ruhig und entspannt.

»Meinst du, dass das auch für uns gilt? Dass auch unsere Länder wieder zusammenwachsen? Immerhin waren wir doch auch mal ein Land.«

Er küsste meine Stirn. »Das hoffe ich zumindest. Zurzeit ist ja nichts gewiss.«

»Nur wir beide.«

»Stimmt, nur wir beide.«

Am nächsten Morgen wurde ich von einem rauen Geräusch geweckt. Zunächst hielt ich es für das Bellen eines Hundes, doch dann bemerkte ich, dass es von Claudius kam. Sein Kopf war hochrot und sein Atem ging rasselnd.

»Claudius?«, fragte ich ängstlich, worauf er ein wenig die Augen öffnete. Allerdings hatte ich das Gefühl, dass er durch mich hindurchsah. Seine Antwort war ein Stöhnen, gefolgt von einem neuerlichen Hustenanfall.

Panik schoss durch meinen Körper. Als ich meine zitternde Rechte auf seine Stirn legte, fühlte ich es. Fieber. Und zwar verdammt hoch.

Die Angst ließ mich aufschluchzen. Claudius war krank! Nach

dem Husten zu urteilen war es eine Bronchitis – oder schlimmer noch, eine Lungenentzündung. Wie hatte das so schnell kommen können?

Ich strich ihm übers Gesicht, spürte das Glühen seiner Haut und meine Angst, die in meinem Bauch um sich biss.

»Claudius«, redete ich leise auf ihn ein. »Kannst du mich hören, was ist mit dir?«

Die Antwort war nur ein undeutliches Murmeln.

Ich schluchzte verzweifelt auf, während sich mein Magen zusammenkrampfte. Er musste dringend zum Arzt! Was, wenn das Fieber noch höher stieg?

Verzweifelt sah ich mich um, unfähig zu entscheiden, was ich jetzt tun sollte. Claudius hatte den Sprung aus der U-Bahn überlebt und jetzt fieberte er hier und ich wusste nicht –

Mein Blick fiel auf das Motorrad.

Nein, das konnte ich nicht. Aber hatte ich eine andere Wahl?

Ich blickte wieder auf Claudius. Seine Augen waren halb geschlossen, seine Lippen ganz trocken. Schweiß perlte ihm von den Schläfen.

Nein, ich musste los und die Stadt finden. Irgendwie würde ich das mit dem Motorrad schon hinbekommen. Ich musste es, denn als Claudius für mich aus der U-Bahn sprang, hatte er auch nicht gefragt, ob es gefährlich war.

So gut es ging packte ich Claudius in sämtliche Klamotten, die wir dabeihatten. Ich erklärte ihm, wo ich hinfahren würde, doch ich war sicher, dass er es nicht aufnahm. Meine Tränen unterdrückend verließ ich schließlich das Zelt.

Reiß dich zusammen!

Ich stülpte mir den Helm über den Kopf und bockte das Motorrad ab. Angst kribbelte in meinem Magen, aber ich versuchte, sie zu ignorieren. Als ich die Maschine starten wollte, gab sie nur ein klägliches Blubbern von sich. Ich versuchte es noch einmal und ein weiteres Mal, dann endlich sprang sie an. Als ich Gas gab, heulte der Motor ganz furchtbar auf, sodass ich die Maschine beinahe losgelassen hätte.

Sei nicht albern!, sagte ich mir. *Du hast im PA an einer riesigen Bohrmaschine gestanden und hast jetzt Angst vor einem Motorrad?*

Als ich das Gas ein wenig nachließ, normalisierten sich die Geräusche wieder. Nun fand ich den Mut, mich auf das Motorrad zu schwingen. Ich legte den Gang ein, atmete tief durch und schaute noch einmal zu Claudius. Ich musste einen Arzt finden, egal wie! Langsam, beinahe etwas zu vorsichtig, ließ ich die Kupplung kommen. Die Maschine bockte kurz, hörte sich dann an, als wollte sie absaufen. Aber schließlich setzte sie sich in Bewegung.

In den ersten Minuten saß ich völlig verkrampft auf dem Motorrad und wagte kaum, mehr als 60 zu fahren. Ich bog auf die Straße, von der wir gekommen waren, fuhr dann in Richtung Süden. Ein Auto, das hinter mir aufholte, hupte, doch ich kümmerte mich nicht darum. Ich spürte nur den Schweiß, der an meinem Rückgrat entlanglief, und das Rasen meines Herzens.

Verdammt, warum musste Claudius gerade jetzt krank werden? Warum wurde er überhaupt krank? Wahrscheinlich war die Kälte der vergangenen Tage Schuld. Und dass er Kälte wahrscheinlich gar nicht mehr gewohnt war. Bei uns war es öfter mal kalt, wenn der Kachelofen in der Wohnung es nicht schaffte, den Winter zu vertreiben.

Aber das war jetzt Nebensache. Während ich mehr und mehr an Sicherheit gewann und mich traute, einen Gang höher zu schalten, hielt ich nach Wegweisern Ausschau.

Tatsächlich fand ich einen, der mich nach Kladno schickte.

Eine halbe Stunde später erreichte ich die Stadt, die verblüffend groß war, aber ziemlich heruntergekommen aussah. Es gab einige imposante Hochhäuser, und ich fuhr auch an wunderschönen alten Gebäuden vorbei, die aussahen, als seien sie einem Märchenfilm der Barrandov-Studios entsprungen. Doch Zeit und Sozialismus hatten auch hier kräftig an den Gebäuden genagt. Zudem waren die Häuser genauso wie in Berlin mit einer Rußschicht verziert – Folge des Kohleabbaus, den es auch hier gab.

Da ich beim besten Willen nicht wusste, wo ich in dem Straßengewirr eine Poliklinik oder eine Arztpraxis finden sollte, hielt ich auf einer belebten Ladenstraße an.

Ich versuchte, mich auf Russisch durchzufragen, doch die meisten Leute sahen mich nur erstaunt an, konnten oder wollten die Sprache ihres Bruderlandes nicht sprechen.

Eine alte Frau konnte es – sie erklärte mir, dass sie nach dem Krieg in russischer Gefangenschaft gewesen war.

Mit ihr konnte ich mich einigermaßen unterhalten und sie nach einem Arzt fragen. Vor lauter Aufregung und Angst um Claudius entfielen mir hin und wieder die Worte, doch im Großen und Ganzen verstanden wir uns recht gut.

Nachdem ich ihr erklärt hatte, dass ich aus der DDR stammte, riet mir die alte Frau davon ab, in die Poliklinik zu gehen. Das dachte ich mir auch, denn ich wollte nicht stundenlang warten, bis ich an der Reihe war. Glücklicherweise sollte es auch einen Arzt geben, der eine eigene Praxis betrieb. Sie beschrieb mir den Weg umständlich, mischte zwischendurch immer tschechische Worte ein, die ich nicht verstand, aber dennoch war ich überzeugt, ihn zu finden. Ich musste ihn finden.

Eine Weile kurvte ich durch die Stadt, verlor zwischendurch die Orientierung und wollte schon anfangen zu heulen, weil die Praxis nicht auftauchen wollte. Hatte mich die alte Frau falsch geschickt?

Doch dann sah ich sie und hätte beinahe jubelnd die Hände hochgerissen. Glücklicherweise fiel mir wieder ein, dass mir das Motorrad das ganz schön übel nehmen würde.

Die Arztpraxis war auf den ersten Blick als solche nicht zu erkennen. Das Haus ähnelte eher einer heruntergekommen Villa, in der ein Gutsherr residierte. Umgeben war sie von einer recht hohen, zur Zierde durchbrochenen Mauer mit sperrangelweit offen stehenden Metallgittern.

Ich stellte das Motorrad vor der Treppe ab und rannte nach oben. Als ich klingelte, sah ich auf dem Schild den Namen Dr. Vačlav Karol.

Erst rührte sich nichts, sodass ich schon Angst bekam, dass niemand zu Hause war. Doch endlich wurde die Tür aufgerissen und eine Frau mit weißer Schürze und Schwesternhaube schleuderte mir irgendwelche tschechischen Worte ins Gesicht.

»Dr. Karol«, sagte ich und deutete auf das Schild. Ob die Schwester Russisch sprach? Ehe ich das ausprobieren konnte, war sie auch schon verschwunden. Ich hörte, wie sie hektisch mit einem Mann redete, dann ließ sich dieser auch schon blicken.

Sein grau meliertes Haar wirkte ein wenig wirr, seine blassblauen Augen wurden von der runden Brille auf seiner Nase noch vergrößert. Er lächelte mich kurz an, fragte etwas auf Tschechisch, das sich wie Russisch anhörte und das ich dennoch nicht verstand.

Aus meiner Erfahrung in den Geschäften, in denen mich Russisch nicht weitergebracht hatte, beschloss ich, ihn auf Englisch anzusprechen.

»Please, doctor, I need your help!«

Der Arzt hob abwehrend die Hände, dann antwortete er mit sehr hartem Akzent: »My english no good. Are you from GDR? Sind Sie aus DDR?«

Jetzt sah ich ihn erstaunt an. Der Arzt konnte offenbar Deutsch. Nur wie hatte er mir angesehen, dass ich aus der DDR kam? Egal, jetzt ging es um Claudius.

»Ja, das bin ich. Und leider kann ich kein Tschechisch.«

»Macht nichts«, sagte der Arzt mit Akzent und in einem ko-

mischen Singsang, der mich irgendwie an Karel Gott erinnerte.
»Was kann ich tun?« Er musterte mich von Kopf bis Fuß, als fragte er sich, was mir wohl fehlen konnte.

»Es geht um meinen Freund«, antwortete ich. »Er hatte heute Morgen hohes Fieber und so einen komischen Husten.«

»Und wo ist er?«

»Noch im Wald.«

Der Arzt hob seine buschigen Brauen. »Im Wald?«

»Wir zelten dort und heute Morgen ist er krank geworden.«

»Können Sie zeigen, wo er ist?«

Ich nickte.

»Wie sind Sie gekommen?«

»Mit dem Motorrad da.«

»Sie stehen lassen, ich fahre. Kommen Sie rein, ich hole Tasche.«

Als ich eintrat, verschwand die Krankenschwester gerade wieder im Sprechzimmer. Ich setzte mich auf einen Stuhl und sah mich um.

Die Arztpraxis schien aus einer anderen Zeit zu stammen. Die Möbel waren uralt – so wie man sie in einer Villa erwarten würde. An den Wänden hingen alte Ölbilder, das Bild eines Parteivorsitzenden fehlte. Dafür gab es Gummibäume und Zimmerpalmen, auf deren Blättern sich der Staub sammelte.

Der Geruch, der in der Luft hing, war durchdringend und erinnerte mich an unsere Polikliniken. Irgendwo klapperte etwas, dann hörte ich, wie Dr. Karol seiner Sprechstundenhilfe irgendwas sagte. Wenig später erschien er mit seinem Arztkoffer in der Tür. »Kommen Sie«, sagte der Arzt und bedeutete mir, in seinen Škoda zu steigen, den er hinter dem Haus abgestellt hatte. Den wollte er durch die schmale Toröffnung im Zaun bekommen?

»Wie ist Ihr Name?«, fragte er mich, als er den Motor anließ und langsam auf das Tor zurollte.

»Milena«, antwortete ich.

»Milena? Das ist tschechischer Name? Ist Mutter oder Vater von hier?«

»Nein, nicht dass ich wüsste. Meine Mutter fand den Namen nur schön.«

»Ist auch schöner Name«, stimmte mir der Arzt zu und im Nu waren wir durch das Tor hindurch. Ohne Kratzer oder verbogenen Spiegel!

Als wir die Straße hinunterfuhren in Richtung Stadtmitte, blickte ich mich nach dem Motorrad um und hoffte, dass es in der Zwischenzeit nicht gestohlen wurde.

Dr. Karol war ein sehr vorsichtiger Fahrer. Immer wieder war ich kurz davor, ihn zu fragen, ob er nicht ein wenig schneller fahren könnte. Dass es ihm wie mir mit der Jawa ging, war ausgeschlossen, denn er war ja heil durch das Tor gekommen. Noch einmal hatte ich die Gelegenheit, die mehr oder weniger schönen Gebäude der Stadt anzuschauen, doch ich hatte keinen Blick dafür. Ich hoffte nur, dass Claudius in der Zwischenzeit nichts passiert war.

Die ganze Zeit über schwiegen wir. Karol wirkte sehr konzentriert, als ginge er jetzt bereits die Therapie durch – dabei hatte er seinen Patienten noch nicht einmal gesehen. Oder fragte er sich, was ein DDR-Mädchen allein im Wald zu suchen hatte? Rucksackreisende steuerten normalerweise Campingplätze an.

Als wir aus der Stadt heraus waren, lotste ich den Arzt zu der Einmündung des Waldweges. Für einen Moment war ich mir nicht sicher, ob es wirklich der richtige Weg war, den wir entlangzuckelten, doch dann sah ich das Zelt.

»Da vorn!«, rief ich, worauf Dr. Karol seinen Wagen in der Nähe des Zeltes anhielt.

Er hatte noch nicht mal den Motor abgestellt, da schnallte ich mich auch schon ab und riss die Tür auf. Fast stolperte ich auf dem Weg zum Zelt. Mein Herz raste wie verrückt vor Sorge.

»Milena?«, fragte Claudius, als ich in das Zelt kroch.

»Ja, ich bin hier«, antwortete ich, am ganzen Leib zitternd. Die Vorstellung, dass er in den vergangenen Stunden vergeblich nach mir gerufen hatte, brachte mich fast um. Ich streichelte über seine Stirn. »Es wird alles gut. Ich habe einen Arzt hier, der bringt uns nach Kladno.«

»Arzt?«, wiederholte er abwesend und fiebrig, und ich wusste nun erst recht, dass ich das Richtige getan hatte.

»Ist er wach?«, fragte es von draußen, worauf ich wieder aus dem Zelt kroch.

»Ja, er ist wach. Aber ich glaube nicht, dass er aufstehen kann.«

»Macht nichts.« Der Arzt krempelte seinen Kittel hoch, kroch in das Zelt und zog Claudius wenig später daraus hervor.

»Helfen Sie«, sagte er zu mir, als es ihm gelungen war, Claudius wieder auf die Füße zu stellen. Ich stützte ihn an der einen Seite, während ihn Dr. Karol an der anderen Seite festhielt. Ihn ins Auto zu bugsieren, war nicht ganz einfach, aber schließlich saß er auf der Rückbank des Škoda, wo der Arzt nach ihm schaute.

Er murmelte etwas auf Tschechisch, das ich nicht verstand. Als er das Stethoskop aus der Tasche holte, begann Claudius wieder zu husten.

Der Arzt nickte, als hätte er so etwas erwartet, steckte sein Instrument wieder ein und wandte sich an mich.

»Sie wollen Gepäck mitnehmen?«

Nur wenige Minuten später wanderten das Zelt und alles, was darin war, in den Kofferraum des Škoda. Erst jetzt wurde mir bewusst, wie schmutzig alles war, und die Aussicht, wenigstens ein paar Minuten unter einem festen Dach verbringen zu können, erschien mir wunderbar.

Begleitet von Claudius' Hustensalven fuhren wir zurück nach Kladno.

An der Arztpraxis angekommen, warteten jetzt ein paar Patienten auf Dr. Karol. Dieser sagte etwas zu den Leuten im Wartezimmer, dann stützten wir Claudius auf dem Weg ins Behandlungszimmer.

Auf der Liege klapperte er mit den Zähnen und wirkte so elend, dass ich am liebsten gleich losheulen wollte. Der Arzt schob ihm das Shirt hoch, horchte ihn ab. Von dem blauen Fleck an seiner Rippe war kaum noch etwas zu sehen.

Auf seine Anweisungen ging Claudius kaum ein, wahrscheinlich nahm er es im Fieber gar nicht richtig wahr.

»Der Junge hat Bronchitis, ist Glück, dass er nicht hat Lungenentzündung«, sagte Dr. Karol, als er mit der Untersuchung fertig war. »Ich gebe ihm Penizillin und Mittel gegen Fieber.« Noch nie hatte sich die Erwähnung der beiden Medikamente besser in meinen Ohren angehört.

»Haben Sie Ort, an dem Sie bleiben?«, fragte er weiter, während er eine Spritze aufzog.

Ich schüttelte den Kopf. »Nein, wir wollten nach Ungarn.«

Die Augenbrauen des Arztes zuckten kurz, was mich dazu brachte, nicht weiterzureden. »Sie auch gehen wollen über Grenze?«

Ich zuckte zusammen. Dr. Karol hatte es genau getroffen.

»Sie brauchen nichts sagen. Und auch keine Angst haben. Ich mag die Kommunisten nicht. Sie haben meinen Bruder umgebracht in Aufstand achtundsechzig.«

»Das … das tut mir leid …«, presste ich hervor.

Ich wusste nicht viel über den Aufstand, der als Prager Frühling in die Geschichte eingegangen war. Im Westfernsehen hatten sie mal davon berichtet. Damals konnte ich nicht glauben, dass man russische Panzer auf die Demonstrierenden gehetzt hatte.

»Muss nicht«, winkte der Arzt ab, dann stach er die Nadel vorsichtig in Claudius' Oberarm. »Ist lange her. Wenn Sie nicht wissen, wo sie wohnen können, bleiben Sie hier. Meine Frau hat nichts dagegen.«

Das waren die allerbesten Worte, die ich in letzter Zeit gehört hatte.

»Vielen Dank, Herr Doktor.«

»Keine Ursache, ist Vergnügen. So kann ich mein Deutsch wieder wenig üben. – Und jetzt wollen wir sehen, ob wir Jungen die Treppe hochbekommen.«

Als wir durch die Tür traten, trafen uns die Blicke sämtlicher Anwesender. Es stellte sich heraus, dass die Krankenschwester auch die Frau des Arztes war. Er redete kurz mit ihr, was sich ein bisschen streng anhörte, aber wie ich an der Miene der Frau sehen konnte, meinte es keiner von beiden böse – ihre Sprache klang halt so.

Es war ziemlich mühselig, Claudius nach oben zu bringen, aber irgendwie schafften wir es. Das Zimmer war früher wohl mal ein Kinderzimmer gewesen, jedenfalls standen ein Doppelstockbett und ein großer Kleiderschrank darin.

»Meine Kinder sind schon längst aus Haus, aber wenn sie kommen aus Praha, sie schlafen hier.«

Wir setzten Claudius auf die untere Bettkante, der Arzt holte aus dem Schrank ein Nachthemd und legte es uns hin.

»Sie kümmern sich um ihn?«, fragte der Arzt, worauf ich nickte.

»Ja, mach ich.«

»Wenn Sie was brauchen, sagen Sie, ja?«

Auf mein erneutes Nicken verließ Dr. Karol das Zimmer.

Claudius

Als ich wieder richtig merkte, was um mich herum passierte, fragte ich mich im ersten Moment, ob die Reise mit Milena nur ein Traum gewesen sei. Ich blickte auf den Boden des Bettes über mir – lag ich in einem Doppelstockbett?

Und dann sah ich sie. Ihr Gesicht erschien über mir, und ich wusste nun, dass ich nichts geträumt hatte, weder das Fieber und die Gliederschmerzen noch die Reise.

»Was war los?«, fragte ich, denn ich hatte das Gefühl, unter einen Traktor geraten zu sein.

»Du warst krank. Hattest 'ne Bronchitis«, antwortete sie, dann setzte sie sich neben mich und strich mir das Haar zurück.

»Und wie bin ich hierhergekommen?«

Milena erzählte mir, wie sie mit dem Motorrad in die Stadt gefahren war und versucht hatte, einen Arzt zu finden. Ich staunte, dass sie es so einfach fertiggebracht hatte, die Leute hier auf Russisch anzusprechen.

»Dr. Karol hat dir jeden Tag eine Penizillinspritze gegeben und ich habe auf dich aufgepasst.«

»Und welchen Tag haben wir heute?«

»Den siebten August.«

Das erstaunte mich. Als wir im Wald auf dem Baum gesessen hatten, war es der dritte oder vierte gewesen, genau konnte ich es nicht mehr sagen.

Doch bevor ich weiterfragen konnte, musste ich erst mal husten. Mein Hals zog sich schmerzhaft zusammen und meine Lungen fühlten sich an, als wollten sie explodieren. Ja, daran erinnerte ich mich jetzt auch wieder.

Milena wartete geduldig ab, reichte mir ein Taschentuch und fuhr dann fort.

»Warum hast du mir nicht gesagt, dass es dir schlecht geht?«, fragte sie vorwurfsvoll. »Stattdessen kletterst du mit mir auf Bäume. Dr. Karol meinte, dass du schon vorher etwas gemerkt haben musst, dass du schlapp warst oder so.«

»Ich dachte, das kommt nur davon, dass wir schon so lange unterwegs sind und … ich …«

»Beim nächsten Mal sagst du mir gleich Bescheid, ja? Wenn es dir nicht gut geht.«

»Versprochen.«

»Damit ersparen wir uns 'ne Menge. Und manchmal gerät man auch an hilfsbereite Leute.«

»Hab ich schon mitbekommen.«

Wir sahen uns an, dann erhob sich Milena wieder. Ihre Gestalt wurde von den Kanten des Doppelstockbetts eingerahmt.

»Ruh dich jetzt noch ein wenig aus. Ich will runter, der Frau des Doktors helfen. Ich versuche gerade, ihr ein paar Brocken Deutsch beizubringen, damit sie versteht, wenn ihr Mann auf Deutsch schimpft.«

Noch ein Lächeln, dann war sie fort. Ich ließ mich in die Kissen sinken. Vielleicht war ich ja doch schon so weit, dass ich wieder aufstehen konnte?

Doch als ich kurz darauf wieder husten musste und mein ganzer Körper zu dröhnen schien, ließ ich meinen Plan sausen und legte mich zurück in die Kissen.

Milena

Es war schön zu sehen, dass Claudius langsam wieder auf die Beine kam. Er hustete zwar noch eine Weile weiter, aber das Fieber wurde weniger und schließlich konnte er auch wieder aufstehen.

Unsere Tage bei Dr. Karol waren gezählt, wir mussten weiter, obwohl es dem Arzt nichts ausgemacht hätte, uns weiter zu beherbergen.

Es stellte sich heraus, dass er Ende der Fünfzigerjahre in der DDR studiert und dabei Deutsch gelernt hatte. Hin und wieder kamen Touristen aus der DDR und der BRD zu ihm, weil es sich in der Stadt herumgesprochen hatte, dass er ihre Sprache verstand.

Viele Westdeutsche und manchmal auch die Ostdeutschen

sprachen ihn tatsächlich erst einmal auf Englisch an, was ihn dazu gebracht hatte, bei mir gleich richtig zu tippen.

Abends erzählte er uns von seinem Bruder und wie sie damals in Prag gegen die russische Besatzung protestiert hatten. Diese Ereignisse hatten den Arzt dazu gebracht, sich nie irgendwelchen sozialistischen Aktionen anzuschließen oder gar in die Kommunistische Partei einzutreten. Dafür, dass er sich weigerte, seine Praxis in die Poliklinik zu verlegen, hatte er großen Ärger bekommen, aber mit Sturheit und Ausdauer hatte er diesen ausgesessen und konnte sich jetzt über einen großen Patientenstamm freuen. Zur Poliklinik gehörte er offiziell zwar, doch das bedeutete nur, dass er den Notdienst mit übernehmen musste, und das war für ihn keine Strafe.

Am Abend vor unserer Abreise saßen wir noch einmal am Küchentisch und aßen leckere böhmische Knödel. Das Essen, das Frau Karlova – die Frauen hängten hier eine zusätzliche Silbe an ihren Namen dran – kochte, war insgesamt hervorragend, aber die Knödel konnte sie am allerbesten.

»Und ihr wollt wirklich über Ungarn flüchten?«

In den vergangenen Tagen hatte sich Dr. Karols Deutsch so sehr gebessert, dass man nur am Akzent hörte, dass er Tscheche war. Der Wortschatz und die Grammatik waren wieder nahezu perfekt, worauf ich richtig neidisch war. Wenn mein Russisch oder Englisch so gut wäre ...

»Ja, das wollen wir«, antwortete ich, nachdem ich zu Claudius geblickt hatte. »Ich fürchte, wir haben keine andere Wahl. Ich muss Claudius ja nach Hause bringen.«

Mein Vertrauen zu Dr. Karol war in den letzten Tagen so groß geworden, dass ich ihm erzählt hatte, wohin wir wollten und wie es sich mit Claudius verhielt.

»Das war ziemlich leichtsinnig, einfach so über die Grenze zu kommen«, bemerkte der Arzt wie schon beim ersten Mal, als ich ihm davon berichtet hatte. »Du hättest dir ein Visum für viele Tage geben lassen können. Dann wärst du über jede Grenze gekommen. Jetzt musst du flüchten, und in Ungarn wird es nicht besser, seit die Leute aus der DDR ständig dorthin reisen, um das Land zu verlassen. Ihr solltet nach Praha gehen, man hört, dass sich dort viele Leute in der Botschaft aufhalten.«

»In die Botschaft der BRD?«, erkundigte sich Claudius.

»Ja, es gehen sehr viele dorthin, weil die meisten nicht mehr nach Ungarn kommen. Ihr solltet überlegen, ob ihr da auch hinwollt. Wäre leichter, als durch das ganze Land zu reisen und dann vor dem Eisernen Vorhang zu stehen.«

Die Botschaft war eine Möglichkeit. Zumindest, um Claudius mit Visa auszustatten. Sicher würde man nicht darüber erfreut sein, dass er sich in die DDR und die ČSSR reingeschlichen hatte. Aber Botschaften waren doch dazu da, um zu helfen …

Andererseits widersprach das dem, was wir eigentlich vorhatten. Es ging nicht nur um Republikflucht. Es ging darum, nach Italien zu kommen, ans Meer.

Ich konnte Claudius aber ansehen, dass ihm diese Lösung gefiel. Und mir gefiel sie auch, denn so würde uns die Frage, wie wir über die ungarische Grenze kommen sollten, nicht mehr im Nacken sitzen.

»Gut, dann fahren wir nach Prag«, antwortete ich für uns beide und sah Claudius zustimmend nicken. »Haben Sie da so was wie eine Adresse für uns?«

Die hatte Dr. Karol und sogar eine neue Straßenkarte. Er erklärte uns ausführlich, welchen Weg wir am besten nehmen sollten, gab uns für alle Fälle auch noch eine Adresse von Freunden in Prag. Fast schien es, als hätte er an unserer Flucht mehr Freude als wir selbst. Seine Augen leuchteten, und als er mit seinen Ausführungen fertig war, setzte er hinzu: »Ihr könnt euch gar nicht vorstellen, wie sehr ich seit Jahren darauf hoffe, dass dieser verdammte Vorhang endlich fällt. Unsere Freunde in Ungarn haben das Richtige getan, und ich bin sicher, dass wir Tschechen und Slowaken auch eines Tages erkennen, was richtig ist. Kein Mensch lässt sich auf ewig zwingen, kein Mensch auf ewig einsperren.« Er griff über den Tisch und legte seine Hände auf unsere. »Ich wünsche euch jedenfalls, dass ihr es schafft.«

Am Abend lagen wir beide auf dem oberen Bett und schauten auf das Mondlicht, das an der Decke glänzte. Meine Gedanken kreisten immer noch um Dr. Karol. Ich hatte ein wenig Angst, wenn ich an das dachte, was der Arzt erzählt hatte. Panzer gegen steinewerfende Menschen zu schicken, war unfair, nein, ein Verbrechen. Kein Wunder, dass uns so etwas nicht in der Schule beigebracht wurde – denn eigentlich sollte der Sozialismus für Menschlichkeit stehen und nicht den Menschen die Freiheit und das Leben nehmen.

»Habe ich dir eigentlich schon für alles gedankt, was du getan hast?«, fragte Claudius unvermittelt, während seine Hände warm und weich auf meinem Bauch lagen.

»Habe ich das von dir verlangt?«, fragte ich zurück.

»Nein, das hast du nicht«, entgegnete er und kitzelte mit den Lippen meine Schläfe.

Ich spürte, wie gern er jetzt mit mir schlafen wollte, und ich wusste auch, wie gern ich jetzt mit ihm schlafen wollte. Aber ich hatte mich nicht getraut, in der Stadt nach Kondomen Ausschau zu halten. Mehr als streicheln, küssen, schmusen blieb uns nicht, wenn ich nicht schwanger am Strand sitzen wollte.

Das wusste er genauso gut wie ich, und so blieb es bei dem, was wir hier tun konnten, ohne dass wir den guten Doktor und seine Frau erschreckten.

»Siehst du, dann musst du mir auch nicht danken, das war selbstverständlich«, sagte ich und ließ nun meine Hand unter sein

Polohemd gleiten. Sein Bauch fühlte sich so gut an, seine Haut war weich, die Muskeln darunter fest. Gleiches galt auch für seine Brust.

»He, wo willst du denn hin?«, fragte er, als ich meine Hand wieder nach unten gleiten ließ. »Hast du etwa eine Packung Mondos gefunden?«

Ich kicherte. »Nein, hab ich nicht. Ich dachte nur mal ich schau, wie weit ich gehen darf.«

»Also das war hart an der Grenze.« Er zog mich an sich und küsste mich.

»Ich bin so froh, dass es bald ein Ende hat.«

»Aber wir sind noch nicht am Meer.«

»Da kommen wir noch hin. Und dann werden wir auch zu Julias Balkon gehen und ich werde dich von unten wie Romeo anschmachten.«

»Versprochen?«

»Klar! Das ist doch das Mindeste!«

So lagen wir da und lauschten dem Atem des anderen. Draußen fuhr ein Wagen vorbei, Scheinwerferlicht kroch über die Fassade der Villa, tauchte kurz in unser Fenster ein und strich über unsere Gesichter. Dann wurde es wieder still, und nur wenig später schlief ich ein.

Claudius

Ein wenig traurig war ich schon darüber, dass wir Kladno wieder verlassen mussten. Bei Dr. Karol und seiner Frau hatte ich mich wirklich wohlgefühlt, und Milena war es ebenso ergangen.

Ausgestattet mit sauberen Sachen, guten Ratschlägen und viel Proviant verabschiedeten wir uns von dem Arzt und seiner Frau und rollten dann mit der frisch aufgetankten Jawa vom Hof.

Am Abend zuvor hatten wir beschlossen, erst einmal nach Prag zu fahren und uns in der Botschaft zu melden. Wenn die Sache mit meinen Visa geklärt war, würden wir weitersehen. Vielleicht konnte der Botschafter auch Milena helfen, sodass wir irgendwann nach Italien weiterfahren konnten.

Während über uns am Himmel dunkle Wolken aufzogen, fuhren wir auf die Landstraße Richtung Prag. Schon am Morgen war es wahnsinnig heiß und drückend. Zunächst dachte ich, dass das noch Nachwirkungen meiner Krankheit waren, doch ich fühlte mich eigentlich wieder gut. Es war das Wetter, ganz klar.

Und die Aufregung. In meinem Magen kribbelte es freudig, wenn ich an Prag dachte. Nicht nur, dass es eine schöne Stadt sein sollte, es würde auch ein wenig Angst von unseren Schultern genommen.

Doch ein blaues Blitzen vor uns zerstörte meine Zuversicht. Ein Stück vor uns, am Straßenrand, entdeckte ich zwei weiß-gelbe Ladas, die blaue Rundumleuchten und die Buchstaben VB auf ihren Türen hatten.

Im nächsten Moment spürte ich Milenas Hand an der Seite. Ich hielt sofort an.

»Das sind Polizisten«, rief sie mir zu. »Offenbar machen sie eine Verkehrskontrolle.«

Die Worte schlugen mir wie eine Faust in den Magen. Die Polizei wartete auf uns! Zwar nur die tschechische, aber es war möglich …

»Es ist nicht gesagt, dass sie unseretwegen da stehen«, sagte Milena, doch ich war misstrauisch. Auch wenn wir bisher noch nichts davon mitbekommen hatten, dass jemand nach uns suchte, war es möglich, dass die DDR-Polizei ihre Suche nach Milena auch in die ČSSR ausgeweitet hatte. Schlimmstenfalls hatten wir seit Milenas Auftauchen an der Grenze irgendwen an unseren

Fersen kleben, und nur durch den Aufenthalt bei Dr. Karol waren wir dem entgangen.

Fieberhaft überlegte ich. Drehte ich jetzt um, wussten sie, dass irgendwas nicht stimmte. Fuhr ich in die Kontrolle rein, würden sie die Ausweise sehen wollen. Ganz davon abgesehen, dass ich ihnen unmöglich meinen Ausweis zeigen und damit zugeben konnte, dass ich mittlerweile schon zwei Ostblockgrenzen illegal überschritten hatte, würde es bei Milena schon reichen, wenn sie ihren Perso sahen. Waren sie von den DDR-Behörden informiert, würden sie sie erkennen und dann mitnehmen und nach Hause bringen.

Einen Moment lang standen wir so, ohne wirklich zu wissen, was wir tun sollten. Die Polizisten, oder besser gesagt, die Milizionäre, wie sie hier hießen, hatten uns entdeckt. Auch wenn sie ein ganzes Stück von uns entfernt standen, schienen sie zu spüren, dass irgendwas faul war. Als ein paar von ihnen in ihr Auto sprangen, wusste ich, was die Stunde geschlagen hatte. Wir mussten hier weg!

»Halt dich fest«, rief ich Milena zu und spürte augenblicklich den Druck ihrer Hände. Ich drehte den Gashahn bis zum Anschlag auf.

Dann ließ ich die Kupplung kommen und wendete die Jawa rasant.

Ich hatte sie bisher noch nicht völlig ausgefahren und wusste nicht, welche Geschwindigkeit sie erreichen konnte. Aber das würde ich gleich erfahren.

Die Jawa schoss wie ein losgelassenes Rennpferd nach vorn. Milena klammerte sich fester um meinen Bauch, während ich Gas gab und dann so fix wie möglich schaltete. Während ich die Straße entlangraste, hörte ich die Sirenen hinter uns. Die Bullen waren tatsächlich nur unseretwegen hier.

Ein böser Verdacht kam mir. Hatte Dr. Karol uns verraten? Nur er hatte gewusst, dass wir nach Prag wollten.

Die andere Möglichkeit war, dass Dr. Karol abgehört worden war. Da ich bezweifelte, dass jemand, der uns schaden wollte, abgewartet hätte, bis ich wieder gesund war, war das Abhören wahrscheinlicher. Zumal er nicht linientreu war, mit dem Prager Frühling zu tun hatte und sich sicher öfter mal kritisch zum Kommunismus geäußert hatte.

Aber all diese Gedanken nützten jetzt wenig.

Tatsächlich gelang es uns, einen Vorsprung vor den Polizeiwagen zu gewinnen, doch sie blieben nichtsdestoweniger an uns kleben wie Kletten. Ich musste mir was einfallen lassen. Während ich das Gas weiterhin auf Anschlag hielt und die Tachonadel auf 120 km/h zuckte, überlegte ich fieberhaft, dann kam mir etwas in den Sinn. Wenn es mir gelang, einen Weg ins Dickicht hinein zu finden, konnten sie uns mit ihren kantigen Wagen nicht folgen.

Zwei Einfahrten in den Wald verpassten wir bei der Geschwindigkeit, die dritte sah ich glücklicherweise rechtzeitig. Ich bog ab, allerdings unterschätzte ich den Boden, der eigentlich trocken gewirkt hatte – aber zwischen den hohen Grasbüscheln sehr sandig war.

Plötzlich wurden wir herumgerissen. Das Hinterrad rutschte auf dem schlammigen Untergrund weg, und ehe ich reagieren konnte, stürzten wir. Ich hörte Milena hinter mir aufschreien. Panik überfiel mich, dann landete die Maschine auch schon auf meinem Bein. Der Motor heulte auf, das Hinterrad rotierte, verteilte noch eine Weile Schlammspritzer, bis die Maschine endlich absoff.

Hoch, wir mussten wieder hoch! An etwas anderes konnte ich nicht denken. Mit aller Kraft versuchte ich, die Maschine von uns herunterzuschieben.

Doch in dem Augenblick hatten uns die Polizisten erreicht.

»Milena!«, rief ich, versuchte, mich umzudrehen, doch auch

ihr gelang es nicht, sich unter der Maschine hervorzuziehen. Das erledigten die Polizisten, die grob nach uns griffen und uns durch den Schlamm zerrten.

War's das?

Mit Worten, die wir nicht verstanden, blafften sie uns an. Na, die Befragung konnte lustig werden, dachte ich noch mit Galgenhumor, während es in meinem Magen kniff und biss.

Der Mann in der grauen Uniform, der nun aus dem zweiten Wagen stieg, wollte nicht so recht zu den tschechischen Milizionären passen. Zielstrebig ging er auf Milena zu.

»Fräulein Paulsen?«

Ich sah, wie sie zusammenzuckte. Der Mann zog etwas aus seiner Jackentasche, wie ich sehen konnte, war es die schlechte Kopie eines Fotos. Darauf war sie allerdings immer noch sehr gut zu erkennen, sodass Leugnen nichts geholfen hätte.

Der Grenzer nickte zufrieden, wandte sich dann an die tschechischen Polizisten und rief ihnen etwas zu, das ich nicht verstand. Dann wurden wir weggezerrt, Milena in das eine Auto, ich in das andere. Ich sah noch kurz, wie einer der Polizisten dazu abkommandiert wurde, das Motorrad aufzuheben. Wenn wir Pech hatten, sahen wir es nie wieder. Aber das war jetzt unsere kleinste Sorge …

Das Dorf, in das sie uns brachten, bestand aus ganzen fünf Gehöften, von denen eines leer stand. Ich konnte kaum glauben, was ich auf dem Ortsschild sah. Stand da Amerika? Das konnte doch nicht sein! Verhaftet in Amerika …

Eine alte Frau stand vor einem der Häuser und betrachtete die beiden Polizeiwagen mit ausdrucksloser Miene. Inmitten dieser trostlosen Gegend wirkte sie so verloren, dass sie mir beinahe leidtat. Neben einem Gartenzaun pickten ein paar Hühner.

Das sollte nun unsere Endstation sein?

»Aussteigen!«, herrschte uns der Grenzer an.

Uns blieb nichts anderes übrig, als der Aufforderung nach-zukommen. Die Polizisten brachten uns in das leer stehende Haus wie zwei Schwerverbrecher.

Glücklicherweise steckten sie mich zusammen mit Milena in einen Raum. Er war stickig und klein, die Tapete hatte einen rie-sigen Wasserfleck, der einem Hundekopf glich, und das Linoleum am Boden war abgewetzt und größtenteils verblichen.

Als ich sah, wie sehr Milena vor Angst zitterte, hätte ich den Grenzer am liebsten geschlagen.

Doch ich wusste auch, dass ich mich jetzt beherrschen musste, wenn ich nicht alles noch viel schlimmer machen wollte …

Da das Fenster so schmutzig war, dass kaum Licht in den Raum dringen konnte, schaltete der Grenzer die Lampe ein, dann begann er, wie ein Wachhund um uns herumzulaufen.

»Ihr habt doch nicht wirklich geglaubt, dass ihr damit durch-kommt, oder?«

»Womit denn?«, fragte ich. »Wir sind nur campen gefahren.«

Der Mann lachte spöttisch auf. »Nur campen, ja? Ich glaube eher, Sie haben diese Minderjährige dort entführt.«

»Das hat er nicht!«, verteidigte mich Milena, was ihr einen bösen Blick des Grenzers einbrachte. »Ich bin freiwillig mit ihm gefahren. Und wir wollten nur in der ČSSR campen, nichts wei-ter! Das ist doch nicht strafbar, oder?«

Der Grenzer presste die Lippen zusammen. Mir fiel wieder ein, dass ich etwas davon geschrieben hatte, sie mitzunehmen über die Mauer. Ich Idiot! Die Stasi hatte den Brief ja mitgelesen und dann eins und eins zusammengezählt …

Send Me An Angel

16. August 1989

Milena

Tja, und da standen wir nun, Blicke und Hände ineinander verschlungen, die Akkorde von »Heroes« im Ohr. Unsere Herzen rasten. Was würde aus uns werden? Waren dies die letzten Minuten, die wir zusammen hatten?

Die Tür öffnete sich. Das Geräusch ließ mich zusammenzucken. Mit weit aufgerissenen Augen blickte ich zu dem Türflügel, auf dem die vergilbte Farbe Blasen warf. Im Hintergrund pladderte der Regen noch immer gegen die Scheiben.

Die Männer, die nun eintraten, trugen keine Uniformen, doch sie stanken zehn Meter gegen den Wind nach Stasi. Ihre Haare waren ziemlich kurz geschoren, ihre Körper unter den Billigklamotten waren muskulös und grob. Ihre Hände sahen ganz danach aus, als würde es ihnen keine Mühe bereiten, jemanden zusammenzuschlagen.

»Name«, fragte der eine streng, nachdem er sich vor uns aufgebaut hatte. Der andere blieb hinter uns, wohl für den Fall, dass wir uns umdrehen und türmen wollten. Aber wie sollten wir das anstellen bei all der Miliz draußen?

»Milena Paulsen«, antwortete ich und blickte zu Claudius. Hoffte, dass er ihnen einen falschen Namen sagte.

»Und Sie?«

Claudius sah den Mann trotzig an. »Sagen Sie ihn mir doch. Sie wissen doch immer alles.«

Für einen Moment glaubte ich, der Mann würde ihm ins Gesicht schlagen. Ein Ruck ging durch seinen Körper, als wollte er seinen Arm hochreißen, aber er beherrschte sich. Seine Nasenflügel bebten und seine Kiefergelenke wippten auf und ab.

»Ihre Ausweispapiere?«

»Liegen irgendwo im Wald«, entgegnete er.

Auf einmal packte mich furchtbare Angst. Zu oft hatte ich die Leute reden hören, dass die Stasi auch nicht vor Gewalt zurückschreckte, wenn Gefangene nicht so wollten wie sie.

Doch noch hatten sie nicht vor, Claudius zu schlagen.

Stattdessen wandte sich der Stasimann an den Grenzer. »Haben Sie das Gepäck überprüfen lassen?«

Der Grenzer nickte. »Ja, aber da war nichts. Keine Papiere oder auch nur ein Hinweis darauf, wer er ist.«

Wie denn auch! Er trug die Papiere auf Ratschlag des Arztes am Körper. Wenn sie ihn allerdings zwangen, sich auszuziehen …

»Wir haben Methoden, das rauszufinden«, drohte der Stasimann daraufhin.

»Ach ja?« Claudius schien der Teufel zu reiten, denn er sah den Mann furchtlos an. Du musst mir nichts beweisen, hätte ich am liebsten gesagt, doch dann sah ich, dass es kein Protzen war, das er an den Tag legte. Claudius' Mut war echt. Er erreichte damit, dass sich die Stasimänner nun doch mehr um ihn als um mich kümmerten.

Aber würde ich den Mut haben dazwischenzugehen, wenn sie ihn folterten?

Mit dem Einsatz physischer Folter ließen sie sich noch Zeit. Stattdessen zog sich der Stasimann den einzigen Stuhl heran und begann mit dem Verhör. In harschem Ton stellte er uns Fragen nach unserer Identität und was wir hier in der ČSSR zu suchen hatten. Ich wurde gefragt, ob Claudius mich entführt habe, warum ich ausgerissen sei und was wir in der Zeit angestellt hätten.

Ich antwortete, dass wir nur zum Campen hergefahren seien, und ja, meinem Vater hatte ich nichts davon gesagt, weil ich sauer auf ihn war. Das war noch nicht mal gelogen.

Außerdem wurde ich gefragt, wer der Junge neben mir sei, und da antwortete ich, dass ich seinen Namen nicht kenne. Das glaubten sie mir natürlich nicht, und so zog ein Sturm von Beschimpfungen über meinen Kopf hinweg. Claudius' empörte Einmischung ignorierten sie, wahrscheinlich hofften sie, dass er einlenken würde, wenn ich zu heulen begann. Aber ich heulte nicht. Und ich ließ auch die Schimpfworte nicht zu mir vordringen. Ich versuchte, mich auf eine Melodie in meinem Innern zu konzentrieren, auf die Akkorde, auf das Rauschen, mit denen sie in Onkel Erwins Radio immer begleitet wurden. Als es mir schließlich gelang, konnte ich nichts anderes tun als lächeln, denn die Stimme der Stasileute kam nicht mal mehr bei mir an. Hin und wieder versetzte mir der andere Stasityp einen Stoß gegen die Schulter, als Zeichen, dass ich gefälligst antworten sollte, doch dann sagte ich irgendeinen Quatsch, der den anderen wieder schreien ließ. Und so verging Minute um Minute, Stunde um Stunde.

Nach gefühlten hundert Stunden waren die Fragen immer noch dieselben. Die Nacht brach herein, doch man ignorierte, dass wir zum Umfallen müde waren. Immer wieder die gleichen Fragen. Immer wieder der Versuch, aus Claudius rauszukriegen, wer er war.

Alle Knochen taten mir weh, und als der Morgen dämmerte, fragte ich mich bereits, ob ich mich nicht einfach auf den Boden legen sollte.

Da beschlossen die Stasimänner glücklicherweise, dass es Zeit für eine Raucherpause war und zogen ab. Als Wache ließen sie nur einen Polizisten vor der Tür.

Ich sank auf die Knie und fühlte mich furchtbar elend. Das Gespräch mit dem Stasimann in der Schule war nichts gegen das hier gewesen. Auch wenn ich daran dachte, dass ich mich im Büro des Direx übergeben hatte. Klar, auch hier hatte ich große Angst, aber irgendwie schien mein Magen jetzt unbeteiligt zu sein.

Natürlich war mir klar, dass die Stasileute bei ihrer Rückkehr härter durchgreifen würden, aber fürs Erste hatten wir einen Sieg errungen. Sie wussten noch immer nicht, wer Claudius war.

Als ich auf dem Boden zusammensank, spürte ich Claudius' Hand auf der Schulter.

»Du bist große Klasse, weißt du das?«, fragte er.

Ich konnte weder nicken noch den Kopf schütteln. Mein Hals fühlte sich wund an, meine Knochen schmerzten.

»Wir werden durchhalten« sagte er und hockte sich vor mich. Streichelte mein Gesicht und küsste mich auf den Mund. »Mach jetzt nicht schlapp. Wir werden das hinbekommen. Und wenn alle Stricke reißen, sagst du ihnen eben einen Namen. Irgend-einen. Müller, Meier, Schulze, was auch immer dir einfällt, ich werde es bestätigen.«

»Und wenn sie uns getrennt befragen?«, fragte ich schwach. »Sie haben ja jetzt gemerkt, dass sie den einen nicht mit dem an-deren erpressen können.«

Claudius wollte gerade antworten, da öffnete sich wieder die Zimmertür.

Waren diese Mistkerle so schnell mit ihren Zigaretten fertig?

Das blasse Gesicht eines jungen Milizionärs erschien im Türspalt. Er war derjenige, der Claudius' Motorrad aus dem Dreck geholt hatte. Was wollte er? Nachschauen, ob wir noch hier waren?

»Ihr!«, sagte er mit hartem Akzent, nachdem er sich auf dem Hof umgesehen hatte. »Wollt ihr abhauen?«

Hörte ich richtig? Der Polizist sprach Deutsch. Und redete von abhauen.

Ein Schluchzen stieg in meiner Brust auf, doch ich unterdrückte es rasch. Ich wagte den Gedanken, der mir in den Verstand schoss, nicht zu Ende zu denken. Nein, das konnte nicht sein. Er würde nicht …

»Ja!«, sagte Claudius, auch auf die Gefahr hin, dass das eine Falle war und hinter dem Polizisten einer der Stasileute stand und dann triumphierend von einem Bein aufs andere sprang, weil wir uns verraten hatten.

»Dann kommen«, sagte der Polizist, nachdem er sich kurz umgesehen hatte. »Stasi rauchen. Motorrad hinter Scheune.«

Claudius packte mich am Arm und zog mich in die Höhe. Ich verstand, dass wir nur wenige Augenblicke hatten. Diese entschieden darüber, ob wir nach Prag kamen oder in die DDR zurückmussten – mit allen Konsequenzen.

»Danke«, rief ich dem Jungen zu, dann schossen wir los, zitternd, mit rasendem Herzen und angehaltener Luft.

Geduckt hasteten wir um das Haus herum, hörten die Stimmen der Männer, die noch nicht bemerkt hatten, dass uns die Tür geöffnet worden war. Der junge tschechische Polizist stand noch immer draußen, tat so, als wären seine Gefangenen noch da. Und wir rannten. Mir war auf einmal so schlecht, als hätte ich Seifenlauge geschluckt. Doch kotzen musste ich nicht. Stattdessen zitterten meine Glieder wie verrückt, und glücklicherweise war Claudius' Hand da, die mich gnadenlos mitzerrte, bis wir endlich vor der Jawa standen.

Noch hatten die Männer nichts mitbekommen. Der Polizist stand vor der Tür, als hätte er immer noch was zu bewachen.

Glücklicherweise steckte der Zündschlüssel. Hatten wir das dem jungen Polizisten zu verdanken? Warum hatte er uns geholfen? Wir würden es nie erfahren.

Claudius drehte den Zündschlüssel rasch herum, bockte die Maschine ab und hob den Fuß auf das Anlasserpedal. Kurz blickte er zu mir, nickte mir zu. Jetzt musste alles schnell gehen.

Claudius spannte seine Muskeln, dann trat er den Anlasser herunter. Das Geräusch kam mir überlaut vor – und schlimmer noch, das Motorrad reagierte nicht!

Komm schon, komm schon, komm schon, bat ich im Stillen.

Da sprang die Jawa mit einem wütenden Röhren an!

Die nächsten Augenblicke erschienen mir, als würde ich sie von oben beobachten, völlig unbeteiligt. So wie man im Film mit den Helden mitfiebert, wenn sie vor einer fast unlösbaren Aufgabe standen.

Wir preschten vom Hof, und natürlich bemerkten die Stasileute nun, was los war.

Allerdings waren sie wohl dumm genug, erst mal im Haus nachzuschauen, statt ihren Augen zu trauen, dass wir türmten. Claudius beschleunigte und holte aus der Maschine raus, was er konnte. Immer die Straße lang. Nach Prag. Zur Botschaft. Keine Umwege mehr, keine Experimente. Keine Waldwege.

Natürlich wussten die Stasileute, wohin wir fahren würden. Und so saß uns die Angst, dass sie uns einholen würden, im Nacken. Doch wir hatten einen Vorsprung und kamen mit dem Motorrad schneller voran als sie mit ihren Ladas.

Als ich nach etwa einer Stunde Fahrt das Ortsschild von Prag sah, brach ich beinahe in Tränen aus. Halt!, sagte ich mir, noch haben wir es nicht geschafft. Erst mal mussten wir die Botschaft finden.

Das Tempo, mit dem Claudius durch die Stadt fuhr, war mehr als gesetzeswidrig, doch es zeigte sich, dass er einen tollen Orientierungssinn hatte.

Zunächst wollte ich nicht glauben, dass das märchenhaft aussehende Schloss die Botschaft sein sollte, aber Claudius war sicher, dass sie es war. Milizionäre liefen um das riesige Gebäude mit dem weitläufigen Park herum, als hielten sie Ausschau nach Flüchtlingen.

Und wir hatten wieder Glück: Gerade wurde das große Tor geöffnet. Offenbar wollte der Botschafter gerade wegfahren.

»Festhalten!«, hörte ich undeutlich von Claudius, als dieser auf das Tor zuraste – ohne darauf Rücksicht zu nehmen, ob was von vorn kam.

Als ich die schwarze Limousine sah, die auf uns zurollte, schrie ich vor Schreck auf, doch Claudius lenkte das Motorrad zur Seite und schoss an dem Fahrzeug vorbei.

Die Botschaft! Ein Gebäude wie aus einem Märchenfilm.

Als er die Maschine zum Stehen brachte und den Motor abstellte, wusste ich, dass es kein Traum war. Es war vorbei. Wir hatten es geschafft. Wir waren dort, wo viele andere DDR-Bürger eine Zuflucht gefunden hatten. Ans Meer konnten wir später noch.

»Sagt mal, seid ihr verrückt geworden!«, schimpfte der Fahrer, als er wutentbrannt aus der Tür des Mercedes stürmte. »Ihr habt sie doch nicht mehr alle!«

Claudius zog sich den Helm vom Kopf. Ignorierte das Schimpfen und ging dem Mann entgegen. »Wir brauchen Ihre Hilfe.«

Damit hatte der Chauffeur wohl nicht gerechnet. Verdutzt starrte er uns an, dann kam uns ein Mann im Anzug entgegen.

»Sie kommen aus der DDR?«, fragte er, nachdem er sich uns als Hermann Huber vorgestellt hatte.

»Sie ja«, antwortete Claudius und deutete auf mich. »Ich bin

Bundesbürger. Wir sind auf der Flucht vor der Staatssicherheit, die Frau Paulsen verhaften wollte.«

Der Mann musterte uns kurz, dann bedeutete er uns, ihm zu folgen.

Nicht nur das Äußere des Palais, in dem die Botschaft untergebracht war, war beeindruckend, auch das Innere. Herr Huber instruierte ein paar Leute und wandte sich dann an uns.

»Entschuldigen Sie bitte, ich muss zu einem wichtigen Termin. Aber ich habe Bescheid gegeben, dass man sich um Sie kümmern soll. Alles Gute!«

Er reichte uns beiden die Hand und rauschte davon. Ich war von den Socken. Hatte ich soeben dem westdeutschen Botschafter die Hand geschüttelt?

Tatsächlich kümmerte man sich um uns. Wir wurden in ein Büro geführt, bekamen Kaffee und Wasser und etwas Obst. Unsere Personalien wurden aufgenommen und nun endlich konnte Claudius seine Papiere hervorholen.

Noch immer pochte die Angst in mir. Was, wenn ich wieder fortgeschickt wurde? Wenn sie mir die Geschichte mit der Stasi nicht glaubten?

»Wir haben es geschafft«, sagte Claudius zu mir und drückte meine Hand. »Wir haben es wirklich geschafft.«

Noch nicht ganz, lag es mir auf der Zunge. Immerhin sind wir noch nicht am Meer. Aber wir waren fürs Erste in Sicherheit.

Es dauerte lange, bis jemand kam, um uns zu erläutern, wie es jetzt weitergehen sollte. Die Zeit reichte aus, um das Unwohlsein in meinen Knochen weiter wachsen zu lassen. Mir war schwindelig und schlecht, da halfen auch der Kaffee und das Wasser nichts. Wieder war das Gefühl da, mich einfach auf den Boden zu legen und einzuschlafen.

Als endlich eine Frau und ein Mann erschienen, wurde das

Gefühl so übermächtig, dass ich mich ihm nicht mehr länger entgegenstellen konnte. Ich ließ mich fallen und die Welt wurde schwarz um mich.

Als sie wieder hell wurde, lag ich in einem Bett und hatte das Gefühl, dass meine Lunge in Flammen stand. Ich sah mich um, fragte mich, wo ich war, als plötzlich eine Frau zur Tür hereinkam und sich neben mein Bett setzte. Eine dunkle Haarsträhne hatte sich aus ihrer Frisur gelöst, aber ihr Kostüm saß noch immer perfekt.

An ihren Namen konnte ich mich nicht mehr erinnern, der war von der Dunkelheit verschluckt worden.

»Eigentlich müssten wir Sie zurückschicken. Immerhin sind Sie noch minderjährig und unterstehen der Fürsorgepflicht ihres Vaters«, eröffnete sie mir.

»Nein!«, schrie ich und fuhr in die Höhe. Ein Stechen durchzog meine Schläfe und mir wurde wieder schwindelig.

»Nein, bitte schicken Sie mich nicht zurück! Wissen Sie, was mir dann passiert? Wissen Sie das?«

Meine Stimme überschlug sich und verschwand schließlich in einem Hustenanfall. Erschrocken registrierte ich, dass ich mich genauso anhörte wie Claudius, als er in der Praxis von Dr. Karol gelegen hatte. Offenbar hatte ich mich bei ihm angesteckt.

Die Frau wartete geduldig, bis ich wieder Luft bekam.

Ich starrte sie hasserfüllt an. All die Mühe sollte umsonst gewesen sein? Nein, das wollte ich nicht einsehen.

»Meine Mutter«, krächzte ich. »Suchen Sie meine Mutter. Sie lebt im Westen. Ihr Name ist Martina Paulsen. Oder vielleicht heißt sie mittlerweile auch anders, aber sie muss siebenundsiebzig in die BRD ausgewandert sein und …«

Die Frau legte mir die Hand auf die Schulter, um meinen Redefluss zu stoppen, doch das gelang ihr nur für einen Moment. »Fragen Sie meinen Vater, zwingen Sie ihn, es Ihnen zu erzählen«, plapperte ich weiter, dann sah ich ein Lächeln auf Ihrem Gesicht.

»Ich denke, ich sollte Ihnen wohl besser einen Arzt schicken. Und ich kann Sie beruhigen. Wir werden Sie bis zu Klärung aller Sachverhalte nicht wegschicken. Herr Hegemann hat uns erzählt, dass Sie von der Staatssicherheit verhört wurden und dass Ihnen angedroht wurde, Sie in einen Jugendwerkhof zu stecken. Da Sie bereits siebzehn Jahre alt sind, haben Sie die Möglichkeit, politisches Asyl zu beantragen, da Ihnen in Ihrer Heimat Verfolgung droht. Ich werde alles Nötige in die Wege leiten.«

Politisches Asyl. Mein Kopf schwirrte.

Als ob ich irgendeine Bürgerrechtlerin wäre … Das war ich nun ganz und gar nicht, doch es erleichterte mich ungemein, dass ich nicht wieder wegmusste. Beim nächsten Zusammentreffen mit der Stasi würde ich nicht so viel Glück haben, dabei … hatte ich doch überhaupt nichts getan, was gegen das Gesetz verstieß.

Mir war es nicht verboten gewesen, in die ČSSR zu reisen.

Mir war es nur verboten, einen Jungen aus dem Westen zu lieben. Es war gut, dass ich nicht mehr dafür bestraft werden konnte.

Am nächsten Morgen war ich diejenige, die den Arzt nötig hatte. Es war ein Mann mit kalten Händen, der mich gründlich untersuchte und mir dann Tabletten daließ – Penizillin. Die Tabletten waren furchtbar groß und passten nur knapp durch meinen Hals, aber ich hatte keine andere Wahl, als sie zu schlucken.

Nun war Claudius derjenige, der mich besuchte, mir Obst und Pudding brachte und versuchte, mich von den schmerzenden Gliedern und den Hustenattacken abzulenken. Er brachte mir Bücher, Saft und Zeitungen, sogar eine *Bravo*, die voller Poster war.

Und er erzählte mir von den anderen Flüchtlingen in der Botschaft, die kurz vor uns hier eingetroffen waren. Dr. Karol war gut informiert gewesen. Tag für Tag versuchten Leute aus der DDR, die Absperrungen der Botschaft zu überwinden – was ihnen auch meistens gelang. Die Reisevorschriften nach Ungarn waren verschärft worden.

»Wahrscheinlich wären wir gar nicht bis nach Sopron gekommen«, erklärte Claudius, während er mit seinem Finger Kringel auf meine Bettdecke zeichnete. Sein dunkles Haar hing ihm inzwischen etwas länger ins Gesicht, obwohl er nun die Möglichkeit gehabt hätte, es abschneiden zu lassen.

»Vielleicht sollte wirklich alles so kommen, wie es gekommen ist«, entgegnete ich und konnte mich nicht zurückhalten, meine Hände durch sein Haar gleiten zu lassen.

Ich streichelte es weiter, während er mir erzählte, wie mittlerweile Leute über den Zaun des Palais Lobkowicz kletterten und sogar Kinderwagen herüberhievten. Da in der Botschaft nur noch wenig Platz war, begann man Zelte aufzustellen.

»Wenn das so weitergeht, ist die Botschaft in ein paar Tagen überfüllt«, prophezeite Claudius zum Schluss. »Irgendwas muss geschehen.«

»Das wird es hoffentlich«, antwortete ich und zog seinen Kopf auf meinen Bauch. Es war schön, dass er dort liegen blieb, bis ich wieder eingeschlafen war.

Ein paar Tage später, Claudius hatte mir gerade einen Becher Vanillepudding mit Sahne gebracht, erschien die Frau wieder, von der ich inzwischen wusste, dass sie Frau Montag hieß. Wie immer, wenn sie kam, hatte ich die Hoffnung, dass sie irgendeine Nachricht von meiner Mutter hatte.

Doch sie wandte sich stattdessen an Claudius. »Würden Sie bitte mitkommen? Ich möchte etwas mit Ihnen besprechen.«

Was denn? Mich zerriss es vor Neugierde, und gleichzeitig begann mein Magen wieder zu kneifen. War es etwas Schlimmes? Sie wirkte so förmlich …

Kurz nachdem Claudius mit Frau Montag verschwunden war, trat eine andere Frau in den Raum.

Sie war ungefähr so groß wie ich, trug eine Stoffhose und eine geblümte Bluse. Ihr Haar hatte die gleiche Farbe wie meines und auch sonst fiel mir auf, dass sie sehr viel Ähnlichkeit mit mir hatte. Ihre Augen waren dieselben wie meine und ihre Nase …

Obwohl in mir eine Ahnung aufstieg, fühlte ich in diesem Augenblick nichts.

»Mile…?«, fragte sie schüchtern, während sie mich von Kopf bis Fuß musterte. Ihre Stimme brach bei der letzten Silbe, sie schluchzte auf und presste sich die Hand auf den Mund. »Mil…« Sie brachte es nicht über sich, meinen Namen ganz auszusprechen.

»Mama?«, fragte ich, noch immer ruhig. Viel zu ruhig dafür, dass ich mir so viele Jahre vorgestellt hatte, wie es wäre, wenn ich meine Mutter treffen könnte.

Kein Zweifel, das da vorn, die Fremde mit den mir ähnlichen Zügen, war meine Mutter!

Das bestätigte sie mir nun auch mit einem Nicken, während sie zu mir kam und sich vor mich hockte. Obwohl ich wieder gesund war, hatte ich in diesem Augenblick irgendwie nicht die Kraft aufzustehen. Meine Knochen schienen aus Gummi zu sein, meine Muskeln lose Bindfäden. Also doch eine Reaktion. Mein Körper wusste anscheinend schon eher als mein Verstand, was ich fühlen sollte.

»Milena, meine Kleine.« Vorsichtig streckte sie die Hand aus, um mir eine Haarsträhne aus dem Gesicht zu streichen, zögerte dann aber im letzten Moment und nahm die Hand wieder runter.

Ich wünschte mir, dass sie mich berühren würde, damit ich auch spüren konnte, dass sie echt war, dass ich nicht wieder irgendeinen Mist träumte wie in den Tagen des Fiebers.

Doch sie wagte erst mal keinen zweiten Versuch.

Ich konnte nichts sagen. Ich starrte sie an, erkannte nach und nach die junge Frau auf dem Foto in meiner Erinnerung. Ja, das war meine Mutter. Sie lebte. Und sie war hier. War sie gekommen, um mich abzuholen?

Ich weiß, ich hätte mich freuen sollen, doch in diesem Augenblick spürte ich nichts weiter als Verwirrung. Nicht einmal ansprechen konnte ich sie.

»Du bist groß geworden«, sagte meine Mutter nach einer Weile. »Als ich dich das letzte Mal sah, warst du nur so groß.« Sie zeigte meine Körperhöhe mit der Hand, und ich sah, dass sie zitterte.

Erwartete sie etwas von mir? Was konnte man von seiner Tochter erwarten, die man fünfzehn Jahre nicht gesehen hatte?

Nun, wenn sie mich nicht anfassen wollte, dann würde ich es tun. Kurzerhand erhob ich mich, streckte meine Hand aus und legte sie ihr auf die Wange.

Sie fühlte sich ein wenig kühl, aber weich an. Und nur Sekunden später kullerte ein Tränenbach über meine Hand. Ihr Körper begann zu zittern, dann endlich streckte sie die Hände nach mir aus und zog mich an ihre Brust. Ich kann nicht beschreiben, was das für ein Gefühl war. Einerseits war es fremd, denn Martina Paulsen war eine Fremde für mich, aber andererseits so vertraut – als ob sich mein Körper daran erinnerte, wie es damals gewesen war, als sie mich noch gehalten hatte.

»Warum hat Papa dich für tot erklärt?«, fragte ich geradeheraus, als wir beide zusammen auf dem Bett saßen und uns wieder ein wenig beruhigt hatten. Es war eine ziemlich direkte Frage, vielleicht war es auch taktlos von mir, doch das Chaos in meiner Brust erlaubte mir nichts anderes. Nach all der Zeit wollte ich endlich die Wahrheit wissen!

Mama sah mich so verletzt an, wie es noch nie ein Mensch

getan hatte. »Dein Vater hat was ...?«, fragte sie und schüttelte ungläubig den Kopf. »Er kann doch nicht ...«

»Er hat mir erzählt, dass du tot seist. Verbrannt bei einem Autounfall.« Ob er sie auch offiziell hatte für tot erklären lassen, wusste ich nicht, aber was mich betraf, war das die Wahrheit.

Meine Mutter ließ sich auf das Bett sinken. Die Federn knarrten leise, für lange Zeit war es das einzige Geräusch im Raum.

»Wir wollten fliehen«, begann sie schließlich. »Beide, mit euch. Über die Ostsee.«

Morgen am Meer. Hatte Papa ihr dasselbe Versprechen gemacht? Konnte ich mir nicht vorstellen, doch es war seltsam, dass sie auch ans Meer wollten. Ich erinnerte mich wieder an unseren Ausflug nach Warnemünde. Genau genommen waren wir nur ein einziges Mal dort gewesen, in der Nähe der Sicherungsanlagen des Fährhafens. Auf einmal hatte ich wieder vor mir, wie Papa auf das Wasser geschaut hatte. Als hätte er dort irgendwas verloren.

»Und was ist schiefgegangen?«, fragte ich, denn dass etwas schiefgegangen war, wusste ich ja von Mirko.

»Kann ich nicht genau sagen. Ich bin der Meinung, dass wir bespitzelt wurden. Man ließ uns so weit gehen wie möglich, dann tauchten plötzlich Leute vom MfS auf. Wir waren aber nicht diejenigen, auf die sie scharf waren. Sie wollten die Fluchthelfer. Jedenfalls hat Theo mir das so erklärt, als wir über die Grenze waren.«

»Theo?«

»Einer der Helfer. Er war der Bruder eines Mannes, der in den Sechzigern Leute aus Berlin geschmuggelt hat. Im großen Stil gab es das nicht mehr, aber hin und wieder konnte man Kontakt zu solchen Leuten aufnehmen. Und Theo war einer derjenigen, die sich unter falschem Namen in der DDR aufhielten, um Fluchtwilligen seine Hilfe anzubieten. Auf ihn und seine Freunde hatten es die Stasileute abgesehen. Einer seiner Freunde war nur knapp einem Giftanschlag entkommen. Das MfS hat einen langen Arm. Jedenfalls sollte in dieser Nacht Theo geschnappt werden. Doch er konnte fliehen. Mit mir. Du kannst mir glauben, dass ich verrückt vor Angst um euch war. Ich habe mich gleich nach meiner Ankunft an die Behörden gewandt, doch wie man weiß, arbeiten die sehr langsam. All meine Bemühungen wurden verschleppt oder verliefen im Sande.«

»Und warum die Geschichte mit dem Feuer?«, fragte ich. »Warum hat Papa nicht behauptet, dass du ertrunken seist?«

Sie rang sichtlich um Fassung. »Wahrscheinlich erschien ihm das sicherer. Ich weiß nicht, warum er es getan hat. Vielleicht war er enttäuscht darüber, dass ich nicht zurückgekommen bin. Dass ich nicht mehr versucht habe, euch da rauszuholen.«

»Aber du hast es versucht.«

Sie nickte und wischte sich die Tränen von den Wangen.

»Ich wollte euch alle zu mir holen, aber euch wurde die Ausreise verwehrt. Ich habe Antrag um Antrag geschrieben, Bitte um Bitte. Niemand wollte mir helfen, wirklich niemand.«

Meine Mutter begann zu schluchzen, aus dem Schluchzen wurde ein Weinen. »Nicht mal die Behörden hier wollten mir helfen! Sie hatten alle Angst vor denen da, und dein Vater …«

Ihre Worte gingen in Weinen unter. Ich wusste aber, was sie sagen wollte. Mein Vater hatte nach dem Fluchtversuch keinen Ausreiseantrag gestellt. Aus welchen Gründen auch immer. Die Wut, die ich im Moment fühlte, sagte mir, dass er es nicht getan hatte, weil er feige war, weil er Angst vor der Stasi hatte und lieber gekuscht und seine Kinder belogen hat, als zu seiner Frau zu stehen, die weit mehr Mut bewiesen hatte.

Doch mein Verstand sagte mir, dass das nicht so einfach war. Klar, Angst wird ihn getrieben haben, aber auch Sorge. Er wollte, dass wir in Ruhe aufwachsen, ohne uns zu fragen, welches Leben wir drüben hätten führen können.

Allerdings rechtfertigte das nicht, meine Mutter vor mir tot-zuschweigen und meinen Bruder, der viel mehr wusste, als er zu-gab, darauf einzuschwören, mich zu belügen.

»Was war mit Opas Bruder, Onkel Erwin? Wusste der nicht, dass du noch am Leben warst?«

Meine Mutter schüttelte den Kopf. »Nein, das wusste er an-scheinend nicht, sonst hätte er sicher versucht, Kontakt mit mir aufzunehmen. Immerhin wohnten wir in derselben Stadt.«

»Aber Opa wusste es.«

»Höchstwahrscheinlich. Es sei denn, dein Vater hat ihm auch irgendeine Lüge aufgetischt.« Meine Mutter seufzte schwer. Ich konnte nur ahnen, was jetzt in ihr vorging. Jahrelang hatte sie ge-hofft, mit ihrer Familie wieder vereint zu werden – und man hatte sie einfach abgeschrieben. Opa genauso wie Papa und Mirko. Das war einfach nicht fair. Ich hatte auf einmal eine Stinkwut im Bauch. Auf alle. Und ich bereute nicht, dass ich abgehauen war.

»Und vor ein paar Tagen bekam ich nun Post von der Deut-schen Botschaft in Prag, die mir schrieb, dass bei ihnen ein Mäd-chen sei, das behauptete, meine Tochter zu sein. Mir war an dem Tag so furchtbar schlecht vor Aufregung. Ist es möglich?, habe ich mich immer wieder gefragt. Und dann habe ich angerufen. Man nannte mir deinen Namen, und da musste ich mich erst mal setzen. Meine Beine waren butterweich. Milena! Meine Kleine war in die Botschaft geflüchtet. In dem Augenblick konnte ich das Telefonat nicht weiterführen, sondern musste erst mal heulen. So richtig drauflos, bis ich nicht mehr konnte. Erst dann rief ich noch einmal zurück und bestätigte, dass ich eine Tochter namens Milena hätte. Kurz darauf bekam ich ein Fax zugestellt, in dem deine Ausweispapiere kopiert waren. Ja, das warst du! Inzwischen wohntest du in Berlin, warst siebzehn und zu einer jungen Frau herangewachsen.«

Sie warf mir einen liebevollen Blick zu, dann streichelte sie erneut meine Wange. »Ich bin so froh, dich wiederzusehen. Ich habe mich immer gefragt, wie du wohl heute aussehen würdest. Du und Mirko.«

Ich sah sie an, dann schmiegte ich mich an sie. »Wie lange kannst du bleiben?«

»So lange ich will. Allerdings muss ich morgen wieder los und anfangen, alle Dinge für dich zu klären. Frau Montag hatte mir erzählt, dass du Ärger mit der Stasi hattest und als politisch verfolgt gelten könntest. Das werde ich mir zunutze machen, und wenn du möchtest, nehme ich dich mit nach Hamburg. So lange wirst du hier in der Botschaft bleiben müssen, aber ich verspreche dir, das wird nicht lange dauern.«

Wie lange hatte ich mir schon gewünscht, endlich eine Mutter zu haben. Dass ich nach Hamburg gehen würde, war dabei Nebensache, Hauptsache, ich musste nicht mehr dorthin zurück, wo Spitzel Briefe aufrissen und Schulkinder bedrohten und es ein Verbrechen war, jemanden aus der BRD zu lieben.

»Dann hast du also noch die ganze Nacht Zeit? Oder bist du sehr müde.«

»Müde, was ist das?«, fragte sie scherzhaft. Schön, sie hatte Humor. Das mochte ich.

»Dann können wir ja schon heute anfangen, uns kennenzulernen. Reden.«

»Das würde mich sehr freuen.« Wieder glitzerten Tränen in den Augen meiner Mutter.

Und wir redeten. Die ganze Nacht. Ich erzählte ihr alles über die Ereignisse der letzten Schulwoche und das, was danach kam.

»Claudius ist der Junge, mit dem Frau Montag aus dem Raum kam, oder?«, erkundigte sie sich zwischendurch.

»Ja, das ist er.«

»Sieht sehr nett aus. Und es gehört was dazu, für ein Mädchen in die DDR zu flüchten, um dann mit ihr wieder raus zu flüchten. Das hätte ganz furchtbar schiefgehen können.«

Ich erinnerte sie wieder daran, dass es nicht schiefgegangen war. Sie presste die Lippen zusammen. Offenbar hatte sie noch was auf Lager, wollte es aber nicht rauslassen, um unser Gespräch nicht zu ruinieren.

Ich erzählte also weiter und ignorierte ihr erschrockenes Kopfschütteln, als ich zu der Aktion mit dem Zigarettenschmuggler kam oder dazu, dass ich Motorrad gefahren bin, obwohl ich nur den Führerschein fürs Moped habe.

Natürlich hätte ich das alles auslassen können, aber als meine Mutter hatte sie ein Recht darauf, auch meine schlechten Seiten zu kennen.

Sehr gespannt lauschte ich dann dem, was sie mir erzählte.

Nachdem sie in Hamburg angekommen war, hatte sie wieder eine Stelle als Krankenschwester angenommen und in Eppendorf gearbeitet. Da sie immer noch gehofft hatte, uns zu sich rüberholen zu können, hatte sie jeden Versuch, sich neu zu verlieben, abgeblockt. Doch dann war es doch passiert, in den Jahren, als sie die völlige Hoffnungslosigkeit überkommen hatte. Die Beziehung hielt nicht lange. Mittlerweile arbeitete sie nicht mehr als Krankenschwester, sie unterrichtete an einer beruflichen Schule angehende Krankenschwestern. Meine Mutter, eine Lehrerin! War das zu glauben!

Auf jeden Fall hörte sich das, was sie aus Hamburg erzählte, sehr gut an, und ich war neugierig, die Stadt, von der Onkel Erwin so viel erzählt hatte, mit eigenen Augen zu sehen und den Schiffen beim Auslaufen in die Welt zuzuschauen.

Ich war neugierig darauf, zu sehen, wie sie lebte – und auf den Radioempfang in der Stadt, denn davon, Kassetten aufzunehmen, würde ich nicht abrücken!

Irgendwann am Morgen wurde ich dann so müde, dass ich

meine Augen nicht mehr offen halten konnte. Meine Mutter verabschiedete sich zuvor von mir und versprach mir, sich so oft zu melden, wie es ging. So lange sollte ich hier aushalten – und mir schon mal überlegen, an welche Schule ich ab Herbst gehen wollte –, denn das Schuljahr würde bald beginnen. Wir versprachen uns gegenseitig, auf uns aufzupassen, dann verließ sie mich wieder.

In dieser Nacht sah ich Onkel Erwin wieder im Traum, wie er mir ein neues Radio schenkte.

Heroes

29./30. September 1989

Milena

Etwas über einen Monat waren wir nun hier, mittlerweile war die Botschaft zu unserer zweiten Heimat geworden. Und nicht nur für uns. Tausende DDR-Bürger hatten sich in der Hoffnung hier einquartiert, dass die Bundesregierung ihnen helfen würde.

Kaum zu glauben, dass so viele Menschen in das Palais und den Schlossgarten passten! Es hatte zuerst damit begonnen, dass die Zimmer in der Botschaft so weit belegt wurden, wie es nur ging. Ich bekam drei Frauen und zwei Mädchen mit ins Zimmer, die aus Cottbus und Leipzig stammten. Auch Claudius bekam ein paar ledige Männer unterschiedlichsten Alters dazu. Auf den Gängen spielten bald die Kinder, während das Personal der Botschaft versuchte, den Betrieb so gut wie möglich weiterzuführen.

Als der Platz in der Botschaft nicht mehr reichte, wurden draußen Zelte aufgestellt. Täglich kamen neue Flüchtlinge. Teilweise versuchten die tschechischen Polizisten, die Flüchtlinge zurückzuzerren, doch vergeblich. Jene, die es an einer Stelle nicht geschafft hatten, kamen an einer anderen wieder.

Die Zustände waren dementsprechend chaotisch. Die sanitären Anlagen der Botschaft reichten für so viele Menschen nicht aus, und schließlich sah sich der Botschafter gezwungen, sein Büro in ein anderes Gebäude in Prag zu verlegen, damit er wenigstens einigermaßen seiner Arbeit nachgehen konnte.

Glücklicherweise waren unter den Flüchtlingen auch einige Krankenschwestern und sogar ein Arzt, der sich mit Unterstützung des Botschaftspersonals um die Flüchtlinge kümmerte. Dennoch hatten alle davor Angst, dass hier eine Seuche ausbrechen würde.

Forderungen wurden laut, dass die Regierungen endlich einschreiten sollten. Doch nichts tat sich.

Auch bei uns schien sich nichts zu bewegen. Das neue Schuljahr hatte in der DDR begonnen, eigentlich hätte ich auch wieder zur Schule gehen müssen, doch das ging nicht. Um nicht ganz aus der Übung zu kommen, versuchte ich in der Botschaft, irgendwelche Bücher ausfindig zu machen und zu lesen, oder ich stellte mir selbst Matheaufgaben. Irgendwie war es Claudius gelungen, Schreibhefte für mich aufzutreiben, in denen ich nun freiwillig Mathe übte oder Dinge aufschrieb, an die ich mich aus dem Unterricht noch erinnern konnte.

Mittlerweile hatte Claudius auch seinen Eltern geschrieben und wenigstens ansatzweise zu erklären versucht, was passiert war und warum er das alles getan hatte.

Die Antwort ließ nicht lange auf sich warten. Seine Mutter hatte geschrieben, dass sein Vater immer noch furchtbar ungehalten sei – aber froh, dass es ihm und auch mir gut ging. Sie würde sich sehr freuen, mich kennenzulernen.

Eines Morgens, als ich auf dem Weg durch das Zeltlager war – schon wieder waren irgendwelche Kamerateams vor dem Zaun, die die Flüchtlinge filmten, als wären sie Zootiere –, hörte ich eine Stimme, die mir irgendwie bekannt vorkam. Sie war nicht an mich gerichtet, sondern sagte etwas zu jemand anderem. Aber irgendwie ...

Vor einem Zelt standen ein paar Jungs und unterhielten sich. Drei davon hatte ich noch nie zuvor gesehen, aber der vierte ...

»Lorenz?«, fragte ich ungläubig, als ich den pinkfarbenen Iro vor mir sah.

Der junge Mann in der Lederweste wirbelte herum. Seine Augen wurden weit vor Erstaunen.

»Milena!«

Tatsächlich, er war es! Er hatte es ebenfalls gewagt!

Sogleich fielen wir uns in die Arme und fingen an zu heulen wie die Schlosshunde. Lorenz drückte mir fast die Luft ab, aber das war mir egal, ich drückte zurück, so kräftig ich konnte, dann hörte ich auf einmal, dass er weinte. Lorenz, der Punker, weinte! Und ich weinte mit ihm. Scheiß drauf, was die anderen ringsherum dachten!

Einen Platz zu finden, an dem wir ungestört reden konnten, war zu dieser Zeit fast unmöglich. Aber wir ergatterten eine kleine Lücke neben einem der Zaunpfosten. Draußen standen wieder die Schaulustigen, von denen es hieß, dass sie extra herkamen, um die DDR-Flüchtlinge anzugucken, von denen so viel im Fernsehen geredet wurde. Wir ignorierten sie und hockten uns neben dem Pfosten auf den Boden.

»Ich hatte so eine Angst um dich!«, gestand Lorenz, noch immer ein wenig schluchzend. »Keiner wusste, wo du abgeblieben bist.«

»Das war ja auch Sinn und Zweck der Übung«, entgegnete ich. Mittlerweile hatte ich mich schon etwas beruhigt.

»Dein Alter ist vollkommen ausgetickt, der stand eines Tages bei uns vor der Wohnung und wollte wissen, wo du bist. Das wusste ich natürlich nicht und mein Vater hat ihn rausgeschmissen, als er pampig wurde. Der Typ war so irre, dass er mir an der Bahn aufgelauert hat, aber selbst da konnte ich es ihm nicht sagen.«

Das klang irgendwie so gar nicht nach meinem Vater. Und dann wieder doch. Ich erinnerte mich noch gut an die Ohrfeige. Auch da hatte er nicht bekommen, was er wollte.

»Und wie bist du hergekommen? Du bist doch nicht etwa wie Claudius durch den Tunnel …«

»Der ist durch den Tunnel gekommen?« Lorenz wirkte entsetzt. »Hat er dich etwa …«

»Er ist durch den Tunnel gekommen, weil du ihm den blöden Scheiß gezeigt hast!« Das war so ziemlich das einzige Hühnchen, das ich mit ihm rupfen wollte. »Und nein, so doof, mich durch den Tunnel zu schleppen und uns der Gefahr auszusetzen, erschossen zu werden, war er nicht.«

Lorenz senkte den Kopf. »'tschuldige. Ich wollte vor ihm ein bisschen angeben, ich konnte ja nicht wissen, dass er ernst machen würde.«

»Wenn du Claudius näher kennst, wirst du sehen, dass er bei vielen Dingen ernst macht.«

»Aber warum ist er denn nicht ganz legal rübergekommen?«

»Weil er nicht wollte, dass die Stasi von ihm weiß. Und nach dem, was meine Mutter erzählt hat, war es auf eine Art gut, denn die Stasi neigt dazu, Fluchthelfer umzubringen.«

»Deine Mutter?« Lorenz bekam den Mund nicht mehr zu. »Aber ich denke …«

»Man merkt, dass wir uns schon lange nicht mehr gesehen haben«, gab ich zurück und erzählte ihm dann alles seit dem ersten Ärger mit der Stasi und der Enthüllung, dass meine Mutter eigentlich noch lebte.

»Krass«, bemerkte er.

»Und wie war das bei dir? Wieso bist du hergekommen?«

»Weil ich gehört habe, dass es geht. Und weil ich die Schnauze voll hatte von dem allen. Ich wollte mich im nächsten Jahr nicht schon wieder mit dem Jugendwerkhof bedrohen und mir schlechte Zensuren reinwürgen lassen. Ich hab einfach meinen Rucksack gepackt, bin mit dem Zug an die Grenze gefahren und dann getrampt.«

Das klang alles so einfach! Aber Lorenz hatte ja auch keinen illegalen BRD-Bürger bei sich gehabt.

»Und woher wusstest du, dass die Leute hier in die Botschaft flüchten?«

»Westfernsehen natürlich! Bei uns berichten sie nicht davon. Wenn du überhaupt mal was zu hören kriegst, dann dass das alles Verräter sind, denen man keine Träne nachweinen muss.«

Das fand ich jetzt krass. »Hast du eigentlich mal was von Sabine gehört?« Ihr hatte ich kurz nach meiner Genesung einen Brief geschrieben und ihr alles erklärt. Eine Antwort hatte ich aber nicht erhalten.

»Kommt drauf an. Also gesehen hab ich sie, aber sie hat nicht mit mir geredet – war aber zu erwarten. Die Leute im Hausflur munkeln, dass sich ihre Eltern scheiden lassen wollen.«

Ich riss erstaunt die Augen auf. »Was?«

»Frau Mohr hat wohl Sympathie für die Flüchtlinge gezeigt, das hat ihr Herr Mohr übel genommen.« Lorenz presste die Luft spöttisch durch die Nase. »Der soll sich mal nicht so haben, ich bin sicher, dass bald 'ne Zeit kommt, in der es nicht mehr in ist, dem Kommunismus beim Siegen zu helfen. Ich wette mit dir, dass Fidel Castro seinen Bart eines Tages ganz um sich rumwickeln kann.«

In Stabü hatte man uns erzählt, dass Fidel Castro den Eid abgelegt habe, sich erst wieder zu rasieren, wenn der Kommunismus in der Welt gesiegt hat.

Hoffte denn noch irgendwer angesichts kaputter Häuser und Materialknappheit, dass der Kommunismus siegen würde?

So witzig Lorenz' Bemerkung auch war, lachen konnte ich nicht darüber. Arme Sabine. Das schlechte Gewissen überkam mich, denn ich war nicht da, um sie zu trösten. Ich wusste, dass sie beide Eltern sehr liebte. Dass sie sich jetzt trennen wollten, war sicher hart für sie. »Na sieh mal einer an, wen wir hier haben!«

Claudius stand mit einem breiten Lächeln hinter mir. »Du hast es also auch hergeschafft.«

»Klar, Mann!«

»Und das ganz ohne U-Bahn-Schacht. Ist auch besser so. Da durchzuklettern ist der reinste Wahnsinn!«

Lorenz' freches Grinsen verschwand, während er wieder betreten zu mir sah. Ich schlug ihm auf die Schulter und grinste. Wir waren alle noch am Leben. Nichts anderes zählte.

Am Abend schlich ich in Claudius' Zimmer. Die anderen Männer waren noch draußen, lediglich Claudius hatte sich bereits hingelegt.

»Du!«, flüsterte ich und rüttelte ihn am Arm, denn er tat so, als würde er mich nicht hören.

Er schreckte hoch, sah mich ein wenig verwirrt an und als er mich erkannte, atmete er auf.

»Entschuldige«, flüsterte er und strich mir träge eine Haarsträhne aus dem Gesicht. »Was gibt es denn?«

»Irgendwas ist im Busch«, sagte ich, denn ich hatte es gerade von den Frauen in meinem Zimmer gehört.

»Was?«, fragte er verwundert.

»Sie meinen, dass der Genscher hierher unterwegs sei.«

»Quatsch!«

»Ich weiß auch nicht, wie sie drauf kommen. Außerdem wird

gemunkelt, dass wegen der schlechten hygienischen Bedingungen den Flüchtlingen die Ausweisung droht.«

Jetzt war Claudius hellwach. »Aber das können die doch nicht machen!«

»Es ist nur ein Gerücht. Wir werden ja sehen, was in den nächsten Wochen passiert.«

Claudius überlegte eine Weile, dann fragte er: »Und was machen wir, wenn die Leute aus der Botschaft ausgewiesen werden?

»Türmen. Abhauen. Die Fliege machen. Verschwinden. Solange sie noch damit zu tun haben, sich um die anderen Flüchtlinge zu kümmern.«

»Ich glaube nicht, dass das passieren wird.«

»Aber für den Fall, dass doch, schnappen wir uns doch einfach die Jawa und dann geht es ans Meer.«

Ich setzte mich auf seine Knie. Das Bett unter uns knarrte leise.

Claudius sah mich an, als wollte er fragen, was das sollte. Doch er schwieg und legte nur seine Hände an meine Hüften. Ich versuchte, das Kribbeln, das seine Berührung über meine Haut jagte, zu ignorieren.

»Okay, ans Meer. Aber dorthin kommen wir auch, wenn wir warten und alles seinen ordentlichen Gang gehen lassen. Wir könnten fliegen.«

»Wo ist denn deine Abenteuerlust hin?«, fragte ich und boxte ihn leicht gegen die Brust.

»Die ist noch da! Also gut, fahren wir mit dem Motorrad. Aber besser, wir nehmen meins, denn dein Bruder will seine Maschine sicher zurückhaben.«

»Die du bis dahin erst mal wieder zusammenflicken musst.«

»Stimmt, aber das schaffe ich. Und vieles andere mehr. Wahrscheinlich werde ich zu Hause ausziehen müssen, aber auch das kriege ich hin. Ich weiß ja jetzt, wofür ich es mache.« Er küsste mich und strich mir ein paar Haarsträhnen aus dem Gesicht. »Deine Mutter hat sich noch nicht gemeldet, oder?«

Ich schüttelte den Kopf. Beinahe ein Monat war vergangen, seit wir uns voneinander verabschiedet hatten, und noch immer drohte mir, nach Berlin, zu meinem Vater geschickt zu werden.

Ich war schon ein wenig enttäuscht, dass er nicht versucht hatte, wegzukommen. Sogar Lorenz war das gelungen!

Traurig machte es mich, dass Papa mir auf meinen Brief nicht zurückgeschrieben hatte. Oder hatte er ihn gar nicht bekommen? War er bei der Stasi gelandet, genau wie alle Bemühungen meiner Mutter, uns zu sich zu holen?

Claudius legte mir den Arm um die Taille. »Sobald alles geregelt ist, besuchst du mich in Westberlin. Und dann planen wir unsere Reise nach Italien. Ganz offiziell. Wir hatten fürs Erste genug Gefahr, oder?«

Ich wollte schon behaupten, dass es gar nicht so schlimm war, aber das stimmte natürlich nicht. Es war schlimm. Nur Claudius' Gegenwart hatte mich davon abgehalten, zu verzweifeln. Als er krank gewesen war, war es schon ziemlich krass.

»Ja, genug Gefahr«, stimmte ich ihm zu. »Aber wann wollen wir die Reise denn machen? Ich werde sicher wieder zur Schule müssen.«

»Auch unsere Schulen haben Ferien. Und eine Menge Feiertage mehr als ihr. Wir werden schon eine Gelegenheit finden.«

Ein wenig enttäuscht war ich schon, hatte ich ihn und mich doch schon an einem Mittelmeerstrand gesehen. Aber er hatte recht, das konnte alles noch werden. Wenn ich erst einmal im Westen angekommen war.

Es zeigte sich, dass die Frauen in meinem Zimmer richtiglagen. Es tat sich etwas in der Botschaft, und zwar schon am nächsten Tag. Die Nachricht verbreitete sich in Windeseile. Außenminister

Hans-Dietrich Genscher war in der Botschaft eingetroffen, zusammen mit Innenminister Seiters und einem ganzen Pulk von Reportern. Was würde nun kommen? Würde man die Flüchtlinge dazu auffordern zu gehen oder ihnen eine Lösung anbieten?

Banges Warten. Die Luft vibrierte vor Erwartung. Einige Leute, die schon vorher die Flinte ins Korn geworfen hatten, weinten. Ich stand mit Claudius auf dem Hof. Wo Lorenz sich herumtrieb, wusste ich nicht, aber er kam schon zurecht. Alle warteten gespannt, was die beiden mächtigen Männer, die eben in der Botschaft verschwunden waren, tun würden. Obwohl das Wetter draußen alles andere als warm war, mochte niemand in der Botschaft sein – aus Angst, dass er etwas verpassen würde. Alle drückten sich auf dem Hof herum, der Geruch, der über den Zelten schwebte, war furchtbar. Es musste etwas getan werden. Heute!

Während ich mich an Claudius schmiegte, dachte ich an all das zurück, was sich innerhalb von drei Monaten abgespielt hatte.

»Hier«, sagte Claudius und reichte mir einen Kopfhörer des Walkman. »Wir sollten ein bisschen Musik hören. Dann vergeht die Zeit besser.«

Wir lauschten den Liedern, die uns zusammengeführt hatten, den Liedern, die von einem leisen Rauschen begleitet wurden, aber gerade dadurch so vertraut waren.

Als es schließlich Abend und dann Nacht wurde und die Spannung kaum noch zu ertragen war, traten sie, beleuchtet von Scheinwerfern und fotografiert von einem Haufen Kameras, auf den Balkon.

Ich kannte Genscher nur aus dem Fernsehen, und da war er sogar deutlicher zu sehen gewesen als jetzt, da er direkt vor uns stand.

Im nächsten Augenblick wurde es so still, dass man eine Stecknadel hätte fallen hören. Ein Knacken ging durch die Lautsprecher. Irgendwo weinte ein Kind, doch alle hatten nur Augen für den Botschaftsbalkon, auf dem sich die Politiker aufreihten.

Einen Moment herrschte vollkommene Stille, dann tönte die Stimme Hans-Dietrich Genschers durch die Lautsprecher.

»Wir sind zu Ihnen gekommen, um Ihnen mitzuteilen, dass heute Ihre Ausreise …«

Mehr verstand man nicht, denn die Menge brach in lauten Jubel und Geschrei aus. Leute weinten, fielen sich in die Arme. Auch ich klammerte mich an Claudius und begann zu weinen.

Auch wenn der Schrei den Rest der Worte verschluckt hatte, wussten doch alle hier, dass es vorbei war.

»Milena!« Ich spürte eine Hand an meinem Arm. Als ich mich zur Seite wandte, sah ich ins Gesicht meiner Mutter. Wie hatte sie mich in dieser brodelnden Menge gefunden?

Offenbar war sie schon länger hier und hatte die Ansprache mitbekommen. Tränen glitzerten in ihren Augen. »Hast du das gehört? Alle hier dürfen ausreisen!«

»Ich hab es gehört«, entgegnete ich und umarmte sie. »Aber was ist mit mir?«

Sie streckte mir einen Zettel entgegen. »Wir haben eine Lösung gefunden. Wenn du willst, darfst du bei mir leben. «

Ich wusste nicht, was ich darauf sagen sollte. Alles ging jetzt so einfach – warum hatte es nicht schon vor Jahren geklappt?

Meine Mutter zog mich jedenfalls in ihre Arme und hielt mich, sehr lange. Und dann war es wieder Claudius, der mich umarmte.

»Aber wir fahren doch noch ans Meer!«, erinnerte ich ihn.

»Ja, wir fahren ans Meer«, versprach er. »Gleich morgen.«

Und dann küsste er mich.

Epilog

Irgendwie hatte ich mir das Meer anders vorgestellt. Vor allem wärmer. Karibischer. Man merkte irgendwie, dass man noch in Europa war. Und dennoch war es traumhaft.

»Woran denkst du?«, fragte Claudius, der dicht neben mir saß.

»An damals«, antwortete ich. »Daran, dass wir eigentlich schon lange hier gewesen sein wollten. Weißt du noch?«

»Du tust ja so, als wäre es schon viele Jahre her! Es ist gerade mal ein bisschen über ein halbes vergangen.«

»Aber trotzdem ist alles anders geworden, findest du nicht? Die Mauer gibt es nicht mehr. Und bald schon auch keine DDR …«

»Ey, trauerst du der etwa nach?«

Ich schüttelte den Kopf. »Nein, natürlich nicht. Und es ist echt toll, dass es so gekommen ist.«

»Aber?«

»Wieso aber?«

»Vermisst du irgendwas?«

Ich schüttelte den Kopf. »Nicht wirklich. Von dem, was wir auf dem Weg verloren haben, war wirklich einiges unnütz.«

»Hast du schon von Sabine gehört?«

Ich schüttelte den Kopf und blickte auf meine Zehen, die vom Wasser sanft umspült wurden. »Sie hat es wohl immer noch nicht verkraftet, dass ich in den Westen gegangen bin. Ich habe ihr geschrieben, aber es kommen keine Briefe zurück.«

»Sie braucht sicher Zeit, um das alles zu verkraften. Immerhin ist ihr über viele Jahre erzählt worden, dass der Sozialismus siegen würde – und sie hat es geglaubt.«

»Ja, aber sie hat auch Westmusik gehört. Ich hatte gehofft, dass sie es schneller verkraften und vor allem mich verstehen würde.«

»Du hast ihr ja kaum etwas von mir erzählt«, gab Claudius zurück und knuffte mich in die Seite. »Du hättest mal mehr schwärmen sollen, vielleicht hätte sie es dann verstanden.«

»Sie hätte mir gesagt, dass du der Klassenfeind bist und ich besser nichts mit dir anfangen solle.«

Ich schmiegte mich an seinen Arm. Alles schien so leicht. Und es fiel mir nun auch wieder leichter, mich an das zu erinnern, was vor unserer Ankunft hier geschehen war.

Kurz nachdem ich in Hamburg, wo meine Mutter gar nicht mal so weit von Erwin entfernt wohnte, angekommen war, blieb mir erst mal nicht viel Zeit, um an die Reise zu denken.

Es kam so, wie Claudius gesagt hatte, ich musste mich einleben und dann auf die neue Schule gehen. Eine Schule, die in vielem so anders war, als wir es kannten. Hier verlangte man auf einmal von mir, mitzudiskutieren, eine eigene Meinung zu haben. Das war teilweise schwerer, als irgendwelche Dinge nachzubeten, die der Lehrer hören wollte.

Auch mit meinen Mitschülern klappte es nicht auf Anhieb. Die einen beäugten mich neugierig, die anderen fanden immer wieder

Dinge an mir, die sie nicht mochten und die sie darauf schieben konnten, dass ich ein Zoni war.

Meine Mutter und ich hatten allerdings die härteste Arbeit zu leisten – wir mussten fünfzehn Jahre aufholen und versuchen, das Band, das eigentlich zwischen Mutter und Tochter bestehen sollte, wieder zu spannen. Auch jetzt hatte ich manchmal noch das Gefühl, dass sie eine Fremde war, aber in den kommenden Jahren würde sich das vielleicht geben.

Immerhin konnte ich Claudius nun schreiben, so richtig offiziell, und das tat ich beinahe jeden Tag. Ich weiß nicht, ob ich ihn damit gelangweilt habe, doch er schrieb mir zurück, und so war ich im Bilde darüber, wie sein Auszug von zu Hause verlief, das Einziehen in eine WG in Kreuzberg und der Antritt seines Studienplatzes. Tatsächlich, Claudius, der eigentlich erst mal jahrelang als Musiker durch die Welt ziehen wollte, hatte sich an der Freien Universität eingeschrieben – in Amerikanistik.

»Damit ich was über das Land weiß, durch das ich irgendwann mal touren möchte«, hatte er erklärt. Ob es dazu kommen würde?

Sein Vater war mit dieser Wahl jedenfalls nicht zufrieden. Er brach den Kontakt zu seinem Sohn ab, aber immerhin traf sich Claudius ständig mit seiner Mutter. Irgendwie hatten wir beide mit unseren Vätern Pech, aber wir hatten ja auch Zeit, und wer weiß, eines Tages würden wir mit ihnen vielleicht wieder normal umgehen können.

Eine Sache zwischen mir und Claudius war allerdings neu: Wir schickten uns jede Woche eine Kassette.

Es wäre ein Leichtes gewesen, sich die Platten zu kaufen und auf Kassette zu überspielen, doch Claudius und ich machten aus, aus dem Radio aufzunehmen, was auch immer wir erwischten und mochten. Auch der NDR und Radio Hamburg waren nicht vor Störungen gefeit, aber das machte ja den Reiz aus.

Nachdem wir uns nicht nur schreiben, sondern auch hin und

wieder besuchen konnten – es gab keine Diskussionen zwischen meiner Mutter und mir darüber, dass ich allein mit dem Zug fuhr –, fuhr ich in den Herbstferien nach Westberlin.

»Immerhin bist du beinahe allein über die Grenze geflüchtet«, sagte sie dann, mit nachträglicher Sorge in der Stimme. »Da wirst du doch wohl auch mit ordentlichen Papieren nach Westberlin kommen!«

Ein bisschen Bammel hatte ich aber schon, als ich wieder über DDR-Gebiet fuhr. In dem Buch über DDR-Flüchtlinge, das Claudius mir geliehen hatte, stand, dass hin und wieder auch Geflohene entführt wurden, um sie vor Gericht zu stellen.

Aber so wichtig war ich der Stasi nicht. Und überhaupt hatte sie jetzt andere Sorgen.

Dann kam der 9. November. Ich saß an meinen Hausaufgaben, als Mama plötzlich zur Tür hereinstürmte. »Die Grenze ist offen!«, rief sie. »Komm und sieh dir das an!«

Die Nachricht schockte mich so, dass ich erst mal sitzen blieb und mich nicht von der Stelle rühren konnte.

All der Stress und Ärger wäre nicht nötig gewesen, wenn ...

Doch woher hätten wir das wissen sollen?

Da Claudius in seiner WG Telefon hatte, rief ich ihn gleich an, doch es ging niemand ran. Wahrscheinlich war er unter jenen, die die herüberfahrenden DDR-Bürger in Empfang nahmen. Etwas neidisch war ich jetzt schon, denn wäre ich in der DDR geblieben, hätten wir uns jetzt in den Armen liegen und feiern können. Aber das würden wir nachholen.

Auf jeden Fall hatte sich der Wunsch Dr. Karols erfüllt. Der Osten und der Westen begannen sich allmählich wieder zu vereinen.

Nur ein paar Tage später kam Mirko uns besuchen. Mama war furchtbar gespannt, hatte sie ihn doch zuletzt gesehen, als er fünf war. Ich hatte ihr alles über ihn erzählen müssen, aber dennoch war mir klar, dass sie ihn auf dem Bahnhof nicht erkennen würde, wenn er unter all diesen Leuten ankam.

Und es waren Massen von Leuten!

Selbst mir fiel es im ersten Moment schwer, ihn auszumachen.

Doch dann sah ich ihn – ungewohnt in Jeans, Pullover und Parka. Als ich ihn das letzte Mal gesehen hatte, hatte er eine Uniform getragen. Er blickte sich ein wenig verwirrt um, dann sah er meine Hand, die in die Höhe geschossen war, um ihm zu winken.

»Schau mal, Mama, da ist er«, sagte ich, doch da lief Mama bereits los, direkt auf ihn zu.

Ich hatte Mirko ein Bild von ihr geschickt, damit er nicht glaubte, auf dem Bahnhof würde ihn eine völlig Fremde anspringen.

Doch das tat sie nicht. Kurz vor ihm blieb Mama wie angewurzelt stehen, betrachtete ihn. Dann begann ihr Rücken zu zucken. Sie weinte. Und auch Mirko stiegen die Tränen in die Augen, das konnte ich sogar von Weitem sehen. Immer, wenn er weinte, wurde sein Gesicht vorher knallrot und jetzt war es mehr als knallrot!

Sie sahen sich weinend an, und ich hätte ihnen am liebsten zugerufen: Nun drückt euch doch! Aber darauf kamen sie allein.

Während die Menge der ankommenden Fahrgäste um sie herumbrandete wie ein Meer aus Kleidern und Köpfen, nahmen sie sich in die Arme und hielten sich fest.

Ich war mir sicher, dass Mama Mirko viel länger umarmte als mich, aber dafür hatte ich sie ja jetzt schon ein paar Monate länger. Da sie nicht so recht wusste, was sie sagen sollte, kam Mama auf die Idee, erst mal eine Pizza für uns zu holen, damit wir nachher nicht losmussten, wenn wir mitten im Reden waren.

Ich vermutete, dass sie erst einmal eine Runde allein weinen wollte, um zu verarbeiten, dass sie jetzt auch ihren Sohn wiederhatte.

Meine Trennung von Mirko hatte nun nicht so lange gedauert, aber froh war ich doch, ihn wiederzusehen.

»Eigentlich müsste ich dir kräftig die Ohren langziehen wegen meinem Motorrad!«, brummte er, als wir uns auf der Bahnhofsbank niederließen. »Was ist dir eigentlich eingefallen, es diesem Claudius zu überlassen und damit zu türmen?«

»Das habe ich dir doch geschrieben«, entgegnete ich, weil ich glaubte, dass er den Vorwurf ernst meinte. Hatte ihm die Stasi den Brief nicht zugestellt? Was sollten sie jetzt noch wollen, wo Mielke, Honecker und die anderen Bonzen weg waren?

»Klar hast du das«, antwortete Mirko lächelnd. »Den Brief hab ich gekriegt. Aber ich dachte, ich frag dich noch mal selbst. Ich hab mir vor Angst fast in die Hose gemacht, als Papa angerufen und erzählt hat, du seist verschwunden.«

»Und du hast dir nicht denken können, wohin ich gegangen bin?«

»Doch, klar, ich wusste ja, dass es irgendwas mit dem Jungen zu tun hat. Na, den möchte ich in die Finger kriegen!«

»Mirko!«, rief ich entsetzt, doch er schüttelte gleich wieder den Kopf.

»Nee, alles locker jetzt. Ich hab die letzte Zeit viel nachgedacht. Du hattest recht, Papa hätte uns nicht verschweigen dürfen, was damals war. Und er hätte dir auch keine runterhauen dürfen. Das war echt nicht in Ordnung. Aber dass ihr mein Motorrad geklaut habt …«

Er verstummte, als ich mich an seinen Arm kuschelte. »Entschuldige. Wir wussten wirklich nicht weiter. Claudius hat es viel härter getroffen, der ist aus der U-Bahn gesprungen.«

»Der Idiot«, brummte Mirko jetzt wieder. »Was, wenn er dabei umgekommen wäre? Der hat mehr Glück als Verstand gehabt, hätte er sich die Beine gebrochen, hätten ihn die Grenzer abgeknallt wie einen Hund!«

»Meinst du wirklich?«

Mirko nickte. »Ja. Aber es ist gut gegangen. Und einer, der wegen meiner Schwester aus einer Bahn springt und seine Knochen riskiert, kann ja eigentlich nicht so verkehrt sein.«

Er legte den Arm um mich und küsste mich auf die Stirn. Fast wie früher, als wir noch klein waren und er mich wegen irgendwas trösten wollte.

»Und Papa?«, stellte ich die Frage, die eigentlich unausweichlich war. Ich hatte bemerkt, dass Mama enttäuscht gewesen war, ihn nicht aus dem Zug steigen zu sehen. Ich wusste, dass sie es insgeheim gehofft hatte. Dass sie gehofft hatte, dass er ihr die Sache mit dem Sorgerecht, die einzige Möglichkeit, mich heil aus der Botschaft rauszukriegen, ohne dass das DDR-Strafrecht mich erwischte, nicht übel genommen hatte. Offenbar nahm er ihr aber mehr als das übel. »Wollte er denn gar nicht mitkommen?«

Mirko schüttelte den Kopf, und auf einmal wurde seine Miene finster.

»Nee, er wollte nicht mit rüber. Später vielleicht, hat er gesagt.«

»Später? Jetzt, wo er Mama sehen könnte? Die beiden haben sich nie getrennt! Warum will er denn nicht?«

»Ich weiß auch nicht, warum. Aber ich weiß jetzt, warum wir all den Ärger bekommen haben.«

»Und?« Etwas klumpte sich plötzlich in meinem Magen zusammen.

»Papa hatte unterschrieben.«

»Was?« Meine Nackenhaare stellten sich auf. In der DDR sagte man nicht, dass jemand bei der Stasi eingetreten war. Es hieß nur: Er hat unterschrieben, und jeder wusste Bescheid.

»Er hat als IM gearbeitet?«

Mirko nickte beklommen.

»Und woher weißt du das?«

»Er hat es mir erzählt. Einige Tage nachdem die Mauer gefallen ist. Er meinte, dass er es tun musste. Sie hatten ihn vor die Wahl gestellt. Entweder er geht in den Knast für seinen Fluchtversuch oder er arbeitet für sie. Nun ist dir sicher auch klar, warum dein Kontakt zu einem aus dem Westen aufgeflogen ist. Wir wurden ständig überwacht.« Er griff in die Hosentasche und holte ein kleines Metallgebilde hervor.

»Das hier habe ich aus deinem Radio geholt. Aus Opas Radio.«

»Was ist das?«, fragte ich, während ich das Ding besah. So was hatten wir nicht im ESP-Unterricht.

»Eine Wanze«, antwortete Mirko. »Sie muss schon sehr lange da dringesteckt haben und immer, wenn sie lauschen wollten, war der Empfang schlecht.«

»Aber wieso wollten sie mich belauschen?« Die Feststellung, dass mich ein Stasimitarbeiter jahrelang beim Duschen beobachtet hatte, hätte nicht schlimmer sein können.

»Sie haben nicht dich belauschen wollen, sondern Papa. Uns. Genau genommen haben sie sogar schon Opa belauscht. Möglicherweise hatten sie unsere Eltern schon länger im Visier und rausgekriegt, dass sie flüchten wollten.«

Ich hatte große Lust, die Wanze unter den nächsten Zug zu werfen. Und nun war ich mir wieder sicher, dass es richtig war, was Claudius und ich getan hatten. Beim nächsten Besuch wollte ich ihm die Wanze zeigen und ihn fragen, ob er seinem Vater das Ding nicht unter die Nase halten wolle, damit der sah, dass sein Sohn richtig gehandelt hatte.

»Sie haben also ihren Spitzel bespitzelt?« Ich konnte es nicht fassen. Was hatte die Stasi denn noch so alles draufgehabt? Mama hatte mich gefragt, ob ich irgendwann, sollte eine Aufarbeitung geschehen, wissen wollte, wer mich alles bespitzelt hat.

»Sie haben ihm nie wirklich vertraut. Und ich möchte auch gern daran glauben, dass er nicht viele Leute verraten hat. Dass er sich bei denen, die er bespitzelt hat, daran erinnerte, welchen Teufelspakt er da eingegangen war.«

Ob wir das je erfahren würden?

Nachdenklich saßen wir auf einer Bank im Bahnhof, bis Mama endlich wieder mit einem Pizzakarton auftauchte.

»So, meine Lieben, jetzt habe ich alles.«

So rot, wie ihre Wangen leuchteten, musste sie unterwegs ein paar Mal in Tränen ausgebrochen sein. Ich erhob mich und nahm ihr den Pizzakarton ab. Jetzt war es an der Zeit, dass sie Mirko kennenlernte und Zeit mit ihm verbrachte. Ich hatte ihn ja nur etwas mehr als ein Vierteljahr nicht gesehen.

Während wir runter zum U-Bahn-Gleis gingen, tauschten Mirko und ich einen verschwörerischen Blick. Würden wir Mama von Papas Unterschrift erzählen?

Nein, das würden wir nicht, beschlossen wir, ohne ein Wort zu sagen, nur durch Geschwistertelepathie. Noch nicht. Es hatte sich ja gezeigt, dass sich Geheimnisse nicht wirklich geheim halten ließen. Alles kam irgendwann heraus.

Der Abend wurde dann sehr, sehr lang. Mama und Mirko hatten sich wahnsinnig viel zu erzählen. Das meiste kannte ich schon, sie hatte es mir ja damals schon in der Botschaft erzählt. Dennoch standen auch mir die Tränen in den Augen.

Als wir alle gerade wieder so einen Heulflash hinter uns hatten, rief Claudius an und fragte nach, ob mein Bruder gut angekommen sei.

Obwohl beide es nicht so richtig wollten, holte ich Mirko an den Hörer. Immerhin hatten sich beide ein Motorrad geteilt, dann sollten sie auch mal miteinander sprechen.

Das Gespräch fiel zunächst furchtbar verklemmt aus. Wie Jungs nun mal so waren, wollte weder der eine noch der andere raus mit der Sprache. Erst als Claudius sich noch mal wegen des Motorrads entschuldigte und anmerkte, dass es wirklich eine tolle Maschine war, kamen sie ins Gespräch. Soweit ich es mitbekam, tauschten sie sich über ihre Motorräder aus, und schließlich schien es zwischen ihnen doch ganz lustig zu werden.

Tja, und nun saßen wir hier, Claudius und ich am Meer. Nicht gestern, nicht morgen, sondern heute. Vor mir langen noch vier lange Wochen Ferien und damit noch viel, was wir unternehmen konnten. Claudius' Semesterferien dauerten sogar noch länger, was mich richtig neidisch machte. Aber was morgen kam, zählte nicht, sondern das Jetzt.

Die Sonne färbte sich langsam rot, und ein bisschen, muss ich sagen, sah es nun doch nach Karibik aus. Auch wir sahen nach Karibik aus, denn der goldene Schein legte sich auf unsere Haut, die in den vergangenen Tagen ziemlich viel Bräune angenommen hatte.

»Und was machen wir morgen?«, fragte ich, denn wir hatten uns bereits Verona und Florenz und Rom angesehen.

»Wir setzen uns den ganzen Tag ans Meer, und dann kannst du mir von deiner neuen Geschichte erzählen.«

»Von dem Agenten, der durch den Geisterbahnhof in die DDR kommt«, sagte ich grinsend.

»Cool, aber nenn ihn bloß nicht Claudius.«

»Warum denn nicht?«

Als er protestieren wollte, zog ich ihn an mich und küsste ihn.

ENDE

Nachwort

Das Schreiben dieses Buches war für mich eine Reise in meine Kindheit und Jugend. Eine Jugend, die geprägt war von Pioniertüchern, FDJ-Hemden, Jugendweihe, schulischen und außerschulischen Pflichten auf der einen Seite – und Westmusik, Westfernsehen, Intershops, den Milka-Schokoladen der benachbarten Rentnerin und der Sehnsucht nach der Ferne.

Beim Schreiben kamen all die Erinnerungen wieder hoch. Teilweise absurde Dinge, die wir in und außerhalb der Schule tun mussten, aber auch schöne Zeiten, Unbeschwertheit, Träume. Ich war fünfzehn, als die Mauer fiel, knapp jünger als meine Heldin Milena. Ein paar meiner eigenen Charakterzüge habe ich ihr mitgegeben.

Ich habe meine Geschichte in Berlin angesiedelt, weil die Stadt ein Sinnbild für das geteilte Land war. Die Mauer war für die Berliner ein ständiger Begleiter und ein ständiges Ärgernis. Auf

Ostseite gefürchtet und mit dem Blut von Flüchtlingen getränkt, auf Westseite furchtlos mit Graffiti verziert. Hier standen sich zwei Gesellschaftsordnungen direkt gegenüber – sich gegenseitig mit Atomwaffen bedrohend. Berlin – Stadt des Kalten Krieges.

Als ich 1988 zum ersten Mal in Berlin war – auf der Ostseite natürlich –, habe ich die Mauer gesehen und ein furchtbares Unbehagen gespürt. Bisher war die Grenze zum Westen nur Schulstoff gewesen, gesehen hatte ich sie vorher nie. Nun empfand ich es als vollkommen ungerecht, denn wogegen sollte uns der »Antifaschistische Schutzwall« schützen? Gegen unsere eigenen Landsleute? Uns war trotz der versuchten Gehirnwäsche im Staatsbürgerkundeunterricht klar, dass die Westdeutschen keine mordlustigen Verrückten waren.

Ich selbst verbrachte »meine« DDR-Zeit in meinem Heimatdorf. Bei uns auf dem Land war von vielen Dingen kaum etwas zu merken, ein kleiner Garten wog den Mangel an Obst und Gemüse auf, herangezogenes und verkauftes Vieh spülte zusätzliches Geld in die Kassen. Wir gingen im Nachbardorf in die Polytechnische Oberschule, zu der es nur fünf Minuten mit dem Bus dauerte. Manchmal fuhren wir dorthin mit dem Fahrrad – ohne Helm! Später mit Helm und Moped.

Über fehlende Güter oder solche, für die man lange anstehen musste, wurden Witze gemacht. Die Stasi war ein diffuses Gespenst für die meisten, die nicht merkten, dass sie bespitzelt wurden. Es gab Gerüchte, die hinter vorgehaltener Hand erzählt wurden. Es gab Mahnungen der Eltern, sich ja nicht darüber aushorchen zu lassen, welche Uhr in den Abendnachrichten gezeigt wurde (die von Tagesschau und heute-journal unterschieden sich von der Aktuellen Kamera, für findige Aushorcher der Beweis, dass man Westfernsehen schaute), und es gab von Lehrern einkassierte Micky-Maus-Hefte. Und wieder die Sehnsucht, einmal nur nach drüben zu können. Einmal auch den Teil der Welt zu sehen, vor dem uns die Mauer angeblich schützen sollte.

Viele Menschen, besonders die älteren, hatten die Hoffnung, dass sich eines Tages etwas ändern würde, aufgegeben.

Doch glücklicherweise gab es jene, die sich nicht damit zufriedengeben wollten. Menschen, die sich in den Kirchen zusammenfanden, Kritik und Widerstand übten, sich von Repressalien nicht abschrecken ließen, anderen Hoffnung machten und schließlich auf die Straße gingen. All diesen »Heroes« sei an dieser Stelle gedankt!

Die Geschichte von Milena und Claudius hat einen wahren Hintergrund. Die Liebe des Paars, das mit dem Motorrad türmte, vor einer Gesellschaft voller Repressalien – der Junge hatte ständig Ärger, weil er einer Religion angehörte, die es ablehnte, am Samstag zu arbeiten (in der DDR wurde auch samstags unterrichtet), das Mädchen war rebellisch gegen ihre Eltern und verliebt in den Jungen – hat es wirklich gegeben. Bei Nacht und Nebel verschwanden sie und entfachten eine Suchaktion, die niemandem in der Gegend verborgen blieb. Leider waren ihre Pläne und ihre Liebe schon auf halber Strecke vorbei, die Strapazen hatten an ihnen gezehrt und das Feuer aufgebraucht. Es folgte haufenweise Ärger für die beiden und deren Familien. Ich jedoch habe diese Geschichte nie vergessen, sie jetzt verändert und weitergesponnen.

Ein wichtiger Bestandteil der Jugendkultur war die Westmusik. Natürlich gab es auch im Osten Bands, die man anhören konnte, doch gerade in den 80ern waren wir alle Depeche Mode, A-ha, den Pet Shop Boys und David Bowie verfallen. Darin unterschieden wir uns nicht von den Jugendlichen im Westen, denen wir mit Erfindungsreichtum beim Klamottenschneidern und dem Aufnehmen von Kassetten nacheiferten. Aus diesem Grund habe ich als Kapitelüberschriften Musiktitel gewählt. Wer mag, kann sich diese Lieder besorgen und beim Lesen anhören – wie ich es beim Schreiben getan habe. Es ist nur ein kleiner Teil dessen, was uns dazu gebracht hat, lange nach Sendern und Liedern zu suchen, mit unseren Radios die besten Stellen zum Aufnehmen abzupassen und mit Aufnahmekabeln zu hantieren.

Ich könnte noch so einiges über die DDR schreiben. Über verteufelte Jugendkulturen, Lügen im Staatsbürgerkundeunterricht, Handgranatenattrappen beim Sport, aber auch über die Geborgenheit eines guten Gesundheitssystems, Nachbarschaftlichkeit und Hilfsbereitschaft.

Das meiste habe ich schon in die Geschichte einfließen lassen und hoffe, dass sie nicht nur unterhält, sondern auch das Wissen an eine längst vergangene Zeit wachhält.

Als Mahnung, dass kein Mensch sich auf ewig einsperren lässt.